हिन्द पॉकेट बुक्स

टूटे दिल के अफ़साने

नोवोनील चक्रवर्ती ग्यारह रोमैंटिक थ्रिलर उपन्यासों, एक लघु कहानी संग्रह *फ़रेबी* और एक डिजिटल एक्सक्लूसिव लघु उपन्यास रेड *सूट्स यू* के बेस्टसेलिंग लेखक हैं। उनके चार उपन्यासों पर वेब सीरीज़ बन रही हैं। उनकी फॉरएवर सीरीज़ को *टाइम्स ऑफ़ इंडिया* की 2017 की सबसे बेहतरीन किताबों में शामिल किया गया था; उसी साल इसे एमेज़ॉन की यादगार किताबों में भी रखा गया। उनकी दो पुस्तकें लगातार दस सप्ताह तक बेस्टसेलर सूची में रहीं और *फॉरएवर इज़ अ लाई* फ़्लिपकार्ट पर 2017 की सबसे अधिक बिकने वाली पुस्तकों में से एक थी। एक और स्ट्रेंजर उपन्यास त्रयी की तीसरी किस्त, *फॉरगेट मी नॉट, स्ट्रेंजर* ने पूरे भारत में नंबर वन बेस्टसेलर के रूप में शुरुआत की, तो दूसरी किस्त *ऑल युअर्स, स्ट्रेंजर* एमेज़ॉन इंडिया पर शीर्ष पाँच थ्रिलर्स में बनी रही। *ब्लैक सूट्स यू* भी 15 सप्ताह तक एमेज़ॉन पर शीर्ष पाँच थ्रिलर में रह चुकी है। द स्ट्रेंजर उपन्यास त्रयी का छह भाषाओं में अनुवाद हो चुका है और *चीटर्स* हिंदी में *फ़रेबी* नाम से उपलब्ध है।

नोवोनील चक्रवर्ती को अपने उपन्यासों में अप्रत्याशित मोड़ों, अंधियारे कथानकों और मज़बूत महिला पात्रों के लिए जाना जाता है। उनके पाठक उन्हें भारत का सिडनी शेल्डन भी कहते हैं। उपन्यासों के अलावा नोवोनील ने *सावधान इंडिया* और *ये है आशिक़ी* जैसे टीवी शो लिखे और तैयार किए हैं। वे मुंबई में रहते हैं।

लेखक की अन्य पुस्तकें

फ़रेबी

बेवफ़ा

टूटे दिल के अफ़साने

नोवोनील चक्रवर्ती

अनुवाद : अजय शर्मा

हिन्द पॉकेट बुक्स

पेंगुइन रैंडम हाउस इम्प्रिंट

हिन्द पॉकेट बुक्स

यूएसए। कनाडा। यूके। आयरलैंड। ऑस्ट्रेलिया। सिंगापुर
न्यू ज़ीलैंड। भारत। दक्षिण अफ्रीका। चीन

हिन्द पॉकेट बुक्स, पेंगुइन रैंडम हाउस ग्रुप ऑफ़ कम्पनीज़ का हिस्सा है,
जिसका पता global.penguinrandomhouse.com पर मिलेगा

पेंगुइन रैंडम हाउस इंडिया प्रा. लि.,
चौथी मंजिल, कैपिटल टावर -1, एम जी रोड,
गुड़गांव 122 002, हरियाणा, भारत

पेंगुइन
रैंडम हाउस
इंडिया

प्रथम हिन्दी संस्करण हिन्द पॉकेट बुक्स में पेंगुइन रैंडम हाउस द्वारा 2022 में प्रकाशित

अनुवाद : अजय शर्मा

10 9 8 7 6 5 4 3 2

ISBN 9780143451242

टाइपसेटः www.maniworks.com
मुद्रकः रेप्रो इंडिया लिमिटेड

www.penguin.co.in

FSC www.fsc.org MIX Paper from responsible sources FSC® C047271

This is a legitimate digitally printed version of the book and therefore might not have certain extra finishing on the cover.

समर्पित

पर्वत, सागर और रेगिस्तान को,

जिनका मैं हमेशा से ऋणी हूँ

एन.

कटक के एक नर्सिंग होम में

2018

नर्सिंग होम छोटा-सा था। मरीज़ की बीमारी काफ़ी गंभीर थी। पूर्वी ओडिशा के एक तटीय गाँव में चक्रवाती तूफान से पीड़ितों के राहत कार्य के दौरान उसे त्वचा की एक अजीब-सी बीमारी लग गई थी। यह वह गाँव था, जिसे भारत के किसी भी नक़्शे पर खोजना मुश्किल था। मरीज़ का कोई परिवार नहीं था। कोई भी उसका अपना नहीं था। सिवाय उस लड़की के, जो उसके पास बैठी थी।

वह लड़की तभी से एक जगह अचल बैठी थी, जब अड़तालीस घंटे पहले उसने मरीज़ को नर्सिंग होम में भर्ती कराया था। जैसे ही उसे लगता कि कुछ दुखद होने वाला है, तो वह एक प्रार्थना बुदबुदाने लगती। मरीज़ को देख लड़की को आश्चर्य होता कि क्यों किसी के साथ रिश्तों की गहराई का पता तब चलता है, जब वह जाने लगता है। क्या मौत किसी क़रीबी के साथ आंतरिक जुड़ाव को भी काट देती है? जो लोग कभी हमारे लिए हमारा संसार थे, दूर की याद बनकर रह गए। हमारी अपनी हक़ीक़त बदल गई और हमारे जीवन का एक बड़ा हिस्सा उस बदलाव को स्वीकार करने में निकल गया।

लड़की को पता भी नहीं चला कि कब आँसू उसके गालों पर ढलकने लगे थे। उसने जल्दी से उन्हें पोंछा। *उसे आश्चर्य हुआ, क्यों चीज़ें वैसी ही नहीं रहतीं जैसी वो कभी थीं?* अपने सवाल की निरर्थकता समझते हुए उसका गला भर आया। हर रिश्ता दूसरों के साथ हमेशा के लिए नहीं होता। कभी एक व्यक्ति दूसरे का कुछ हिस्सा पाता है, अपना कुछ दूसरे को सौंपता है और इसके बाद उन हासिल किए हिस्सों को ख़ुद में महसूस कर उन्हें संजोते हुए मनमाने रूप में

हमेशा जीता रहता है।

सोचते हुए धीरे-धीरे असहाय हालत में लड़की सिसकती रही और फिर जल्दी से बिस्तर तक पहुँची। अपनी दोस्त का माथा चूमा। उसकी सिसकियाँ और तेज़ हो गई थीं।

'सिस्टर?' लड़की चिल्लाई। कोई नहीं आया। वह कमरे से निकली और एक नर्स को कॉरीडोर के दूसरे सिरे से बुलाकर लाई। जब तक वे कमरे में पहुँचे, सब शांत हो चुका था। नर्स ने नब्ज़ देखी और फिर दिल की धड़कन चेक की। और इसके बाद उसकी खुली हुई आँखें अपनी हथेली से बंद कर दीं। लड़की धम से कुर्सी में गिर गई, अच्छी तरह जानते हुए कि इसका क्या मतलब था। नर्स चिल्लाते हुए तेज़ी से बाहर निकली, 'डॉक्टर को बुलाओ। रूम नंबर-9 में मरीज़—रईसा बरुआ—मर चुकी है।' कमरे में लड़की ने लाश की तरफ देखा। अजीब बात थी कि पूरी तरह टूटने के बावजूद उसे हल्का महसूस हुआ।

वॉयस नोट 1

दो बंजारों को जब प्यार होता है,
उनके दिलों में ठहराव नहीं,
उफ़ान होता है।

वो मंज़िलें नहीं,
एक-दूसरे में सफ़र ढूँढते हैं।
जिसका मोड़ ख़ुद को चुभे,
ऐसी राह चुनते हैं।

दर्द को एक आदतन नशा बताते हैं,
क़रीब आ जाए,
तो दबे पैर निकल जाते हैं,
फ़ासले बढ़ जाएँ,
तो तूफ़ान की तरह वापस आते हैं।

दूसरे के दिए ज़ख़्म को,
अपनी ख़ुराक बनाके जीते हैं।
यादों से कुछ लेना-देना नहीं इनका।
ये लम्हों में खिलते हैं,
लम्हों में मुरझाते हैं।

कभी साथ में, कभी बिछड़के,
नई सरहदों की तलाश में,
वे न पूरे इधर के, न उधर के होते हैं।

दो बंजारों को जब प्यार होता है,
उनकी क़िस्मत में रहना नहीं
सहना होता है।

ये लिखने के बाद उसने अपने दस्तख़त किए—*तुषारा।* अपने मोबाइल फ़ोन से उसने इसकी एक तस्वीर खींची और अपने मंगेतर को भेज दी।

उसने तुरंत उसे कॉल कर लिया।

'कमाल है!' शनय ने कहा।

उसे पता था कि उसके मंगेतर को कुछ समझ नहीं आएगा। वह उनमें से नहीं था, जो शब्दों की बारीक़ी समझ सके। जिस बात से उसे आश्चर्य होता था कि जब भी वो उसे अपनी कविताएँ या कुछ पंक्तियाँ भेजती, वह बड़े चाव से ये दो शब्द कहता—'कमाल है!'

'शुक्रिया, क्या तुमने वो लिंक देखा जो मैंने व्हाट्सऐप किया था?' वह हमेशा की तरह निर्लिप्त भाव से पूछती, हालाँकि उसने वो लिंक किसी अंतरंग बात के बारे में भेजा था। साउथ सिटी, कोलकाता में अपने फ़्लैट के तेरहवें माले की बालकनी में वह एक झूले पर बैठी थी, कानों में वायरलेस ईयरपीस लगाकर। दूर कहीं बादलों से घिरे धुँधले आसमान पर क्षितिज के दो अलग कोनों पर उसे दो विमानों की टिमटिमाती रौशनी दिखाई पड़ रही थी। उसे लगा, दोनों शायद एक-दूसरे से टकरा जाएँगे, पर दोनों बगैर किसी मुश्किल के एक-दूसरे के पास से गुज़र गए। एक बुझी-सी मुस्कुराहट उसके चेहरे पर आई। जैसे ही उसने उसे कहते सुना, 'मैंने देखा, ये सेक्सी है।' उसने अपनी डायरी बंद कर दी। जैसे ही बेंगलुरू की एमजी रोड पर ट्रैफ़िक सिग्नल ग्रीन हुआ, शनय ने अपनी गाड़ी में गियर डाला।

उसने कहा, 'जब हम अगली बार मिलेंगे, तो मैं इसे तुम्हारे लिए पहनूँगी,'

शनय ने तुरंत अपनी कल्पना में उसे वो काली लॉन्जरी पहने देखा जो व्हाट्सऐप लिंक में थी। भरी हुई जाँघें, क़ुदरती गठा बदन. . . वह सोचने लगा, *क्या वह वेबसाइट में दिखाई लॉन्जरी मॉडल से भी ज़्यादा सेक्सी लगेगी?*

'तुम मज़ाक तो नहीं कर रही हो?' उसने पूछा।

'क्यों करूँगी? मुझे कोई दिक़्क़त नहीं।'

'ठीक है। एक बात और, मुझे अभी एक जानकारी मिली है कि मुझे इस साल के बिज़नेस राइट नाऊ अवॉर्ड्स के लिए नामित किया जा सकता है।'

'मुबारक हो! आराम से घर पहुँचो। मैं तुम्हारे फ़ेसटाइम का इंतज़ार करूँगी,' उसने यह कहकर फ़ोन रख दिया। कोई भावुक चुंबन या बेबी-आई-लव-यू जैसी बातें नहीं। *हमेशा की तरह*, उसने सोचा।

शनय बंसल कोलकाता के एक कारोबारी घराने की पाँचवीं पीढ़ी से था, जो बीकानेर (राजस्थान) से ताल्लुक रखता था। किसी को कोई आश्चर्य नहीं हुआ था, जब स्टैनफ़र्ड यूनिवर्सिटी से एमबीए के बाद उसने अपने पोर्टफ़ोलियो में एक ऑनलाइन बिज़नेस *click2buy.com* शुरू करने का ऐलान किया। जब तक उसके माता-पिता ने उसे अपनी होने वाली बहू से नहीं मिलवाया था, तब तक बेंगलुरू में उसकी बैचलर ज़िंदगी में बस एक ही चीज़ थी—काम और ज़्यादा काम। छोटी-सी *रोका* सेरेमनी कर दी गई थी। शादी के लिए सात महीने बाद की तारीख़ निकली थी।

हालाँकि वह उससे कई बार मिल चुका था और तक़रीबन रोज़ ही फ़ोन करता था, पर अगर कोई उसके बारे में उसे बताने को कहता तो उसे शब्द तक नहीं सूझते थे। कई बार उसे उसके प्रति एक अजीब-से ठंडेपन का अहसास होता—ऐसा ठंडापन जो उसे उससे दूर करता था। शुरू में उसे लगा कि शायद वह शर्मीली थी, फिर लगा कि शायद वह अंतर्मुखी थी। पर बाद में उसे पता चला कि वह इनमें से दोनों नहीं थी। उसकी ठंडी उदासीनता उसे इतनी पसंद आने लगी कि कुछ समय बाद वह ख़ामोशी से उसे चाहने लगा था। यह कुछ ऐसा था मानो वह हर जुड़ाव से कटी हुई थी। हाल ही में शनय एक क़दम आगे बढ़ा और मामूली बातों के अलावा उसने एक रात उसके साथ फ़ेसटाइम सेशन करने की योजना बनाई थी।

अपनी योजना पर अमल करते हुए उसने जल्दी से पूछा, 'हमें क्या एक दूसरे को और अच्छी तरह नहीं जानना चाहिए?' तब तक शनय की एक ही गर्लफ्रेंड रही थी। कक्षा आठ में उसने निशा जालान से दोस्ती की थी। उसके बेहद शर्मीलेपन की वजह से निशा ने उसे दसवीं बोर्ड के बाद किनारे कर दिया था। वह इस ब्रेकअप का दर्द नहीं सह पाया था।

'क्या मतलब?' उसने पूछा।

'क्यों न तुम एक वीकएंड पर बेंगलुरू आ जाओ? हम किसी को कुछ

नहीं बताएँगे।'

ख़ामोशी। 'मुझे नहीं लगता कि ये सही रहेगा,' उसने कहा।

शनय को निराशा तो हुई पर उसने इस पर दोबारा ज़ोर नहीं दिया। हालाँकि अचानक इस शाम उसके मान जाने पर उसे आश्चर्य ज़रूर हुआ।

शनय ने अपने कमरे का दरवाज़ा बंद किया और अपने आईपैड के साथ लिविंग रूम में रखे एक बीनबैग पर पसर गया। तुरंत उसने एक ट्रैवल वेबसाइट पर उस दिन की कोलकाता-बेंगलुरु की सभी फ़्लाइट्स चेक करनी शुरू कीं। उधर पेज लोड हो रहा था, तभी उसके फ़ोन पर एक व्हाट्सऐप मैसेज आया। वह नोटिफ़िकेशन पर गया। यह वॉयस नोट था, ऐसे नंबर से जो उसकी कॉन्टेक्ट लिस्ट में नहीं था। त्योरियाँ चढ़ाते हुए उसने धीरे-से वॉयस नोट खोला। एक लड़की की आवाज़ सुनाई पड़ी:

हाय शनय,

मुझे पता है तुम कौन हो। मुझे पता है कि तुम कहाँ काम करते हो। मुझे पता है कि तुम कहाँ रहते हो। मुझे पता है कि तुम किससे शादी करने जा रहे हो। कुल मिलाकर, मैं तुम्हारे बारे में सब कुछ जानती हूँ।

तुम्हें ये मैसेज करने की एक वजह है। मगर डरो मत। मैं नुक़सान नहीं पहुँचाऊँगी और न ही इतनी ख़ास हूँ कि तुम्हें जानने की ज़रूरत पड़े कि मैं कौन हूँ। कम से कम इस वक़्त नहीं। अगर तुम्हें नाम ज़रूरी लगते हैं तो तुम मुझे लवीशा कह सकते हो।

मैं तुम्हें एक कहानी सुनाने जा रही हूँ, ठीक है? लेकिन यह मेरी कहानी नहीं है। किसी ने मुझे यह कहानी सुनाते हुए वायदा लिया था कि मैं इसे किसी और को नहीं सुनाऊँगी। लेकिन इस वॉयस नोट के ज़रिए मैं इस वायदे को तोड़ रही हूँ क्योंकि अगर मैं यह वायदा नहीं तोड़ती तो दूसरे कई ज़रूरी वायदे कभी पूरे नहीं होंगे।

हर कहानी की कहीं एक शुरुआत होती है—शायद किसी पुरानी कड़ी से भी। पुरानी कहानियों के साथ बड़ी बात यह है कि वो लगभग हमेशा ही चौंकाने वाले परिणामों के साथ नई समझ देती हैं। इससे अगली कड़ी को लेकर किसी की सोच पूरी तरह बदल सकती है।

किसी और की कहानी यूँ अचानक मैं तुम्हें क्यों सुना रही हूँ और वह भी बेनाम होकर? यह इसलिए क्योंकि अगर तुम इस कहानी को

ध्यान से सुनते हो और अपनी भूमिका ठीक से निभाते हो तो शायद इस कहानी के अंत को बदल सकते हो। अभी तुम आश्चर्य कर रहे हो कि क्यों तुम्हें यह कहानी सुननी चाहिए या इन या और आने वाले वॉयस नोटों पर ध्यान देना चाहिए। इसके लिए मेरा एक आसान से शब्द में जवाब होगा—उम्मीद। तुम किसी की एकमात्र उम्मीद हो जो इस कहानी को ऐसे मोड़ तक ले जा सकता है, जो बेशक बहुत ख़ुशनुमा न हो, न्यायपूर्ण न हो पर एक नई शुरुआत की वजह ज़रूर बनेगी। प्लीज़ मेरे साथ बने रहना और कुछ देर धैर्य रखना; कम से कम तब तक जब तक मैं कहानी पूरी न कर लूँ।

मुझे पता है कि तुम एक बिज़ी आदमी हो। लेकिन यह वॉयस नोट और इसके बाद आने वाले नोट्स असल में मुझसे ज़्यादा तुम्हारे लिए ज़रूरी हैं। जितना तुम कहानी के बारे में जानोगे, उतना ही तुम कहानी का अंत बदलना चाहोगे। प्लीज़ सभी वॉयस नोट सुनना। जो मैं कह रही हूँ उस पर ध्यान देना और जो मैं न बता सकूँ तो उसे समझने की कोशिश करना, क्योंकि कभी-कभी मुझे दिल का हाल बताने के लिए सही शब्द नहीं मिलेंगे।

इससे पहले कि मैं आज रात के वॉयस नोट्स की किस्त ख़त्म करूँ, मुझे तुमसे एक सवाल पूछना है: क्या तुम्हें सच में लगता है कि जो तुम्हारे साथ रहता है, वही तुम्हारे लिए बनाया गया है? क्या हो—किसी की अंदरूनी दुनिया में एक और हक़ीक़त हो जिसमें कोई और साथ रहता हो? क्या हम सभी में ऐसे समानांतर संसार नहीं होते? तो एक शख़्स आख़िर किससे जुड़ा होता है—जिसके साथ वह इस दुनिया में रहता है उससे या फिर वह जिसके साथ एक अंदरूनी दुनिया में रहता है?

वॉयस नोट ख़त्म होने के बाद असमंजस में पड़ा शनय सोच रहा था कि आख़िर यह क्या है, तभी उसी नंबर से एक और आया। उसने टैक्स्ट किया: *आप कौन हैं?* नंबर पर कॉल किया लेकिन कोई जवाब नहीं मिला। ट्रूकॉलर पर देखा तो नाम दिखा: *लवी।*

शनय ने नए नोटिफ़िकेशन पर नज़र डाली जो उसके फ़ोन पर आ चुका था। उत्सुकता में वह उस पर गया। उसे शायद पता नहीं था कि एक कहानी खुलने को तैयार थी, जिसमें उसे अनजाने ही एक अहम भूमिका अदा करनी थी।

बुक एक

वॉयस नोट 2

रईसा और निर्माण,

गुवाहाटी, 1996।

क्रिश्चियन बस्ती इलाक़े में रिज़र्व बैंक ऑफ़ इंडिया (आरबीआई) ऑफ़िसर्स के घरों की दीवार के पीछे एक आम का पेड़ था।

यह पेड़ आसपास रहने वाले आठ साल के लड़कों के लिए बड़े आकर्षण का केंद्र था। उन गर्मियों में, पेड़ की शाख पर एक आम उन्हें ललचा रहा था, जो उनकी पहुँच से दूर था। काफ़ी पत्थरबाज़ी और डंडों की मदद लेने के बावजूद उसे तोड़ा नहीं जा सका था। एक दिन इन बच्चों में सबसे शरारती यश दीवार पर चढ़ गया और जितना हो सकता था आम को पकड़ने की कोशिश करने लगा। जब उसकी उंगलियाँ आम से कुछ इंच दूर थीं, तभी वह दर्द से चीखा और जल्दी से दीवार से नीचे कूद गया और उसके पूरे बदन में खुजली होने लगी। जब यश को उसकी माँ के पास ले जाया गया, तब उन्हें पता चला कि पूरी दीवार पर कीड़े ही कीड़े जमे थे। अगले ही दिन से लड़कों ने ऐसी जगह खेलना शुरू कर दिया, जहाँ एक निर्माणाधीन इमारत के लिए बालू और ईंटों के ढेर लगे थे।

एक आठ साल की बच्ची अक्सर इन ईंटों के चट्टों के पास बालू के ढेर पर बैठा करती और बालू में कुछ न कुछ लिखती रहती। लड़कों जैसे उसके बालों की वजह से उसका चेहरा बड़ा दिखता था। उसकी चमकती आँखों से उसके बुद्धिमान होने का अहसास होता था। वह साँवली थी और आधी बाँह की शर्ट और शॉर्ट्स पहना करती थी। वह ठीक चार बजे दोपहर में आती और साढ़े

छह बजे चली जाया करती थी। वह हमेशा बालू को साथ लाई बोतल से पानी डालकर गीला करती और इसके बाद उस पर एक लकड़ी के ज़रिए तस्वीरें उकेरती। जब लड़कों ने अपनी खेलने की जगह बदली तो उन्होंने सोचा कि वो उन्हीं में से एक थी—एक लड़का।

'हमारे साथ फ्रिस्बी खेलोगी?' उनमें से एक लड़के ने पूछा।

जब तक वह कुछ बोलती, लड़के का भाई दौड़कर वहाँ आया और बोला, 'वह नहीं खेलेगा। क्या तुम्हें याद नहीं कि मम्मी ने क्या कहा था? वह पागल बच्चा है।' उसने बालू में बनाई उसकी पच्चीकारी को पैरों से कुचला और फिर अपने भाई के साथ भाग गया।

लड़की ने देखा कि वह दूसरे लड़कों के कानों में कुछ फुसफुसा रहा है। उन्होंने तुरंत उसकी तरफ मुँह बिचकाया। पर एक लड़का ऐसा था जिसने उसकी तरफ मुँह नहीं बनाया था।

इसके बाद अगले दिन से, छोटी लड़की अपने साथ न केवल पानी की बोतल लाती बल्कि उस लड़के को बाक़ी के साथ खेलते देखने की एक इच्छा भी लाती। वह एकाध बार उसकी तरफ नज़र डाल लेता था, पर लड़की को यह समझ नहीं आता था कि वह उसे वैसे क्यों नहीं देखता जैसे वह देखती है। छोटी लड़की ने लड़के के बारे में एक और बात पर ग़ौर किया कि जब दूसरे लड़के शाम को छह बजे खेलना बंद कर देते थे—वह जाने से पहले आम के पेड़ पर एक पत्थर फेंकना नहीं भूलता था।

एक शाम खेलना बंद करके लड़का अपने घर लौट गया, जहाँ वह अपने माता-पिता के साथ रहता था। वह अपने घर के दरवाज़े पर एक आम देखकर चौंक गया, बिल्कुल वैसा जिसे वह काफ़ी समय से ताड़ रहा था। पीछे से उसने किसी को कहते सुना, 'यह तुम्हारे लिए है। मुझे मुँह न चिढ़ाने के लिए तुम्हारा शुक्रिया।'

लड़की के वहाँ मौजूद होने से भौचक्के निर्माण ने जल्दी से दरवाज़े की घंटी बजा दी। वह समझ नहीं सका कि 'मुँह न चिढ़ाने' से लड़की का क्या मतलब है और इससे वह और भी नर्वस हो गया। जब उसकी माँ ने द्वार खोला तो उसने जल्दी से आम उठाया और माँ को दे दिया।

'तुम्हें यह कहाँ मिला?' मिसेज़ बोस ने पूछा।

'इसने मुझे दिया,' लड़की की ओर इशारा करते हुए निर्माण ने कहा।

मिसेज़ बोस की निगाहें लड़की की तरफ मुड़ीं, 'क्या यह तुम्हारी नई दोस्त है?'

लड़की की ओर तिरछी नज़र से देखते हुए निर्माण ने तुरंत अपनी माँ के सामने सिर हिलाया। वह लड़की की ओर देखकर मुस्कुराईं, 'तुम्हारा नाम क्या है?'

'रईसा बरुआ,' लड़की ने संकोचपूर्वक जवाब दिया।

'कितना प्यारा नाम है,' मिसेज़ बोस ने कहा और निर्माण की ओर देखकर बोलीं, 'क्या तुम अपनी दोस्त को अंदर नहीं बुलाओगे?'

कुछ घबराकर मुस्कुराते हुए निर्माण ने रईसा का हाथ पकड़ा और अपने घर के अंदर ले गया।

मिसेज़ बोस ने आम को दो हिस्सों में काटा और दोनों बच्चों को आधा-आधा दिया। उसकी ख़ुशबू और स्वाद ऐसा था कि बस मुँह में पानी आ जाए।

'तुम्हें कैसे पता कि मैं लड़की हूँ?' उसने आम का गूदा खाते हुए पूछा।

निर्माण खाते हुए एक क्षण को रुका और सवाल पर ध्यान देते हुए बोला, 'तुमने कैसे जाना कि मैं लड़का हूँ?'

'मुझे पता था क्योंकि तुम दूसरे लड़कों के साथ खेलते थे।'

'मैं जानता था क्योंकि. . . क्योंकि. . .' निर्माण ने अंदाज़ा लगाया पर नाकाम रहा।

'बस मुझे पता था,' उसने कहा और अपना आधा आम खा लिया। गूदे का कुछ हिस्सा उसके मुँह के कोनों और गाल पर लगा था, जिसे देखकर रईसा को हँसी आ गई, परंतु उसने अपने आपको हँसने से रोक लिया।

उस रात रईसा ने अपने बेडरूम की खिड़की से बाहर झाँका तो पाया कि निर्माण अपनी बालकनी पर खड़ा था। वो लोग पास ही रहते थे और उनके अपार्टमेंट्स एक-दूसरे के आमने-सामने थे। रईसा उसकी तरफ हाथ हिलाकर इशारा करती कि तब तक बिजली ही चली गई। वह जल्दी से अंदर गई, अपनी माँ की अलमारी से फ़्लैशलाइट निकाली और बालकनी की ओर भागी। निर्माण की बालकनी पर फ़्लैशलाइट चमकाते हुए उसने उसे तुरंत खोज लिया। उसने हाथों को अपनी आँखों पर रखकर उन्हें बंद कर लिया। इससे रईसा को हँसी आई। इसके बाद उसने किरण को उसके चेहरे से हटाकर उसकी बाँहों पर डाला और फिर उसके चेहरे पर कर दिया। अचानक वह अपने घर के अंदर भागा। निराश रईसा ने फ़्लैशलाइट को बंद कर लिया। *क्या उसने उसे डरा दिया था?*

वह अपने कमरे के अंदर जाने ही वाली थी कि तभी रोशनी की एक किरण उसकी बालकनी पर चमकी। उसने पाया कि रोशनी निर्माण की बालकनी से आ रही थी और अब इसकी चमक उसके चेहरे पर थी। उसने अपनी आँखें बचाईं

और किसी तरह अपनी फ़्लैशलाइट को ऑन कर देखा कि निर्माण ख़ुशी के मारे अपनी फ़्लैशलाइट का निशाना उसकी बालकनी पर लगा रहा था। आश्चर्य से भरा चेहरा और तेज़ी से धड़कता दिल लिए रईसा झुकी और बालकनी के सीमेंटेड हिस्से की तरफ खिसक गई। वह देख रही थी कि रोशनी की किरण उसके सिर के ऊपर से होती हुई साथ वाले ड्रॉइंग रूम में उसे खोज रही थी। इसके बाद लाइट्स बंद हो गईं। इस डर से कि निर्माण वहाँ से चला जाएगा, रईसा खड़ी हुई तो देखा कि निर्माण की माँ भी उसके साथ थी। दोनों उसकी तरफ हाथ हिला रहे थे। उसने जल्दी से वापस हाथ हिलाया। निर्माण की माँ अंदर चली गईं पर रईसा की माँ ठीक तभी बाहर आईं और उसके कान पर तमाचा मारा और उसे अंदर ले गईं। अभी तक न सोने के लिए उसकी माँ ने उसे दो थप्पड़ लगाए, जिसके बाद वह बिस्तर पर लेट गई। उसने अपनी आँखें बंद कर लीं। न जाने वह क्यों ख़ुश थी।

वॉयस नोट 3

अगले दो सालों में रईसा और निर्माण की दोस्ती और भी गहरी हो चली थी। स्कूल में एक फ़ैंसी ड्रेस कॉम्पिटिशन के दौरान उनकी माँओं ने उन्हें कृष्ण और राधा बनाने का फ़ैसला किया। दोनों को पहला पुरस्कार मिला और दोनों ही बेहद सुंदर दिख रहे थे। उन्होंने अपना ज़्यादातर दिन साथ बिताया। चाहे कॉलोनी हो या स्कूल में, माता-पिता के अलावा केवल रईसा थी, जिसके साथ निर्माण वक़्त बिताना पसंद करता था। एक बार उसने अपनी माँ से पूछा, 'रईसा और मैं एक साथ आपके और बाबा के साथ क्यों नहीं रह सकते?'

मिसेज़ बोस इस बात पर ख़ूब हँसी थीं और फिर उन्होंने उसे परिवारों और दोस्तों के बीच अंतर समझाया था। *दोस्त*। हालाँकि निर्माण के दूसरे दोस्त भी थे, रईसा को दोस्त कहना न जाने क्यों उसे अजीब लगा था।

उस वसंत पर निर्माण ने ऐसी साइकिल ख़रीदी थी जिसके पिछले पहियों के दोनों तरफ दो छोटे-छोटे पहिए लगे थे, रईसा इस पर ख़ूब हँसी।

'किसी की बाइक में ये नहीं लगे होते,' उसने उसे चिढ़ाया।

उसकी तरफ और फिर दूसरे बच्चों की ओर देखकर जो अपनी साइकिलों पर रेस लगा रहे थे, निर्माण का दिल बैठ गया। अपनी साइकिल छोड़ वह पास की ही एक बिल्डिंग तक गया। अपने घुटनों को सीने में दबाए वह निचली सीढ़ी पर बैठा बिल्कुल बेचारा लग रहा था। रईसा ने अपनी साइकिल खड़ी की और उसके पास आई।

'क्या हुआ निर्माण?' उसने पूछा।

लंबी-लंबी और कांपती हुई साँसों के साथ घुटनों में सिर छिपाए निर्माण बुदबुदाया, 'मैं दूसरों की तरह बैलेंस नहीं बना पाता, इसलिए बाबा मेरे लिए वो

सपोर्टर्स लाए थे। उनके बिना मैं साइकिल नहीं चला पाता, पर उनके साथ लोग मेरा मज़ाक उड़ाते हैं।'

रईसा ने उसके बालों में हाथ फेरा और कहा, 'मेरी तरफ देखो।'

निर्माण ने नहीं देखा।

'मेरी तरफ देखो निर्माण। अभी!'

उसने सिर उठाया। रईसा ने उसके चेहरे पर आए आँसू पोंछे और कहा, 'मैं तुम्हें सिखाऊँगी कि साइकिल चलाते समय बैलेंस कैसे बनाते हैं। मेरे साथ आओ।'

'तुम सिखाओगी?' निर्माण ने उसकी तरफ अविश्वास के साथ देखते हुए कहा।

रईसा मुस्कुराई और हाँ में सिर हिलाया, 'मैं सिखाऊँगी। चलो अब उठो और मेरे साथ आओ।' वह खड़ा हुआ, पतलून झाड़ी और उसके साथ हो लिया।

निर्माण अपनी साइकिल पर बैठा।

'इस पर नहीं। मेरी वाली पर बैठो।'

निर्माण ने अपनी साइकिल खड़ी की और रईसा की साइकिल पर बैठ गया। रईसा उसके पीछे जाकर बैठ गई।

'मैं तुम्हें पीछे से पकड़ रही हूँ ताकि तुम साइड में न गिरो, लेकिन तुम्हें लगातार पैडल चलाते रहना होगा, ठीक है?'

'मैं गिर जाऊँगा!' निर्माण सच में डरा हुआ था।

रईसा साइकिल के सामने आई और उसे अपना हाथ दिया।

'इसे पकड़ लो।'

निर्माण ने उसका हाथ पकड़ा।

'कसकर।'

निर्माण ने अपनी पकड़ मज़बूत कर दी।

'पिछले रविवार मैंने एक मूवी देखी, जिसमें हीरो कहता है कि अगर तुम किसी का हाथ पकड़ते हो और दिल से उसके लिए दुआ माँगते हो, तो कभी कुछ ग़लत नहीं होगा। मैं तुम्हारे लिए अपने दिल से दुआ माँगती हूँ निर्माण।'

उसकी आँखों में देखते हुए उसने आश्वस्त महसूस किया। उसने उसका हाथ छोड़ा और फिर से साइकिल के पीछे आ गई।

'अब सामने देखो और पैडल चलाओ। मैं ठीक तुम्हारे पीछे हूँ।'

निर्माण ने अपने सूखे हुए होंठों पर जीभ फेरी और अपने पैरों की तरफ देखते हुए धीरे-धीरे पैडल चलाने लगा। रईसा ने ऊपर और सामने देखने का आग्रह

किया। जब तक निर्माण ने सीधे सामने देखने की कला नहीं सीख ली, साइकिल कांपते हुए ही चलती थी। रईसा की इस हौसलाअफ़ज़ाई में निर्माण ने एक नया रोमांच खोज लिया था। हर गुज़रते पल के साथ उसमें ज़्यादा आत्मविश्वास आ रहा था और साइकिल पर उसका नियंत्रण बेहतर होता जा रहा था। वह अपने डर को जीत चुका था। आधा मिनट हो चुके थे और वह अभी तक गिरा नहीं था। *सच में रईसा ने मुझे पीछे से पकड़ रखा है और. . .* जल्दी से उसने सिर घुमाया और पाया कि वह कहीं पीछे रह गई थी। इस अभूतपूर्व रोमांच के चलते उसने तेज़ पैडल चलाने शुरू कर दिए। हवा के तेज़ थपेड़े उसे धकेल रहे थे और उसके कानों में गूंज रहे थे। उसे कभी यक़ीन नहीं था कि एक इतने डरावने डर को भी जीता जा सकता है। लेकिन हवा असली थी, रोमांच भी असली था और ख़ास बात यह थी कि वह बगैर किसी मदद के साइकिल चला रहा था. . .

'देखा, मैंने तुमसे कहा था निर्माण।' रईसा की आवाज़ आई।

निर्माण ने अपना सिर घुमाया और चिल्लाया, 'थैंक यू रईसा!'

जब तक वह साइकिल को धीमा करता या उसे किनारे ले जा पाता, रफ़्तार से जा रहा निर्माण, रास्ते के मोड़ पर छोटी-सी दीवार से टकरा गया। रईसा उसके पास दौड़ती हुई पहुँची। बाइक का अगला हिस्सा टूट-फूट चुका था। दोनों ने शरमा कर एक-दूसरे को देखा। रईसा ने देखा कि निर्माण की हथेली छिल गई थी।

'मुझे माफ़ करना निर्माण,' उसने कहा।

'तुम क्यों माफ़ी माँग रही हो? मैं तुम्हारी वजह से नहीं गिरा।'

'मैं इसलिए माफ़ी माँग रही हूँ क्योंकि मैंने तुमसे झूठ बोला। मैंने ऐसी कोई मूवी नहीं देखी थी जिसमें हाथ पकड़ने से गुडलक आने के बारे में कुछ कहा गया हो।'

जैसे ही उसे रईसा का अजीब झूठ पकड़ में आया, निर्माण समझ गया कि उसने ऐसा केवल उसके डर को हराने के लिए कहा था।

अगले दिन स्कूल में, जब अचानक टेस्ट हुआ तो निर्माण अपनी छिली हुई हथेली की वजह से आधा टेस्ट भी नहीं दे पाया। जब टीचर ने पेपर्स बाँटे तो निर्माण को उसने सबसे कम मार्क्स पाने के लिए कसकर डाँट लगाई। जी भरकर उसकी बेइज़्ज़ती करने के बाद जब वह ब्लैक बोर्ड पर कुछ लिखने को मुड़ी, तभी उसके सिर के पीछे कुछ आकर टकराया।

'आउच!' वह गुस्सा होते हुए घूमी। ईंट जैसा एक इरेज़र उसके पैरों के पास ज़मीन पर पड़ा था। 'ये इरेज़र किसने फेंका?' वह चिल्लाई।

उसने बाएँ से दाएँ और फिर दाएँ से बाएँ छात्रों पर नज़रें गड़ाईं पर किसी ने जवाब नहीं दिया।

'मुझ पर इरेज़र किसने फेंका था?' उसकी आवाज़ ऊँची हो गई थी।

फिर भी किसी ने जवाब नहीं दिया। निर्माण ने पाया कि उसके बराबर बैठा एक छात्र दोषी रईसा की तरफ इशारा करने के लिए हाथ उठाने ही वाला था। वह तुरंत उठा।

'मैंने फेंका था, टीचर,' निर्माण ने कहा।

उससे कुछ ही आगे बैठी रईसा ने अचरज में भरकर उसकी तरफ देखा और इसके बाद ख़ुद उठ खड़ी हुई।

'आपको उसे मारना नहीं चाहिए था, टीचर,' उसने कहा। हर कोई उसकी इस हिम्मत पर मुँह फाड़कर देख रहा था।

टीचर ने उनके माता-पिता को बुला लिया। हालाँकि निर्माण ने रईसा को कहा था कि वो अपने-अपने माता-पिता को सब कुछ बता देंगे। मगर शाम बीत गई पर रईसा को यह सब अपनी माँ को बताने के लिए सही वक़्त नहीं मिला। उस रात, हमेशा की तरह उसने अपने कमरे के एक कोने में चुपचाप खाना खाया। अक्सर वह अपने कमरे में या फिर रसोईघर में खाना खाती थी, क्योंकि उसके पिता को अपने डायनिंग स्पेस में किसी बच्चे की मौजूदगी पसंद नहीं थी। उनके पूर्वाग्रहों के चलते एक मनोरोगी पिता-पुत्री के रिश्ते की नींव पड़ गई थी। कभी-कभी वह उसकी पूरी तरह अनदेखी कर देते तो कभी वह नशे में धुत घर लौटते और उसे कसकर सीने से चिपटा लेते और रोने लगते। यूँ तो सस्ती शराब की बदबू से रईसा को नफ़रत थी पर उनका यह प्रेम प्रदर्शन उसे अच्छा भी लगता था, जो उसे अक्सर देखने को नहीं मिलता था। रईसा नहीं जानती थी कि वह अपने पिता को प्रेम करती है या नफ़रत। और तो और, उसे यह भी पता न था कि वे भी उसे प्यार करते थे या नफ़रत। दूसरी तरफ, उसकी माँ उसे प्यार करने वाली और उसका ध्यान रखने वाली महिला थी, जो कभी-कभी ही अपने पति की मौजूदगी में बोलती थीं। हालाँकि रईसा को अपनी माँ पसंद थीं, लेकिन वह यह नहीं समझ पाती थी कि क्यों बार-बार उनकी आँखों के नीचे काले गड्ढे पड़ जाते थे या उनकी आँखों, गले या होंठों पर चोट के निशान क्यों होते थे।

उस रात जब रईसा ने स्कूल बुलावे के बारे में बताने के लिए आख़िरकार साहस जुटाया और माता-पिता के कमरे पर पहुँची तो उसे अंदर से बंद पाया। यह कोई नई बात नहीं थी। हफ़्ते में एक-दो बार, वो डिनर के बाद ख़ुद को कमरे में बंद कर लेते थे। उसकी माँ ने उसे बताया था कि जब बड़े लोग अपने कमरे में

प्रार्थना करते हैं, तो बच्चों को अंदर जाने की अनुमति नहीं होती। रईसा ने उन्हें कभी परेशान भी नहीं किया था, लेकिन उस रात बात अलग थी। वह उनका द्वार खटखटाने ही वाली थी कि अंदर से उसे ऐसी आवाज़ आई कि वह बहुत परेशान हो गई और दौड़कर अपने कमरे में भागी, अपने बिस्तर पर आकर अपने कंबल में छिप गई।

अगले दिन स्कूल में निर्माण अपने माता-पिता के साथ टीचर के कमरे में पहुँचा पर रईसा अकेले आई थी। निर्माण के पिता ने दोनों बच्चों की ओर से बात की और जल्दी ही उन्हें छोड़ दिया गया।

जैसे ही मिस्टर और मिसेज़ बोस वहाँ से गए, पहली मंज़िल पर मौजूद क्लासरूम की सीढ़ियाँ चढ़ते हुए निर्माण रईसा की ओर मुड़ा।

'तुम्हारे मम्मी-पापा क्यों नहीं आए?' निर्माण ने पूछा।

'मैंने उन्हें नहीं बताया,' उसने जवाब दिया।

'क्यों?'

'क्या तुम्हारे मम्मी-पापा भगवान से प्रार्थना करते हुए अजीब-सी आवाज़ें निकालते हैं?' उसने पूछा।

उसके एक भी शब्द को न समझते हुए निर्माण ने गर्दन हिला दी।

'मेरे वाले करते हैं। वो तुम्हारे मम्मी-पापा की तरह नहीं हैं, निर्माण।'

वॉयस नोट 4

कुछ महीने गुज़र गए और अब वक़्त था आरबीआई क्वार्टर्स में सालाना खेल दिवस का। हालाँकि लड़कों और लड़कियों दोनों की ही एक जैसी एथलेटिक इवेंट्स थीं, लेकिन उनकी प्रतिस्पर्धाएँ अलग होती थीं। निर्माण लड़कों की ज़्यादातर इवेंट्स में दूसरे स्थान पर रहा। पहला स्थान यश को मिला। रईसा एक प्रतिस्पर्धा में तीसरे स्थान पर रही और बाक़ियों में हार गई। अपनी आख़िरी इवेंट के बाद हाँफते हुए निर्माण पत्थर की बेंच तक पहुँचा, जहाँ रईसा भी सुस्ताने के लिए बैठी थी।

'मैं तो एक भी इवेंट में नहीं जीत पाई,' उसने दुखी मन से कहा।

'मैं भी नहीं,' निर्माण ने भी कंधे उचकाते हुए कहा।

'अब हमारी मिक्स इवेंट्स होंगी।'

'मेरी पार्टनर बनोगी?' उसने पूछा।

'ज़रूर!' उसने उत्साह के साथ जवाब दिया।

इसके बाद उन्होंने सुना कि मिक्स्ड इवेंट्स के लिए जोड़ों के बारे में घोषणा हो रही थी। रईसा को यश के साथ रखा गया था, जबकि निर्माण को विनी नाम की एक लड़की का संग मिला था।

'अब हम बिल्कुल भी नहीं जीत पाएँगे,' निर्माण ने दुख जताते हुए कहा और रईसा के बराबर धम से बैठ गया। उसके कहने में गुस्सा भी था और निराशा भी। रईसा उठ खड़ी हुई।

'अगर हम दोनों जीतना चाहते हैं, तो किसी एक को हारना होगा,' उसने रहस्यमय ढंग से कहा। निर्माण ने नाक-भौं चढ़ाईं और रईसा को धीरे-धीरे यश की तरफ जाते देखता रहा।

पहली ईवेंट गोली और चम्मच रेस थी। साथी जोड़े एक-दूसरे के विपरीत किनारों पर खड़े किए गए थे। पहले लड़की को अपने दाँतों के बीच एक चम्मच का हैंडल रखकर और चम्मच में एक गोली रखकर दौड़ना था। उसे गोली का संतुलन बनाए रखते हुए अपने पार्टनर तक जाकर इसे उसको सौंपना था। इसके बाद उसे चम्मच को अपने मुँह में रखकर उस स्थान तक आना था, जहाँ से उसने शुरू किया था। जो भी जोड़ा गोली को गिराए बिना इसे पूरा कर लेता वह जीतता।

जैसे ही सीटी बजी, लड़कियों ने अपने-अपने पार्टनर्स की तरफ चलना शुरू कर दिया। रईसा तिरछी निगाहों से देखते हुए यश की तरफ बढ़ रही थी, जो दूसरे सिरे पर खड़ा था। दो लड़कियाँ पहले उसके बराबर आईं और फिर निकलने लगीं। इनमें एक स्मिता और दूसरी विनी थी। उसने विनी को तो जाने दिया, लेकिन स्मिता के साथ उलझ गई। जैसे ही वो बराबर आए, रईसा ने अपनी बाँह आगे की जो स्मिता के कंधे से टकराई। रईसा की गोली गिर गई। और साथ ही स्मिता की भी।

'सॉरी, मेरे हाथ पर एक कीड़ा था,' रईसा ने माफ़ी माँगी।

जब घोषणा हुई कि वह और रईसा दोनों ही बाहर कर दी गई हैं तो स्मिता के आँसू निकल पड़े। इस बीच विनी निर्माण तक पहुँच चुकी थी, जो इवेंट पूरी करके रेस जीत गया था।

अगर हम दोनों को जीतना है तो, किसी एक को तो हारना ही होगा।

उसकी तरफ देखकर निर्माण अब समझा कि उसका क्या मतलब था। उसकी जीत में रईसा की जीत की महक भी शामिल थी।

वॉयस नोट 5

उस रात रईसा को अपने पिता का इंतज़ार था। वह उन्हें दिखाना चाहती थी कि उसने एक सिल्वर कप जीता है। उसे लगता था कि अगर उसके पिता एक बार उसे गले लगाएँगे तो यही उसके लिए पुरस्कार जीतने जैसा होगा। हालाँकि उसकी माँ ने उसे बार-बार कहा कि वो पिता का इंतज़ार न करे क्योंकि रविवार को वे हमेशा देर से आते थे, पर उसने गोदी में सिल्वर कप रखकर सोफ़े पर इंतज़ार करना बेहतर समझा। रात को दस बजे के क़रीब, जब उसके पिता घर आए, उसने द्वार खोला। उसकी नज़र उन पर पड़ी तो उसका कप ज़मीन पर झनझनाकर गिर गया। ख़ून की तरह लाल आँखें लिए मिस्टर बरुआ ने दरवाज़े को धक्का दिया और लड़खड़ाते हुए अंदर आए। रईसा ने देखा कि वह उसी तरह झूम रहे थे जैसे तब होता था जब उनकी साँस से बदबू आती थी। वह सोफ़े के पास ज़मीन पर ढह गए। रईसा ने उठाने के लिए मदद की कोशिश की, पर तभी उसकी माँ आईं और उसे अपने कमरे में जाने को कहा। रईसा ने इसका पालन किया।

वह बचपन में शायद ही कभी रोई हो, पर उस रात उसके आँसू ही नहीं रुक रहे थे। न जाने कब आँख लगी, उसे पता नहीं चला। अचानक एक सिसकने की आवाज़ से उसकी नींद टूटी। जैसे-जैसे नींद का असर कम हुआ, रईसा को और सिसकियाँ सुनाई पड़ने लगीं जो उसके माता-पिता के बेडरूम से आती लग रही थीं। वह अपने बिस्तर से उठी और उनके कमरे की तरफ भागी। कमरा लॉक नहीं था। रईसा के लिए इसका अर्थ था कि वो प्रार्थना नहीं कर रहे थे। धीरे से दरवाज़े को धक्का देते हुए उसने धड़कते दिल से अंदर झाँका। उसे अब अपने जीवन का सबसे बड़ा झटका लगा। बड़े से बिस्तर पर उसकी माँ के ऊपर उसके

पिता नंगे बैठे थे और कूल्हे पर ज़ोर-ज़ोर से आगे-पीछे होते हुए उसकी माँ को पीट रहे थे। पति से ख़ुद को छोड़ने की भीख माँग रही माँ को देखकर रईसा डर से कांपने लगी। मगर उनके मुँह पर अपनी लार गिराते हुए और गालों पर थप्पड़ मारते हुए उनके नितंबों की वह हरकत जारी रही।

रईसा अपनी माँ की मदद करना चाहती थी, पर उसका शरीर मानो सुन्न हो गया था जैसे उसे लकवा मार गया हो। उसका दिमाग़ चेतनाहीन हो गया था। केवल उसकी आँखें पूरी खुली थीं और वो जो देख रही थीं वह उसके मन पर छप रहा था। छटपटाती हुई उसकी माँ अपने पति से लड़ते हुए ऊपर-नीचे हो रही थी लेकिन ख़ुद को उससे आज़ाद नहीं कर पा रही थी। रईसा दरवाज़े के सहारे धीरे से फ़र्श पर बैठना चाहती थी, पर वह यह भी न कर सकी। और तभी उसकी माँ की नज़र उस पर पड़ गई। मिसेज़ बरुआ की मानो जान ही निकल गई हो। उन्होंने तुरंत पति से लड़ना बंद किया। रिरियाने और कराहने की सभी आवाज़ें बंद हो गईं। उनके पति ने कुछ सेकेंड्स उन्हें पकड़े रखा और फिर उनके बराबर एक कराह के साथ लुढ़क गए। मिसेज़ बरुआ धीरे से उठीं, रईसा की ओर एकदम सीधे देखते हुए अपने कपड़े संभाले, नशे में धुत नंगे पति को ढका। रईसा की तो आँखें चौड़ी थीं और मुँह खुला हुआ। उसकी माँ बिस्तर से उठीं। वह अस्त-व्यस्त और कमज़ोर-सी दिख रही थीं। लड़खड़ाते हुए वह बेटी की ओर आईं, मानो चलने में दर्द हो रहा हो। जैसे ही वह पास आईं, रईसा की नज़र उसके बिखरे हुए बालों, फैले हुए सिंदूर और होंठों से ठोड़ी तक ख़ून की एक रेखा पर गई।

मिसेज़ बरुआ ने अपनी बेटी की आँखों में झाँका और समझ गईं कि जो भी उसने अभी देखा है वह उस नन्ही लड़की के मन को झुलसाता रहेगा, चाहे वह इस वक़्त इसकी कितनी भी सफ़ाई क्यों न दे लें। मिसेज़ बरुआ ने बेटी को अपने सीने से लगाया। जल्दी ही माँ और बेटी दर्द की उस भाषा में बात करने लगीं जिसके शब्द थे आँसू।

वॉयस नोट 6

यह जानते हुए कि उनका पति फिर ऐसी हरकत करेगा और इस डर से कि रईसा फिर इसे देख सकती है, मिसेज़ बरुआ ने मिसेज़ बोस से बहाने से पूछा कि क्या रईसा इस वीकेंड आपके घर बिता सकती है। वह अच्छी तरह जानती थीं कि यह कोई हल नहीं था।

'ज़रूर,' मिसेज़ बोस रईसा को घर पर रखकर ख़ुश थीं।

पहली रात, जब रईसा निर्माण और उसके माता-पिता के साथ खाना खाने बैठी, उसे हर पल इतना अच्छा लग रहा था कि वह सोच रही थी कि काश उसके घर भी सब कुछ ऐसा ही होता। यह खाना नहीं, बल्कि प्यारा-सा साथ होना था। यह कोई रुटीन नहीं था बल्कि यह सच था कि निर्माण के माता-पिता उसके लिए थे। यह ख़याल रईसा के लिए अनोखा था। इसीलिए बेहद आकर्षक भी था और दिल तोड़ने वाला भी।

देर रात बारिश होने लगी। बूंदों की टपटप से रईसा की आँख खुल गई। वह निर्माण को जगाने के लिए उसके कमरे में गई।

'निर्माण उठो। चलो पिकनिक के लिए चलते हैं,' उसने उसकी बाँह हिलाई।

'पिकनिक? कहाँ?' अपने बिस्तर से उठते हुए, एक क्षण को खोए हुए से निर्माण ने सोचा शायद वह सपना देख रहा था।

'टैरेस पर।'

'माँ हमें डाँटेंगी।'

'नहीं डाँटेंगी अगर तुम वैसा करो जैसा मैं कहूँ।'

निर्माण ने आँखें मल कर नींद को भगाया।

'हमें दो छाते और कुछ खाने को चाहिए होगा।'

निर्माण अपने माता-पिता के कमरे में गया और बगैर उन्हें उठाए अलमारी से एक बड़ा-सा छाता निकाल लाया। इस बीच रईसा ने फ्रिज खोला, जिसमें बहुत-से फ्रूटी के पैकेट और मिठाई का डिब्बा रखा था। उसने डिब्बे को बगल में दबाया और दोनों हाथों में एक-एक फ्रूटी पकड़ ली और कोहनी से फ्रिज का द्वार बंद कर दिया।

जब निर्माण उसे ड्रॉइंग रूम में मिला तो उसने कहा, 'मुझे पता नहीं कि दूसरा छाता कहाँ है? क्या एक से काम चलेगा?'

रईसा ने एक क्षण सोचा और फिर बोली, 'हमें काम चलाना होगा।'

उसने चुपके से मुख्य द्वार खोला।

'तुम क्या कर रही हो?' निर्माण उत्सुक से ज़्यादा डरा हुआ था। लेकिन जिसे मना हो, वह काम करने का रोमांच बेहद मज़ेदार था।

'बताया तो था,' रईसा ने हौले से कहा, 'हमें टैरेस पर जाना है।'

एक आज्ञाकारी बच्चे की तरह, निर्माण रईसा के पीछे था, जिसने चटखनी खोली और फिर द्वार खोला और फिर दोनों चौथे फ़्लोर पर मौजूद टैरेस के लिए सीढ़ियाँ चढ़ गए।

छाते के नीचे वो टैरेस के बीचोंबीच पहुँचे, जबकि निर्माण ने रईसा की ड्रेस पकड़ रखी थी क्योंकि दोनों के चारों ओर तेज़ बारिश हो रही थी। रईसा ने छाता नीचे किया और दोनों उसकी बड़ी-सी कनोपी के नीचे आराम से आ गए मानो वह दोनों का अड्डा था। रईसा ने निर्माण को फ्रूटी दी और कहा, 'तुम लकी हो, निर्माण।'

'यानी?'

'यानी लक तुम्हारे साथ है।'

'लक क्या होता है?'

'मुझे नहीं पता। मैंने कई बार माँ को यह बात दूसरों के लिए कहते सुनी है। तुम्हारे और आंटी दोनों के लिए,' रईसा ने जवाब दिया।

निर्माण ने उसकी तरफ देखा जो रात के बरसते हुए आसमान की ओर ताक रही थी, इस बात का ख़याल रखते हुए कि कहीं भीग न जाएँ।

'क्या अच्छे दोस्त अपने लक को बांट नहीं सकते?'

'अच्छे दोस्त केवल फ्रूटी बांट सकते हैं, लक नहीं,' उसने न में अपना सिर हिलाया।

'क्या तुम किसी बात से दुखी हो?' निर्माण ने जानने की कोशिश की।

रईसा ने सिर हिलाया।

'सुनो,' उसने उसकी तरफ झुकते हुए कहा। 'माँ कहती हैं कि जब कोई दुखी हो तो हमें उसे सिर रखने के लिए अपना कंधा देना चाहिए। इससे उन्हें अच्छा लगता है।'

रईसा ने अपना सिर उसके कंधे पर रख दिया। *आंटी सच कहती हैं। इससे सचमुच अच्छा लगता है*, उसने सोचा।

वॉयस नोट 7

सुबह जब मिस्टर और मिसेज़ बोस को दोनों बच्चे अपने बिस्तर पर नहीं मिले, तो वे परेशान हो उठे। दोनों पागलों की तरह घर भर में उन्हें खोजने लगे। मिसेज़ बरुआ भी इस खोज में उनके साथ शामिल हो गईं। जब उन्होंने सिक्योरिटी गार्ड को सभी टैरेस चेक करने को कहा, तो उसने दोनों को सोते हुए पाया। तेज़ी से वहाँ पहुँचीं मिसेज़ बोस ने ठिठककर देखा कि दोनों बच्चे एक-दूसरे के बराबर हाथ पकड़े सो रहे थे। छाता खुला था और सुबह की गर्म धूप दोनों के चेहरे पर पड़ रही थी। दोनों ताज़ा खिली कली की दो सीधी-सादी-सी पंखुड़ियाँ लग रहे थे। जब मिसेज़ बरुआ भी वहाँ पहुँची तो दोनों को देखकर मुस्कुराए बिना न रह सकीं।

'चलो अब एक-एक करके दोनों नहाओ और तैयार हो जाओ। हम आज कामाख्या मंदिर जाएँगे,' दोनों को घर लाते हुए मिसेज़ बोस ने कहा।

'लेकिन मेरे पास बदलने के लिए कपड़े नहीं हैं,' रईसा ने आपत्ति जताई।

'ठीक है बच्चे। आज निर्माण के कपड़े पहन लो। लौटकर हम तुम्हें घर ले जाएँगे। असल में रईसा, तुम पहले नहाओ।'

निर्माण ने देखा रईसा बाथरूम में गई पर तुरंत ही लौट आई।

'सुनो, बैडरूम को बाहर से बंद कर देना,' उसने उसे बताया, 'जब मैं तैयार हो जाऊँगी तो खटखटा दूँगी, और तुम तब मुझे बाहर निकाल देना।'

'ठीक है,' निर्माण ने सहमति जताई।

'मगर मेरे कपड़े कहाँ हैं?' उसने पूछा।

'मैं माँ से पूछता हूँ।'

'उन्हें बिस्तर पर रख देना।' रईसा साथ लगे बाथरूम में घुस गई और अंदर

से बंद कर लिया।

जब निर्माण ने अपनी माँ से रईसा के लिए नए कपड़ों के बारे में पूछा तो उन्होंने कहा कि वह उसकी अल्मारी से अपनी मर्ज़ी से कोई भी ले सकती है, क्योंकि सभी साफ और तह बनाए हुए थे। निर्माण ने अलमारी में करीने से रखे कपड़ों में से सावधानी से एक टी-शर्ट और शॉर्ट्स का जोड़ा निकाला। उसे बेड पर रखा और बाहर जाने ही वाला था कि दरवाज़े के पास रुका और उसके चेहरे पर एक शरारत भरी मुस्कान आ गई। *मैं रईसा को चौंका दूँगा*, उसने सोचा।

निर्माण ने द्वार बंद किया और जल्दी से ख़ुद को बेड के नीचे छिपा लिया। कुछ मिनट बाद, रईसा बाहर आई। उसे उसके पैर दिखाई दिए। उसे पता चल रहा था कि वह उसके शॉर्ट्स पहने थी। जब वह दरवाज़े की ओर जा रही थी कि तभी बेड के नीचे से निर्माण निकला और उसे घेरकर ज़ोर से चिल्ला पड़ा—'हू-हू-हा-हा!' उस दौरान बगैर सोचे, रईसा ने ड्रेसिंग टेबल से टैलकम पाउडर का जार उठाया और उसके सिर पर दे मारा। सब कुछ एक झटके में हो गया। अपना सिर पकड़े निर्माण फ़र्श पर गिर पड़ा। अगले ही क्षण उसके सिर से ख़ून निकलने लगा और रईसा की आँख से आँसू। हालाँकि यह कोई बड़ी चोट नहीं थी, डॉक्टर ने निर्माण को कुछ दिन आराम करने की सलाह दी। इस बीच वह स्कूल नहीं जा सका। रईसा अपनी माँ के साथ उसे देखने भी आई पर नाराज़ निर्माण ने उससे मिलने से इनकार कर दिया। जब रईसा ने पूरी घटना अपनी माँ को सुनाई, तो वह समझ गई कि क्यों उसकी बेटी ने इस तरह रिएक्ट किया था: एक आदमी के छूने से नफ़रत. . .

एक तरफ रईसा को इसका दुख था कि उसने दिल दुखाया था और दूसरी तरफ उसे लगता था कि निर्माण को उसे इस तरह नहीं डराना चाहिए था; और यह कि उसे भी पछतावा होना चाहिए जैसे उसे था।

दोनों की माँओं ने जितना मुमकिन था अपने बच्चों के बीच सुलह कराने की कोशिश की, लेकिन शीतयुद्ध चलता ही रहा।

कुछ महीने बाद एक दिन, मिसेज़ बोस मिसेज़ बरुआ से मिलने पहुँचीं।

'मैं यह बताने आई थी कि निर्माण के पिता को प्रमोशन मिला है। हम लोग कलकत्ता जा रहे हैं,' उन्होंने कहा। 'सब कुछ इतना जल्दी में हुआ कि मैं आपको पहले बता ही नहीं सकी।'

'ओह! जाने से पहले आप लोग क्यों नहीं एक बार डिनर पर आएँ?' मिसेज़ बरुआ ने पूछा।

'बहुत-बहुत शुक्रिया, लेकिन पैकिंग का ढेर सारा काम बचा है। और हम

परसों ही जा रहे हैं।'

जब मिसेज़ बरुआ ने यह ख़बर रईसा को सुनाई तो, उसने यह कहकर डिनर छोड़ दिया कि उसके पेट में दर्द है। अगले दिन, उसने निर्माण के घर के सभी सामान को एक बड़े-से ट्रक में लदते हुए देखा। अगले ही दिन एक कार निर्माण और उसके माता-पिता को एयरपोर्ट ले जाने के लिए आ गई थी। उसने अपनी बालकनी से देखा, निर्माण कार में बैठ रहा था। तभी रईसा को लगा कि इसका कोई मतलब नहीं था कि किसने पहले माफ़ी माँगी और किसकी ग़लती थी। इस बात के सिवाय सब कुछ बेमानी था कि वह चला जाएगा तो वह अपने सबसे अच्छे दोस्त को मिस करेगी। रईसा अपने घर के मुख्य दरवाज़े की ओर दौड़ी, उसे खोला और नंगे पैर ही अपनी सीढ़ियों से उतर गई। जब तक वह अपनी बिल्डिंग से बाहर आई, कार मेन गेट तक पहुँच चुकी थी, जहाँ सिक्योरिटी गार्ड द्वार खोलने वाला था। वह निर्माण का नाम लेते हुए गाड़ी की ओर दौड़ी लेकिन ठोकर खाकर गिर पड़ी। अपनी चोट की परवाह न करते हुए वह फिर खड़ी हुई और जितना तेज़ हो सकता था दौड़ी। कार इसके बाद तेज़ होते हुए सड़क पर चली गई। मेन गेट पर पहुँचकर हाँफते हुए रईसा ने उम्मीद की कि शायद निर्माण एक बार पीछे मुड़कर देख ले और उसे पता हो कि वह वहाँ खड़ी थी। गीली आँखों से उसने अपना हाथ अपनी जेब में डाला, जिससे एक तस्वीर निकली जिसमें दोनों राधा और कृष्ण के कपड़ों में दिख रहे थे।

वॉयस नोट 8

हाय शनय,

मुझे यक़ीन है कि तुम सोच रहे होंगे कि रईसा और निर्माण कौन हैं और तुमसे इसका क्या सम्बन्ध है। मैं रईसा और निर्माण की पिछली कहानी न बताकर सीधे अपने मुद्दे पर आ सकती थी, पर इससे मेरा उद्देश्य पूरा नहीं होता। मैंने उनकी शुरुआत के बारे में तुम्हें बताया है क्योंकि अगर तुम ये समझते हो तो तुम इस कहानी के अंत में सही चुनाव करने के लिए तैयार हो पाओगे।

जिस दौरान निर्माण ने गुवाहाटी को छोड़ा, अच्छी बात यह थी कि रईसा और निर्माण दोनों बच्चे थे और दोनों में से किसी के मन पर भारी-भरकम अतीत का बोझ नहीं था। जो कुछ उनके मन में था वह उनकी दोस्ती थी; एक-दूसरे के लिए उनकी भावनाएँ सहज, आवेगशील थीं और सोची-समझी नहीं थीं। तुम्हारे लिए यह जानना ज़रूरी है कि जो कुछ उन्होंने उस वक़्त शेयर किया, पूरी तरह असली था और किसी भी तिकड़म से परे था। मैं इस कहानी को अगले नोट में पूरा करती हूँ।

बुक दो

वॉयस नोट 9

रईसा और अफ़साना,
कोलकाता, 2002।

गर्मियों की छुट्टियों के बाद यह स्कूल का पहला दिन था। निर्माण ने पहले पीरियड के बाद क्लास छोड़ी और वह बॉयज़ के टॉयलेट की तरफ जा रहा था, तभी एक पेपर बॉल उसके कंधे के पास आकर लगी। वह यह देखने को पलटा कि किसने उसे फेंका था पर कॉरीडोर में मौजूद छात्रों में उसे दोषी का पता नहीं चल सका जो अपनी-अपनी क्लासों की तरफ बढ़ रहे थे। उसने यूँ ही पेपर बॉल को उठाया और खोला तो उसमें मोटे अक्षरों में एक शब्द लिखा था—*मोरॉन।* उसे यक़ीन था कि ये उसी की क्लास के किसी लड़के की कारस्तानी थी।

जब भौतिक विज्ञान के अध्यापक ने उससे सभी स्टूडेंट्स की फ़ाइल लैब से लाने को कहा, तो निर्माण पर एक बार फिर ऐसा ही हमला हुआ; इस बार तब जब उसने अपनी क्लास के अंदर क़दम रखा था। वह तुरंत पलटा और देखा कि सीढ़ियों पर स्कर्ट पहने कोई तेज़ी के साथ नज़रों से ओझल हो रहा था। हालाँकि बाँहों में फ़ाइलों का ढेर उसकी आँखों के आड़े आ गया, जिसकी वजह से वह पहचान नहीं सका। उसने फ़र्श पर फ़ाइलें रखीं और पेपर बॉल को उठाया। इस बार उसमें शब्द था: *डॉगी।*

मध्यावकाश ख़त्म होने की सूचना देने वाली घंटी जैसे ही बजी, वह बाक़ी भीड़ के साथ क्लास में चला गया। अपने बैग पर बोल्ड अक्षरों में उसे एक शब्द लिखा मिला: *लूज़र।* इससे उसे गुस्सा आ गया। उसने आसपास पूछा कि क्या उन्होंने देखा कि किसने यह किया है। किसी को नहीं पता था।

स्कूल ख़त्म होने के बाद उसने दोस्तों के साथ स्कूल बस पकड़ी और आख़िरी सीट पर बैठकर बातचीत करने लगा, तभी उसे एक और पेपर बॉल आकर लगी। इस बार उसमें लिखा शब्द था—*पिगी*।

निर्माण ने आगे की सीट पर एक लड़की को मुड़ते हुए देखा। वह इतनी तेज़ी से मुड़ी कि वह उसका चेहरा नहीं पहचान सका। उसने उसका सामना करने का फ़ैसला किया। जैसे ही वह पास आया, उसने देखा कि लड़की का चेहरा नैंसी ड्रियु के नॉवल के पीछे छिपा था।

निर्माण ने गला साफ करते हुए उससे कहा: 'एक्सक्यूज़ मी?'

लड़की ने नॉवेल नीचे किया। उसने उसकी तरफ देखा।

'कुछ याद है या नाम बताऊँ बेवकूफ़?' रईसा ने पूछा। दोनों एक-दूसरे को छह साल बाद देख रहे थे।

वॉयस नोट 10

निर्माण और रईसा स्कूल बस के गलियारे में खड़े थे।

'तुमने सेंट पीटर्स हाई में कब दाख़िला लिया?' निर्माण अभी तक सकते में था। क्या यह वही रईसा थी, जो उसके बचपन वाले मज़ाक से इतना नाराज़ हो गई थी; जिसके साथ वह बारिश की रात टैरेस पर बैठा रहा था; वह लड़की जिसने उसे अपने परिचय के रूप में अब तक का सबसे रसीला आम खाने को दिया था; वह लड़की जिसने उसे साइकिल चलाना सिखाया था। जब वह बोल रही थी तो वह उसकी तरफ देखे जा रहा था। उसके लंबे बालों की चोटी में एक लाल हेयरबैंड लगा था; उसने कानों में मोतियों की स्टड पहन रखी थी; और उसकी त्वचा काफ़ी कोमल दिख रही थी। उसके गाल पर एक छोटा-सा तिल था, जो पहले नहीं हुआ करता था। इससे वह और भी प्यारी लगने लगी थी।

'दो महीने पहले, द्युता का यहाँ ट्रांसफ़र हो गया था,' जब बस झटके के साथ चली तो सिर पर बंधे स्ट्रैप को थामे हुए उसने कहा। 'मगर हमें आरबीआई क्वार्टर्स में अपना फ़्लैट कल ही मिला। जब मैंने स्कूल के लिए एडमिशन टेस्ट दिया तो हम एक होटल में रुके थे।'

'क्या तुम्हें पता था कि मैं यहाँ पढ़ रहा हूँ?' निर्माण ने पूछा।

'नहीं, पागल। जब द्युता ने कहा कि हमारे आरबीआई क्वार्टर्स के ज़्यादातर बच्चे यहाँ पढ़ते हैं तो मुझे लगा कि मैं तुम्हें यहाँ खोज लूँगी। अगर नहीं, तो तुम मुझे क्वार्टर्स में तो मिल ही जाते।'

एक क्षण से कुछ ज़्यादा देर तक दोनों ख़ामोशी के साथ एक-दूसरे की आँखों में देखते रहे। रईसा ने ख़ुद को समेट लिया।

'हे भगवान, मुझे अभी तक यक़ीन नहीं आ रहा है!' निर्माण ने

चिल्ला कर कहा।

रईसा ने अपना खाली हाथ उठाया और उसके गालों पर चिकोटी काटी।

'अब, यक़ीन है?'

निर्माण ने गाल पर हाथ लगाया, चौंककर और घबराकर उसने जल्दी से आसपास देखा कि कहीं किसी दोस्त ने उसे देखा तो नहीं।

अरसे से बिछड़े दोस्त उल्टाडांगा फुटब्रिज पर बस से उतर गए। बस स्टॉप पर भीड़ में से गुज़रते हुए उन्होंने बिधाननगर रेलवे स्टेशन से लगे आरबीआई ऑफ़िसर्स क्वार्टर्स का रुख़ किया। बहुत भीड़ की वजह से आगे-पीछे चलने को मजबूर उन्हें बात करने में मुश्किल हो रही थी। कभी-कभी रईसा निर्माण से आगे हो जाती तो कभी वह।

'तुम मुझे भूल गए थे न निर्माण?' उसने आरोप लगाया।

'बिल्कुल नहीं!'

'हाँ,' उसने शरारत से भरकर मज़ाक किया, 'तभी कोई लेटर नहीं लिखा।'

'तुमने भी तो नहीं लिखा!' निर्माण ने लगभग भागकर उसके बराबर आते हुए जवाब में कहा।

'मूर्ख! क्या तुमने मुझे अपना एड्रेस दिया था? तुम उस गंदी-सी कार में तुरंत चले गए। मैंने पीछा भी किया, पर तुम एक बार भी नहीं मुड़े और न ही तुमने एक बार भी अलविदा कहा।'

'क्या तुमने कार का पीछा किया था?'

'हाँ बुद्धू!'

'मुझे माफ़ कर दो रईसा, चाहे जो भी हो मैं उसके लिए माफ़ी चाहता हूँ।'

उस भीड़ में, रईसा की मुस्कुराहट झलक पड़ी। निर्माण को उसे समझने में एक पल लगा।

'पर तुम्हें पता नहीं कि मैं तुम्हें फिर से देखकर कितना ख़ुश हूँ,' उसे लगा कि रईसा एक बार फिर उससे आगे थी। उसने पुकारा, 'रईसा!'

वह रुकी, मुड़ी, और निर्माण की तरफ चलती हुई आई।

'झूठे!' उसने तेवर दिखाए।

'क्या?'

'गले लगाओ मुझे, बेवकूफ़।'

निर्माण ने तुरंत उसे अपनी बाँहों में ले लिया।

'*की होच्छे ऐटा* (क्या चल रहा है)?' दो किशोरों को सार्वजनिक तौर पर गले लगते देख एक बूढ़ा कटाक्ष करते हुए बांग्ला में बोला।

रईसा हटी, नैतिकता का पाठ पढ़ानेवाले बूढ़े को देखा और उसे झाड़ते हुए रूखेपन के साथ बोली, 'दादू यह तुम्हारे लिए है।' निर्माण का हाथ पकड़कर वह हँसती हुई हाउसिंग कैंपस में भाग गई।

पहली बात जो निर्माण ने अपनी माँ को बताई वह यह थी कि रईसा शहर में है। जल्दी से मुँह-हाथ धोकर वह अपनी माँ के साथ रईसा के अपार्टमेंट में पहुँचा।

'इतने साल बाद आप लोगों को देखकर बहुत ख़ुशी हो रही है,' मिसेज़ बरुआ, मिसेज़ बोस और निर्माण को देखकर चमक उठीं। 'आप लोग कैसे हैं? और हमारा छोटा निर्माण कितना बड़ा हो गया है,' उसके बालों को हिलाते हुए उन्होंने जोड़ा।

'हम सब ठीक हैं। आप लोग कैसे हैं? आप तो अच्छे लग रहे हैं,' मिसेज़ बोस ने जवाब दिया, मिसेज़ बरुआ को तरोताज़ा पाकर वह भी सच में बेहद ख़ुश थीं।

तब तक रईसा अंदर के कमरे से निकलकर अपनी माँ के पास आ चुकी थी। उसने भी मिसेज़ बोस को नमस्कार किया और निर्माण से हाय-फ़ाइव किया और उसे अंदर ले गई।

जैसे ही वो कमरे में घुसे, निर्माण ने धीरे से आसपास देखा और कमर पर हाथ रखकर उसने खीजकर देखा। आसपास लकड़ी के चार बक्से पूरी तरह बंद रखे थे; कई लकड़ी के तख्ते थे जिन्हें देखकर उसे लगा कि वो शायद रईसा के बेड के हिस्से थे जिन्हें फिर से जोड़ा जाना था; टाट में लिपटा एक लंबा आयताकार बक्सा शायद अलमारी थी; एक लोहे का ट्रंक भी टाट में लिपटा रखा था; कई आकार के सूटकेस उल्टे-पुल्टे रखे थे। वार्डरोब के दरवाज़े के पैनल पर एक पुरानी तस्वीर चिपकी थी। पास पहुँचकर उसने उसे ध्यान से देखा तो पता चला कि वह उनकी फ़ैंसी ड्रेस की तस्वीर थी।

'कितने भोंदू लगते थे हम!' उसने कहा।

'तुम ज़रूर दिखते थे पर मैं नहीं!' रईसा ने इसका खंडन किया।

'मुझे इसकी एक कॉपी चाहिए।'

'मिल जाएगी पर पहले मेरी मदद करो,' उसने कार्टन्स की तरफ देखते हुए कहा।

'ये सब क्या है?' उसने पूछा।

'मुझे इन्हें खोलने का वक़्त ही नहीं मिला,' उसने कहा। 'तुम्हें मेरा कमरा ठीक करने में मेरी मदद करनी होगी।'

'ओह!' निर्माण की आँखें फटी रह गईं। 'लेकिन आधा घंटे में मेरी मैथ्स की ट्यूशन है।'

'तुम मेरे सबसे अच्छे दोस्त थे निर्माण। अभी भी हो, साबित करो।'

हर चीज़ निकालने और रईसा के मुताबिक़ कमरा सजाने में दोनों को पूरे चार घंटे लगे।

अगले दिन, दोनों एक साथ स्कूल बस में सवार हुए।

उन्होंने अपने बैग स्कूल में अपने-अपने क्लासरूम में रखे—सेक्शन बी में निर्माण, सेक्शन डी में रईसा—फिर वो मेन स्कूल बिल्डिंग के पीछे बैडमिंटन कोर्ट में मिले। हालाँकि निर्माण ने रईसा से अपने सेक्शन की लड़कियों के साथ रहने को कहा था, पर वह उसके साथ गोंद की तरह चिपकी हुई थी।

उसे किसी नए से बात करने में मुश्किल आ रही थी।

'जब तक तुम उनसे बात नहीं करोगी, तुम किसी को जानोगी कैसे?' निर्माण की दलील थी।

'मुझे नहीं पता। कुछ देर मेरे साथ रहो जब तक कि मुझे यहाँ कोई दोस्त नहीं मिल जाता है, ठीक है?'

निर्माण के बैचमेट उसे पहली बार स्कूल के दौरान किसी लड़की के साथ देख रहे थे। उसे पता था कि इसकी वजह से उस पर बेवजह कॉमेंट किए जाएँगे। जबसे वह कक्षा नौ में पहुँचा था, निर्माण ने गौर किया था कि जब भी कोई लड़की या लड़के को साथ घूमते देखा जाता था, हर कोई तुरंत मान लेता था कि वो डेट कर रहे हैं।

रिसेस के दौरान, रईसा ने अपना लंचबॉक्स उठाया और निर्माण के क्लासरूम में आ गई और उसे बाहर आने को कहा।

'अब क्या?' उसने पूछा।

'क्या "अब क्या"? क्या तुम मेरे साथ लंच नहीं करोगे?'

'मैं अपने दोस्तों के साथ एक ज़रूरी असाइनमेंट पर बात कर रहा हूँ। आज मैं लंच नहीं करूँगा।'

'लेकिन मुझे भूख लगी है। अच्छा प्रॉमिस, ज़्यादा देर नहीं लगेगी। मैं अकेले नहीं खा सकती, ख़ासकर तब जब मुझे पता हो कि तुम यहाँ हो।'

'ओह, ठीक है!' निर्माण ने हथियार डाल दिए, उसे जवाब देने की सभी इच्छाएँ भी छोड़ दीं। उसके पीछे उसके ग्रुप में दबी हुई हँसी और खी-खी उसे साफ पता चल रही थी।

दोनों जल्दी से खेल के मैदान के किनारे पहुँचे और एक पेड़ के नीचे छोटे-से

घास के हिस्से पर बैठ गए।

'कुछ अच्छा खाने का समय,' रईसा ने अपना लंचबॉक्स खोलते हुए कहा। अंदर एक मरा हुआ कॉकरोच और छिपकली की पूँछ पड़ी थी।

वॉयस नोट 11

निर्माण के सुझाव पर रईसा ने तुरंत इसकी शिकायत क्लास टीचर से की, जिन्होंने क्लास में छात्रों से कहा कि वो नई छात्रा को परेशान न करें और चेतावनी दी कि अगर अगली बार बुलीइंग की शिकायत आई तो उन्हें इसके गंभीर परिणाम भुगतने होंगे। उस दिन, आख़िरी पीरियड संगीत का था। जब रईसा बीच में उठकर वॉशरूम गई, तीन और लड़कियाँ एक के बाद एक उठकर उसके पीछे वॉशरूम पहुँच गईं।

टॉयलेट के क्यूबिकल से निकलकर रईसा ने वॉशरूम में हाथ साफ किए और जैसे ही वह रेस्टरूम के दरवाज़े तक पहुँची, उसने एक लंबी और मज़बूत लड़की को उसके सहारे खड़े देखा। उसे याद आया कि वह उसी के सेक्शन में है।

'हैलो, टीचर की पालतू,' लड़की ने दुष्टता से कहा।

रईसा को अपने पीछे दबी हुई हँसी सुनाई दी और मुड़ते ही उसने दो और क्लासमेट्स को वहाँ देखा।

'क्या हुआ?' अपना गला सूखता हुआ महसूस करते हुए रईसा ने पूछा।

लंबी लड़की ने रईसा के पीछे खड़ी लड़कियों पर एक निगाह डाली।

वो उस पर झपटीं और एक झटके में उसे गंदे और सीलनभरे फ़र्श पर गिरा लिया; एक ने उसकी बाँहें पकड़ीं जबकि दूसरी ने रईसा के मुँह पर हाथ रख दिया। रईसा दर्द से कराही। लंबी लड़की झुककर उसके पास आई और रईसा की आँखों में मौजूद डर को देखकर मुस्कुराई।

'टीचर की पालतू हमसे मत टकराना, ठीक है?' वह बोली। 'अगली बार अगर हमने तुम्हें लंचबॉक्स में कॉकरोच की शिकायत करते देखा तो हम तुम्हें ज़िंदा खिलाएँगे। समझीं?'

रईसा ने धौंस जमा रही उस लड़की पर एक निगाह डाली। उसकी छटपटाहट बंद हो गई जब उसने देखा कि लंबी लड़की अपनी स्कर्ट से कुछ निकाल रही है।

'समझी?' कंपास का नुकीला सिरा रईसा की बाँह में घुसाते हुए वह तब तक गुर्राती रही जब तक कि खून नहीं निकल आया। आतंक और दर्द से रईसा ने सिर हिलाया। दबंग लड़की ने बनावटी हँसी हँसते हुए कंपास निकाल लिया। वॉशरूम के दरवाज़े पर आवाज़ ने अंदर चल रही इस घटना को रोक दिया। लंबी लड़की ने कंपास को वापस अपनी स्कर्ट की जेब में डाला और दूसरों को देखा, जो तुरंत अपने शिकार को छोड़कर खड़ी हो गई थीं। रईसा को फ़र्श पर छोड़ दिया गया। दबंग लड़की की साथी ने दरवाज़े की चिटखनी खोली और तीनों का दल बाहर निकल गया। द्वार खटखटाने वाली लड़की वॉशरूम में घुसी। वह भी रईसा के ही सेक्शन की थी। क्यूबिकल में घुसने से पहले उसने एक उड़ती-सी नज़र उस पर डाली। रईसा को पता था कि उसकी स्कर्ट गीली हो गई थी।

उसने अपने घाव को साफ किया जिसमें से ख़ून निकल रहा था। उसने चोट पर अपना रुमाल बांधा और बाहर निकलने ही वाली थी कि उसने टॉयलेट के अंदर से दूसरी लड़की को ज़ोर से कहते सुना:

'प्राथमिक चिकित्सा कक्ष स्टाफ़रूम के बाएँ है।'

हालाँकि अभी रईसा अपनी क्लासमेट का नाम नहीं जानती थी, पर उसने अजनबी की मदद के लिए अहसान जताया।

'शुक्रिया,' रईसा ने ज़ोर से कहा और लंगड़ाते हुए वॉशरूम से बाहर आ गई।

स्कूल नर्स से अपनी बाँह पर मरहम-पट्टी कराने के बाद, रईसा उस लड़की के पास पहुँची जिसने उसे यहाँ भेजा था।

'अच्छा हुआ कि तुम आ गई। यहाँ आओ, तुम्हारी स्कर्ट सुखा दूँ,' उस लड़की ने कहा।

उसने एक छोटा बैटरी से चलने वाला हेयर ड्रायर निकाला और रईसा की स्कर्ट पर लगाया।

'तुम अपना ड्रायर स्कूल लाई थीं?' रईसा ने पूछा।

'मैं स्कूल में बहुत-सी चीज़ें लाती हूँ। मगर यह मैं दूसरी वजह से लाई थी।'

रईसा धैर्य के साथ तब तक खड़ी रही जब तक उसकी स्कर्ट का काला धब्बा काफ़ी हल्का नहीं हो गया।

'मेरा नाम रईसा बरुआ है। क्या हम दोस्त बन सकते हैं?' रईसा ने पूछा। क्लास में किसी के साथ होना अच्छा ही होगा।

'क्या तुम कल सुबह कैमिस्ट्री लैब से लगे वॉशरूम के बाहर मिल सकती हो?'

'क्या वह बंद नहीं रहता?' रईसा को याद आया कि पिछले दिन लैब से निकलते समय उसने उसके दरवाज़े पर एक बड़ा-सा जंग लगा ताला लटका देखा था।

'हाँ होता है। पर हम उसे खोल लेंगे। मंज़ूर?'

जैसे ही वह शैतानी से मुस्कुराई, रईसा की आँखों में एक चमक आ गई।

'मंज़ूर!'

'मैं अफ़साना अग्रवाल हूँ। दोस्त,' उस लड़की ने सहमति में हाय-फ़ाइव करते हुए अपना हाथ उठाया।

'मगर, तुमने यह नहीं बताया कि तुम स्कूल में ड्रायर क्यों लाई थीं?'

अफ़साना रहस्यमय ढंग से मुस्कुराई, 'मैं तुम्हें कल बताऊँगी। कैमिस्ट्री लैब पर मेरा इंतज़ार करना।'

वॉयस नोट 12

शाम को, रईसा ने निर्माण को बुलाया जब वह कॉलोनी में लड़कों के साथ क्रिकेट खेल रहा था।

'मैंने स्कूल में एक दोस्त बनाई है,' रईसा ने कहा। खेल में ब्रेक के दौरान वह कम्यूनिटी हॉल की सीढ़ियों पर निर्माण के साथ बैठी थी।

'शुक्र है! अब मुझे भी थोड़ी साँस आएगी!' निर्माण ने अपनी भौं पर से पसीना पोंछने का बहाना करते हुए कहा।

रईसा ने उसकी बाँह में चुटकी काटी। वह तेज़ चीखा।

'तुम्हें पता नहीं कि जब वो स्कूल में हमें साथ देखते हैं, तो मुझे कितना छेड़ते हैं। मुझे स्कूल में एक छवि बनाए रखनी होती है।'

'छवि?'

'मैं वह पढ़ाकू, सभी कुछ जानने वाला लोकप्रिय लड़का हूँ जो लड़कियों से बहुत बातें नहीं करता,' निर्माण ने कहा।

'एक गे की छवि,' उसने सीधे स्वभाव में सिर हिलाया।

'शट अप, रईसा!'

'जबसे हम मिले हैं, मुझे ऐसा लगता है कि तुम मेरे साथ देखे जाने पर शर्मिंदा होते हो। हर वक़्त वो क्या सोचेंगे बोलने का क्या मतलब है?' रईसा ग़ुस्सा होते हुए कमर पर हाथ रखकर उठ खड़ी हुई।

निर्माण ने उसकी तरफ देखा और खीस निपोरते हुए, उसे खींचकर अपने पास बैठा लिया।

'मुझे माफ़ कर दो। पर तुम्हें यह समझना चाहिए, कि अब यह वैसा नहीं है जैसा हुआ करता था।'

'क्या? क्या तुम अब मेरे बेस्ट फ्रेंड नहीं रहना चाहते?'

'वो बात नहीं। मुझे पता नहीं कि यह तुमसे कैसे कहूँ। जबसे मैं यहाँ आया हूँ मैंने बहुत सारा कॉम्पिटीशन झेला है। मुझे समझ आया कि हर कोई आपका शुभचिंतक नहीं होता। हर कोई आपको ख़ुश भी नहीं देखना चाहता। हमेशा चौकन्ना रहना पड़ता है। मेरे माता-पिता, ख़ासकर मेरे बाबा मुझसे बहुत उम्मीदें रखते हैं। उनकी मुझसे बहुत-सी उम्मीदें हैं। तुम्हें यक़ीन नहीं होगा, पर पिछले साल, जब छमाही में मुझे दूसरा स्थान मिला था, उन्होंने दो दिन तक मुझे खाने को नहीं दिया था।'

'क्या तुम सच कह रहे हो?'

'हाँ। माँ परेशान थीं, पर उन्होंने उन्हें यह कहकर आश्वस्त किया था कि उपवास की वजह से अब वह कभी दूसरे स्थान पर नहीं आएगा।'

'माँ हमेशा ऐसी ही होती हैं। वो हमारे पिताओं का सामना नहीं कर पातीं,' रईसा ने अपनी माँ के बारे में सोचते हुए कहा।

'बाबा मुझे किसी भी चीज़ में दूसरे स्थान पर आना नहीं सहन कर सकते। ख़ासकर पढ़ाई-लिखाई में। यह उनका सपना है कि मैं 10वीं में टॉप करूँ, फिर क्लास 12वीं में और फिर आईआईटी में जाऊँ। इसीलिए मैं हमेशा ऐसा होने का दबाव महसूस करता हूँ जो मैं शायद अंदर से नहीं हूँ। मगर उस दूसरे व्यक्तित्व को बनाए रखने के लिए, मुझे अक्सर वह सब करना होता है जो मैं बिल्कुल नहीं करना चाहता। जैसे मैं तुमसे दूर नहीं रहना चाहता, मगर जो मैं अपने बैचमेट्स की नज़र में हूँ, वह तुमसे बचना चाहता है। क्या तुम्हें समझ आ रहा है कि मैं क्या कह रहा हूँ?'

रईसा चिंता में डूब गई। उसने सीढ़ियों की तरफ देखा और फिर धीरे-से कहा, 'हम बड़े हो रहे हैं निर्माण।'

वह उस वक़्त उसे गले लगा सकता था। उसने उसकी आड़ी-तिरछी सोच को बड़ी आसानी से संक्षेप में सामने रख दिया था। हाँ, वो बड़े हो रहे थे। वो गुवाहाटी के दिनों से आगे जा चुके थे। हालाँकि यह एक दशक से भी कम की बात थी, पर निर्माण को लगता था कि कुछ साल में ही जो बदलाव आया था, उसकी अहमियत का अंदाज़ा लगाना मुश्किल था।

'मैं सच में तुमसे बात करना चाहता हूँ, पर देखो, अब से कुछ मिनटों में मेरी सोशल स्टडीज़ की ट्यूशन क्लास है। और डिनर के बाद, मुझे कल मैथ्स के क्लास टेस्ट के लिए पढ़ना है। क्या तुम्हें पता है कि मुझे क्या लगता है?'

रईसा ने उसकी तरफ उम्मीद से देखा।

'इस दुनिया में सबसे निराशाजनक बात है किसी और की उम्मीदों पर जीना। ख़ासतौर पर जब वह तुम्हारे अपने पिता हों।'

कुछ देर तक दोनों में से कोई नहीं बोला। तभी रईसा उठ खड़ी हुई।

'हम्म, मैं भी तुमसे उम्मीद रखती हूँ, निर्माण बेटा,' उसने एक गंभीर आवाज़ में कहा और खिलखिला पड़ी।

'शट अप, *कमीनी*!' निर्माण ने बदले में कहा।

'वॉव! पहली बार तुमने मुझे गाली दी है।'

'माफ़ कर दो। भूल हो गई।'

'मुझे अच्छा लगा।'

'क्या?'

'तुम्हारा मुझे कमीनी कहना अच्छा लगता है। क्या मैं तुम्हें *कुत्ता* कह सकती हूँ? कुत्ता-कमीनी। ज़िंदगी भर के लिए बेस्ट फ्रेंड्स।'

निर्माण को कुछ समझ नहीं आया। 'तुम पूरी तरह पागल हो!'

'जाने दो,' वह फिर गंभीर हो गया, 'तुम्हारा यह नया दोस्त कौन है? कोई लड़का?'

'नहीं। लड़के मुझसे बात नहीं करते। उसका नाम अफ़साना है। वह बिल्कुल मेरे जैसी है। और कल हम कुछ करने वाले हैं।'

'क्या?'

'मुझे सही-सही पता नहीं। इसीलिए तो मज़ेदार है। है न?'

निर्माण ने कुछ देर उसकी ओर देखा और फिर बोला, 'हाँ बिल्कुल।'

अगली सुबह अफ़साना ने स्कूल बिल्डिंग की तीसरी मंज़िल पर क़दम रखा, जो सीनियर स्टूडेंट्स का लैब फ़्लोर होने की वजह से सुबह के समय अक्सर सुनसान रहता था। उसने वहाँ रईसा को दीवार के सहारे खड़ा पाया। अफ़साना तेज़ी से उसकी ओर बढ़ी।

'हम इसे कैसे खोलेंगे?' रईसा ने लैब के दरवाज़े पर जंग लगे ताले को अंगूठे से हिलाते हुए कहा। उसने अफ़साना को आदर और प्रशंसा की नज़रों से देखा जिसने अपनी हेयरपिन की मदद से बड़ी सफ़ाई से तुरंत ताला खोला और दोनों अंदर घुस गए। जब तक रईसा को कुछ पता चलता, अफ़साना हाथ में एक छोटी शीशी पकड़े कमरे से बाहर थी।

'क्या कर रही हो?'

'उनका खेल ख़त्म!'

अफ़साना ने अपने बैग से दो स्की मास्क निकाले और एक रईसा को

दे दिया।

'लड़कियों को सताने वालीं वे स्कूल आने के बाद हमेशा ग्राउंड फ़्लोर के वॉशरूम में कुछ समय ज़रूर बिताती हैं। वहीं हम उनसे मिलेंगे। चलो जल्दी करो,' अफ़साना ने कहा।

दोनों वहाँ से ओझल होकर अपने क्लासरूम में पहुँचीं। कुछ मिनट बाद, तीनों लड़कियाँ एक साथ कमरे में आईं। उन्होंने अपने स्कूल बैग अपनी सीटों पर रखे और निकल गईं। अफ़साना और रईसा ने उनका पीछा किया।

जैसे ही तीनों वॉशरूम के अंदर घुसीं, दोनों बाहर खड़ी हो गईं। आधा मिनट बाद, रईसा और अफ़साना अंदर गईं और द्वार अंदर से अच्छी तरह बंद कर लिया। उनकी दो विरोधी वॉश बेसिन के सामने लगे बड़े-से शीशे के सामने खड़ी थीं और उनकी लंबी तगड़ी लीडर ग़ायब थी। रईसा और अफ़साना ने अपने स्की मास्क पहन रखे थे। अफ़साना के दोनों हाथों के रुमालों में क्लोरोफ़ॉर्म की शीशी से निकाली गई बूंदें थीं। वो चुपके से दोनों लड़कियों के पीछे पहुँचीं और अपने रुमालों को उनके मुँह पर रख दिया। हमला इतना तेज़ी से हुआ था कि उनके शिकार को चिल्लाने का भी मौक़ा न मिला। जब तक वो कुछ समझतीं तब तक क्लोरोफ़ॉर्म ने उन्हें अचेत कर दिया था। अपने काम पूरा करने के बाद दोनों नक़ाबपोश लड़कियों ने जैसे ही फ़्लश की आवाज़ सुनी वो उठ गईं। दोनों क्यूबिकल के दरवाज़े के किनारे खड़ी हो गईं। जैसे ही लंबी वाली लड़की बाहर आई, अफ़साना और रईसा ने उस पर झपट्टा मारा। कुछ देर उसने संघर्ष किया पर जब तक असेंबली के लिए घंटी बजी, वो भी बेहोश हो चुकी थी। अफ़साना और रईसा खड़े होकर कुछ मिनटों तक चुपचाप छात्रों के असेंबली हॉल की ओर जाने की आवाज़ें सुनती रहीं। अफ़साना ने अपने बैग में से मेकअप किट निकाला। वॉशरूम में दोनों लड़कियों ने तीनों लड़कियों के चेहरे पर फ़ाउंडेशन, लिपस्टिक, आयलाइनर, मस्कारा और न जाने क्या क्या नहीं मला। जैसे ही उनका काम पूरा हुआ, उन्होंने अपने मास्क उतारे, वॉशरूम का द्वार खोला और यह देखने को बाहर झाँका कि वहाँ कोई था तो नहीं। एक के बाद एक उन्होंने तीनों लड़कियों को बाहर निकाला और वॉशरूम के दरवाज़े पर बैंच से लगाकर बैठा दिया। इसके बाद दोनों लड़कियाँ असेंबली हॉल में चली गईं। असेंबली ख़त्म होने से पहले बीमारी का नाटक करके वो अपने क्लासरूम में लौटीं और इस तरह दूर बैठ गईं, ताकि कोई न जान सके कि दोनों साथ थीं।

स्कूल में कोई ऐसा छात्र नहीं था जो सोती हुई तीनों हसीनाओं का भड़कीला मेकअप, सफ़ेद गालों पर गहरी लाल लिपस्टिक, हेयर स्प्रे से बिखरे बाल, गले

की बोनॉट से बंधे लाल रिबन देखकर हँसा न हो। यह ख़बर जंगल में आग की तरह फैल गई। एक टीचर ने एक स्कूल स्टाफ़ की मदद से उन्हें अस्पताल के कमरे में पहुँचवाया और उनके माता-पिता को बुलवा भेजा। तीनों को पूरे दो घंटे बाद होश आया। उनके माता-पिता ने माँग की कि जिसने उनके साथ शैतानी की है उसके ख़िलाफ़ कड़ी अनुशासनात्मक कार्रवाई की जाए। हालाँकि उनकी पहचान रहस्य बनी हुई थी, क्योंकि दोनों लड़कियों ने मास्क पहन रखा था। प्रिंसिपल ने हर स्टूडेंट का बैग चेक करने का आदेश दिया। कुछ भी नहीं मिला।

अफ़साना और रईसा स्कूल के बाद भी कैंपस में रुकीं। चिंतित निर्माण ने रईसा से पूछा कि उसकी स्कूल बस मिस हो गई है, तो वो घर कैसे पहुँचेगी। रईसा ने उसे कहा कि वह उसकी माँ को बता दे कि स्कूल में एक्स्ट्रा क्लास थी और उसकी दोस्त उसे घर पर छोड़ देगी। निर्माण झूठ नहीं बोलना चाहता था, पर रईसा की थोड़ी खुशामद के बाद वह उसकी बनाई कहानी बताने को तैयार हो गया। उसने आँखें तरेरकर अफ़साना को देखा जो उसे पता था कि उसकी बेस्ट फ्रेंड की नई दोस्त है।

जैसे ही वह गया, अफ़साना रईसा को कैमिस्ट्री लैब के पास वाले बंद पड़े वॉशरूम में ले गई। रईसा को आश्चर्य था कि अफ़साना के पास ताले की चाभी थी।

'यह तुम्हें कैसे मिली?' उसने पूछा।

'मैंने असली ताले को काफ़ी समय पहले तोड़ दिया था और उसकी जगह घर से लाकर ये लगा दिया था। कोई नहीं जानता क्योंकि कोई इसे नहीं खोलता,' अफ़साना मुस्कुराई।

जैसे ही वो पुराने वॉशरूम में घुसे और उसे अंदर से बंद किया, रईसा को बेहद तेज़ चमेली की गंध महसूस हुई। लेकिन वहाँ केवल वही एक चौंकाने वाली चीज़ नहीं थी। ये एक छोटा, बेतरतीब और पूरी तरह उपेक्षित और गंदा हिस्सा था, लेकिन एक कोने में उसने एक रूम फ्रेशनर, कुछ फ़ैशन मैग्ज़ीन, हिंदी कविता की एक किताब, एक बदरंग वॉकमैन और कुछ सिगरेट पैकेट्स पड़े देखे।

'ये सब क्या है?'

'मेरे टाइमपास ज़ोन में तुम्हारा स्वागत है। यहाँ मैं मैग्ज़ीन पढ़ती हूँ, सिगरेट पीती हूँ और गाने सुनती हूँ, ज़्यादातर स्कूल के बाद। अब तुम भी यहाँ आ सकती हो।'

आश्चर्य में पड़ी रईसा ने सिगरेट का पैकेट उठाया।

'जब मैंने पिता को सिगरेट पीते देखा था तब से मैं पीने के लिए सोचती थी,' उसने स्वीकार किया।

अफ़साना ने पैकेट लिया, उसमें से दो सिगरेट निकालीं, दोनों को जलाया और एक को रखा और दूसरी को रईसा को दे दिया।

'धीरे से खींचो,' उसने कहा।

रईसा ने वैसे ही किया। जैसे ही उसने कश खींचा, वह एक वर्जित किस्म के आनंद में डूब गई। दोनों लड़कियाँ एक-दूसरे को देख मुस्कुराईं और फिर कश खींचने लगीं।

'मेरी बेइज़्ज़ती का बदला लेने के लिए शुक्रिया,' रईसा ने हवा में धुआँ उड़ाते हुए कहा।

'केवल तुम्हारी नहीं। वे पिछले कुछ समय से कई लड़कियों को परेशान कर रही थीं। मैं उन्हें पहले ही सबक़ सिखाना चाहती थी पर मुझे सही पार्टनर की ज़रूरत थी,' वॉशरूम की खिड़की से टिके हुए अफ़साना ने कहा।

'अब तुम्हें मिल गई है,' रईसा ने उसकी तरफ आँख मारकर हँसते हुए कहा। जैसे ही दोनों ने एक साथ धुआँ निकाला, वो हवा में इकट्ठा होकर एक हो गया।

वॉयस नोट 13

निर्माण के मस्तिष्क में ईवेंट मैनेजमेंट की ख़ासियत जन्मजात थी—किसी ईवेंट का बजट बनाना और फिर उस योजना को अमलीजामा पहनाने के लिए टीम का नेतृत्व करना। इसीलिए शिक्षक दिवस के आयोजन की तैयारी के लिए बनी स्टूडेंट कमेटी का हैड सभी ने उसे चुना। सभी सेक्शनों के मॉनीटरों के साथ हर चीज़ पूरी बारीक़ी से तय करने के बाद निर्माण रईसा के साथ स्कूल बस की तरफ जा रहा था, जो स्कूल कैंपस के बाहर खड़ी थी। तभी एक कार उनके पास आकर रुकी। पिछली वाली खिड़की नीचे हुई और किसी ने ख़ुशी से चिल्लाकर कहा, 'राइस!'

निर्माण ने सवालिया नज़र से लड़की की ओर देखा और कहा, 'क्या?'

'अफ़्फ़ू!' रईसा ने भी चिल्लाकर कहा और जोड़ा, 'निर्माण, अब यह न कहना कि तुम मेरी दोस्त को भूल गए हो!'

निर्माण नहीं भूला था। मगर वह अफ़साना को याद भी नहीं करना चाहता था। वह न जाने किस वजह से उसे पसंद नहीं करता था। वह दुस्साहसी, उतावली और बिगड़ैल थी : वह सब कुछ जिससे निर्माण को नफ़रत थी। उसे देखकर लगता कि अगर उसे ज़िम्मेदारी मिल गई, तो वह कुछ भी बिगाड़ सकती थी। इसके अलावा, उसे यक़ीन था कि रईसा की ख़राब अकेडमिक परफ़ॉर्मेंस के लिए वही ज़िम्मेदार थी। उसे ऐसा लगता था कि अफ़साना ही रईसा को हिंदी और बांग्ला गालियाँ सिखाने के लिए भी ज़िम्मेदार थी, जो हिचकिचाते हुए तुरंत उस पर आज़माई जाती थीं। उसने उसे इस लड़की से दूर रहने की सलाह दी थी, पर बदले में उसे रईसा से और भी गालियाँ सुनने को मिली थीं।

'आ रही हो?' सीधे रईसा की तरफ देखकर अफ़साना ने पूछा।

रईसा ने निर्माण की तरफ याचना की नज़र से देखा। वह समझ गया कि उसे क्या करना था।

'ओके, मैं आंटी को बता दूँगा कि तुम्हारी एक्स्ट्रा क्लास है। लेकिन यह सही नहीं है!'

'सही और ग़लत सोचने पर है,' रईसा के लिए कार का द्वार खोलते हुए अफ़साना ने ताना जड़ा। निर्माण ने उसकी तरफ निगाह डाली। रईसा ने जल्दी से उसे गले लगाया।

'शुक्रिया!' उसने कहा और कार में बैठ गई। जल्दी ही वह चली गई।

कार में बैठी अफ़साना किसी बात को लेकर बेहद उत्तेजित दिख रही थी। पिछले तीन महीने से उसकी दोस्त रईसा को अच्छी तरह पता था कि जब भी अफ़साना बेहद उत्तेजित होती, तो किसी न किसी को इसकी बड़ी क़ीमत चुकानी पड़ती थी।

टीचर्स डे पर अलग-अलग क्लासरूम्स में घूमते हुए टीचर्स तैयारियों से बेहद आश्चर्य में थे। इतनी बड़ी तैयारी पहले कभी नहीं की गई थी। क्लासरूम में घुसते ही एक छात्र उन्हें लाल गुलाब देता। फिर उन्हें एक कोने में ले जाया जाता, जहाँ एक मोमबत्ती जल रही थी और उसके ऊपर कई रंगों के गुब्बारे लटके थे। टीचर गुब्बारे के नीचे लौ को तब तक पकड़े रहते जब तक ऊपर गुब्बारा फूट नहीं जाता। इसमें से खाने का कुछ सामान निकलता जिसके अंदर पर्ची पर स्टूडेंट्स ने टीचर की प्रशंसा में कुछ लिखा होता था। इसके बाद टीचर्स को छोटे-छोटे उपहार दिए जाते और पाँच बड़े-बड़े भगोनों से निकालकर रसगुल्ले खिलाए जाते। जब सभी टीचर्स ने क्लासरूम्स का दौरा कर लिया, रसगुल्ले के आख़िरी दो भगोने बचे हुए टीचरों और स्टाफ़ में बाँटने के लिए स्टाफ़ रूम ले जाए गए। शाम होते-होते कुछ टीचर्स को अजीब-सा सिरदर्द शुरू हो गया, तो कईयों को चक्कर आने लगे, वहीं कुछ को भीतर से असहनीय बबूला-सा उठने लगा। कुछ खड़े होने के डर से चुपचाप अपनी कुर्सियों पर बैठे रहे तो कई पागलों की तरह हँसते रहे। प्रिंसिपल मिसेज़ दासगुप्ता, अपने कमरे में अकेले बुरी तरह रो रही थीं। केवल वाइस प्रिंसिपल मिसेज़ गुजराल स्कूल देर से आईं थीं, इसलिए कुछ सामान्य लग रही थीं।

आख़िरकार पता चल गया कि खाने का एक सामान जो सभी ने खाया था वह रसगुल्ला था। बचे हुए रसगुल्लों की फ़ौरी जाँच से पता चला कि उसकी चाशनी में बड़े पैमाने पर भाँग डाली गई थी।

'ये रसगुल्ले कहाँ से आए थे?' अगले दिन मिसेज़ गुजराल ने टीचर्स से

गरजकर पूछा।

कुछ देर की ख़ामोशी के बाद एक टीचर ने जवाब दिया, 'नौवीं क्लास से मैडम।'

'नौवीं क्लास का बैच हैड कौन है?' मिसेज़ गुजराल ने पूछा।

'निर्माण बोस।'

वॉयस नोट 14

अगले दिन मध्यावकाश से पहले स्कूल में वाटर प्यूरीफ़ायर के क़रीब निर्माण ख़यालों में खोया खड़ा था। उसके प्लास्टिक टंबलर में पानी भर चुका था और ऊपर से बह रहा था कि तभी किसी ने वहाँ से गुज़रते हुए उसका नल बंद किया। वह मुड़ा तो देखा रईसा थी।

'क्या हुआ?' उसने पूछा, उसकी आँखें उसके सीने पर टाई के कुछ इंच दाएँ गईं जहाँ कभी 'बैच हैड' का बैज शर्ट में लटका रहता था। वह जगह खाली थी।

'तुम्हारा बैज कहाँ है?' उसने पूछा।

उसने रईसा की बात पर ध्यान नहीं दिया और आगे बढ़ गया।

'सुनो निर्माण, क्या हुआ? क्या किसी ने तुम्हें पीटा है? मुझे बताओ, मैं उसका दम निकाल दूँगी।'

निर्माण रुका। उसने रईसा की ओर अपना चेहरा घुमाया।

'मुझे एक हफ़्ते के लिए सस्पेंड कर दिया गया है। टीचर्स डे वाले दिन किसी ने रसगुल्लों में भाँग डाल दी थी,' उसने धीरे-से कहा। वह इतना दयनीय लग रहा था कि रईसा का दिल बैठ गया।

इसके बाद उसके मन में अपराधबोध पैदा हुआ।

'किसने?' रईसा का गला रुंध गया था। उसने गला साफ किया और फिर पूछा, 'उन रसगुल्लों में किसने भाँग मिलाई?'

'पता नहीं और इससे क्या फ़र्क पड़ता है। मेरे सस्पेंशन लेटर पर मेरे माता-पिता साइन कैसे करेंगे? बाबा मुझे मार डालेंगे।'

'मैं. . .' रईसा सब कुछ क़ुबूल करने ही वाली थी कि इंटरवल की घंटी

बजी और कॉरीडोर में सभी तरफ से स्टूडेंट्स निकलकर पहुँचने लगे। निर्माण को अपने क्लासरूम में चिड़चिड़ाहट के साथ जाते देख रईसा को ख़ुद से इतनी नफ़रत महसूस हुई जितनी पहले कभी नहीं हुई थी।

'हमें यह नहीं करना चाहिए था अफ़्फ़ू,' रईसा ने कहा।

दोनों मैथ्स क्लास में तेज़ सिरदर्द का बहाना करने के बाद स्पोर्ट्स रूम में टेबल टेनिस खेल रही थीं।

'हम्म। लेकिन हमें नहीं पता था कि इसका यह नतीज़ा निकलेगा, है न? मेरा मतलब है कि हमने जान-बूझकर ऐसा नहीं किया कि तुम्हारे दोस्त को सस्पेंड होना पड़े, क्या ऐसा है?' अफ़साना ने अपनी शरारत को सही ठहराते हुए कहा।

'हाँ यह सच है पर—'

'पर हम अब नुक़सान को बदल नहीं सकते। हम माफ़ी माँग सकते हैं लेकिन उसे बदल नहीं सकते।'

रईसा जानती थी कि अफ़साना सही थी और इससे उसे और भी ख़राब महसूस हुआ। उसने तेज़ी से फ़ोरहैंड हिट दिया। अफ़साना इसे मिस कर गई।

'क्या तुमने माफ़ी माँगी?' पिंगपांग बॉल उठाते हुए उसने पूछा।

रईसा ने अपना टीटी बैट टेबल पर छोड़ा और कमरे में रखी एक प्लास्टिक की कुर्सी पर बैठ गई।

'क्या मुझे माँगनी चाहिए?'

अफ़साना ने रईसा के पास दूसरी कुर्सी खींची और रईसा की आँख में सीधे देखने के लिए पैर फैलाकर उसके सामने बैठ गई।

'एक बार तुमने कहा था कि वह तुम्हारा बेस्ट फ्रेंड है। इस मामले में, इसका जवाब तुम्हें ख़ुद ही देना होगा,' अफ़साना ने कहा।

'अफ़्फ़ू, अगर वह मुझसे नफ़रत करने लगा तो? मैं नहीं चाहती कि निर्माण कभी भी मुझसे नफ़रत करे। मेरा मतलब है कि अगर सारी दुनिया भी मुझसे नफ़रत करने लगे, मुझे कोई फ़र्क नहीं पड़ता लेकिन निर्माण. . .' रईसा ने अपने पैर सीधे किए और छत की ओर देखते हुए अपने विकल्प सोचने लगी।

अफ़साना ने उसके टीटी बैट पर पिंगपांग बॉल फेंकी। 'हालाँकि हम दोनों ही इसके लिए ज़िम्मेदार हैं, तुम सही हो : मुझे, उसकी बेस्ट फ्रेंड के नाते, उससे माफ़ी माँगनी चाहिए,' रईसा ने तर्क दिया। 'मगर इससे पहले, मुझे देखना होगा कि कहीं इस गड़बड़ की वजह से उसे और न झेलना पड़े।'

उस दिन रईसा ने निर्माण के साथ सही समय पर स्कूल बस पकड़ी। वह बस में अपने दोस्तों से दूर आगे पहली सीट पर बैठा था, और पूरे रास्ते ख़ामोश रहा।

जब वो आरबीआई कॉलोनी में घुसने लगे तो रईसा ने ख़ामोशी तोड़ी और पूछा कि निर्माण कब अपना सस्पेंशन लेटर माता-पिता को दिखाएगा।

'अभी तो मेरी मैथ्स की ट्यूशन है। मैं उन्हें यह लेटर डिनर के बाद दिखाऊँगा,' उसने कहा और अपनी बिल्डिंग की ओर चल पड़ा। रईसा अपनी बिल्डिंग की ओर गई और एक कागज पर ऑफ़िशियल दिखने वाली टेबल बनाने लगी। इसकी संतुष्टि करने के बाद उसने एक खाली दूध का टिन कैन लिया और उसे ठोक-पीट करके उसमें एक छोटा-सा छेद किया और इसके बाद निर्माण की बिल्डिंग के दरवाज़े पर नज़र रखकर बैठ गई। 15 मिनट बाद उसने निर्माण को कोचिंग क्लास के लिए निकलते देखा। वह तुरंत उसके अपार्टमेंट पहुँची।

'नमस्ते आंटी!' रईसा ने मिसेज़ बोस को अभिवादन किया।

'नमस्ते रईसा! कैसी हो तुम?'

'मैं ठीक हूँ। नमस्ते अंकल,' रईसा ने देखा कि मिस्टर बोस फ़ॉर्मल कपड़ों में थे और सोफ़े पर बैठे चाय पी रहे थे। उन्होंने उसकी ओर सिर हिलाया।

'निर्माण अभी ही अपनी ट्यूशन के लिए निकला है,' मिसेज़ बोस ने रईसा को अंदर आने देने के लिए द्वार खोला।

'मुझे पता है आंटी। दरअसल, मैं आप दोनों से ही मिलने आई हूँ। हमें हमारे टीचर ने एक असाइनमेंट दिया है। हमें उम्मीद नाम के एक ओल्ड एज होम के लिए पैसे इकट्ठे करने हैं। अगर आप इसमें कुछ कॉन्ट्रीब्यूशन कर दें तो मुझे बहुत अच्छा लगेगा, प्लीज़?'

मिसेज़ बोस ने अपने पति की तरफ मुस्कुराते हुए देखा और कहा, 'यह तो बहुत अच्छी बात है। हमें कितने देने हैं?'

'जितने आप चाहें,' रईसा ने अपनी सुंदर-सी मुस्कान बिखेरते हुए कहा।

मिसेज़ बोस एक कमरे में गईं और 50 रुपए के नोट के साथ वापस लौटीं।

'क्या इससे काम चलेगा?'

'यक़ीनन,' रईसा ने अपना कैन आगे बढ़ाते हुए कहा। मिसेज़ बोस ने उसमें बने छेद में नोट अंदर डाल दिया।

'आंटी आपको यहाँ साइन करने हैं,' उसने एक पेपर आगे बढ़ाया। मिसेज़ बोस ने देखा कि वहाँ तीन कॉलम थे: नाम, राशि और हस्ताक्षर। मिसेज़ बोस ने साइन किए और शीट रईसा को लौटा दी।

'अंकल आपको भी,' रईसा ने दरख़्वास्त की।

'क्या हम दोनों को साइन करने हैं?' मिसेज़ बोस ने पूछा।

'कोई बात नहीं। यहाँ लाओ रईसा,' मिस्टर बोस ने अपना चाय का कप रखते हुए कहा।

उनकी पत्नी ने पैन और पेपर उन्हें दिया और उन्होंने बगैर कुछ पूछे साइन कर दिए।

'एक बार और आपका धन्यवाद।' रईसा ख़ुशी-ख़ुशी लौट आई।

अपने कमरे में बैठकर उसने निर्माण के माता-पिता के हस्ताक्षरों का कम से कम 500 बार अभ्यास कर उन पर मास्टरी हासिल कर ली। पूरे आत्मविश्वास के साथ, वह सीढ़ियों से नीचे उतरी और मेन गेट के सामने एक छोटी-सी बैंच पर बैठ गई।

आधा घंटे बाद निर्माण ट्यूशन से लौटा और गेट से साइकिल निकाल ही रहा था कि उसने उसे पकड़ लिया।

'जाओ और अपना सस्पेंशन लेटर लेकर आओ।'

'क्या? क्यों?'

'जैसा मैं कहूँ वैसा करो। और उसे आंटी या अंकल को मत दिखाना।'

निर्माण को 'ओके' कहने में कुछ सेकेंड लगे।

एक मिनट में ही घर जाकर वह लेटर ले आया।

'अब यह न कहना कि तुम्हें देखना है कि सस्पेंशनल लेटर कैसा दिखता है?' वह बुदबुदाया और लेटर रईसा को दे दिया।

वह लेटर लेकर बैंच पर नीचे झुक गई। निर्माण को यक़ीन नहीं हुआ जब उसने उसके माता-पिता की ओर से लेटर पर साइन किए और वह भी बिल्कुल उनकी तरह।

यह काम होने के बाद, वह खड़ी हुई और लेटर उसे दे दिया।

'तुम्हें अब यह लेटर माता-पिता को दिखाने की ज़रूरत नहीं है।'

निर्माण ने एक बार लेटर और फिर रईसा की ओर देखा।

एक क्षण बाद उसने उसे कसकर गले लगा लिया।

'तुम्हारा लाखों-करोड़ों बार शुक्रिया रईसा।'

'क्या तुम ख़ुश हो?' उसने पूछा।

अपने चहकते चेहरे को उसकी ओर करके उसने पूछा, 'तुम्हें क्या लगता है।'

'ठीक है, अब मुझे तुम्हारे सामने एक बात क़ुबूल करनी है।'

'क्या?' निर्माण अभी तक अपने माता-पिता के दस्तख़तों की तरफ अविश्वास के भावं से ताक रहा था।

'अफ़्फ़ू और मैंने रसगुल्लों में भाँग मिलाई थी।'

निर्माण की मुस्कान ग़ायब हो गई। उसने धीरे-से अपना सिर उठाया और अपनी दोस्त की तरफ देखा, जो माफ़ी माँगने की मुद्रा में खड़ी थी।

'नहीं, तुमने नहीं किया,' उसने साँस खींची।

'हाँ, हमने किया। पर यक़ीन करो, हमें नहीं पता था कि तुम इसकी वजह से सस्पेंड हो जाओगे।'

'मुझे पता था कि वह बेवकूफ़ अफ़साना तुम्हें बर्बाद कर देगी। तुम उससे दूर क्यों नहीं रहती हो?' आख़िर अपने दिल की बात कहते हुए निर्माण ने माँग की।

'शांत रहो। मैंने तुम्हें बताया कि हम दोनों इसमें शामिल थे।'

'लेकिन मुझे पक्का पता है कि यह उसी का प्लान था, है न?'

'एक तरह से।'

'क्या "एक तरह से"?' निर्माण ने कटुता के साथ उसकी मिमिक्री की और भारी मन से बैंच पर बैठ गया।

'वह उनमें वोदका डालना चाहती थी, लेकिन भाँग मेरा आइडिया था। यह हमें उसके एक कज़न से मिली।'

'मुझे सस्पेंड कर दिया गया है रईसा। तुम्हें पता भी है कि इसका क्या मतलब है?'

रईसा उसके बराबर आकर बैठ गई और बोली, 'मुझे पता है। मगर फ़िलहाल तुम्हें इसमें अपने माता-पिता को शामिल करने की ज़रूरत नहीं है। इसके अलावा, तुम्हारी सौ फ़ीसद अटैंडेंस है। एक वीक ऑफ़ से कोई फ़र्क नहीं पड़ेगा।'

'मगर मैं पूरे हफ़्ते घर पर क्या करूँगा? मैं अपने माँ और बाबा को क्या बताऊँगा?'

'किसने कहा कि तुम घर बैठोगे? तुम समय पर स्कूल जाओगे और समय पर लौटोगे, पर तुम स्कूल में नहीं घुसोगे, बस। और मैं तुम्हारे साथ रहूँगी।'

निर्माण ने उसकी तरफ घूरकर देखा।

'तुम चाहो तो पढ़ाई कर सकते हो, बस स्टॉप पर या जहाँ चाहो, हम तुम्हें डिस्टर्ब नहीं करेंगे।'

'हम?'

'अफ़्फ़ू भी होगी। अगर तुम मेरे बेस्ट फ्रेंड हो तो वह मेरी सोल-सिस्टर है। मैं उसके बिना कुछ नहीं कर सकती।'

'अभी केवल कुछ महीने हुए हैं और वह तुम्हारी सोल-सिस्टर बन चुकी है?'

'लोगों के क़रीब आने या दूर जाने का समय से कोई सम्बन्ध नहीं होता निर्माण। यह ऐसा होता है,' उसने उंगलियों से चुटकी बजाई।

निर्माण ने गहरी साँस ली।

'इसके अलावा,' डिब्बे से 50 रुपए निकालकर वह बोली, 'हमारे पास पैसे भी हैं,' रईसा ने ख़ुशी जताई।

निर्माण अपनी बेस्ट फ्रेंड पर मुस्कुराए बिना न रह सका और प्यार से अपना सिर उससे टकराया। उसने भी बदले में सिर टकराया पर ज़ोर से।

'आउच! क्या कर रही हो?' निर्माण ने अपना माथा सहलाते हुए कहा।

'माफ़ करो। माँ कहती हैं कि अगर हम एक बार सिर टकराते हैं, तो दोनों के सींग निकल आते हैं। इसलिए दो बार टकराने चाहिए।

वॉयस नोट 15

'वाह! क्या तुम यहाँ रहती हो, अफ़्फ़ू?' रईसा सॉल्ट लेक के सीएफ़ ब्लॉक में उस आलीशान बंगले को देखकर अभिभूत थी। वो दोनों दसवीं क्लास में आ गए थे। रईसा मामूली नंबरों से तो अफ़साना सभी विषयों में औसत नंबरों के साथ। यह पहला मौक़ा था कि जब रईसा अफ़साना के साथ उसके घर आई थी।

'मैं यहीं रहती हूँ। मैं यहाँ तब रहती हूँ, जब मैं इससे बाहर होती हूँ,' अफ़साना ने घर में घुसते समय रहस्यमय ढंग से बताया।

रईसा को लगा जैसे वह किसी फ़िल्म के सेट पर घुस रही हो जहाँ सब कुछ लगभग आदर्श था और अपने वर्ग और समृद्धि की चुगली कर रहा था।

जैसे ही दोनों लड़कियाँ बड़े-से हॉल रूम में आईं, एक नौकर उनके स्कूल बैग लेने आया। रईसा ने जल्दी से उसे अपना बैग दे दिया और पाया कि अफ़साना अपने जूते उतार रही थी और बैग थामे थी।

'सॉरी अफ़्फ़ू। ऐसा रोज़ नहीं होता कि कोई मेरा बैग लेने को तैयार खड़ा हो,' रईसा ने अपने जूते अफ़साना के जूतों के बगल में रख दिए।

अफ़साना हँसी और बोली, 'और यह मेरे साथ रोज़ ही होता है, तो मुझे कोई फ़र्क नहीं पड़ता।'

उसने नौकर को अपने कमरे में दो कोल्ड ड्रिंक्स लाने का आदेश दिया। लड़कियाँ फिर ऊपर पहुँचीं।

'इस घर में कितने बेडरूम हैं?' रईसा ने पूछा।

'छह,' अफ़साना ने आराम से जवाब दिया।

'यह तो अच्छा है। और कितने लोग?'

'बीस।'

'बीस? यह तो असंभव है। कोई बीस लोगों के साथ कैसे रह सकता है बेशक घर कितना भी बड़ा हो?'

'तुम्हें पता नहीं कैसे रहते हैं।' अफ़साना एक कमरे में घुसी। उसके पीछे रईसा दरवाज़े पर मूर्खों की तरह ठिठक गई।

'ओह! अब ये मत कहना कि यह तुम्हारा कमरा है।'

'यही है।'

वहाँ दो आदमक़द पोस्टर लगे थे—छोटे लेकिन प्यारे से दिख रहे बिस्तर के ऊपर एक माइकल जैक्सन अपने 'बैड' अवतार में दूसरा *टॉप गन* के ज़माने का टॉम क्रूज़।

'उठने के बाद रोज़ सुबह पहला काम जो मैं करती हूँ वह है टॉम को किस करना। मैं उससे शादी करना चाहती हूँ,' अफ़साना बोली।

'चुप करो! हम दोनों एक साथ एक आदमी से शादी नहीं कर सकते,' रईसा आगे बढ़ी और टॉम क्रूज़ के होंठों पर एक चुंबन रख दिया।

'सॉरी स्वीटहार्ट, मैं टॉम के लिए हत्या भी कर सकती हूँ,' अफ़साना ने मुस्कुराते हुए कहा।

'ठीक है, एक काम करते हैं। तुम उसे दिन में रख लो और मैं रात में रख लूँगी।'

'कितना आसान!'

दोनों ने हाय-फ़ाइव किया और हँसने लगी और फिर दोनों ही मुलायम बिस्तर पर लुढ़क गईं।

'हमारे बीच में कोई टॉम नहीं आना चाहिए,' अफ़साना ने कहा।

'बिल्कुल। मैं वैसे कभी शादी नहीं करूँगी,' रईसा ने चट से जवाब दिया।

'मगर क्यों?'

एक क्षण के लिए चुप्पी छाई रही। रईसा छत से लटकी डिज़ाइनर लाइटों को निहार रही थी।

'शादी बकवास है,' उसका जवाब था।

'यह दुनिया ही बकवास है,' अफ़साना ने आह भरी और आँखें बंद कर लीं।

नौकर दबे पाँव आया और बिस्तर के बराबर मेज़ पर कोक की दो बोतलें रखकर चला गया।

'कितनी बार तुम्हें बताऊँ कि मुझे स्ट्रॉज़ नहीं चाहिए?' अफ़साना अभागे नौकर पर चीखी, जो चुपचाप स्ट्रॉज़ लेकर चला गया।

रईसा उठी। उसने एक बोतल उठाई और दूसरी अफ़साना को दी।

'दूसरों पर हुक्म पेलना कितना अच्छा लगता है, है न? काश, मैं भी ऐसा कर सकती।'

'हर किसी को वह अच्छा लगता है, जो उसके पास नहीं है राइस। मुझे ऐसी जगह अच्छी लगती है जहाँ सिर्फ़ मैं और मेरे माता-पिता रहते हों, तुम्हारी तरह।'

'और मैं ऐसी जगह के लिए किसी की जान भी ले सकती हूँ अफ़्फ़ू। मुझे ऐसी जगह पचास लोगों के साथ रहने में भी दिक़्क़त नहीं होगी!'

'यही मेरा मानना है।'

अफ़साना दीवार से पीठ लगाकर बैठ गई, सिर झुकाए और आँखें मूंदे उसने कोक का एक घूँट गले उतारा।

'क्या कोई बात है अफ़्फ़ू?' रईसा ने पूछा, पहली बार उसे लगा कि उसकी सोल-सिस्टर अपने आप में नहीं थी।

'वह अफ़साना जो यहाँ रहती है और वह जिसे तुम स्कूल में देखती हो, दोनों अलग हैं,' अफ़साना ने भारी मन से कहा।

'क्या मतलब?' रईसा उत्सुकतावश उसके क़रीब खिसक आई।

अफ़साना ने आँखें खोलीं, एक क्षण के लिए रईसा पर नज़रें डालीं और फिर बंद कर लीं। कुछ क्षणों में उसके गालों पर आँसू ढलकने लगे।

'अफ़्फ़ू!' रईसा ने अपनी दोस्त का चेहरा हाथों में ले लिया।

'तुम्हें पता है कि मैं इतनी बिगड़ैल क्यों हूँ?' अफ़साना ने पूछा। 'क्योंकि इस बहाने लोग मुझ पर ध्यान देते हैं।'

अफ़साना के आँसुओं से रईसा इतना हिल गई थी जितना कभी उसने महसूस नहीं किया था।

'मैंने तुम्हें बताया था कि यहाँ बीस लोग रहते हैं,' भारी साँसें लेते हुए अफ़साना बता रही थी। 'जब कहें तो यह अच्छा लगता है पर घृणित बात यह है कि किसी के पास किसी के लिए वक़्त नहीं। मेरे माता-पिता को ही देखो। उन्हें यह तक पता नहीं कि मैं किस क्लास में हूँ।'

'वाकई?'

'पहली बार मुझ पर उनका ध्यान तब गया जब मैंने एक क़ीमती गुलदस्ता तोड़ दिया था। दोनों ने मुझे डाँटा। मुझे अच्छा लगा। और इसके बाद जब भी मुझे उनका ध्यान दिलाना होता, मैं कुछ न कुछ ऐसा कर देती थी। और अब उन्हें लगता है कि मैं बिगड़ गई हूँ। मैं जो चाहती हूँ वो मुझे सब देते हैं पर उन्हें नहीं पता कि मुझे क्या चाहिए।'

रईसा ने उसे गले लगा लिया और अफ़साना अपना चेहरा रईसा के कंधे में छिपाकर फूट-फूटकर रोने लगी।

'वायदा करो कि तुम मुझे कभी नहीं छोड़ोगी राइस। मुझे पता है कि अभी हमको एक-दूसरे को जाने सिर्फ़ एक साल ही हुआ है, पर कोई भी कभी मेरे इतना क़रीब नहीं था।'

अफ़साना उसे कसकर पकड़े थी। रईसा को आश्चर्य हो रहा था कि कैसे लोग उलटी-सीधी दोषपूर्ण ज़िंदगियाँ जी रहे हैं और किसी मायावी भावनात्मक विराम लगने का इंतज़ार करते रहते हैं। निर्माण का हर क़दम और उसका अस्तित्व अपने पिता की आकांक्षाओं के दबाव में जा रहा था। एक वक़्त रईसा अपने पिता के सामने प्रायश्चित करना चाहती थी बगैर यह जाने कि उसकी ग़लती क्या थी। बेशक अफ़्फ़ू के पिता शराबी नहीं थे पर फिर भी वह एक अनदेखी के बोझ तले तड़प रही थी। *रुको एक मिनट*, रईसा को ख़याल आया और उसने तेज़ी से पूछा, 'अफ़्फ़ू तुम्हारे पिता क्या शराबी हैं?'

'नहीं तो।' अफ़साना ने अपनी आँखें पोंछीं और साथ के बाथरूम में चली गई। रईसा बिस्तर से उठी और स्टडी टेबल के पास पहुँची जिस पर इधर-उधर स्कूली किताबें बिखरी थीं। उसने डेस्क का एक ड्रॉअर खोला और उसमें रखा एक मोटा-सा विश्वज्ञानकोश उठा लिया। उसके नीचे उसे अश्लील मैग्ज़ीन *डैबोनेयर* का एक पुराना अंक दिखाई दिया। रईसा ने फूहड़पन से शर्माते हुए उसे उठाया। एक अर्धनग्न आदमी और बेहद कम कपड़ों में एक महिला की तस्वीर कवर पर थी। उसने एक आवाज़ सुनी और मैग्ज़ीन को हवा में घुमाते हुए वह मुड़ी, 'अफ़्फ़ू, ये तो नंगे हैं!'

लेकिन यह अफ़साना नहीं थी। ये चमड़े की जैकेट और जींस में एक लड़का था, जिसके माथे पर बंधा बंडाना उसके लंबे बालों को आँखों पर आने से रोक रहा था। उसने रईसा की तरफ प्रशंसा की नज़र से देखा।

'वाह! तुम कौन हो?' लड़के ने पूछा।

'रईसा। तुम?'

वह उस तक चलकर आया, अपना हाथ बढ़ाया, 'रिक।' उन्होंने हाथ मिलाए। अचानक रईसा सावधान हो गई। उसे भृकुटी तनती हुई महसूस हुई। निर्माण के अलावा, वह हमेशा ही लड़कों के आसपास बेचैनी महसूस करती थी—जिस तरह वो उसे देखते थे उससे उसे घबराहट होती थी।

'क्या किसी ने तुम्हें बताया कि तुम ग़ज़ब की ख़ूबसूरत हो?' रिक ने पूछा।

रईसा का गला सूख गया था। वह हल्का-सा मुस्कुराई और

बोली, 'शुक्रिया।'

अफ़साना बाथरूम से आई और ठिठकी। रईसा की आँखें सीधे उस पर गईं। रिक ने भी उसकी नज़रों का अनुसरण किया।

'क्या यह तुम्हारी दोस्त है?' रिक ने अपना सिर उठाते हुए अफ़साना से पूछा।

'भाग लो!' अफ़साना गुर्राई। इस अप्रत्याशित रूखेपन ने रईसा पर असर डाला।

अफ़साना की ओर दृष्टि घुमाते हुए रिक अचानक घटिया लगने लगा था। रईसा को उसने कहा, 'फिर मिलते हैं।'

'नहीं, तुम नहीं मिलोगे,' अफ़साना ने तुरंत जवाब दिया।

इस बातचीत के दौरान रईसा ने एक के बाद दूसरे पर नज़र डाली। रिक चला गया। अफ़साना उसके पीछे गई और द्वार बंद कर लिया।

'इसीलिए मैं अपना कमरा बंद रखना पसंद करती हूँ,' उसने कहा।

'क्या वह तुम्हारे परिवार से है?' रईसा ने पूछा।

'हाँ है। मेरे अंकल का सबसे बड़ा बेटा।'

'तो तुम उसके प्रति इतना रूखी क्यों थीं? वह परिवार का ही तो है।'

'मैं उससे नफ़रत करती हूँ। वह नीच है और खिलाड़ी लड़का है।' अफ़साना ने बिस्तर पर चढ़ते हुए कहा।

'कौन खिलाड़ी है?' रईसा भी उसके पास आकर बैठ गई।

'खिलाड़ी वो मर्द होते हैं जो ज़िंदगी भर सिर्फ़ मर्द ही रहते हैं, तुम्हें समझ आया कि मैंने क्या कहा। भूल जाओ उसे।'

रईसा नहीं भूल सकी।

वॉयस नोट 16

'तुमसे किसने कहा कि तुम ख़ूबसूरत हो?' निर्माण ने पूछा।

रईसा उसके घर अलजब्रा सीखने के लिए आई थी। उसने उसे रिक के बारे में बताया। वो दोनों टेबल लैंप की रौशनी में स्टडी डेस्क के बगल में पड़ी कुर्सियों पर बैठे थे। इस स्वीकारोक्ति की वजह से निर्माण ने रईसा की तरफ शक की निगाह से देखा।

'तुम इतने चौंक क्यों रहे हो?' रईसा ने पूछा, 'क्या मैं ख़ूबसूरत नहीं हूँ?'

एक क्षण के लिए तो निर्माण को शब्द ही नहीं मिले। उसने हमेशा ही उसे पसंद किया था पर इससे पहले उसने कभी ख़ुद से नहीं पूछा था कि क्या वह उसे ख़ूबसूरत मानता है। ख़ूबसूरत होना क्या है? क्या इसका मतलब साफ-सुथरी त्वचा होना है (जो उसकी थी), स्वस्थ शरीर होना है (जो उसके पास था), अच्छे नाक-नक़्श होना है (जो उसके थे)? उसका पसंद करना साबित करता था कि वह ख़ूबसूरत थी। उसने गुवाहाटी में उसे वो सभी रेस जीतने में मदद की थी, इससे उसे यक़ीन था कि वह ख़ूबसूरत थी। उसी ने उसे सस्पेंशन लेटर की परेशानी से बचाया था, इससे उसे भरोसा था कि वह ख़ूबसूरत थी।

'रिक कौन है?' उसने पूछा।

'अफ़्फ़ू का कज़न।'

'तुम उससे कहाँ मिलीं?'

'अफ़्फ़ू के घर।'

'उसने पहली मुलाक़ात में तुमसे कह दिया कि तुम ख़ूबसूरत हो?'

'हाँSSSS' रईसा ने शब्द को खींचकर बोला और कंधे उचकाए कि इसमें ग़लत क्या है।

'यह अजीब बात है।'

'जाने दो। मैं तो रोमांचित हूँ और तुम इसके बजाय लड़के पर ध्यान दे रहे हो।'

'तो मुझे क्या करना चाहिए अगर कोई तुम्हें सुंदर कहता है? कई लड़कियों को मैं क्यूट लगता हूँ। पर मैं उन्हें गंभीरता से नहीं लेता।'

निर्माण ने अलजब्रा के सवाल पर केंद्रित करने का बहाना किया, वहीं रईसा कुछ समय के लिए खोई हुई थी।

'तुम्हारा कहना है कि मुझे भी रिक को गंभीरता से नहीं लेना चाहिए?'

'नहीं, तुम्हें नहीं लेना चाहिए,' निर्माण ने कहा और पाया कि उसकी त्योरी चढ़ी हुई थीं। उसने समझाना चाहा, 'देखो रईसा, यह लड़का तुमको नहीं जानता और तुम्हें सुंदर बता रहा है। इसका मतलब यह नहीं कि तुम नहीं हो। मेरा मतलब है कि, मैं कई साल से तुम्हारा दोस्त हूँ। क्या मैंने कभी कहा कि तुम सुंदर हो? जानती हो क्यों? इसलिए क्योंकि मुझे पता है कि तुम ख़ूबसूरत हो। दोस्त कभी भी ज़ाहिर चीज़ों के बारे में नहीं बोलते। ढोंगी बोलते हैं।'

रईसा ने आह भरी जैसे निर्माण ने उसकी ख़ुशी का नन्हा गुब्बारा फोड़ दिया हो।

'कल स्कूल में मिलते हैं,' उसने तिरस्कारपूर्वक कहा और उठ खड़ी हुई।

'और अलजब्रा?'

'तुम्हें लगता है कि मुझे अलजब्रा में कोई दिलचस्पी है?' वह चली गई।

* * *

अगले दिन अफ़साना स्कूल नहीं आई थी। निर्माण आने वाली इंटरहाउस डिबेट प्रतियोगिता के लिए दोस्तों के साथ तैयारी में जुटा था।

अपनी दोस्त के न होने पर रईसा की तो मानो सारी ताक़त ही चली गई थी। वह क्लासों में सोती रही।

स्कूल के बाद, उसने गौर किया कि स्कूल गेट के बाहर मोटरबाइक पर कोई उसका इंतज़ार कर रहा है। वह एक ही बार में रिक को पहचान गई। उसके बाल बिखरे थे।

'हाय!' रईसा के वहाँ पहुँचने पर उसने कहा।

'हाय!' न जाने किस वजह से, आज वह पहली बार ख़ुश महसूस कर

रही थी।

'घर जा रही हो?' उसने पूछा।

'हाँ।'

'घूमने चलोगी?'

'लेकिन—'

'मैं कोई अगवा नहीं कर रहा हूँ,' वह बनावटी ढंग से हँसा। जिस तरह से उसने यह बात कही थी उसने रईसा के दिल की धड़कनें बढ़ा दीं।

'ओके।'

उसके भीतर के रोमांच ने उसकी शंकाओं को किनारे कर दिया। वह पिछली सीट पर दोनों पैर फैलाकर बैठी और बाइक तेज़ी से आगे बढ़ गई।

रईसा को सीधे उसके घर ले जाने के बजाय, रिक सॉल्ट लेक में उसे एक पार्क में ले गया।

'क्या तुम यहाँ पहले आई हो?' उसने पूछा।

'मैंने इसके बारे में सिर्फ़ अपने दोस्तों से सुना है।'

वो पार्क में लगभग हर जगह घूमते रहे, खाते और दो घंटे तक बातें करते रहे। रईसा ने महसूस किया कि अब वो अजनबी नहीं रह गई थी। रिक ने उसके भीतर एक किस्म का आत्मविश्वास बैठा दिया था, जो उसने पहले कभी महसूस नहीं किया था।

जैसे ही वो टॉय ट्रेन में बैठे, ट्रेन पार्क कैंपस में झाड़ियों के पास से गुज़री। अचानक रईसा एक तरफ इशारा करके मुस्कुराई।

रिक ने उसकी उंगली की ओर देखा और फिर पाया कि दो जोड़े, एक-दूसरे के पीछे चूम रहे थे। रिक रईसा को देखकर हँसा।

'क्यों, तो इसमें ग़लत क्या है?' उसने पूछा।

'क्या तुमने देखा कि वो क्या कर रहे थे?'

'क्या?' रिक ने उसे जान-बूझकर उकसाया।

'मुझे नहीं पता,' रईसा ने अपना मुँह घुमा लिया।

'क्या तुमने कभी किसी लड़के को किस किया है?' उसने पूछा।

रिक ने जैसे ही रईसा का हाथ पकड़ा उसे अपनी सभी माँसपेशियाँ कड़ी होती और अपनी बाँहों के रोंगटे खड़े होते लगे। अचानक दिल में ख़ुशी की जगह किसी परेशान करने वाली चीज़ के ख़याल ने ले ली। उसने रिक की गर्म पकड़ से छूटने की कोशिश की, पर नाकाम रही। उसने उसकी तरफ देखा। वह उसकी तरफ झुका, उसे अपने पास खींचा। जब वह उसके मुँह के एकदम पास

आ गया तो, रईसा खड़ी हुई और गुस्से में उसका हाथ झटक दिया। रिक ने उसे जाने दिया और रईसा को मंथर गति से चलती टॉय ट्रेन से उतरते देखता रहा। वह भी उसके पीछे आया।

'आई लाइक यू, आई लव यू,' रिक ने तेज़ी से उसके पास आते हुए कहा। वह रुकी, तो वह भी रुक गया। वह उसे देखने के लिए मुड़ी। साहस के साथ रिक सीधे उसके सामने आकर खड़ा हो गया। उसने उसके कंधे पकड़े और धीरे-से उसके होंठ चूम लिए। रईसा ने उसके होंठों पर कसकर काट लिया। काफ़ी तेज़। रिक ने उसे धक्का दिया और अपने होंठों से ख़ून साफ करने लगा।

'यू बिच!'

'यू स्वाइन!' रईसा ने कहा।

रिक ने उसे बुरी तरह एक घूँसा मारा जिससे वह ज़मीन पर गिर गई। उसकी नाक से ख़ून निकल रहा था। रिक ने एक क्षण के लिए उसकी ओर देखा, अपने होंठ गीले किए और फिर उसकी ओर अपना हाथ बढ़ाया।

'अब उठो और इसके बाद जब मैं चुंबन लूँ तो मुझसे झगड़ना नहीं।'

रईसा उसका हाथ पकड़कर उठी और मुट्ठी में भरकर धूल उसकी खुली आँखों में मारी जिसे उसने दूसरे हाथ में भर लिया था। रिक दर्द के मारे चिल्लाया और वह अपनी ज़ख़्मी नाक लेकर दौड़ी।

उसी शाम जब निर्माण की माँ ने उसे बताया कि वह आरबीआई कैंपस में किसी लड़की के साथ ज़ख़्मी रईसा से मिली थी, तो उसने अपना डिनर बीच में छोड़ा और उसके घर की ओर भागा।

'तुम किससे लड़ पड़ीं?' कमरे में घुसते हुए उसका पहला सवाल था। जब उसने लाइट जलाई तो पाया कि अफ़साना दीवार से पीठ लगाए उसके बिस्तर पर थी। रईसा सीधे उसके पास गई थी और फिर अफ़साना उसे घर लाने से पहले डॉक्टर को दिखाने ले गई थी।

रईसा खिड़की से लगी कुर्सी पर बैठी थी।

'लाइट बुझा दो निर्माण,' उसने कहा।

अपना सवाल दोहराते हुए वह फिर बोला।

'अफ़्फ़ू के कज़न ने,' रईसा का जवाब था।

'वह लड़का जिसने कहा था कि तुम सुंदर हो?'

रईसा ने धीरे से हाँ कहा।

'क्यों?' उसने पूछा।

'वह बहुत स्मार्ट बनने की कोशिश कर रहा था।'

'क्या वह हमारे स्कूल में है?'

'वह भवानीपुर कॉलेज में है,' अफ़साना ने बताया।

निर्माण ने उसकी बात पर ध्यान नहीं दिया और रईसा से बोला, 'तो तुम उससे कहाँ मिलीं?'

'हमारे स्कूल के बाहर। उसने कहा था कि वह इसे अपनी बाइक पर घर छोड़ देगा लेकिन वह इसे निको पार्क ले गया और ज़बर्दस्ती चूमने की कोशिश की।' अफ़साना ने जवाब दिया।

निर्माण ग़ुस्से से भरा ख़ामोश खड़ा रहा।

'तुम उसकी बाइक पर क्यों बैठीं? क्या तुम पागल हो?' ग़ुस्से में उसने कहा।

'मैंने सोचा—' रईसा ने कहना शुरू किया, पर फिर कुछ नहीं बोली। यह देखकर कि वह बात नहीं करना चाहती, निर्माण ने अफ़साना पर एक दोषी की तरह नज़र डाली और बाहर निकल गया।

फिर सन्नाटा छा गया।

'तुम्हें पता है अफ़्फ़ू,' रईसा ने धीरे-से पर पाप क़ुबूल करने वाले अंदाज़ में कहा, 'मेरे पिता मेरी माँ से बलात्कार करते थे।' और उसे पीटते भी थे। मैंने यह अपनी आँखों से देखा है। वह हमेशा एक ग़ुलाम की तरह समर्पण कर देती थीं। मैं ग़ुलाम नहीं बनना चाहती। मैंने लंबे समय पहले ख़ुद से वायदा किया था कि अगर कोई भी आदमी मुझे छुएगा तो मैं उसका भुरकस निकाल दूँगी। यह छूना—' वह थमी और फिर बोली, '. . . जब तक रिक ने छूने की कोशिश नहीं की थी, मुझे उसके साथ अच्छा लग रहा था लेकिन जैसे ही—'

अफ़साना ख़ामोशी से उसके हर लफ़्ज़ को सुन रही थी।

'मुझे नहीं लगता कि मैं कभी भी किसी के साथ सेक्स कर पाऊँगी। किसी के साथ जिस्मानी क़रीबी के अहसास से मेरा दम घुटता है, डर लगता है, टूटन होती है और यहाँ तक कि यह ख़याल मुझे मुझसे दूर कर देता है। जब रिक ने मुझे कंधे से पकड़ा, मुझे लगा कि वह मेरा रेप करेगा। मुझे लगा कि वह मुझे अपना ग़ुलाम बना लेगा और . . . अफ़्फ़ू, क्या सेक्स सचमुच ज़रूरी है?'

'मुझे पता नहीं। मुझे लगता है कि प्रेम अहम है और सेक्स ज़रूरत। हालाँकि हम अक्सर इसमें धोखा खा जाते हैं कि हमारे लिए क्या अहम है और क्या ज़रूरी।'

'यह तो बहुत गहरी बात है अफ़्फ़ू,' रईसा अफ़साना के पास पहुँची और उसके गले में अपनी बाँहें डाल दीं।

'क्यों? क्या तुम्हें गहरी बातें पसंद नहीं?' अफ़साना ने रईसा के माथे को चूमते हुए कहा।

'पसंद हैं। मैं भी गंभीर हो जाती हूँ जब दुखी महसूस करती हूँ।'

'मैं तब गहराई से सोचती हूँ जब मुझे कुछ नहीं सोचना होता।'

'तो, क्या तुम्हें लगता है कि अगर मैं किसी लड़के के साथ सेक्स नहीं करती तो वह कभी मेरा नहीं होगा?' रईसा ने पूछा।

'किसी समय तुम्हें करना होगा। हर कोई करता है।'

'क्या तुम्हें सेक्स से डर नहीं लगता अफ़्फ़ू? यह क्या अजीब-सी बात नहीं है? सोचो ज़रा कि एक लड़का आपके भीतर कुछ चिपचिपी-सी चीज़ रख रहा है। घिन आती है! हम क्यों नहीं कुछ चिपकता हुआ उनके अंदर रख सकते?'

'मैंने जो अपने परिवार में देखा है, मुझे तो प्रेम से ज़्यादा डर लगता है।'

दोनों लड़कियाँ अंधेरे कमरे में ख़ामोश बैठी रहीं।

तभी अफ़साना ने अचानक कहा, 'रिक से दूर रहो, वह बी-होल है।'

'बिल्कुल। जैसे ए-होल है। वैसे, यह बी-होल क्या है?'

'बम होल।'

'ओह! क्या यह ए-होल जैसा ही है।'

'हाँ। ए-होल उसका अच्छा नाम है, बी-होल उसका छोटा नाम है।'

'मुझे लगता है कि उसका एक और नाम होना चाहिए सी-होल!'

अफ़साना ने उसे सवालिया नज़र से देखा। जवाब में उसे रईसा का आश्चर्य भरा चेहरा दिखा। उसने अपनी सोल-सिस्टर के गालों पर कसकर चूम लिया।

वॉयस नोट 17

दसवीं क्लास के छमाही इम्तिहान ख़त्म हो चुके थे। रईसा एक बार फिर सभी विषयों में मुश्किल से ही पास हुई थी। अफ़साना को औसत से कुछ ही ज़्यादा मार्क्स मिले थे, जबकि निर्माण ने पूरे बैच में टॉप किया था।

रईसा निर्माण के इतिहास के नोट्स की कॉपी के लिए एक शाम उसके घर गई। उसने उसे लैंडलाइन फ़ोन पर किसी से बात करते हुए देखा। निर्माण ने दो उंगलियाँ उठाते हुए कहा कि उसे दो मिनट और लगेंगे। रईसा मान गई। उसने उसके स्कूल बैग से उसकी इतिहास की नोटबुक निकाली और नोट्स उतारने शुरू कर दिए। दो मिनट आधा घंटे और फिर पूरे घंटे में बदल गए। रईसा ने इस बात पर ध्यान न दिया होता अगर उसने निर्माण को हँसते और फ़ोन पर बेकार से मज़ाक करते न सुना होता, जो अक्सर वह नहीं करता था। फ़ोन की बातचीत ख़त्म होने के बाद भी उसके चेहरे पर एक बुझी-सी मुस्कान दिख रही थी।

'क्या हुआ? ख़ुद में क्यों मुस्कुरा रहे हो?' रईसा ने पूछा।

'क्या मैं? ओह, सॉरी,' निर्माण ने कहा और उसके बराबर बैठ गया।

'कौन था?' उसने पूछा।

'एक नई लड़की आई है। मैं उसे बता रहा था कि अब तक क्लास में क्या-क्या हो गया है।'

नई लड़की? तुम उसे बकवास जोक सुनाकर अपडेट कर रहे थे कि उसने क्लास में क्या-क्या मिस कर दिया है, रईसा के दिमाग़ ने इस बात को यूँ पूरा किया।

अगले दिन रईसा इंटरवल के दौरान निर्माण के साथ पानी-पीठा के लंच के लिए उसकी क्लास पहुँची, जो कि उसकी भी पसंदीदा चीज़ थी—पर वह उसे

वहाँ नहीं मिला।

'निर्माण कहाँ है?' उसने उसके एक क्लासमेट से पूछा।

'मैंने उसे साक्षी के साथ जाते देखा था।'

'साक्षी कौन?'

'वह जो नई लड़की आई है।'

अफ़साना उसके पीछे पहुँच गई।

'निर्माण का इंतज़ार कर रही हो?' उसने पूछा।

'वह यहाँ नहीं है।'

'ग़ायब?' अफ़साना ने रईसा के लंचबॉक्स से पानी-पीठा निकालकर खाना शुरू कर दिया।

'नहीं। वह साक्षी के साथ है।'

अफ़साना खाते हुए रुकी और रईसा की ओर देखा। इससे पहले वह कुछ कहती, रईसा जा चुकी थी। वह भी पीछे-पीछे गई। कुछ दूर दोनों ने निर्माण और साक्षी को साथ-साथ पार्किंग एरिया में घूमते और बातें करते-मुस्कुराते देखा।

'क्या हुआ?' अफ़साना ने निराश दिख रही रईसा से पूछा।

'पता नहीं,' उसने कहा, पर अफ़साना जानती थी कि मामला क्या है।

'सुनो राइस,' उसने कहा, 'निर्माण तुम्हारी प्रॉपर्टी नहीं है। वह दोस्त है, तुम्हारा बॉयफ्रेंड नहीं। उसे चाहे जिसके साथ घूमने दो और चलो यह पीठा खाते हैं।'

'मुझे पता है कि वह मेरी प्रॉपर्टी नहीं है लेकिन. . .'

रईसा ने अनिच्छा से आँख बचाई और अफ़साना से दूर चली गई।

उसी सप्ताहांत रईसा निर्माण से मिली जब वह दूसरों के साथ क्रिकेट खेल रहा था। वह उसे देख हँसी नहीं रोक पाई। पहली बार उसने अपनी पतली बारीक मूँछें और ठोड़ी के बाल साफ करा लिए थे।

'तुम लड़की लग रहे हो!' वह आश्चर्य करते हुए बोली।

'शट अप!' निर्माण फट पड़ा।

'मगर तुमने शेव क्यों कराई?'

'साक्षी को लगा कि मैं शेव कराकर अच्छा लगूँगा।'

रईसा की हँसी रुक गई।

'इसके अलावा तुम्हें छोड़कर हर किसी को लगता है कि मैं अब अच्छा लग रहा हूँ,' वह कड़ाई के साथ बोला।

'तुम बेवकूफ़ लग रहे हो,' रईसा ने ग़ुस्से से कहा और हक्के-बक्के निर्माण को छोड़कर वहाँ से चली गई।

साक्षी ने भी उसी बस में आना शुरू कर दिया था, जिसमें निर्माण और रईसा आया करते थे। हालाँकि रईसा को दोनों के बीच आने में कोई मुश्किल नहीं थी, लेकिन वह ऐसा नहीं करना चाहती थी।

कुछ शाम बाद, रईसा अपने साइंस प्रोजेक्ट में मदद लेने निर्माण के घर गई। वह फिर फ़ोन पर बिज़ी था। उसकी ट्यूशन का टाइम आया और निकल गया पर वह फ़ोन से ही चिपका रहा और मुस्कुराता रहा। अब-मैं-वो-नहीं जैसी लगने वाली उसकी मुस्कान से रईसा को लगा कि दूसरी तरफ साक्षी ही होगी।

किसी तरह की जलन या असुरक्षा की भावना उसके मन में नहीं आई थी। जैसे-जैसे वह साक्षी के क़रीब जा रहा था, उसे अपने प्रति निर्माण के व्यवहार में एक नई उपेक्षा नज़र आ रही थी। जिस बात ने उसे दुखी किया वह यह थी कि रिक के बारे में उसने निर्माण को सबसे पहले सब कुछ बताया था पर क्यों उसने साक्षी के बारे में तब तक कुछ नहीं बताया जब तक उसने पूछा नहीं। आख़िर रईसा ने इस बारे में अफ़साना से बात की।

'वह हर वक़्त उसका समय ख़राब करती है और ऐसा लगता है कि निर्माण को इसकी परवाह नहीं है।'

वो हिंदी भाषा की क्लास में आख़िरी बैंच पर बैठी धीरे-धीरे बातें कर रही थीं और एक छात्र किताब का एक अंश ज़ोर-ज़ोर से पढ़ रहा था।

'अगर उसे परवाह नहीं है तो तुम्हें क्या परेशानी है?' अफ़साना ने कड़ाई से पूछा।

'क्या अच्छे दोस्त बदले जा सकते हैं अफ़्फ़ू?'

'नहीं,' अफ़साना ने कहा।

'क्या एक से ज़्यादा भी बेस्ट फ्रेंड हो सकते हैं?'

'नहीं।'

'तो क्या मैं उसकी बेस्ट फ्रेंड नहीं थी? क्या यह सब झूठ था?'

'नहीं।'

'एक-एक शब्द में न बोलो अफ़्फ़ू!' रईसा उसके कान में बोली।

'आप दोनों,' हिंदी टीचर ने कहा, 'बाहर।'

अफ़साना और रईसा ने इसका पालन किया और क्लास के बाहर जाकर खड़ी हो गईं।

'तुम मुझसे क्या कहलवाना चाहती हो?' निर्माण के बर्ताव में बदलाव को

लेकर रईसा की सनक से परेशान अफ़साना ने पूछा।

'मुझे उसके साक्षी के साथ होने में कोई दिक़्क़त नहीं, लेकिन उसकी उपेक्षा मुझे सताती है। तुम्हें पता है, पिछले दो महीने से उसने मुझसे तभी बात की जब मैंने उससे कुछ कहा। ऐसे नहीं चल सकता!'

'राइस, लोग बदलते हैं, उनके चुनाव और प्राथमिकताएँ बदलती हैं। इसकी आदत डाल लो। कोई दोस्त हमेशा के लिए नहीं होता। हमेशा के लिए का ख़याल सिर्फ़ किताबों और फ़िल्मों में ही चलता है। ज़िंदगी पर इसे लागू करोगी और वह लड़खड़ा जाएगा।'

इन शब्दों का रईसा पर गहरा असर पड़ा। अगर अफ़्फ़ू सही थी, तो वह निर्माण के बिना क्या करेगी? क्या यही ज़िंदगी होगी? चीज़ें बदल जाती हैं और हमें दुख देती हैं?

'अफ़्फ़ू, क्या तुम भी एक दिन मुझे भूल जाओगी?'

अफ़साना ने गंभीरता से उसकी तरफ देखा और कहा, 'मैंने केवल दोस्तों के बारे में कहा था। सोल-सिस्टर्स के बारे में नहीं।'

रईसा का चेहरा खिल गया और दोनों ने हाय-फ़ाइव किया।

निर्माण के बगैर मैं जी नहीं पाऊँगी; पर अफ़्फ़ू के बिना तो मेरा अस्तित्व ही ख़त्म हो जाएगा, रईसा सोच रही थी।

रईसा ने अफ़साना के शब्दों को गंभीरता से लिया और तय किया कि किसी के चुनाव बदलने से दुखी होने के बजाय वह अपनी प्राथमिकताएँ बदल लेगी। और उसने निर्माण को अकेला छोड़ दिया।

कुछ महीने बाद, अपनी माँ के साथ सब्ज़ी बाज़ार से घर लौटते हुए उसने निर्माण को आरबीआई क्वार्टर्स की एक बैंच पर अकेले बैठे देखा।

'माँ आप जाओ, मैं कुछ देर में आती हूँ,' रईसा ने अपनी माँ से कहा और निर्माण की ओर बढ़ी।

उसने देख लिया था पर उसके पास बैठने पर कुछ नहीं बोला। उन्होंने एक दूसरे पर नज़र डाली और रईसा को पता चल गया कि वह रो रहा था।

'मुझे बताओगे कि क्या हुआ या किसी फ़िल्म डायरेक्टर के ''एक्शन'' कहने का इंतज़ार कर रहे हो?'

'यूनिट टेस्ट्स में मेरे नंबर कम आए। मैं दूसरे स्थान पर रहा।'

'ओह नो! क्या रिज़ल्ट्स आ गए? मुझे लगा था कि वो अगले हफ़्ते आएँगे।'

'रिज़ल्ट्स ऑफ़िशियली घोषित नहीं हुए हैं, पर हमारी क्लास टीचर ने

बताया कि इस बार मैं दूसरे स्थान पर रहा। इतने सालों में यह पहली बार है कि मैं दूसरे नंबर पर आया।'

'हे भगवान, अंकल तो नाराज़ होंगे, है न?'

'"नाराज़" तो बहुत हल्का शब्द है। वह ऑफ़िस के काम से बाहर गए हैं और आज रात डिनर के बाद कॉल करेंगे। मुझे पक्का पता है कि आज वह मुझे घर से बाहर निकाल देंगे।'

'परेशान न होओ। तुम्हारे पास अभी एक और हफ़्ता है। उन्हें तब बताना जब नतीजे आ जाएँ। और दो दिन पहले बुखार या पेट दर्द या सिरदर्द करना न भूलना। अच्छा हो कि तुम उन्हें बताओ कि तुम्हें ब्रेन कैंसर है। मैंने फ़िल्मों में देखा है कि लोग ब्रेन कैंसर के मरीज़ों के लिए बहुत दयालु हो जाते हैं। किसी भी स्थिति में, अगर अंकल तुम्हें निकल जाने को कहते हैं तो तुम मेरे घर आ जाना। मैं अफ़्फ़ू को भी बुला लूँगी।'

निर्माण ने रईसा की ओर देखा और उसके चेहरे पर मुस्कुराहट फैल गई।

'मुझे तुम्हारी याद आई, रईसा,' उसने कहा।

'हम्म,' रईसा ने संदेह जताया। इसके बाद उसने पूछा, 'वैसे फ़र्स्ट कौन रहा?'

निर्माण ने कोई जवाब नहीं दिया।

'क्या मैं लाउडस्पीकर पर बोलूँ?'

'साक्षी,' निर्माण ने तपाक से कहा।

सेकेंड के एक हिस्से में रईसा के भीतर ख़ुशी की लहर दौड़ गई, मानो साक्षी उसकी बेटी हो और उसे उस पर गर्व हो।

'तुमने क्या कहा?' उसने आश्चर्य जताया।

'वह अपने लैसंस पूरे कर लेती और फिर मुझे कॉल करके मेरा समय ख़राब करती थी।'

'लेकिन मुझे लगा कि वह तुम्हारी बेस्ट फ्रेंड थी,' रईसा के शब्दों में कटाक्ष का अंश था, जिसे निर्माण नहीं समझ सका।

'बेस्ट फ्रेंड?' निर्माण ने उसकी तरफ आश्चर्य से देखा।

'हाँ, बेस्ट फ्रेंड। असल में, मुझे लगा था कि तुम दोनों आयटम बन गए थे। बेस्ट फ्रेंड से बने प्रेमी।' उसने व्यंग्य किया।

'मुझे माफ़ कर दो रईसा,' निर्माण को अंतत: उसका कटाक्ष समझ आ गया था।

'अफ़्फ़ू ने कहा था कि मेरे प्रति तुम्हारी उपेक्षा सामान्य बात थी। और मुझे

लगा कि हमारी दोस्ती ख़त्म हो गई। मैं समझी मेरे लिए भी बेस्ट फ्रेंड बदलने का वक़्त आ गया था। अगर तुम्हें पता न हो तो बता दूँ कि तुम और अफ़्फ़ू मेरा मन और आत्मा हो।'

निर्माण उसके आगे झुका और बोला, 'मुझे नहीं पता कि पिछले कुछ महीनों में मुझे क्या हो गया था। मानो मैं किसी जादू में था। मुझे सच में पछतावा है रईसा। मुझे पता है कि तुम्हें दुख हुआ होगा।'

'दुख? तुम्हें कुछ पता नहीं निर्माण!' उसने अपना चेहरा घुमा लिया।

'सुनो, अगली बार अगर मैं कुछ ऐसा करते दिखूँ या कुछ ऐसी बेवकूफ़ी करूँ तो मुझे कसकर थप्पड़ लगा देना, ठीक है? इससे मुझे कुछ होश आएगा।'

रईसा घूमी और तुरंत उसको एक ज़ोर का थप्पड़ रसीद कर दिया। उसने पूरे अविश्वास में अपना गाल थाम लिया।

'सिर्फ़ चेक कर रही थी। तुम्हें इतना कसकर चाहिए था या इससे ज़्यादा?'

वॉयस नोट 18

'यह क्या है?' रईसा अफ़साना की कलाई पर कट के निशान देखकर घबरा गई।

दुर्गा पूजा के बाद वो पूरे एक महीने बाद मिल रहे थे। इस दौरान अफ़साना की ज़िद के बावजूद उसका परिवार उसे उत्तर भारत के प्रमुख धर्मस्थलों की तीर्थयात्रा पर साथ ले गया था।

रईसा टीचर की डेस्क पर बैठी थी, जबकि अफ़साना टीचर की कुर्सी पर बैठी थी। फ्री पीरियड था।

'मैंने कल रात ख़ुदकुशी की कोशिश की,' अफ़साना ने हक़ीक़त बयाँ करते हुए कहा।

'ख़ुदकुशी? बोलो ये सब मज़ाक है?' रईसा ने अफ़साना की कलाई पर पड़े गहरे निशानों को सहलाते हुए उससे विनती की।

'यह मज़ाक नहीं। कल एक लड़का और उसका परिवार मुझे देखने आया था।'

'"देखने आया था" से क्या मतलब?'

'मेरे माता-पिता ने मेरी शादी पक्की कर दी है।'

'शादी?' रईसा डेस्क से उतर गई और अफ़साना की ओर आश्चर्य में देखने लगी। 'यह क्या बकवास कर रही हो?'

'मैं हैरान थी जब माँ ने मुझसे पारंपरिक भारतीय कपड़े पहनने और मेहमानों के लिए चाय लाने को कहा। इसके बाद लड़के के घरवालों ने मुझसे अजीब से सवाल पूछने शुरू कर दिए। वास्तव में वह लड़का नहीं आदमी है। वह सत्ताईस साल का है।'

'सत्ताईस साल? और तुम तो केवल सोलह की हो!'

'हाँ मुझे पता है। वह मेरे पापा के कुलीग का बेटा है। वो अभी हम दोनों की सगाई करना चाहते हैं और 18 की होते ही मेरी शादी करना चाहते हैं।'

'तुम्हारी ऐसे शादी नहीं हो सकती अफ़्फ़ू।'

'बिल्कुल। इसलिए जब मैं ख़ुद को ख़त्म करने वाली थी, तो मैंने सोचा कि मैं अपनी ज़िंदगी इसलिए क्यों तबाह करूँ कि मेरे माता-पिता मेरी शादी करना चाहते हैं। मैंने तय किया है कि अब मैं स्कूल के बाद घर नहीं जाऊँगी। मैं कुछ कपड़े और अपना ज़रूरी सामान ले आई हूँ।'

'लेकिन तुम घर नहीं जाओगी तो कहाँ जाओगी?'

'मुझे पता नहीं। तुम बताओ?'

दोनों लड़कियों ने स्कूल ख़त्म होने तक इस पर विचार किया। आख़िर में रईसा ने कहा, 'तुम्हें याद है कि एक बार तुमने कैमिस्ट्री लैब के जंग लगे ताले को खोल दिया था?'

'हाँ एक हेयरपिन से।'

'क्या तुम अभी भी ताला खोल सकती हो?'

'कभी भी,' अफ़साना ने चट से जवाब दिया।

रईसा की आँखों में आई चमक ने संकेत दे दिए थे कि उसे कोई तगड़ा हल मिल गया है।

एक घंटे बाद दोनों आरबीआई क्वार्टर्स में रईसा के ब्लॉक में टैरेस और टॉप फ़्लोर के बीच मेज़ नाइन फ़्लोर पर थीं। इस कम ऊँचाई की मंज़िल पर सीढ़ियों के दोनों तरफ ताला लगे दो कमरे थे, जिनमें से एक में टैरेस से मोटे पाइप जा रहे थे।

'इसमें क्या है?' अफ़साना ने बंद पड़े दूसरे कमरे की तरफ इशारा किया।

'मुझे नहीं पता। पिछले तीन साल में मैंने इन्हें कभी खुला नहीं देखा।'

अफ़साना को मोटा-सा ताला खोलने में दो मिनट भी नहीं लगे, जिसके पीछे धूल से भरा, जाले लगा एक छोटा-सा कमरा दिख रहा था। छोटी-सी खिड़की टूटी पड़ी थी और उसके कगार पर एक चिड़िया का खाली घोंसला था।

अगले एक घंटे में, रईसा चुपचाप अपने घर से कुछ मोमबत्तियाँ, एक माचिस की डिब्बी, एक झाड़ू, एक बैडशीट और एक तकिया ले आई। रईसा ने अटारी को पूरी तरह झाड़कर साफ किया। इसके बाद दोनों ने कमरे को जमाया।

'काश! मैं भी तुम्हारे साथ यहाँ रह सकती,' रईसा ने भौं पर आया पसीना पोंछते हुए कहा।

'मैं तुम्हारा शुक्रिया अदा नहीं कर सकती राइस,' अफ़साना ने उसे गले

लगा लिया।

'अगली बार जब तुम्हारे माता-पिता तुम्हारी शादी करने की कोशिश करें तो मुझे थोड़ा पहले बता देना।'

दोनों हँसने लगीं।

उस रात रईसा ने जल्दी से अपना डिनर खाया और जैसे ही उसकी माँ रसोई में गईं, उसने अच्छे से एक अख़बार में दो चपाती और थोड़ी सब्ज़ी पैक कर ली। उसने माँ को बताया कि वह स्कूल के काम से निर्माण के घर जा रही है और सीधे अफ़साना के पास पहुँची। उसने तीन पर खटखटाया—जो उनका कोड था—और अफ़साना ने द्वार खोल दिया। कमरा मोमबत्ती की रोशनी में दमक रहा था।

'सब कितना रोमांचक है। तुम्हारे माता-पिता ने तुम्हारी शादी पहले तय क्यों नहीं की?' रईसा ने शिकायत की और अफ़साना के बराबर जाकर बैठ गई, जो जल्दी-जल्दी खाने में लगी थी।

अगले दिन पेटदर्द का बहाना करके रईसा स्कूल नहीं गई और सारा दिन अफ़साना के साथ उस छोटे से कमरे में लूडो और साँप-सीढ़ी खेलते, बातें और सिगरेट पीते गुज़ारा।

'तुम्हें पता है राइस, मैं साइंस पढ़ना चाहती हूँ,' अफ़साना ने बताया।

'साइंस? आर्ट या कॉमर्स नहीं?'

'आर्ट्स और कॉमर्स के साथ यह है कि मुझे शहर छोड़ने की इजाज़त नहीं मिलेगी। अगर मैं साइंस पढ़ती हूँ तो मैं किसी दूसरे शहर में इंजीनियरिंग करने जा सकती हूँ और फिर कभी नहीं लौटूँगी।'

'कभी नहीं?' रईसा अशांत हो गई थी।

'पागल हम एक साथ ही जाएँगे,' अफ़साना ने कहा।

रईसा के चेहरे पर मुस्कुराहट आ गई थी।

'तब मैं भी साइंस ही चुनूँगी,' उसने जवाब दिया, यह अच्छी तरह जानते हुए कि साइंस के विषयों या दूसरे किसी विषय में उसके औसत मार्क्स भी नहीं आते थे।

'लेकिन यह सब तब होगा, जब मेरे माता-पिता पुलिस में रिपोर्ट करेंगे कि मैं ग़ायब हूँ।'

'उन्हें करना चाहिए, है न? वरना मैं तुम्हें गोद ले सकती हूँ।'

दोनों लड़कियाँ मुस्कुराईं।

'मुझे भरोसा है,' अफ़साना मुस्कुराई। 'जैसे ही वो पुलिस में रिपोर्ट करेंगे, मैं सामने आ जाऊँगी और कहूँगी कि अगर वो साइंस नहीं पढ़ने देंगे तो मैं

भाग जाऊँगी।'

'अगर वो कहें कि पहले तुम उसी बड़े आदमी के साथ सगाई करो तो?'

'वो कहेंगे। मुझे पता है। और मैं सगाई कर लूँगी। असल में, मुझे उसके लिए दुख होगा कि उसकी होने वाली पहली बीवी कभी उसकी बीवी नहीं होगी!'

ख़ुशी के आवेग में बहती अफ़साना बोलती गई, 'मगर मैं अपनी इच्छा के बगैर किसी से शादी नहीं कर सकती। अभी मैं नाबालिग़ हूँ। ग्रेजुएशन पूरा करने के बाद मैं अपनी ज़िंदगी ख़ुद चलाने लायक हो जाऊँगी, जिसे किसी बेवकूफ़ पति या यहाँ तक कि माँ-बाप की भी ज़रूरत नहीं होगी। इसलिए इनके पास लौटने का कोई सवाल ही नहीं।'

'कितना मज़ेदार है यह सब!' रईसा ने आश्चर्य में कहा।

अगली शाम स्कूल के बाद निर्माण रईसा के घर पहुँचा। सीढ़ियों पर पैर रखते ही उसने देखा कि रईसा सीढ़ियों पर और ऊपर चढ़ रही थी। उत्सुकतावश, उसने पीछा किया तो पाया कि वहाँ कोई मौजूद था।

'तुम दोनों यहाँ क्या कर रही हो?' निर्माण ने आश्चर्य में पूछा।

वह अफ़साना को वहाँ देखकर अचंभे में था। इसके बाद उसे सिगरेट दिखाई दीं।

'तुम लोगों ने सिगरेट पी!'

'शट अप निर्माण और सुनो: पहली बात। इसे राज़ रखना!' रईसा ने उसे चुप रहने को कहा।

'राज़? मैंने अफ़साना की तस्वीर अख़बार के "लापता" सेक्शन में देखी है। मैं तुम्हें यही बताने आया था और अब यह देख रहा हूँ।'

लापता की रिपोर्ट की बात पर अफ़साना और रईसा ने ख़ुशी से हाय-फ़ाइव किया। इस बात ने निर्माण को और भी उलझा दिया।

'क्या तुम दोनों ड्रग्स ले रही हो?'

'हम अफ़साना के माता-पिता की ओर से पुलिस में रिपोर्ट दर्ज कराने का ही इंतज़ार कर रहे थे। अब तुम्हें थोड़ी मदद करनी होगी निर्माण,' रईसा ने दोनों हथेलियाँ जोड़कर उससे कहा।

'क्या है?'

'हमें अफ़्फ़ू के माता-पिता को बताना है कि वह घर केवल तभी आएगी, अगर वह यह लिखकर देंगे कि वो उसे प्लस टू में साइंस पढ़ने देंगे।'

'साइंस पढ़ने? बस इतनी-सी बात? क्या इसने घर इसीलिए छोड़ा क्योंकि साइंस पढ़ना चाहती थी?'

'ओह, तुम नहीं समझोगे। तुम मदद करोगे या नहीं?'

निर्माण ने सिर हिलाया, यह जानते हुए कि उसके पास इसके अलावा कोई विकल्प भी नहीं था।

'हमारी मदद करो प्लीज़ वरना हमें तुमको बीच से हटाना पड़ेगा,' रईसा बोली।

उस रात रईसा ने निर्माण को फ़ोन किया और उससे कहा कि वह अफ़साना के लिए कुछ खाना ले आए क्योंकि उसके घर कुछ मेहमान आए थे और उसकी माँ उसे जाने नहीं दे रही थीं। निर्माण ने किसी तरह अपने घर से कुछ खाना चुराया, खाना खाकर बाहर घूमने का बहाना किया और अफ़साना के पास पहुँचा। उसे खाना खाता देखकर निर्माण को लगा कि वह भूख से बेज़ार थी।

'क्या मैं तुमसे कुछ कहूँ?' उसने पूछा।

'ज़रूर,' अफ़साना ने कहा।

'मुझे लगता है कि तुम्हें बिना शर्त अपने घर लौट जाना चाहिए। वो आख़िर तुम्हारे माता-पिता हैं। वो तुम्हारी ज़रूर सुनेंगे।'

अफ़साना ने एक क्षण उसे देखा और फिर खाना खाना शुरू कर दिया। यह पहला मौक़ा था जब वो दोनों रईसा की गैरमौजूदगी में मिल रहे थे। अफ़साना के खाना खाने के बाद निर्माण जाने के लिए उठा।

'क्या मैं तुमसे कुछ पूछूँ?' अफ़साना ने पूछा।

'हाँ।'

'तुम मुझे खाना देकर जा सकते थे। पर तुमने ऐसा नहीं किया, क्यों?'

उसका जवाब कुछ देर में आया, 'नहीं पता। शायद इसलिए कि जब कोई खा रहा हो तो वहाँ रहना चाहिए।'

अफ़साना को लगा कि वह सच नहीं बोल रहा है। उसने अपने बॉक्स से एक सिगरेट निकाली। उसने कई बार लाइटर जलाया पर वह जला नहीं क्योंकि खिड़की खुली हुई थी।

निर्माण ने अपनी हथेलियों से लाइटर की लपट को घेर लिया ताकि वह सिगरेट सुलगा सके। हालाँकि उसने कुछ कहा नहीं लेकिन उसने उस ब्रैंड पर ग़ौर किया जिसे वह पी रही थी।

'बाय,' निर्माण ने कहा और वह दरवाज़े पर था जब उसे आवाज़ सुनाई पड़ी।

'आई एम सॉरी,' अफ़साना ने कहा।

'किसलिए?'

'राइस ने भाँगवाले रसगुल्लों के लिए माफ़ी माँगी थी। मगर मुझे मौक़ा नहीं मिल पाया था।'

'कोई बात नहीं, जाने दो जो हुआ सो हुआ।'

'तब भी मैं लंबे समय से माफ़ी माँगना चाहती थी,' अफ़साना ने जवाब दिया।

दोनों एक-दूसरे को देखकर मुस्कुराए और इसके बाद निर्माण चला गया।

अगली सुबह, रईसा ने निर्माण को अफ़साना के छिपने की जगह न जाने की सलाह दी।

'क्यों, क्या हुआ?' उसने पूछा।

'उसने कहा कि वह ख़ुद अपने घर जाएगी।'

निर्माण मुस्कुराकर रह गया।

शाम को अफ़साना घर लौट गई। हालाँकि उसके माता-पिता इस बात को मान गए कि उसकी सगाई और शादी दोनों उसकी ग्रेजुएशन के बाद ही होगी। पर उन्होंने अपने बनाए रिश्ते पर ही ज़ोर दिया।

अफ़साना ने साइंस की ट्यूशन ज्वाइन कर ली। हालाँकि रईसा ने भी ऐसा ही किया, पर वह ज़्यादातर समय सोती रहती थी और जो कुछ टीचर बताता वह उसके सिर के ऊपर से निकल जाता था। कुछ ही वक़्त में, बोर्ड के इम्तिहान आ गए। रईसा का ज़्यादातर वक़्त अफ़साना के साथ पढ़ते बीतता था। परीक्षाएँ हुईं और दो महीने बाद, दसवीं बोर्ड के नतीजे आ गए। निर्माण ने न केवल स्कूल बल्कि पूर्वी भारत के दूसरे स्कूलों में भी टॉप किया था। अफ़साना को सीनियर सेकेंड्री में साइंस चुनने लायक नंबर मिल गए थे। रईसा चार विषयों में फ़ेल हो गई थी। उसे दसवीं क्लास फिर से करनी थी, जिसमें न तो उसका बेस्ट फ्रेंड उसके साथ था और न ही उसकी सोल-सिस्टर।

वॉयस नोट 19

हाय शनय,

अफ़साना और निर्माण दोनों को ही रईसा प्रेम करती थी। यह कुछ ऐसा था मानो कि भगवान ने उसकी आत्मा को तीन हिस्सों में बांट रखा था: उसका एक हिस्सा दो के लिए तड़पता था। अगर निर्माण उसे पूरा करता था तो अफ़साना उसमें रंग भरती थी। पढ़ाई में नाकामी से रईसा को दुख नहीं हुआ। वह पहले भी कोई बड़ी अकादमिक उम्मीदें पाले नहीं बैठी थी। हालाँकि यह यक़ीन करना मुश्किल था कि दो लोग जो ख़ून या वर्ण के कारण एक-दूसरे से जुदा थे, किसी के अस्तित्व का सबसे अहम और ज़रूरी हिस्सा हो सकते थे। कुछ ऐसा था मानो उसे बनाते समय ईश्वर के अवचेतन मन में उन दोनों का भी ख़याल रहा हो। इसलिए जैसे ही वो मिले तो एक सम्बन्ध बन चुका था। क्या तुम्हें इस पर आश्चर्य नहीं होता कि किसी इंसान के सबसे ख़ास अनुभव घटनाओं से नहीं बल्कि कुछ ख़ास लोगों की वजह से बनते हैं? और जब आप उन्हें जीवन में आगे बढ़ता देखते हैं, तो इसके भावनात्मक प्रभाव पड़ेंगे ही। रईसा को दोबारा वही साल पढ़ना था, जबकि अफ़साना और निर्माण आगे चले गए थे, इस बात ने रईसा को अंदर तक झकझोर दिया था। सवालों की बारूदी सुरंगें उसके अंदर डर के रूप में फटने लगी थीं। रईसा को भरोसा था कि अफ़साना और निर्माण दोनों उसे मिस करेंगे, जो उन्होंने किया भी, पर इसके अलावा भी कुछ था जिसके लिए वह तैयार नहीं थी। कुछ ऐसा जिसने उसकी ज़िंदगी को हमेशा के लिए बदल दिया।

मैं क्या बता रही हूँ, इस बारे में तुम्हें मेरे अगले वॉयस नोट से पता चलेगा।

शनय को अपने प्रोडक्ट के डिस्ट्रीब्यूटर्स के साथ एक अहम मीटिंग में

हैदराबाद जाना था। यह बात उसने अपनी मंगेतर को दो दिन पहले बताई थी, पर सच यह था कि वह छुट्टी पर था—ऑनलाइन ऑपरेशंस शुरू करने के बाद यह उसकी पहली छुट्टी थी। उसने अपनी मंगेतर को यह भी बताया था कि वह इन दो दिनों में कोई कॉल नहीं ले पाएगा। इस झूठ का पहला कारण यह था कि वह कुछ समय सभी लोगों और सब चीज़ों से दूर अकेला रहना चाहता था।

वह बेंगलुरू में अपने फ़्लैट में पिछले 48 घंटों से पड़ा था। आख़िरी वॉयस नोट के बाद से उसके भीतर जो उथल-पुथल मची, उसने उसका रात का खाना छुड़वा दिया। यह कशमकश दूसरी वजह थी जिस कारण उसने झूठ बोला था। वॉयस नोट्स से उसे कुछ आभास हो गया था या ऐसा लगा था कि जो कहानी उसे सुनाई जा रही है उससे वह किस तरह जुड़ा होगा। जितना ही वह इस बारे में सोचता, उतना ही उसे लगता कि शुरुआती वॉयस नोट शायद सच था: कि उसकी पूरी ज़िंदगी, कहानी के अंत के साथ शायद बदल जाएगी। *मगर अंत क्या था?* इस सवाल ने उसकी खलबलाहट को और बढ़ा दिया।

उसका फ़ोन वायब्रेट हुआ। उसकी मंगेतर कॉल कर रही थी। उसने बताया था कि वह उस रात हैदराबाद से लौटेगा। शनय फ़ोन स्क्रीन पर मंगेतर का नाम चमकते देखता रहा। कुछ देर बाद फ़ोन की घंटी थम गई। उनके मिलन के बाद यह पहला मौक़ा था जब उसने अफ़साना का कॉल नहीं उठाया था।

बुक तीन

वॉयस नोट 20

अफ़साना और निर्माण,
कोलकाता, 2003–05।

अप्रैल का उमस भरा गर्म दिन था। वह अपने नए स्कूल कैंपस के बाहर बड़े-से बरगद के आसपास पत्थर पर बैठी थी। उसे जितना पसीना आता, उतना ही अपने घाव से टीस उठती।

ग्यारहवीं कक्षा के दूसरे नए छात्रों की तरह, अफ़साना को चेहरे पर स्कैच पैन से बिल्ली जैसी मूँछें बनाकर सीनियर्स के सामने पेश होने को कहा गया था। अफ़साना को छोड़कर साइंस स्ट्रीम के पाँच दूसरे नए छात्रों ने ख़ुशी-ख़ुशी सीनियर्स की बात मान ली थी। न मानने की सूरत में गंभीर परिणाम भुगतने की चेतावनी के बावजूद उसने किसी की न सुनी। और उसे भुगतना पड़ा। स्कूल के तुरंत बाद क्लासरूम में उस पर चार सीनियर्स ने हमला किया। मगर उन्होंने अफ़साना को कमतर समझा था। उसने अपने बैग से एक चाकू निकाल लिया, पर विद्रोह से नाराज़ एक सीनियर ने एक टूटा रूलर उसके पैर में घोंप दिया। जैसे ही अफ़साना ने अपना चाकू लहराया उन्हें उसे छोड़ना पड़ा।

उसका पसीना घाव में जाकर उसके ज़ख़्मी पैर में दर्द को और बढ़ा रहा था।

वह सोच ही रही थी कि अब क्या करे कि तभी उसने साइकिल की घंटी सुनी। मुड़ी तो देखा कि निर्माण है।

'अफ़साना?' अपनी रेंजर बाइक पर पाँव फैलाए वह बोला।

'क्या तुम भी इसी स्कूल में हो?' उसने उसे देखकर आश्चर्य जताया।

'मुझे दूसरी जगह भी प्रवेश मिल सकता था, परंतु इसे चुना क्योंकि यह मेरे घर के सबसे पास है। ट्यूशनों के लिए समय बचता है।'

'ओह। सही।'

'किसी का इंतज़ार कर रही हो?' उसने पूछा।

कोशिश करके अफ़साना ने अपना ज़ख़्मी पैर उठाकर उसे दिखाया, जिसकी वजह से वह इस बड़े पेड़ के नीचे अकेले बैठी थी।

निर्माण ने तुरंत अपनी साइकिल पार्क की और उसके पास आया।

'यह कैसे हुआ?'

'रैगिंग क़ाबू से बाहर हो गई। क्यों, क्या तुम्हारी नहीं हुई?' उसने पूछा।

'मेरी भी हुई। हमसे ख़ुद को 20 बार थप्पड़ लगाकर बोलने को कहा गया था 'मेरा बाप चोर है,' निर्माण मुस्कुराया।

'मुझे अच्छा नहीं लगता कि लोग मुझे बताएँ कि मैं क्या करूँ।' अफ़साना ने सोचा कि शायद निर्माण ने अपने सीनियर्स की माँगें मान ली होंगी।

'इसीलिए तुम्हें चोट लगी है,' निर्माण ने व्यंग्यपूर्वक कहा।

'जो भी हो!'

'वैसे, मैंने भी नहीं मानी। उन्होंने मुझे 50 चांटे मारे।'

'ओह!' अफ़साना सकते में थी।

'मुझे भी दूसरों का आदेश सुनना अच्छा नहीं लगता,' निर्माण ने कंधे झटके।

अफ़साना ने सोचा कि यह दूसरा ही निर्माण था जिससे वह नए स्कूल में मिल रही थी।

'क्या तुम्हें कोई घर ले जाने के लिए आ रहा है?' निर्माण ने उसकी चोट को देखते हुए पूछा।

अफ़साना ने न में गर्दन हिलाई। 'नहीं। मैंने पापा को कह दिया है कि मुझे उनकी कार की ज़रूरत नहीं।'

निर्माण ने उसकी तरफ देखा मानो पूछ रहा हो कि तुम्हें क्या हो गया है और बोला, 'क्या मैं तुम्हारे लिए रिक्शा मंगा दूँ?'

अचानक यह इतना केयरिंग क्यों हो रहा है? अफ़साना ने आश्चर्य से कहा, 'मेरा घर इतना दूर है कि मैं रिक्शे से नहीं जा सकती।'

'तब. . . ' निर्माण ने सोचा और फिर अपनी साइकिल की तरफ देखा। अफ़साना ने उसकी नज़रों का पीछा किया।

'अगर तुम्हें कोई परेशानी न हो तो,' उसने कहा।

उसे समझ नहीं आया कि वह उसे अपनी साइकिल पर घर छोड़ने के लिए क्यों कह रहा था। और वह यह भी नहीं समझ सकी कि उसने हाँ क्यों कहा था। साइकिल के डंडे पर अपने चोटिल पैर का घुटना मोड़े बगैर बैठना अजीब-सा था।

'तुम कितने कमज़ोर हो!' निर्माण को हाँफते और साइकिल पर ज़ोर से पैडल मारते देख वह बड़बड़ाई।

'ऐसा कुछ नहीं है,' निर्माण ने हाँफते हुए और कुछ खिन्न मन से कहा।

'यह इसलिए है कि मैं किसी को साइकिल पर बैठाने का आदी नहीं हूँ। तुम पहली हो जो इस पर बैठा है।'

'राइस भी नहीं?'

'नहीं। उसे लगता है कि मुझे ठीक से चलानी नहीं आती और वह गिर सकती है।'

अफ़साना को लगा कि वह यह कहते हुए मुस्कुरा रहा था।

'क्यों?' उसने पूछा।

'तुम्हें पता है कि काफ़ी वक़्त पहले गुवाहाटी में रईसा ने ही पहली बार मुझे साइकिल चलानी सिखाई थी?'

'उसने अच्छा ही किया वरना आज मेरे लिए घर जाना मुश्किल होता,' अफ़साना ने कहा।

'तो क्या तुम्हें लगता है कि उसने मुझे साइकिल इसलिए सिखाई कि एक दिन तुम्हें तुम्हारे घर छोड़ सकूँ?' निर्माण ने सोचते हुए पूछा।

'नहीं, मेरा यह मतलब बिल्कुल नहीं था। और यह बताओ कि उसे कैसे पता चलता कि एक दिन मैं तुमसे मिलूँगी, जबकि तब वह मुझसे मिली भी नहीं थी?'

'हम्म,' उसने कहा।

अफ़साना जानती थी कि निर्माण टॉपर है लेकिन उससे बात करते हुए उसे लगा कि वह समझ में कमज़ोर है।

'क्या तुम्हें रईसा की याद नहीं आती?' निर्माण ने पूछा।

'आज तक तो नहीं। छुट्टियों में जब तक वह कहीं नहीं गई थी, हम लोग ज़्यादातर साथ-साथ ही थे। लेकिन आज, इस गंदे से स्कूल में अगर राइस मेरे साथ होती तो किसी सीनियर में हिम्मत नहीं थी कि वह मेरी रैगिंग करता। मुझे लगता है कि आने वाले दिनों में मुझे उसकी बहुत याद आएगी।'

'मुझे पता है। मुझे भी स्कूल में उसकी याद आई। मैं सोचता हूँ कि काश हमारे स्कूल में प्लस टू होती,' निर्माण ने कहा।

'अच्छा मुझे यह बताओ। तुम उसे क्यों मिस करते हो? तुम तो उसी कॉलोनी में रहते हो, है न?'

'हाँ, हम रहते हैं, लेकिन जब रईसा फ़ेल हुई तो मेरे डैड ने मुझे उससे दूर रहने को कहा।'

'कितनी भद्दी बात है! अगर वो तुम्हारे पिता न होते तो मैं उन्हें एक मुक्का लगाती।'

'मेरे डैड ऐसे ही हैं। उन्हें केवल कामयाब लोग पसंद हैं। उन्हें लगता है कि जो नाकाम हैं उन्हें मर जाना चाहिए।'

'राइस लूज़र नहीं है।'

'मेरा यह मतलब नहीं था। न ही मैं उससे दूर रहने जा रहा हूँ, क्योंकि बाबा ऐसा चाहते हैं।'

'तब भी तुम लोग ज़्यादा नहीं मिलते,' अफ़साना ने कहा।

निर्माण ने सोचा, *यह सच है।*

15 मिनट की सामान्य बातचीत के बाद वो अफ़साना के घर पहुँच चुके थे।

'यहाँ रोक दो,' उसने कहा।

'क्या यह तुम्हारा घर है?'

'हाँ। मैं एक अमीर बाप की बेटी हूँ। क्यों? क्या यह अपराध है?'

'हुह?' निर्माण को समझ नहीं आया।

'यहाँ तक लाने के लिए शुक्रिया। बाय,' उसने अचानक कहा।

'बाय। जल्दी से ठीक हो जाना,' उसने जवाब दिया और वापस चल पड़ा।

निर्माण ने यह बात उस शाम खाना खाने के बाद घूमते हुए रईसा को बताई।

रईसा तुरंत घर गई और वहाँ से अफ़साना को कॉल किया।

'मैं उन बदतमीज़ों को मार डालूँगी,' उसने कहा। 'उन्होंने तुम्हें चोट पहुँचाने की हिम्मत कैसे की!'

'शांत हो जाओ राइस। मैं उनके लिए काफ़ी हूँ।'

'तुम्हारा पैर कैसा है? निर्माण ने मुझे इस बारे में बताया।'

'अब ठीक है।'

'मुझे ख़ुशी है कि कम से कम तुम दोनों एक ही स्कूल में हो। जब मैंने उसे आज एक-दूसरे स्कूल के लिए, दूसरी यूनीफ़ॉर्म में जाते देखा तो लगा कि अकेला होना कैसा होता है।'

'मैं समझ सकती हूँ। हालाँकि निर्माण का शुक्रिया, मैं आज समय पर घर पहुँच गई थी।'

'देखो, मैंने तुमसे हमेशा कहा कि वह बहुत प्यारा है।'

'हम्म। तुम्हें पता है, मैंने जान-बूझकर आज उससे ज़्यादा साइकिल चलवाई,' अफ़साना मुँह दबाकर हँसी।

'उफ़, तुमने ऐसा क्यों किया?'

'वह हाँफ रहा था। हम दोनों एक ही साइकिल पर थे। मैं देखना चाहती थी कि क्या वह शिकायत करेगा।'

'बेचारा!'

'उसने हालाँकि कोई शिकायत नहीं की।'

'मुझे लगता है कि अब तुम दोनों को दोस्त बन जाना चाहिए,' रईसा ने ऐलान किया।

'नहीं!' अफ़साना ने कहा। हालाँकि मन में वह रईसा से सहमत थी।

वॉयस नोट 21

चोट की वजह से अफ़साना पूरे हफ़्ते स्कूल नहीं आई। रईसा स्कूल के बाद रोज़ एक घंटे के लिए उसके घर जाया करती थी। चूँकि रिक आगे पढ़ाई के लिए यूके जा चुका था, तो रईसा को वहाँ ठीक लगता था। उस शुक्रवार जब रईसा अफ़साना के घर गई तो थोड़ी परेशान थी।

'क्या तुम्हें स्कूल में स्टूडेंट्स घूरते हैं और मुस्कुराते हैं?' उसने अफ़साना के कमरे में लगे बड़े-से आईने के सामने ख़ुद को देखते हुए पूछा।

'नहीं, मैं कोई जोकर नहीं हूँ,' अफ़साना ने कहा, उसका सारा ध्यान अपनी बटरस्कॉच आइसक्रीम पर था।

'तो, क्या मेरे साथ कुछ गड़बड़ है?'

'गड़बड़? . . . यानी?' अफ़साना ने उसकी तरफ देखा।

'मुझे पता नहीं,' रईसा भ्रमित लग रही थी। 'ठीक से देखो मुझे और फिर बताओ,' वह अफ़साना की तरफ मुड़ी।

'कुछ नहीं,' अफ़साना ने ऊपर से नीचे तक अच्छी तरह रईसा को देखने के बाद कहा।

'तो ऐसा क्यों है कि लड़के मुझे हमेशा अजीब नज़रों से देखते हैं और इसके बाद ख़ी-ख़ी करते हैं। ऐसा पहले तो नहीं होता था।'

'लड़के?' अफ़साना ने थोड़ी नाक चढ़ाकर कहा और फिर हँसने लगी।

'क्या?' रईसा अपनी ख़ुशमिजाज़ दोस्त के पास बैठ गई।

'पागल, अब हम बड़े हो रहे हैं।'

'वो तो मुझे पहले भी पता था हालाँकि मुझे बायोलॉजी से नफ़रत है। पर इससे क्या अफ़्फ़ू, अगर हम बड़े हो रहे हैं?'

'तो मेरी प्यारी और सुंदर-सी राइस, तुम्हारे अब ब्रेस्ट निकल आए हैं।'

'जैसे कि मुझे तो पता ही नहीं था कि मेरे पास ब्रेस्ट हैं। भला इन्हें देखकर कोई लड़का क्यों मुस्कुराएगा? निर्माण तो कभी नहीं करता।'

अफ़साना ने उसे उसकी मासूमियत के लिए चूम लिया होता। वह अपने बिस्तर से उठी, अपने वार्डरोब के ड्रॉअर से एक ब्रेज़ियर ढूँढकर निकाली और रईसा की ओर उछाल दी।

'इसे पहनो,' अफ़साना ने कहा।

'यह तो माँ पहनती हैं,' रईसा ने कहा।

'चुप करो और इसे पहनकर देखो।'

रईसा ने अफ़साना की ओर पीठ की, अपनी स्कूल शर्ट और फिर सफेद शिम्मी उतारकर फेंकी जिसे उसने अंदर पहन रखा था।

'निर्माण तुम्हें दूसरे लड़कों की तरह कभी नहीं देखेगा,' अफ़साना रईसा की पीठ की निर्दोष और कोमल त्वचा को देखकर बोलती रही।

'तुम्हें यह सब कैसे पता है अफ़्फ़ू?'

'तुम्हारे ब्रेस्ट मुझसे बड़े होंगे राइस, पर मैं तुमसे ज़्यादा समझदार हूँ।'

'हाँ सच है,' रईसा ने ब्रेज़ियर का हुक मुश्किल से बांधने की कोशिश की। अफ़साना उठी और उसकी मदद करने लगी।

'शुक्रिया,' रईसा ने कहा और उसकी तरफ मुड़ी।

'अब अपनी शर्ट पहनो,' अफ़साना ने मुस्कुराते हुए उसे सलाह दी।

जब रईसा ने फिर अपनी शर्ट पहनी, अफ़साना ने उसे शीशे में देखने का इशारा किया। रईसा अपने ब्रेस्ट को सही आकार में देखकर ख़ुश थी।

'वाह! यह तो अच्छा है।'

'हमारे कप साइज़ अलग हैं, इसलिए ऑन्टी से अपने लिए दूसरी ख़रीदने को कहना।'

रईसा ने उसे कसकर गले लगाया और कहा, 'मुझे तुम्हारी बहुत याद आती है अफ़्फ़ू। किसी ने मुझे कभी ब्रा पहनने की सलाह नहीं दी, माँ ने भी नहीं। उन्होंने मुझे सेनिटरी पैड्स के बारे में भी कभी कुछ नहीं बताया।' कुछ देर बाद उसने जोड़ा, 'मैं भी कितनी बेवकूफ़ थी।'

अफ़साना जानती थी कि उसका गला भर आया था।

'कोई बात नहीं राइस। अब तुम पर कोई नहीं हँसेगा।'

'इस सबके लिए तुम्हारा शुक्रिया।'

'यह न कहो क्योंकि मैं भी तुम्हें मिस करती हूँ मेरी सिस-डॉल।'

'मुझे तुम्हारी ज़्यादा याद आती है,' रईसा ने अलग हटकर अफ़साना की आँखों में देखा। 'तुम्हें नहीं पता पर अब स्कूल में मेरा कोई दोस्त नहीं। मेरे अभी के बैचमेट्स कभी मेरे जूनियर थे। मेरी उनसे नहीं पटती। मैं उनके मज़ाक सुनकर एक नकली मुस्कान ओढ़े रखती हूँ। उनसे झुंझलाहट होती है। असल में तुम्हारे और निर्माण के बिना यह साल दोहराना बकवास है!'

'परेशान न होओ स्वीटहार्ट। तुम्हें इस साल कड़ी मेहनत करनी है क्योंकि अगले साल मैं तुम्हें अपने स्कूल में देखना चाहती हूँ, ठीक है?' अफ़साना ने उससे अलग होते हुए कहा।

'मुझे पता है कि मैं बेवकूफ़ हूँ। तुम और निर्माण दोनों समझदार हो।'

'किसने कहा?'

'दयूता ने। जब मैंने उसे अपना रिपोर्ट कार्ड दिखाया, उसने मुझे बैल्ट से पीटा। देखो।'

रईसा ने अपनी स्कर्ट उठाई। उसकी बाहरी जाँघ पर एक लंबा लाल धब्बा दिख रहा था। अफ़साना ने अनुमान लगाया कि निशान शायद एक महीने पहले पड़ा होगा। उसने चोट पर प्यार से सहलाया तो उसे पता था कि रईसा रो रही थी।

'मैंने पिछले महीने छुट्टी पर जाने के बारे में झूठ बोला था। मैं सारे समय घर पर थी। दरअसल मैं नहीं चाहती थी कि तुम मेरे ये निशान देखो।'

अफ़साना को अब याद आया कि बोर्ड नतीजों के आने के तुरंत बाद उसने उसे बताया था कि वह अपने रिश्तेदारों से मिलने गुवाहाटी जा रही थी।

'तुमने झूठ क्यों बोला राइस?'

'पता नहीं अफ़्फ़ू। तुम एडमिशन टेस्ट्स और दूसरे कामों में इतनी बिज़ी थीं। मैं तुम्हें इस सबसे और परेशान नहीं करना चाहती थी, इसलिए . . .'

'सुनो राइस, अगर तुम अब मुझसे कभी भी झूठ बोलोगी, मैं क़सम से तुमसे कभी बात नहीं करूँगी। मेरा वायदा है!'

'मुझे माफ़ कर दो अफ़्फ़ू।'

'तुम्हें माफ़ी माँगनी ही चाहिए। तुम्हें अपनी सोल-सिस्टर से कभी कुछ नहीं छिपाना है।'

'मैं तुमसे कभी झूठ नहीं बोलूँगी, वायदा,' गले पर चुटकी काटते और क़सम खाते हुए रईसा की आँखें नम हो गईं। अफ़साना ने रईसा के चेहरे पर आँसू पोंछे और कहा, 'कोई बात नहीं। और कुछ ब्रा खरीदना नहीं भूलना।'

रईसा आँसुओं में भी मुस्कुरा दी।

'मैं अब चलती हूँ। आराम करो, नीचे मत आना, मैं ख़ुद जा सकती हूँ,'

अफ़साना के स्टडी टेबल से अपना बैग उठाते हुए उसने कहा।

अफ़साना हौले से लंगड़ाते हुए अपने स्टडी टेबल तक आई।

जैसे ही वह बैठी और अपनी फ़िज़िक्स की किताब खोली, रईसा हाँफते हुए वापस कमरे में घुसी।

'क्या हुआ?' अफ़साना ने नज़रें उठाईं।

'तुमने कहा था कि निर्माण मेरे ब्रेस्ट्स पर गंदी नज़रों से नहीं देखता क्योंकि वह मेरा बेस्ट फ्रेंड है।'

'हाँ तो?' अफ़साना ने कंधे उचकाए।

'पर तुम उसकी बेस्ट फ्रेंड नहीं हो तो क्या उसने तुम्हारे ब्रेस्ट्स को देखा है। मुझे साफ़-साफ बताओ अफ़्फ़ू। मैं उसे मार डालूँगी अगर उसने ऐसा किया है।'

जवाब देने से पहले अफ़साना सोचने के लिए रुकी।

'नहीं, उसने ऐसा नहीं किया,' उसने बताया और आश्चर्य किया कि उसने इसमें संकोच क्यों किया।

'ठीक है। ओके, बाय अफ़्फ़ू,' रईसा जब निकलने को ही थी कि तभी अफ़साना ने उसे रोक दिया।

'राइस, क्या तुम्हारे पास निर्माण का फ़ोन नंबर है?'

वॉयस नोट 22

अफ़साना ने उस रात पंद्रह बार निर्माण का लैंडलाइन नंबर डायल किया। हर बार निर्माण जैसे ही रिसीवर उठाता, वह बस बेहूदगी से मुस्कुराते हुए टेलीफ़ोन पर गहरी साँस लेती।

'मुझे पता है कि तुम हो। कुछ बोलती क्यों नहीं? अगर बात नहीं करना चाहती हो तो कॉल करने का क्या मतलब है?' उसने झिड़कते हुए कहा।

अफ़साना को भी ख़ुद पता नहीं था कि वह आख़िर उसे कॉल क्यों कर रही थी। हर बार वह ख़ुद से वायदा करती कि बस आख़िरी बार, और हर बार इसमें जो अनोखा-सा मज़ा आता, वह उसे दोबारा नंबर डायल करने को मजबूर कर देता था। जब निर्माण के पिता लाइन पर आकर चिल्लाए कि वह फ़र्ज़ी कॉल करने पर पुलिस में रिपोर्ट करेंगे, तब जाकर अफ़साना बाज़ आई और उसने फ़ैसला किया कि वास्तव में कुछ ज़्यादा ही हो गया था। हालाँकि उसकी आँखों से नींद उड़ चुकी थी और वह करवटें बदलते हुए सोच रही थी कि उसने इतना बेवकूफ़ाना काम क्यों किया। तब उसे ध्यान आया कि रईसा के यह पूछने पर कि क्या निर्माण ने उसके ब्रेस्ट की तरफ देखा था, वह कुछ बोलने से पहले रुक क्यों गई थी? अगर किसी और लड़के ने ऐसा करने का साहस किया होता तो वह सीधे उसे चाँटा मार देती। मगर निर्माण? क्या वह उसे देखने देना चाहती थी. . .? अफ़साना ने अपना सिर कंबल में छिपा लिया। वह जानती थी कि उसे शर्म आ रही है, मगर यह सब ख़ुद-ब-ख़ुद यूँ हुआ कि वह कुछ नहीं कर पाई; न ही वह अपने जिस्म और मन में होने वाली अनजानी-सी उत्तेजना को ही रोक सकी। ऐसा भी नहीं था कि वह निर्माण से हाल ही में मिली हो। उसे हमेशा से पता था कि वह रईसा का सबसे अच्छा दोस्त है। मगर, साइकिल चलाते समय, उसने

निर्माण और ख़ुद को मानो नए सिरे से खोज लिया था। इससे वह परेशान तो थी मगर उसे सुकून भी था। उसने अपनी भावनाओं को आँकने की कोशिश की और जो निष्कर्ष निकला वह यह था कि उसे कुछ ऐसा मिल गया था, जिसे उसने पहले खो दिया था। असल में उसे इस पल तक कुछ गँवाने का अहसास भी नहीं था जब तक उसे यह पता नहीं था कि उसने वह कुछ पा लिया है। वह क्या था? वह बिस्तर पर उठकर बैठ गई और फ़ोन को अपनी गोद में रख लिया, एक बार फिर निर्माण का नंबर मिलाया। तीन बार रिंग जाने के बाद निर्माण ने जवाब दिया।

'हैलो,' वह बोला।

'हैलो,' अफ़साना ने गहरी आवाज़ में जवाब दिया।

'कौन है?'

'मेरी समस्या क्या है?' अफ़साना ने पूछा।

'तुम्हारी समस्या? क्या है तुम्हारी समस्या?' निर्माण ने दोहराया।

'यही तो मैं भी जानना चाहती हूँ। मेरी समस्या क्या है?' अफ़साना ने आवाज़ को स्थिर रखते हुए कहा।

'मुझे कैसे पता कि तुम्हारी समस्या क्या है?'

'अगर तुम्हें नहीं, तो किसे पता होगा?'

अफ़साना ने निर्माण को चिल्लाते हुए सुना, 'कोई नहीं, माँ,' और उसने फ़ोन काट दिया।

अफ़साना ख़ुद पर ही हँसने लगी थी।

अगले दिन स्कूल में जब उसे मौक़ा मिला, अफ़साना चुपचाप पार्किंग स्पेस में पहुँची। वहाँ एक ही मॉडल की तीन रेंजर बाइक खड़ी थीं, पर उसे निर्माण की बाइक पहचानने में कुछ ही सेकेंड्स लगे। उसके मडगार्ड पर बैटमैन का और हैंडलबार पर सुपरमैन का स्टिकर लगा था, जिन पर उसका ध्यान पिछले हफ़्ते घर जाते हुए गया था। आसपास जल्दी से देखकर कि कोई देख तो नहीं रहा है, वह एक घुटने पर झुकी और निर्माण की साइकिल के पिछले टायर में उसने परकार भोंक दिया।

जैसे ही उस दिन का आख़िरी पीरियड ख़त्म हुआ, वह जल्दी से निर्माण की क्लास के दरवाज़े पर नज़र रखे हुए रास्ते में खड़ी हो गई। जल्दी ही वह निकला और वह उससे कुछ दूरी पर चलने लगी। जब वह पार्किंग एरिया में घुसा तो वह बाहर ही टहलने लगी। परेशानी में ताकता निर्माण उसे अपनी बाइक को घसीटता नज़र आया। उसने उसे पुकारा।

'निर्माण!'

अब उसकी उस पर नज़र पड़ी। उसने उसकी तरफ देखकर हाथ हिलाया और उसे पीछे आते देखे बगैर मुड़ गया।

'तुम्हारा पैर कैसा है?' उसने पूछा।

'पूरी तरह ठीक। अब दर्द नहीं है।'

'यह अच्छी बात है।'

अफ़साना ने उसकी साइकिल की तरफ देखा।

'हे, क्या पंक्चर हो गया है?' उसने यूँ ही पूछ लिया।

'शायद किसी सीनियर का काम है यह,' निर्माण ने दुखी होते हुए कहा।

'वाकई, यह स्कूल मूर्खों से भरा पड़ा है। कल किसी ने पहले मुझे ज़ख़्मी किया था और अब किसी शैतान ने तुम्हारा टायर पंक्चर कर दिया,' अफ़साना ने कहा।

'मुझे नहीं लगता कि यहाँ आसपास कोई साइकिल रिपेयर की दुक़ान होगी।'

'एक है,' अफ़साना ने झूठ बोल दिया।

'कहाँ?'

'एकदम पास नहीं है, लेकिन पैदल जा सकते हैं।'

'ठीक है। क्या तुम मुझे वहाँ ले चल सकती हो?'

इससे ख़ुश अफ़साना उसके साथ चल पड़ी और जैसे ही वो स्कूल कंपाउंड से बाहर निकलने वाले थे, तभी उसकी नज़र स्कूल के बाहर किसी पर पड़ी। वह तुरंत वापस मुड़ गई। निर्माण को यह बात अजीब लगी।

'क्या हुआ, कौन है?'

'क्या तुम्हें सफ़ेद शर्ट और काली जींस में वह लड़का दिख रहा है?' उसने चेहरा छिपाए हुए ही पूछा।

'वह जिसके हाथ में एक लाल गुलाब है?'

'हाँ। वह *चिपकू* है। वह मेरे इलाक़े में ही रहता है। मैंने उसे पहले भी अपना पीछा करते देखा है।'

'अगर तुम चाहो तो मैं उसे ऐसा न करने के लिए मना कर सकता हूँ या इस बारे में स्कूल अथॉरिटीज़ से शिकायत भी कर सकता हूँ,' निर्माण ने लड़के की ओर देखते हुए कहा।

'कोई ज़रूरत नहीं है। प्लीज़ आज पिछले रास्ते से निकल लेते हैं।' उसने कहा।

'ओके,' वह मान गया और अपनी बाइक मोड़ ली।

बीस मिनट तक घुमावदार गलियों में एक गैरमौजूद साइकिल रिपेयर शॉप की तलाश में चक्कर काटते, इधर-उधर की बातें करते, अफ़साना को पहले कभी इतना मज़ा नहीं आया था। निर्माण हर गुज़रते पल के साथ और भी आकर्षक होता जा रहा था। जब वह बातें करता, तो उसे लगता जैसे वह आख़िरकार किसी चीज़ की ओर बढ़ रही थी, जबकि मन में वह बिना किसी मंज़िल के यूँ ही भटक रही थी। हालाँकि वह भी उससे बातों में जुटी थी पर मन में कहीं वह ऐसी दुनिया की कल्पना कर रही थी, जहाँ वह अपने जीवन को अपने तरीक़े से सजाने-सँवारने की ताक़त रखती थी, जहाँ घरवालों के कोई दबाव नहीं थे, कोई सामाजिक लांछन नहीं थे, जीवन जीने के कोई नियम नहीं थे और रिश्ते परिभाषित करने के लिए कोई अनुष्ठान नहीं थे। जहाँ उसे कोई तमन्ना दबानी या क़ुर्बान नहीं करनी पड़ेगी या किसी आदर्श के मुताबिक़ ख़ुद को ढालना नहीं पड़ेगा।

जब थके-हारे निर्माण ने उससे आख़िर में पूछा कि वह मायावी टायर की दुक़ान कहाँ है, अफ़साना जान-बूझकर एक नुक्कड़ के साथ गली में मुड़ी, जहाँ एक छोटी-सी चाय की दुक़ान थी और स्टॉल के पास जाकर मुँह बाए खड़ी हो गई।

'अब क्या हुआ?' निर्माण ने आह भरकर कहा।

'क़सम से पिछले हफ़्ते तक यहाँ एक साइकिल रिपेयर की दुक़ान थी।'

'ओह!' निर्माण ने खाली जगह को निराशा से ताका।

'मेरी सड़ी हुई क़िस्मत,' उसने कहा।

अफ़साना को यक़ीन नहीं हुआ कि वह कितना भोला-भाला था।

'चलो तुम्हारे घर के लिए टैक्सी कर लेते हैं। हम साइकिल को कार की छत पर रख देंगे,' उसने सुझाव दिया।

'मगर तुम्हारा घर तो रास्ते में नहीं है,' निर्माण ने विरोध किया।

सादगी तो ठीक है पर इसकी बेवकूफ़ी का तो कुछ करना पड़ेगा। क्या इसे समझ नहीं आता कि मैं इसके साथ कुछ देर और रहना चाहती हूँ? उसने सोचा।

'मुझे राइस से भी मिलना है,' अफ़साना ने जल्दी से कहा।

'ओह! तब ठीक है, तो चलो।'

साझा कैब की सवारी में दूसरी बेकार की बातों के बीच, निर्माण ने उसे एक और चिपकू के बारे में बताया जो रात में उसे फोन करता रहा। अफ़साना को मन में हँसी आई पर वह रुक गई क्योंकि चिपकू शब्द ने उसे पकड़ लिया था। वह हैरान होने लगी कि आख़िर वह क्या चीज़ थी, जिसने उसे निर्माण को यह बताने

से रोक दिया कि स्कूल के बाहर लाल गुलाब वाला चिपकू असल में वह आदमी है जिससे उसके माता-पिता उसकी शादी करना चाहते हैं। कुछ मिनट पहले उसने जिस काल्पनिक दुनिया का सपना देखा था, रेत की तरह फिसल गया, चाहे उसकी पकड़ कितनी ही मज़बूत थी।

वॉयस नोट 23

जीवन में पहली बार, निर्माण एक शब्द भी नहीं समझ सका, जो उसके गणित के ट्यूशन शिक्षक ने क्लास में कहा। ऐसा उसके साथ पहले कभी नहीं हुआ था। उसका ध्यान बँटा, जब उसे अहसास हुआ कि उसने अपनी नोटबुक के ऊपरी कोने में अक्षर 'ए' लिखा था और उसकी ओर ताक रहा था। इसके बाद उसने बगैर आँखें हटाए उसके बगल में 'एन' लिखा। जल्द ही उसने पाया कि वह एक के बाद एक दोनों अक्षरों को घूर रहा था।

'तुम्हें क्या लगता है, निर्माण?' शिक्षक ने पूछा।

कोई जवाब नहीं मिला।

'निर्माण?' शिक्षक ने दोहराया।

बाकी क्लास उसे एकटक देख रही थी। निर्माण ने अनमने भाव से चारों ओर देखा। उसे लगा कि ध्यान न देने के लिए टीचर ने उसे फटकार लगाई थी।

'आई एम सॉरी सर।'

'माफ़ी किस बात के लिए? मैंने तुमसे पूछा था कि इस प्रॉब्लम का अगला स्टैप क्या होना चाहिए,' शिक्षक ने ब्लैकबोर्ड पर इशारा किया। प्रॉब्लम को समझने और अगले चरण का पता लगाने में निर्माण को कुछ सेकेंड लगे।

'सही,' शिक्षक ने अनुमोदन में कहा। निर्माण निश्चिंत तो हो गया पर उसे राहत नहीं मिली थी।

उसके बगल में बैठे लड़के रोहन ने उसे कोहनी से टहोका मारते हुए अपनी भौंहों से उसकी नोटबुक में बने अक्षर 'ए' की तरफ इशारा किया। निर्माण ने सिर हिला दिया। वह रोहन को नहीं समझा सका क्योंकि वह खुद नहीं जानता था कि उसने अफ़साना के नाम का पहला अक्षर क्यों लिखा था। वह इतना अनाड़ी

कभी नहीं था।

जब घायल अफ़साना एक हफ़्ते पहले उसकी साइकिल पर आगे बैठी थी, तब निर्माण जानता था कि उसकी हर साँस उसके कान को छूते हुए गुज़रेगी। इसने उसे अजीब ढंग से असहज कर दिया था। वह रईसा को छोड़ किसी लड़की के इतना क़रीब नहीं आया था। हालाँकि, रईसा के साथ उसकी निकटता अफ़साना की क़रीबी के विपरीत प्लैटोनिक थी। क्यों? अगर यह सही न होता, तो उसे इस भावना का विश्लेषण करने की ज़रूरत न महसूस होती। शायद इसीलिए उसके लिए इस रहस्य को सुलझाना अहम था।

जब वह पिछले हफ़्ते अफ़साना को अपनी साइकिल पर आगे बैठाकर ले गया था, उसे अपनी भावनाएँ एक तेज़ नदी की तरह लगी थी, जो एक ख़ास दिशा में बह रही थीं पर अचानक उसने उसमें जिज्ञासा, जागरूकता और भ्रम की अनजानी सहायक नदियाँ भी खोज निकाली थीं। वास्तव में, उन सहायक नदियों के भावनात्मक भँवर ने ही उससे अगले दो दिन स्कूल में अफ़साना की तलाश करवाई। पर वह ग़ायब थी। तीसरे दिन उसने रईसा से इस बारे में पूछा।

'तुम्हारी दोस्त का पैर कैसा है?'

'क्या तुम उसे अफ़्फ़ू नहीं कह सकते?'

'मैं उसे अफ़साना कहकर बुलाना पसंद करता हूँ,' निर्माण सावधान था कि रईसा को उसके मन की भावनात्मक उथल-पुथल का पता न चल जाए।

'डॉक्टर ने उसे आराम करने को कहा है। वह अगले हफ़्ते तक आएगी,' रईसा ने कहा।

जब कोई बेसब्री से चाहता है कि समय तेज़ी से भागे, तो वह हमें धोखे में डालकर चिढ़ाता है जैसे बेवजह धीमा हो गया हो। निर्माण के लिए अगला सप्ताह आने में युग लग गया। वह जानता था कि वह रोज़ उसे साइकिल पर नहीं ले जा पाएगा। जब दोनों एक साथ साइकिल की मरम्मत की दुक़ान ढूँढ रहे थे, तो उसे लगा था कि वह असामान्य तौर पर बातूनी हो गया था। ऐसा सिर्फ़ घबराहट के कारण नहीं था—सहायक नदियों में उसकी भावनाओं की धारा ने भी उसे उकसाया क्योंकि वे अफ़साना की मौजूदगी में पूरे आवेग के साथ बह रही थीं।

शाम की ट्यूशन छोड़ दी गई। जैसे ही निर्माण खड़ा हुआ, उसने रोहन से कहा कि वह उससे बात करना चाहता है। रोहन पिछले स्कूल से ही निर्माण का दोस्त था और लोरेटो कॉन्वेंट की एक लड़की श्रुति के साथ रिलेशनशिप में था। निर्माण ने सोचा कि किसी अनुभवी से राय लेना सबसे अच्छा रहेगा।

'क्या है?' रोहन ने पूछा।

दोनों सॉल्ट लेक की ख़ामोश गलियों में साइकलिंग कर रहे थे।

'श्रुति कैसी है?' निर्माण ने पूछा। रोहन और श्रुति दो साल से साथ थे।

'उसने मुझे छोड़ दिया,' रोहन ने बगैर लाग-लपेट के बता दिया।

'क्या?' निर्माण ने तेज़ी से ब्रेक लगा दिए और फिर यह देखते हुए कि रोहन आगे बढ़ गया, तेज़ी से आगे जाकर उसे पकड़ा।

'उसने तुम्हें क्यों छोड़ा?'

'वह बेवफ़ा थी।' उसने तुरंत जोड़ा, 'उसे जाने दो। तुम मुझसे किस बारे में बात करना चाहते थे?'

'मुझे वह लड़की पसंद है,' निर्माण ने कहा।

'कौन?' रोहन ने रहस्योद्घाटन वाली निगाह डाली।

'नाम ज़रूरी नहीं है। मुझे वह पसंद तो है लेकिन मुझे नहीं पता कि क्या करूँ।'

'तुम उससे कब मिले?'

'दो साल पहले।'

'दो साल? और तुम अब मुझे यह बता रहे हो!'

'मेरा मतलब है कि मैं उससे दो साल पहले मिला था, लेकिन यह "पसंद करने वाली बात" हाल ही में हुई और मुझे पता भी नहीं चला कि ऐसा क्यों हुआ।'

'और अब जब यह हो गया है, तो क्या तुम्हें उसकी यह "पसंद करने वाली बात पसंद है?"'

'हाँ।'

'हम्म। क्या वह तुम्हें पसंद करती है?'

'मुझे नहीं पता। शायद नहीं। वह मेरी सबसे अच्छी दोस्त की सबसे अच्छी दोस्त है।'

'कौन? रईसा की?' रोहन ने पूछा। हर कोई पिछले स्कूल में जानता था कि रईसा निर्माण की सबसे क़रीबी दोस्त थी।

'हाँ। बताओ मैं क्या करूँ?'

'सबसे पहले पता करो कि वह पहले से किसी के साथ है या नहीं वरना बाद में पता लगने से बुरा लगेगा,' रोहन ने कहा और सहज भाव से जोड़ दिया, 'प्यार अंधा हो सकता है पर तुम्हें अपनी आँखें खुली रखनी होंगी वरना बहुत गड़बड़ हो सकती है।'

'लेकिन मुझे कैसे पता चलेगा कि उसके जीवन में कोई है या नहीं?'

'तुमने अभी बताया कि वह रईसा की सबसे अच्छी दोस्त है। उससे पूछो!'

वॉयस नोट 24

निर्माण, रईसा के साथ अपनी भावनाएँ साझा करने के बारे में घबराया हुआ था, ख़ासकर तब जबकि वह ख़ुद उससे एक बार अफ़साना के साथ दोस्ती ख़त्म करने को कह चुका था। यह विडंबना थी। कुछ साल पहले, अगर किसी ने उससे कहा होता कि उसकी रातों की नींद हराम हो जाएगी क्योंकि उसके मन में अफ़साना के लिए कुछ ख़ास भावनाएँ हैं, तो उसने उस शख़्स को थप्पड़ जड़ दिया होता। यह विचित्र ढंग से हास्यास्पद था। मगर फिर यही तो जीवन है: किसी बेहद अविश्वसनीय चीज़ का सामना करना—और फिर उस असंगति को अपने हक़ में करने के लिए अपनी यात्रा में बदलाव करना।

उस एक पल में, जब उसने अफ़साना को अपने नए स्कूल के पास बरगद के नीचे बैठे देखा था और उससे बात करने का फ़ैसला किया था, सभी कुछ बदल गया है। अगर वह पल घटित न हुआ होता तो? अगर अफ़साना के पैर में चोट न लगी होती तो? अगर अफ़साना ने उसी स्कूल में दाख़िले के लिए अप्लाई न किया होता जिसमें वह है? अगर वह अपने घर से न भागती और बाद में साइंस क्लास में सीट पाने के लिए कड़ी मेहनत न करती तो? अगर वह रईसा की दोस्त न होती तो? अगर रईसा ने उसे कभी साइकिल चलाना न सिखाया होता? अगर रईसा ने उसे कभी वह आम न दिया होता तो? जब निर्माण उस रात अपनी डिनर प्लेट को चौंककर ताक रहा था तो ढेरों सवालों के साथ अपने जीवन पर नज़र डाल रहा था। उसे सब कुछ पहले से तय लगा क्योंकि कुछ दिन पहले परेशान बैठी अफ़साना से बात करने के अलावा उसके सामने कोई चारा न था। जिस रास्ते वह वहाँ तक पहुँचा, वह कई तरह से मुमकिन था, पर मूल घटना—गुवाहाटी में रईसा के साथ उसकी पहली मुलाक़ात—और उसका निष्कर्ष—बरगद के नीचे

बैठी अफ़साना के पास जाना—हमेशा वही रहता।

डिनर के बाद, उसने अपने माता-पिता से कहा कि वह ताज़ा हवा खाने बाहर जा रहा है। वह रईसा से बात करने चला गया।

'मुझे तुमसे कुछ ख़ास बात करनी है,' रईसा के द्वार खोलते ही उसने कहा।

'अच्छा हुआ तुम आ गए। मुझे भी तुमसे कुछ पूछना है। चलो नीचे चलते हैं,' उसने जवाब दिया।

वो अपनी चिर-परिचित जगह पहुँचे, जहाँ वो अक्सर डिनर के बाद बैठा करते थे, हाउसिंग कॉलोनी के एक उजाड़ कोने में बनी बैंच पर। मद्धम रौशनी में, उन्हें शायद ही कोई देख सकता था।

'कल किसी ने मुझे प्रपोज़ किया और मुझे कुछ समझ नहीं आ रहा है,' जैसे ही दोनों बैंच को झाड़-पोंछकर बैठे, रईसा बोली।

'कौन?' निर्माण ख़ुद पर पूरी इच्छाशक्ति से क़ाबू रखे था हालाँकि वह उसे अपनी कहानी कहने को बेक़रार था।

'कपिल जुनेजा। हालाँकि वह जूनियर है, लेकिन अब मैं उसकी क्लास में हूँ। वह कहता है कि वह मुझे उस दिन से प्यार करता है, जिस दिन उसने मुझे पहली बार क्लास में देखा था।'

'ओह! और तुम क्या सोचती हो? क्या तुम्हें भी वह पसंद है?'

'पता नहीं।'

'तो तुम मेरी क्या मदद चाहती हो जब तुम्हें ही यह नहीं मालूम कि तुम उसे चाहती हो या नहीं।'

'मुझे कैसे पता चलेगा कि मुझे वह पसंद है, जबकि मुझे उसके बारे में कुछ नहीं मालूम? "पहली नज़र का प्यार" जैसी चीज़ हमेशा काम नहीं करती, है न?' रईसा ने कहा।

'हम्म,' निर्माण असमंजस में था। उसे भी अफ़साना से पहली नज़र का प्यार नहीं था और वह भी उसे अच्छी तरह नहीं जानता था। तो उसे यह क्या हो रहा था? लगाव? क्या यह हार्मोनल बदलाव था या ऐसा इस उम्र में हर किसी को होता है? क्या यह अस्थायी था? वह अफ़साना के लिए कुछ भी अस्थायी नहीं महसूस करना चाहता था। अगर यह सिर्फ़ हार्मोनल बदलाव थे, तो ख़ासतौर पर अफ़साना के लिए ही क्यों? किसी और के लिए क्यों नहीं? रईसा के लिए क्यों नहीं जबकि वह उसकी सबसे क़रीबी महिला मित्र थी?

निर्माण की तंद्रा टूटी, चुटकी की आवाज़ से।

'हैलो! तुम्हें बोलना है और मुझे सुनना है,' रईसा ने कहा।

'मुझे लगता है कि तुम्हें इसे कुछ वक़्त देना चाहिए,' निर्माण ने मानो अपने मन की व्याकुलता को जवाब देते हुए कहा।

'मगर कपिल का ख़ास ढंग से मुझे देखना अच्छा लगता है। अगर मेरे "न" के बाद उसने वैसे देखना बंद कर दिया तो?'

'वह तुम्हारी ओर कैसे देखता है?'

'उम्म. . . जैसे मैं उसके लिए कोई असल इंसान नहीं बल्कि एक ख़याल हूँ। शायद उसका सबसे ग़ज़ब का ख़याल।' रईसा ने सावधानी से अपने शब्द चुने थे, 'एक चौंकाने वाला ख़याल जो आते ही आश्चर्य में डाल देता है।'

यह रईसा का अब तक का सबसे गंभीर अवतार था, निर्माण ने आश्चर्य से सोचा।

'एक सोच,' रईसा बोलती गई, 'जैसे उसे ख़ुद पता नहीं कि ऐसा क्यों हुआ, मगर कपिल ख़ुश है कि ऐसा हुआ। कौन जानता है कि कैसे, कहाँ और क्यों कोई चमत्कार होता है, है न?'

ख़ामोशी।

'ठीक है, मुझे नहीं पता कि मैंने अभी क्या कहा,' रईसा ने माना। निर्माण का गला रुँध गया। उसे रईसा का अर्थ पूरी तरह समझ आ गया था, क्योंकि इसी तरह उसने अफ़साना की तरफ देखा था जब वह उसे उस दिन अपनी साइकिल पर उसके घर छोड़ने गया था। सब कुछ कितना काल्पनिक लग रहा था। एक ही अंतर था कि उसने अभी तक अफ़साना से कुछ नहीं कहा था, क्योंकि वह कपिल की तरह ख़ुद को लेकर तय नहीं था। अगर उसने सचमुच अफ़साना को एक ख़याल की तरह देखा है तो एक हफ़्ते के भीतर ही वह विचार एक धारणा में बदल गया था। जब वह बैठकर रईसा को सुन रहा था, तो वह विचार अब तक एक कहानी में बदल चुका था। और जब कोई शख़्स किसी की कहानी बन जाता है तो, ख़ुद को उससे अलग करना मुश्किल होता है।

'पता है निर्माण, मेरे अंदर कोई है जो कपिल को मौक़ा देना चाहता है, देखें क्या निकलता है; मुझे शायद पता चलेगा कि वह मुझमें दिलचस्पी रखता है क्योंकि मैं वास्तव में दिलचस्प हूँ या वह केवल इसलिए उत्सुक है क्योंकि वह केवल मेरे बाहरी रूप को देखता है। उसके प्रपोज़ल ने मुझे प्रभावित किया, वरना मैं तुम्हारे साथ इस पर चर्चा न करती। जैसे आज रात जो भी तुम मुझे बताना चाहते थे, मुझे यक़ीन है, उसने तुम पर भी असर डाला होगा,' उसने उम्मीद से निर्माण को देखा। अब बोलने की उसकी बारी थी।

कुछ देर को कुछ नहीं हुआ। निर्माण बुत बना बैठा रहा, जैसे कहीं खोया

हो। रईसा ने उसकी बाँह हिलाई, 'ओए! क्या हुआ?' उसने पूछा।

'कुछ नहीं,' निर्माण का गला सूखा था। 'कुछ नहीं,' इस बार उसने और भी यक़ीन के साथ दोहराया।

'क्या "कुछ नहीं"? तुमने कहा था कि तुम कुछ बताने वाले थे, नहीं?'

'हाँ। लेकिन वह तो. . . कुछ भी नहीं।'

रईसा एकाएक उसकी हिचकिचाहट समझ गई थी। उसने और ज़ोर नहीं दिया।

जैसे ही निर्माण अपने कमरे में लौटा, अपनी स्टडी टेबल पर निरुत्साहित होकर बैठ गया। हालाँकि अगले दिन कोई टेस्ट नहीं था, पर उसे फ़िज़िक्स के ट्यूशन नोट्स दोहराने थे। अपनी क्लास में आगे रहने के दबाव से उसकी आह निकल पड़ी। उसने अपनी फ़िज़िक्स की टैक्स्ट बुक निकाली जिसमें से एक कागज का पुर्ज़ा निकला। लिखा था:

तुम मेरे लिए अब तक की सबसे प्यारी चीज़ हो—तुम्हारी साइकिल पंक्चर करने वाली लड़की।

वॉयस नोट 25

पहली बार अफ़साना तरुण सोमानी से रेस्टोरेंट में मिल रही थी, जिसकी उसके माता-पिता ने सिफ़ारिश की थी। उसके ग्रेजुएट होते ही उनकी शादी होनी थी। वह चिढ़ी हुई थी और भीतर ही भीतर ग़ुस्से से खौल रही थी।

हालाँकि, वह उस पर अच्छी छाप छोड़ने को लेकर काफ़ी उत्साही था। जब वेटर ने मेज़ पर मेन्यू रखा, तो तरुण ने उसे अफ़साना के सामने खिसका दिया। स्कूल के बाद उससे मिलने की कई नाकाम कोशिशों के बाद, तरुण ने उसके पिता को फ़ोन किया था और उनकी बेटी को डेट पर ले जाने की इजाज़त माँगी थी। अफ़साना के पिता तुरंत मान गए थे, पर अफ़साना तैयार नहीं थी। तरुण के साथ उसकी डेट इस ज़बानी जंग के बाद हो रही थी, और यहाँ वह मेन्यू को बड़े ध्यान से पढ़ रही थी।

'तुम क्या लोगी?' तरुण ने पूछा। अपने मन में वह पहले ही तय कर चुका था कि वह मैसूर मसाला डोसा लेगा और बेसब्री से जवाब के इंतज़ार में था कि देखें क्या वह भी वही चाहती है।

'शायद. . . उम्म. . . ' अफ़साना ने अपना मन बनाने में कुछ वक़्त लिया। 'ओके, मैं एक मैसूर मसाला डोसा लूँगी।'

दोनों के चुनाव में समानता देख तरुण खिल उठा।

'ग्रेट!' उसने अफ़साना की ओर पलटने से पहले जल्दी से वेटर को ऑर्डर दिया।

'मुझे साउथ इंडियन खाना पसंद है,' तरुण ने चुप्पी तोड़ने की कोशिश की।

'मुझे नॉन-वेज,' उसने जवाब दिया।

'नॉन-वेज?' सुनकर मानो वह डर-सा गया।

'बटर चिकन मेरा फ़ेवरिट है।'

'ओह! मुझे नहीं पता था कि तुम्हारे परिवार में नॉन-वेज चलता है। हम लोग नॉन-वेजिटेरियन खाने से दूर रहते हैं।'

'मेरे परिवार को पता नहीं। लेकिन क्या तुम्हें पता है कि मैं मायनर हूँ?' अफ़साना ने सीधे उसकी तरफ देखते हुए पूछा।

'इसीलिए तो अभी तक हमारी शादी नहीं हुई है,' उसने सिर हिलाया।

'तुम्हें नहीं लगता कि लोगों को शादी से पहले एक-दूसरे को अच्छी तरह जान लेना चाहिए?'

'अभी हम दोनों की शादी में काफ़ी वक़्त है। तब तक हम एक-दूसरे को अच्छी तरह जान जाएँगे।'

'और अगर इस दौरान हम एक-दूसरे से जुड़ने में नाकाम रहे तो? तब क्या? क्या तुम शादी रद्द कर दोगे? क्या हमारे माता-पिता हमें ऐसा करने देंगे?'

अफ़साना की परिपक्वता देखकर तरुण के गले में मानो कुछ अटक-सा गया।

'यह शादी नहीं टूट सकती,' उसने कहा। 'चाहे हम एक-दूसरे को पसंद करें या नहीं।'

'मुझे पता है!'

'तुम्हें समझना होगा अफ़साना, आख़िरकार हमारी शादी होनी ही है क्योंकि हमारे माता-पिता को अपना बिज़नेस मिलाना है। अगर हम किसी तरह एडजस्ट करें और एक-दूसरे को स्वीकार करना सीख लें तो हम इस बिज़नेस के बारे में सोचे बिना भी ख़ुशी से साथ रह सकते हैं।'

इसी पल अफ़साना को लगा कि उसे मन का रहस्य जता देना चाहिए वरना तरुण को कभी पता नहीं चलेगा कि वह किस तरफ इशारा कर रही थी। उसने साहस बटोरा।

'मुझे किसी और से प्यार है,' उसने साफ़-साफ कह डाला।

तरुण ने एक पल के लिए उसे घूरा और फिर अपमानजनक ढंग से हँसने लगा।

'मैंने कोई मज़ाक नहीं किया।'

'सॉरी। तुम्हारी बात से मुझे कुछ याद आ गया।'

'क्या?'

वेटर तब तक ऑर्डर लेकर आ गया था। तरुण ने जल्दी से अपने डोसे से एक पीस काटा, गर्मागर्म सांभर में डुबोया और खाने लगा।

'जब मैं तुम्हारी उम्र का था, तो मैंने भी किसी से प्रेम किया था।'

अफ़साना ने उसके नीचा दिखाने वाले लहज़े पर गुस्सा जताया।

'और मुझे लगता था कि मैं उससे शादी करूँगा,' उसने कहा, 'मगर मैं नहीं कर सका क्योंकि वह किसी और को प्यार करती थी। मुझे दुख हुआ, मैं रोया, लेकिन अब जब मैं सोचता हूँ तो मुझे बस हँसी आती है। शायद यह इसलिए क्योंकि तब मैं रोया था और अब मैं इस बारे में हँस सकता हूँ। वह केवल एक चरण था, मगर उस उम्र में वह सब कुछ बेहद वास्तविक, बहुत असली और हमेशा के लिए लगता था। मगर. . .' उसने चम्मच भरकर नारियल चटनी निकाली।

अपने डोसे का बड़ा हिस्सा खाते हुए अफ़साना रुकी ताकि उसकी बात पूरी हो जाए।

'. . . अब मुझे पता है कि वह केवल एक लगाव भर था। इसलिए, जब तुमने कहा कि मुझे प्रेम है तो मुझे समझ आता है। चिंता मत करो, यह निकल जाएगा।'

अफ़साना को तरुण का यह एकालाप बिल्कुल पसंद नहीं आया। अगर वह एक लगाव ही है, तो भी वह उसे यह सब बताने वाला कौन है?

'अगर तुमने उसी लड़की से शादी की होती जिसे तुम प्रेम करते थे? क्या तब भी कहते कि वह मात्र एक लगाव था?' उसने पूछा।

तरुण एक क्षण के लिए अवाक् था। उसने अपने मुँह में और डोसा रखा ताकि सही जवाब के लिए समय ले सके।

'नहीं, लेकिन—'

'तो जो कुछ शादी में होता है वह प्यार है, जो इससे बाहर है वह लगाव है। केवल बालिग़ लोगों को ही यह सुविधाएँ हासिल हैं।'

'केवल बच्चे ही ऐसी नादानी कर सकते हैं,' तरुण चहका।

इस उपेक्षापूर्ण हँसी और 'बच्चे' के लेबल ने अफ़साना को गुस्से से भर दिया। *तुम एक 17 साल के व्यक्ति को बच्चा नहीं कह सकते,* उसने सोचा, और जल्दी से अपना डोसा ख़त्म किया।

'मुझे देर हो रही है। मेरी ट्यूशन है,' उसने रुखाई से कहा।

'मैं तुम्हें छोड़ दूँगा।'

'शुक्रिया, पर इसकी ज़रूरत नहीं।'

तरुण को समझ आ गया था कि अगली बार उसे जीतने के लिए उसे दोगुनी मेहनत करनी होगी।

अफ़साना एक शेयर्ड ऑटो-रिक्शा लेकर उल्टाडांगा फुटब्रिज गई, जहाँ

वह अगले आधे घंटे में रईसा से मिलने वाली थी। अपनी सबसे प्यारी दोस्त का इंतज़ार करते हुए अफ़साना को तरुण के शब्द याद आए। *अगर निर्माण के लिए उसकी भावनाएँ सिर्फ़ एक लगाव साबित हुईं तो?* इस आशंका को सोचकर ही उसका दिल बैठ रहा था। जो अभी दर्द भरी बात लगती है, क्या वह दस साल बाद एक मज़ाक की तरह लग सकता है? उसने दुआ की कि ऐसा न हो। उसने जेब से एक रुपए का सिक्का निकाला। उसके हेड को चूमते हुए उसने कहा—हेड यानी प्यार, टेल यानी लगाव। उसने सिक्का उछाला और जिस पल वह उसकी हथेली पर गिरा, उसने मुट्ठी बंद कर ली। *हैड या टेल?* उसका दिल तेज़ी से धड़क रहा था। उसने अपनी मुट्ठी अपनी जेब में डाल दी। उसे हेड ही होना था। जब वह निश्चिंत थी, तो किसी सिक्के के टॉस जैसी फ़िज़ूल बात पर विश्वास करने का कोई कारण नहीं था, उसने ख़ुद को समझाया। अगले मिनट, उसने रईसा को पुल की सीढ़ियाँ चढ़ते देखा। उसने हाथ लहराया। रईसा ने भी बदले में इशारा किया और कुछ सेकेंड में वह उसके साथ थी।

'देखो मुझे क्या मिला अफ़्फ़ू?' रईसा ने हाँफते हुए कहा और अफ़साना की तरफ एक लाल गुलाब बढ़ा दिया।

अफ़साना ने सराहना के साथ उसे सूँघा।

'मैं बता नहीं सकती कि कितना अच्छा लगता है जब कोई तुम्हें एक ख़ास नज़र से देखते हुए लाल गुलाब देता है,' रईसा ने कहा।

'कैसी नज़र?' अफ़साना ने गुलाब लौटा दिया।

'जैसे मैं उसका संसार हूँ।'

'किसका?'

'कपिल का। वह लड़का जिसने हाल ही में मुझे प्रपोज़ किया। वह मुझे प्रेम करता है।'

अफ़साना ने नोटिस किया कि उसकी सोल-सिस्टर कुछ घबराई-सी लग रही है।

'पक्का वह तुम्हें प्रेम करता है या उसका तुमसे केवल लगाव है?'

रईसा ने उसकी तरफ देखा मानो उसने उसके जोश पर इमरजेंसी ब्रेक लगा दिए हों।

'क्या मतलब?'

दोनों लड़कियाँ ब्रिज से उतरीं, हुडको हाउसिंग सोसायटी के पास सड़क किनारे एक हॉकर से झाल मूड़ी ली और काकुरगाछी क्रॉसिंग की तरफ फुटपाथ पर चहलक़दमी करने लगीं।

अफ़साना ने तरुण के साथ अपनी डेट के बारे में उसे बताया।

'इससे क्या फ़र्क पड़ता है कि वह क्या है?' रईसा ने कहा।

'फ़र्क पड़ता है, राइस। लगाव ऐसा है मानो तुम एयरप्लेन में हो; वह तुम्हें तेज़ी से ऊँचाई पर ले जाता है पर तुरंत ही तेज़ी से नीचे भी ले आता है और फिर कुछ नहीं बचता। प्रेम एक लंबी ट्रेन यात्रा है जिसमें घंटों तुम अपने सामान्य काम करते हुए बिताते हो; मानो एक घर है जो चल रहा है, और सबसे बड़ी बात, यह यात्रा तुम्हारे साथ चलती है।'

रईसा ने उसे उत्तेजना में देखा और बोली, 'हे भगवान! तुम्हें भी प्यार हो गया है!'

'हाँ बिल्कुल मुझे भी है!' अफ़साना ने कागज के कोन को मरोड़ा जिसमें अभी झाल मूड़ी बची थी। उसी पल, अचानक उसे लगा कि उसकी ज़िंदगी बुरी तरह उलझ गई है। बेवजह टहलते हुए दोनों के बीच ख़ामोशी छा गई थी।

'क्या हम तीनों का एक जैसा हाल है?'

'तीनों?'

'देखो, कपिल मुझे प्रेम करता है, पर मैं स्थिर नहीं हूँ कि मुझे उसे स्वीकारना चाहिए हालाँकि वह बुरा लड़का नहीं है। निर्माण किसी को प्यार करता है, लेकिन कुछ है जो उसे परेशान कर रहा है और अब तुम कह रही हो कि तुम्हें भी प्यार है. . . '

'रुको-रुको। निर्माण को भी प्यार हो गया है? क्या यह उसने तुम्हें बताया?'

'उसने इस बारे में साफ-साफ नहीं कहा लेकिन मुझे लगता है कि वह भी किसी को प्रेम करता है। कुछ रात पहले हम दोनों जब बातें कर रहे थे, तो वह अचानक चुप हो गया। मुझे लगा था कि वह कुछ कहना चाहता था लेकिन पूरी तरह जोड़ नहीं पा रहा था और उसे डर था कि मैं उसका ग़लत अर्थ न निकाल लूँ। मैंने उसे इस बारे में और नहीं टोका क्योंकि मैंने सोचा कि अगर कुछ अपने आप सामने आए तो हमेशा अच्छा होता है. . . अफ़्फ़ू?'

रईसा ने जाना कि वह अकेली चल रही थी। वह रुकी और आसपास देखा तो पाया कि उसकी सोल-सिस्टर फ़ुटपाथ के किनारे बैठी रो रही थी।

रईसा, अफ़साना के इस अचानक आए दुख का सामना नहीं कर सकी और ख़ुद भी उसके साथ रोने लगी। रईसा ने अफ़साना को पहले केवल एक बार रोते देखा था। तब जब अफ़साना ने रईसा को अपने माता-पिता की उदासीनता के बारे में बताया था। मगर ये तिरस्कार के आँसू नहीं थे, यह तो तबाही की बाढ़ के दरवाज़े खुल गए थे।

यह इसलिए नहीं था कि रईसा अफ़साना से एक नाम उगलवाने की कोशिश में नाकाम रही थी। अगर निर्माण सचमुच किसी और को चाहता है तो रईसा को एक नाम बता देने में ही क्या जाता? रईसा उसके साथ सहानुभूति रखने के अलावा और कर भी क्या सकती थी? अब उसे तरुण के रुख़ के मुताबिक़ चलना होगा और बरसों बाद, ख़ुद को और दूसरे प्यार करने वाले किशोरों को बताना होगा कि निर्माण के लिए उसकी भावनाएँ केवल एक किशोरी का झुकाव था। हालाँकि अपने दिल में वह हमेशा अपने प्यार की ताक़त की सच्चाई जानती थी।

अपनी पूरी इच्छाशक्ति से अफ़साना ने ख़ुद पर सख़्ती बरती, ताकि वह निर्माण को उससे प्यार न करने के लिए फ़ोन पर भला-बुरा न कहे। अपनी भावनाएँ जताने को वक़्त न देने और स्वार्थी होकर उसके प्यार में पड़ने के लिए अफ़साना उसे सज़ा देना चाहती थी, जबकि वह उसके बारे में सोचता तक न था। जब आख़िर में आँसू थमे तो उसे लगा कि यह सब बहुत बचकाना था। उसने अपने दिल की सभी उलझनों को ख़ामोश करने की कोशिश की, पर ऐसा न हो सका। अपने भाग्य और जीवन को दोष देने की एक और बेकार कवायद के बाद उसे हैरानी हुई कि आख़िर वह लड़की कौन है जिसे निर्माण प्यार करता है। रईसा को इसका कोई इल्म न था। उसने रईसा से उस कागज के टुकड़े के बारे में पूछा जो उसने निर्माण की फ़िज़िक्स की टैक्स्टबुक में चुपचाप रख दिया था।

'कौन-सा कागज का टुकड़ा?' रईसा ने पूछा।

यह सुबूत काफ़ी था कि निर्माण ने उसे कुछ नहीं बताया था। और इसका यह भी मतलब था कि वह इस बारे में उत्सुक भी नहीं था।

अगले दिन, उसने स्कूल के घंटों के दौरान निर्माण का पीछा किया। पहले, सुबह की मॉर्निंग असेंबली के दौरान। कुल मिलाकर, उसने तीन लड़कियों से बात की: पहली दो की तुलना में तीसरी के साथ थोड़ा अधिक। कुछ के साथ किसी चीज़ को लेकर हँसी-मज़ाक भी किया। अफ़साना उनमें से किसी को नहीं जानती थी, क्योंकि वो दूसरे सेक्शंस में थीं, पर उसने उन्हें ध्यान में रख लिया था। ख़ासकर तीसरी लड़की को। ऐसी ही एक क्लास के दौरान, वह यूँ ही यह देखने चली गई कि क्या वह तीनों में से किसी के साथ बैठा है। नहीं। रिसेस के दौरान वह पूरी तरह निश्चित थी कि वह उनमें से किसी एक के साथ ज़रूर मिलेगा पर नहीं। बल्कि उसकी आशंका के उलट, निर्माण अकेले ही स्कूल से निकल गया। इससे अफ़साना के मन में उत्सुकता और बढ़ गई। वह निर्माण के साथ उसके घर तक गई लेकिन आरबीआई क्वार्टर के बाहर ही रही, क्योंकि वह नहीं चाहती थी कि रईसा उसे वहाँ घूमते देखे। मुमकिन है कि वह रहस्यमयी

लड़की उस दिन या तो स्कूल से ग़ायब थी या उस स्कूल की थी ही नहीं। उसने ऑटो-रिक्शा स्टैंड पर इंतज़ार किया। बीस मिनट में वह सामान्य कपड़ों में फिर दिखा। वह जल्दी से साइकिल चलाकर अपनी ट्यूशन के लिए निकल रहा था। उसने एक ऑटो-रिक्शा में उसका पीछा किया। पंद्रह मिनट बाद, अफ़साना ने उसे सॉल्ट लेक में अपनी ट्यूशन क्लास में घुसते देखा। उसने बाहर इंतजार किया। एक घंटे बाद निर्माण दूसरे छात्रों के साथ बाहर आया, जो सभी लड़के थे। प्यार में पड़ी एक आम लड़की को उसके साथ कोई लड़की न देखकर ख़ुश होना चाहिए था पर अफ़साना आम लड़की नहीं थी।

उसकी यह प्रेमिका है कहाँ? अफ़साना ने अपनी हथेली पर हाथ मारा। जैसे ही निर्माण उसकी दृष्टि से ओझल हुआ, उसने घर लौटने का फ़ैसला किया। जैसे ही वह मुड़ी कि बुरी तरह घबरा गई।

रईसा उसके पीछे खड़ी थी। रंगे हाथों पकड़े जाते देख अफ़साना उसके पास गई और अपनी अज़ीज़ दोस्त को गले लगा लिया।

'वायदा करो कि तुम उसे नहीं बताओगी,' वह फुसफुसाई।

'सबसे पहले मेरे ऑटो वाले को पैसे दो। मेरे पास नहीं हैं,' रईसा ने कहा।

वॉयस नोट 26

न जाने कितनी बार अफ़साना ने अपनी स्टडी टेबल पर रखी छोटी-सी घड़ी तक हाथ बढ़ाया। अलार्म बजने में सिर्फ़ एक घंटा बचा था और उसे स्कूल के लिए तैयार होना था। उसने घड़ी वापस टेबल पर रख दी और बेड पर दूसरी तरफ पलट गई। कुछ मिनट बाद उसने फिर यही दोहराया। डील के मुताबिक़ वह रईसा की कॉल का इंतज़ार कर रही थी, पर कोई कॉल नहीं आई।

जब रईसा को पता चला कि यह निर्माण था जिसके लिए अफ़साना का दिल खिला और मुरझाया था, तो उसे अपनी अज़ीज़ दोस्त के लिए काफ़ी दुख महसूस हुआ। *किसी भी दिल का इस तरह खिलना और फिर बुरी तरह मुरझाना प्यार का संकेत था,* रईसा मानती थी।

'तुम मुझ पर छोड़ दो,' घर के लिए शेयर्ड ऑटो लेते हुए रईसा ने उससे कहा था।

'तुम्हें कुछ नहीं करना है राइस, प्लीज़। वायदा करो कि तुम इसके लिए मुझ पर दया नहीं दिखाओगी,' अफ़साना चेहरे पर आँसू पोंछते हुए अधीर होकर बोली।

'मैं क्यों दया दिखाऊँगी?'

'क्योंकि निर्माण किसी और को प्रेम करता है और मैं उससे करती हूँ और हम एक साथ नहीं हो सकते, इसलिए। और मुझे वह सब मत कहना जो आमतौर पर लोग कहते हैं, "उसे भूल जाओ, मूव ऑन" या ऐसी ही कुछ बकवास। मैं कुछ समय बाद ख़ुद-ब-ख़ुद ठीक हो जाऊँगी।'

अफ़साना को रास्ते में उतारते हुए, रईसा ने निर्माण से बात करने का उससे वायदा किया। उसने यह भी वायदा किया कि जब तक बेहद ज़रूरी न हुआ, वह

अफ़साना का नाम तक नहीं लाएगी और अगर उसका नाम सामने आता है तो उसे कॉल करेगी। अफ़साना इसी कॉल का इंतज़ार कर रही थी। उस सुबह काफ़ी देर बाद रईसा का फ़ोन आया यह बताने के लिए कि निर्माण फ़्लू से बीमार है, तो इसलिए वह पिछली शाम उससे बात नहीं कर पाई थी।

'वह आज स्कूल नहीं जा रहा है और मैं भी नहीं जा रही हूँ। मैं तुम्हें शाम को कॉल करूँगी और अगर कुछ बातचीत हुई तो बताऊँगी।'

'नहीं। जैसे ही तुम्हारी बात हो, वैसे ही मुझे कॉल करना। मैं भी आज स्कूल नहीं जा रही हूँ। और इंतज़ार करूँगी,' अफ़साना ने यह कहकर फ़ोन रख दिया।

ब्रेकफ़ास्ट के बाद रईसा निर्माण के घर पहुँची। मेड ने द्वार खोला। वह निर्माण के कमरे में गई तो देखा कि उसकी माँ उसके पास बैठी थीं और घड़ी देख रही थीं और निर्माण के मुँह में थर्मामीटर था। उसने रईसा की तरफ देखकर मुस्कुराने की कोशिश की। उसने उसे होंठों पर उंगली रखकर शांत रहने का संकेत किया। निर्माण ने मुस्कुराना बंद कर दिया। घड़ी से नज़रें हटाए बिना उसकी माँ ने रईसा को उसके पास बैठने का इशारा किया। रईसा दरवाज़े पर ही खड़ी रही। निर्माण की माँ ने थर्मामीटर हटाया और बुदबुदाईं, 'एक सौ दो।' इसके बाद उन्होंने थर्मामीटर हिलाकर पारे को नॉर्मल स्तर तक पहुँचाया और रईसा को देखा, 'आज स्कूल नहीं है?'

'नहीं आंटी। मुझे सुबह से पेट में दर्द है।'

'निर्माण के पास बैठ जाओ। मैं देखती हूँ कि मेड क्या कर रही है।' निर्माण की माँ कमरे से निकल गईं। रईसा बिस्तर पर आराम से बैठ गई।

'अच्छा हुआ कि तुम आईं,' निर्माण कमज़ोर आवाज़ में फुसफुसाया।

'क्यों? क्या तुम मेरा इंतज़ार कर रहे थे?'

'नहीं क्योंकि मुझे पता था कि तुम्हारा स्कूल है। मगर अच्छा लगा कि तुम नहीं गईं। क्या तुमने उस लड़के को हाँ बोला जिसने प्रपोज़ किया था?'

'उसे भूल जाओ। मुझे उससे भी ज़्यादा ज़रूरी बात करनी है।'

'क्या?'

'अफ़साना को किसी से प्यार है,' रईसा ने दिलचस्पी के साथ निर्माण के चेहरे को देखा जिसकी माँसपेशियों में हरकत हुई थी।

'क्या तुम्हें कुछ नहीं कहना है?' उसकी ख़ामोशी से नाराज़ उसने चुटकी बजाई।

'यह तो. . . ' निर्माण ने सही शब्द खोजने की कोशिश की, 'बहुत अच्छा है!' वह यह गाज गिरने के बाद बस अकेला रहना चाहता था, पर ऐसा कह

नहीं सकता था। उसने यह सोचकर अपनी आँखें बंद कर लीं कि उसे इसका अहसास होगा।

'बिल्कुल नहीं,' वह बोलती गई। निर्माण ने अपनी त्योरी चढ़ाते हुए आँखें खोलीं।

'जिससे उसे प्रेम है वह शायद किसी और को प्यार करता है।'

'वह भी?'

'क्या?'

'कुछ नहीं।'

'तुम्हारा क्या मतलब है, निर्माण?'

रईसा की सिकुड़ी हुई आँखों का अर्थ वह समझता था। जब तक वह अपने रहस्यमयी बयान को साफ नहीं करता तब तक वह अड़ी ही रहेगी।

'कुछ भी नहीं है, सच में,' निर्माण ने नाहक ही विरोध करके इस विषय से हटने की आख़िरी कोशिश की। अपने दिल में हालाँकि, वह ख़ुद इस स्थिति की विडंबना के बारे में आश्चर्य कर रहा था: उसके मन में अफ़साना के लिए प्रेम था लेकिन वह उसे बताने से पहले सुनिश्चित होना चाहता था और अब उसे पता था कि वह किसी मूर्ख के लिए एकतरफ़ा प्यार में तड़प रही थी, जिसने उसकी भावनाओं को नहीं समझा था। उसने सोचा, अब तो उस तक पहुँचने की बात भी बेमानी थी, चाहे वह उसके लिए जो भी सोचता था वह कितना भी असली क्यों नहीं था।

'तुम किस लड़की से प्रेम करते हो, निर्माण?'

निर्माण ने रईसा की ओर शक की निगाह डाली। *इसे कैसे पता है यह बात?*

'क्या?' उसने मासूमियत से झुठलाया, पर पूरी तरह नाकाम रहा।

'मुझे पता है। तुम्हारा किसी से चक्कर है। अब बता दो, कौन है वह?'

'कोई नहीं।'

'निर्माण, मैं आंटी को बता दूँगी अगर तुम मुझे नहीं बताओगे।'

'ओके!' निर्माण ने बैठने की कोशिश की और रईसा ने उसकी मदद की।

'कोई भी नहीं है। मेरा मतलब है कि ऐसे मेरी कोई गर्लफ्रेंड नहीं है। मैं तो केवल. . . ' वह रुका, 'किसी को पसंद करता हूँ।'

'नाम, निर्माण, नाम!' रईसा उस पर भड़क रही थी।

'तुम हँसोगी नहीं और न ही मुझे पीटोगी, प्रॉमिस?'

'नाम!'

निर्माण ने गहरी साँस ली, अपनी आँखें बंद कीं और ज़ोर से कहा,

'ओके, अफ़साना।'

कुछ सेकेंड के लिए, कुछ भी नहीं हुआ। फिर निर्माण ने धीरे-से अपनी आँखें खोलीं। उसने देखा कि रईसा ने अपना चेहरा अपनी हथेलियों से ढक रखा था। वह नहीं जानती थी कि हँसे, रोए, बेहोश हो जाए या मर जाए। उसके जीवन में ये दो मूर्ख लोग, जो एक-दूसरे को पसंद करते थे, गहरे डिप्रेशन में डूबे थे और बदले में उसे दुखी कर रहे थे, क्योंकि दोनों सोचते थे कि दोनों किसी और से प्यार करते हैं। अब उसे कुछ मस्ती सूझी।

'मैंने तुमसे यह उम्मीद नहीं की थी, निर्माण। वह मेरी बहन की तरह है, तुम कैसे—'

'हाँ, मगर वह मेरी बहन नहीं है। और मैं बस उसे पसंद करता हूँ. . . '

'कुछ साल पहले तुमने मुझे कहा था कि मैं उससे दूर रहूँ और अब तुम कह रहे हो कि तुम्हें वह पसंद है? ठीक है, मुझे यह बताओ, तुम्हें वह पसंद है या उससे प्यार है?'

'मुझे पता नहीं। मुझे बस इतना पता है कि पिछले कुछ हफ़्तों से वह हर समय मेरे मन में रहती है। यही प्यार है, है न?'

'हम्म। मुझे कैसे पता? मुझे तो ख़ुद अभी जानना है, पर तुम्हें पता है कि यह जानकर वह कैसे रिएक्ट करेगी?'

'ओह नहीं। उसे मत बताना। प्लीज़ रईसा, मैंने तुम्हें यह सोचकर बताया है कि तुम इसे अपने तक रखोगी और किसी से कुछ नहीं कहोगी। इसे हमारा सीक्रेट ही रहने दो।'

'माफ़ करना, निर्माण। मुझे उसे इस बारे में बताना ही होगा। और वह भी अभी,' रईसा बिस्तर से उठी और कमरे के एक कोने में रखे फ़ोन की तरफ बढ़ी।

'रईसा, रुको!' वह बिस्तर से उठने ही वाला था कि रईसा ने उसकी माँ को आवाज़ लगाई।

'आंटी, निर्माण बिस्तर से उठ रहा है।'

'बिस्तर में रहो, बेटा। आराम करो,' उसकी माँ ने किचन से ही आदेश दिया।

निर्माण की बेबस गुहार की अनदेखी करते हुए रईसा ने अफ़साना का नंबर डायल किया।

अगले एक घंटे में, अफ़साना ने निर्माण के फ़्लैट की घंटी बजाई। उसकी माँ ने द्वार खोला। जैसे ही उसने रईसा के बारे में पूछा, रईसा निर्माण के कमरे से निकलकर उसे लेने आ गई।

'आंटी, यह अफ़्फ़ू है।'

'अफ़्फ़ू?' निर्माण की माँ ने त्योरी चढ़ाते हुए कहा।

'मेरा नाम अफ़साना अग्रवाल है।'

'यह मेरी बहन जैसी है और निर्माण के स्कूल में ही है।'

'यह तो अच्छा है,' उसकी माँ ने जवाब दिया। 'इसे अंदर ले जाओ।' उन्होंने द्वार बंद किया और जैसे ही लड़कियाँ निर्माण के कमरे की ओर गईं, माँ किचन में चली गईं।

उनके कमरे में घुसते ही निर्माण, जो अफ़साना के आने का साँस रोककर इंतज़ार कर रहा था, ने आँखें बंद कर लीं और कमज़ोरी और नींद का बहाना करने लगा।

'उठिए, मिस्टर ऑस्कर विनर फ़ॉर बेस्ट एक्टर,' रईसा ने उसे झिड़का। निर्माण ने अपनी आँखें खोलीं और नासमझी के साथ मुस्कुराया।

'देखो कौन आया है,' रईसा ने कहा और फिर उसके बिस्तर पर बैठ गई।

'आ जाओ!' उसने अफ़साना को बिस्तर पर बैठने का इशारा किया। निर्माण ने उसके लिए जगह बनाई।

'क्या चल रहा है?' अफ़साना ने पूछा। निर्माण के घर तुरंत बुलाए जाने के बाद से वह घबराई हुई, चिंतित, ख़ुश, निराश और डरी हुई थी।

जैसे ही अफ़साना बिस्तर पर बैठी, रईसा एक रहस्यमयी मुस्कान के साथ उठ खड़ी हुई और इससे निर्माण और अफ़साना दोनों हैरान रह गए।

'अपने कान लाओ,' रईसा झुकी।

'तुम इतना ड्रैमेटिक क्यों हो रही हो?' अफ़साना ने पूछा, उसका धैर्य जवाब दे रहा था।

'जैसा कि तुम जानती हो अफ़्फ़ू, मेरा प्यारा दोस्त किसी को पसंद करता है।'

'वह जानती है?' निर्माण चौंक गया।

'श्श्श!' रईसा ने कहा, 'शांत रहो। यह मेरा शो है।' अफ़साना की ओर मुड़कर वह बोलती गई, 'निर्माण किसी को पसंद करता है। यह सच है। असल में उसे यह नहीं पता कि वह केवल पसंद करता है या प्रेम। वह बेवकूफ़ है।' फिर वह निर्माण की ओर मुड़ी, 'जैसा कि अब तुम्हें पता है, अफ़्फ़ू भी किसी को प्यार करती है।'

अफ़साना ने गहरी शर्मिंदगी में अपना सिर झुका लिया।

'जिस लड़की को निर्माण "पसंद करता है" और जिस लड़के को अफ़्फ़ू

"प्रेम करती है" दोनों इसी कमरे में हैं,' और यह कहकर रईसा पेट पकड़कर हँसने लगी।

'इसका क्या मतलब है?' अफ़साना ने उसे कोहनी मारी जबकि निर्माण ने दुखी होकर कहा, 'मेरी भावनाओं का मज़ाक न उड़ाओ।'

'तुम दोनों बेवकूफ़! अफ़्फ़ू, निर्माण तुम्हें पसंद करता है,' उसने अफ़साना को बताया और निर्माण से बोली, 'अफ़्फ़ू तुम्हें प्यार करती है, बुद्धू!'

दोनों ने एक-दूसरे की ओर देखा और कमरा रईसा के ठहाकों से भर गया।

'तुम दोनों जोकर हो!' उसने कहा। ख़ुशियों से भरे इन पलों के बीच वह बोलती जा रही थी कि यह कैसी कॉमेडी ऑफ़ एरर थी, जिसने दोनों की युवा ज़िंदगी में इतना कहर बरपा दिया था। रईसा को सुनते हुए दोनों को और भी अजीब महसूस हो रहा था। आख़िरकार, निर्माण शर्माते हुए अफ़साना की ओर देख मुस्कुराया, उसके शरीर का रोयाँ-रोयाँ खड़ा था, जबकि अफ़साना जिसकी बाँह पर रोंगटे खड़े थे, चुपके से उसकी तरफ नज़रें मार लेती थी।

रईसा ने दोनों के हाथ लिए और एक-दूसरे से मिला दिए।

'मैं सचमुच तुम्हें पसंद करता हूँ, अफ़साना,' निर्माण ने उसे फूहड़ ढंग से कह डाला।

रईसा ने उसके सिर पर थप्पड़ लगाया, 'तुम इसे प्यार करते हो!'

'सॉरी, आई लव यू,' उसने ख़ुद को सही किया।

अफ़साना इस पर ज़ोर से हँस सकती थी, पर ख़ुद पर नियंत्रण रखते हुए बोली, 'सेम हियर।'

'अब इसे गले लगाओ भोंदूँ और किस करो,' रईसा ने आदेश दिया।

'क्या?' निर्माण डर गया। अफ़साना भी अचंभे में आ गई।

'शट अप, राइस!' वह बोली।

'अंग्रेज़ी फ़िल्मों में ऐसा ही करते हैं,' रईसा ने तर्क दिया।

'लेकिन हम भारतीय हैं,' निर्माण ने जवाब दिया।

'तो क्या जब स्विट्ज़रलैंड की यात्रा करते हैं तब गीत गाते हैं? क्या तुम दोनों ऐसा करने वाले हो, सीरियसली?' रईसा ने मज़ाक किया।

कुछ देर की ख़ामोशी और फिर तेज़ हँसी के बीच, तीनों बिस्तर पर गिर गए।

वॉयस नोट 27

इसके बाद के कुछ दिनों में, अफ़साना के साथ-साथ निर्माण को समझ आया कि किसी और को अपनी दुनिया के केंद्र में रखने का क्या मतलब है।

एक दिन स्कूल के बाद, उसने उसे एक कागज का टुकड़ा दिया।

'यह तुम्हारे लिए है,' उसने कहा। निर्माण ने उसे पढ़ना शुरू किया।

सोचो कि तुम और मैं,
एक किताब में क़ैद,
दो किरदार होते।

चंद पन्ने हमारी दुनिया होती,
पन्नों के मुड़ने से दिखने वाले दाग़, हमारे गिले-शिकवे।
उन पन्नों के नंबर, हमारे रिश्ते की उम्र।
दस में मिलते,
तीस में बिछड़ते,
सौ में फिर मिलते।

छोटे, बड़े, मुश्किल, आसान तरह-तरह के शब्द,
हमारी ज़िंदगी के अनगिनत अरमान।
शब्दों के बीच का कालापन,
एक-दूसरे से कहा गया झूठ।

शब्दों से बुनी पंक्तियों के बीच का सूनापन,
बिना बताए समझने वाली सच्चाई।

जहाँ-जहाँ अल्पविराम,
हमारे नादानी भरे मनमुटाव के दिन
जहाँ-जहाँ अर्धविराम,
हमारे शक से पनपे ग़लतफहमी की शाम।
जहाँ-जहाँ पूर्णविराम,
हमारे बेफ़िज़ूल झगड़ों की रात।
जहाँ-जहाँ प्रश्नचिह्न,
हमारा एक-दूसरे के साथ लंबे दिनों तक रूठना
जहाँ-जहाँ एक नया अध्याय,
हमारी नई शुरुआत।

अगर कोई किताब खुली छोड़ता,
हम मिलने के लिए तड़पते।
अगर फिर से पढ़ने लगता,
हम रो के देर तक गले मिलते।
अगर कभी कोई शुरू से पढ़ता,
हम भी शुरुआत से अपने अंत को जी लेते।
अगर कोई आधे में कहानी छोड़ देता,
हम उसे अपनी किस्मत समझ के, अपने में सिमट जाते।
अगर कोई किताब को बरसों तक न छूता,
हम साथ बूढ़े होते।
अगर कोई कभी-कभी किताब खोलता,
हम जवानी की आग में भस्म हो जाते।

सोचो कि तुम और मैं,
एक किताब में क़ैद,
दो किरदार होते।

'क्या तुम कविताएँ लिखती हो?' उसने सच में हैरान होकर पूछा।

'क्यों? क्या बिगड़ैल बच्चे कविताएँ नहीं लिख सकते?'

'यह वास्तव में बहुत अच्छी है, अफ़्फ़ू।'

'शुक्रिया। और मैं कविताएँ नहीं लिखती। मैं तो सिर्फ़ अपने विचारों को उतार देती हूँ, बस।'

उसकी आँखें नीचे लिखे नाम पर पड़ीं, *तुषारा*।

'तुषारा कौन है?' उसने पूछा।

'तुषारा मेरा तख़ल्लुस है। इसका मतलब है बर्फ़। कुछ जो पूरी तरह ठोस है पर कभी-कभी, वह पिघल जाती है।'

'क्या यह तुषारा अभी तक किसी के लिए पिघली है?' उसने उस पर नज़रें गड़ाए हुए पूछा।

'केवल एक बार, हाँ,' हल्का-सा झेंपते हुए अफ़साना ने उसे गले लगा लिया।

यह केवल मधुर रोमांस नहीं था, जिसने उनके जीवन को रौशन कर दिया था। जब उसके भविष्य को लेकर उसके पिता के विचार उसे निराश करते, निर्माण को उसका समझाना अच्छा लगता। वह आगे इंजीनियरिंग नहीं करना चाहता था। वह ख़ुद का कारोबार शुरू करना चाहता था। वह अपना कुछ खड़ा करना चाहता था। सैम्युअल वॉल्टन उसके आदर्श थे। वह एक उद्यमी बनना चाहता था पर अपने पिता को अपनी महत्वाकांक्षाओं और आकांक्षाओं के बारे में नहीं बता सकता था।

'ओके, मैंने बाबा को एक बार बताया था कि मैं अपना बिज़नेस शुरू करना चाहता हूँ। अपना कुछ करना चाहता हूँ,' निर्माण ने कहा।

'तो उन्होंने क्या कहा?' अफ़साना ने उत्सुकता से पूछा।

'उन्होंने कहा कि बिज़नेस में लोगों की कोई इज़्ज़त नहीं होती, केवल पैसे की होती है। उनकी नज़र में इज़्ज़त सब कुछ है। उन्होंने मुझसे कहा कि वह नहीं चाहते कि मैं इस बारे में दोबारा सोचूँ भी और आईआईटी में जाने पर फ़ोकस करूँ।'

अफ़साना ने जवाब देने से पहले समय लिया, 'क्यों न तुम अपनी इंजीनियरिंग करो, फिर एमबीए करो और फिर जो तुम्हें करना है वह करो? इस तरह से तुम्हारे पिता भी शांत रहेंगे और तुम्हें भी अपने सपनों को क़ुर्बान नहीं करना पड़ेगा।'

निर्माण ने सिर हिलाया और कहा, 'बिल्कुल ऐसा ही करने का मेरा

प्लान है।'

'मैं तो तुम्हारे साथ ही रहूँगी चाहे तुम इंजीनियर बनो, एमबीए या फिर एक उद्यमी।' उसने उसका हाथ लिया और उसे चूमा। निर्माण को इस पर सुखद आश्चर्य होता था कि कितनी जल्दी वह ऐसा बिंदु बन गई थी, जहाँ वह ख़ुद को भावनात्मक रूप से ऊर्जावान महसूस करता था। दोनों धीरे-धीरे एक-दूसरे का स्प्रिचुअल हाईवे बन रहे थे, जहाँ वे अपने डर से आगे जा सकते थे और वहाँ से ऊपर उठ सकते थे, जहाँ वो थे।

अफ़साना ने निर्माण की ट्यूशन ज्वाइन कर ली। हर गुज़रते दिन के साथ उन्हें अपने भीतर कुछ आकार लेता महसूस होता था। यह स्फूर्तिदायक और डरावना दोनों ही था; स्फूर्तिदायक इसलिए क्योंकि इसने दूसरे को चाहने के अप्रत्याशित और अभूतपूर्व तरीक़े खोज लिए थे; डरावना इसलिए क्योंकि वो जानते थे कि इस निकटता को उसके सिरे तक जीने की कोशिश में, वो धीरे-धीरे जीवन के दुखों के सामने खुलते जा रहे थे। ख़ासकर अफ़साना। उसे अभी भी तरुण के बारे में निर्माण को बताना था। वह शख़्स जिसके साथ उसके माता-पिता उसकी शादी करने पर आमादा थे। उसने रईसा से एक बार इसका ज़िक्र किया था, लेकिन उसे इस बारे में निर्माण को न बताने के लिए कहा था।

'क्या तुम्हें अपना प्लान याद है, अफ़्फ़ू? जो तुमने मुझे पिछले साल बताया था, तुम कोलकाता के बाहर कहाँ से ग्रेजुएशन करोगी और फिर नहीं लौटोगी? अब सिर्फ़ निर्माण को उस प्लान में शामिल कर लो। तुम दोनों कहीं और पढ़ सकते हो और शादी कर सकते हो जब तुम्हें जॉब मिल जाए। अगर वो अपनी बेटी की पसंद को स्वीकार नहीं कर सकते तो तुम्हें अपने माता-पिता के पास लौटने की ज़रूरत नहीं है,' रईसा ने कहा।

अफ़साना, रईसा के समर्थन में चुप रही।

उस साल दुर्गा पूजा उत्सव पर, रईसा ने अफ़साना को एक मेकओवर देने की ज़िम्मेदारी ख़ुद पर ली। उसने निर्माण की माँ से सभी छोटी-छोटी बंगाली चीज़ें सीखी थीं और अफ़साना को बड़ी लाल बिंदी के साथ पुरानी बांग्ला शैली की पारंपरिक लाल बॉर्डर वाली साड़ी पहनाई। हालाँकि सफ़ेद और लाल चूड़ियाँ ज़रूरी तौर पर एक विवाहित बंगाली महिला की निशानी होती हैं, पर रईसा ने उन्हें मिसेज़ बोस से उधार ले लिया था और जैसे-तैसे उन्हें अफ़साना को पहना दिया। आख़िर में, रईसा ने एक मारवाड़ी लड़की को बंगाली महिला में बदल दिया था। इस बदलाव ने अफ़साना के प्यारे चेहरे की पूरी ख़ूबसूरती से खिला दिया था। रईसा ने अफ़साना के घर से निर्माण को कॉल करके सरप्राइज़ के लिए

तैयार रहने को कहा और इसके बाद दोनों अफ़साना की कार में बैठ गए।

महाष्टमी थी। जैसे ही अफ़साना की कार आरबीआई क्वार्टर्स में घुसी, उन्हें निर्माण सफ़ेद कुर्ता-पायजामे में कुछ लड़कों से बात करता दिखाई दिया। उसने कार को देखा जो यार्ड में आकर रुकी थी। रईसा पहले उतरी और फिर अफ़साना को कार से उतरने में मदद की। निर्माण तो स्तब्ध था और फिर मानो सुन्न हो गया। लाल बॉर्डर वाली साड़ी में, लाल बिंदी और चूड़ियाँ पहने अफ़साना एक ऐसी आकर्षक महिला की मूर्ति बनी खड़ी थी जिसे उसने पहली बार देखा था। उसके मुँह पर किसी देवी जैसा तेज था। निर्माण से कुछ मीटर दूर खड़ी अफ़साना कुछ-कुछ झेंप रही थी और उसे उस पर बार-बार प्यार आ रहा था। इससे पहले वह उसकी तरफ बढ़ता, निर्माण की माँ पीछे से आईं, और अफ़साना को पहचान गईं। उन्होंने अफ़साना की ठोड़ी उठाई और उसके कायाकल्प पर आश्चर्य जताने लगीं।

'*ओ मा, की मिष्टि लागछे*! [कितनी प्यारी लग रही है!]' वह बोलीं।

'मैंने इसे ड्रेस अप किया है आंटी,' रईसा ने चहकते हुए दखल दिया।

जैसे ही निर्माण पहुँचा, उसकी माँ ने उसकी तरफ मुड़कर कहा, 'याद रहे निर्माण, मुझे इतनी ही सुंदर बहू चाहिए।'

रईसा ने हँसना शुरू कर दिया और अफ़साना ने उसे कसकर कोहनी मारी। निर्माण पास में अनाड़ियों की तरह शर्माता हुआ खड़ा था। एक साथ वो बड़ी-सी दुर्गा की मूर्ति तक पहुँचे जो ऊँची अपार्टमेंट बिल्डिंग्स से घिरे खेल के एक मैदान के बीचोंबीच एक रंग-बिरंगे पंडाल में लगी थी। निर्माण ने अफ़साना को पहली बार अपने पिता से मिलवाया। उसने आदर में उनके पैर छुए। उन्होंने आशीर्वाद दिया और जब उन्होंने उसका सरनेम सुना तो वह आश्चर्य में पड़ गए।

'तुम तो बिल्कुल बंगाली *मेये* लगती हो!' वह बोले।

अगले क्षण पुरोहित ने देवी को पुष्प अर्पित करने की घोषणा की। पंडाल के लोग दुर्गा की मूर्ति के सामने इकट्ठा हो गए। निर्माण, अफ़साना और रईसा पहली पंक्ति में ही खड़े थे। जैसे ही पुरोहित ने फूलों और पत्तियों से भरी एक बड़ी-सी ट्रे आगे बढ़ाई, हर किसी ने उसमें से जितने फूल उठा सकता था, उठा लिए। निर्माण ने मुट्ठी भरकर फूल उठाए और उनमें से कुछ अफ़साना और रईसा को दिए। देवी के सम्मान में उन्होंने उन्हें हथेलियों में रखकर हाथ जोड़ लिए।

'मैंने यह पहले कभी नहीं किया है,' अफ़साना ने फुसफुसाते हुए निर्माण से कहा।

'अब यह आदत हो जाएगी,' उसने कहा। उसका अभिप्राय समझकर वह मुस्कुराई।

जैसे ही पुरोहित ने एम्पलीफायर पर मंत्र पढ़ना शुरू किया, निर्माण को छोड़ सभी ने भी उसे दोहराना शुरू कर दिया, जो कनखियों से अफ़साना की ओर देखते हुए मन ही मन अपनी प्रार्थना गुनगुना रहा था।

वॉयस नोट 28

निर्माण उस साल हालाँकि अपने माता-पिता के साथ कलकत्ता पुस्तक मेले गया था, पर उसने तय किया कि वह शनिवार को अफ़साना के साथ फिर जाएगा।

मशहूर मैदान जहाँ कलकत्ता पुस्तक मेला लगता था, स्थानीय लोगों के साथ-साथ विदेशी पर्यटकों से भरा था। रईसा अपने दोस्तों से टिकट काउंटर पर मिली। निर्माण ने तीन टिकट खरीदे, जबकि अफ़साना ने गेट पर ही आइसक्रीम हॉकर से तीन वेनिला कोन खरीद लिए थे। वो एक साथ मेले में घुसे। अफ़साना ने जल्द ही गौर किया कि रईसा कहीं उलझी हुई थी।

'तुम्हें क्या हुआ?' अफ़साना ने पूछा।

'उसने मेरे लिए अपनी कलाई काट ली।' रईसा ने जवाब दिया।

'किसने?'

'मिहिर ने।'

'मिहिर कौन? तुमने मुझे उसके बारे में कभी नहीं बताया, राइस? वैसे कपिल को क्या हुआ?' अफ़साना ने रईसा के सामने आकर उसे कंधों से जकड़ लिया।

कपिल और मैं कभी रिश्ते में नहीं थे। उसने मुझे पसंद किया पर मैंने नहीं। अब वह इतिहास बन चुका है लेकिन मैं तुमको मिहिर के बारे में कब बताती? तुम लोगों के पास इन दिनों मेरे लिए समय भी है? तुम दोनों का जोड़ा है और मैं कबाब में हड्डी हूँ,' अफ़साना की जकड़ से छूटकर रईसा गुस्से में आगे बढ़ी।

अफ़साना और निर्माण ने अपराधबोध की नज़रों से एक-दूसरे को देखा और फिर उसके पास गए।

'हे, क्या तुम अपनी सोल-सिस्टर से नाराज हो?' अफ़साना ने मासूम-सा चेहरा बनाया। रईसा ने उसे गले लगा लिया।

'और अपने सबसे अच्छे दोस्त से,' निर्माण ने भी चेहरे पर मासूमियत लाने की कोशिश की पर नाकाम रहा। रईसा अफ़साना से हटी और उसे ज़ोर की चुटकी काटी। निर्माण चिल्ला पड़ा।

'मैं तुम लोगों से नाराज़ नहीं हूँ,' रईसा ने कंधे उचकाते हुए एक बुक स्टॉल में कदम रखा।

'फिर क्या बात है?' अफ़साना और निर्माण उसके पीछे-पीछे थे।

'मिहिर मेरी एक क्लासमेट का बड़ा भाई है। उसने मुझे उसकी बर्थडे पार्टी में देखा और तब से मेरे पीछे है। कल उसने स्कूल के बाद मुझे प्रपोज़ किया और धमकी दी कि अगर मैं उसका प्रस्ताव स्वीकार नहीं करूँगी, तो वह ख़ुद की जान ले लेगा। आज उसकी बहन ने मुझे बताया कि उसने अपनी कलाई काट ली है और अस्पताल में भर्ती है।'

अफ़साना गुस्से से भड़क गई। रईसा एक शेल्फ़ पर कुछ किताबें ब्राउज़ करने में तल्लीन दिख रही थी, पर अफ़साना को पता था कि उसकी दिलचस्पी उनमें से किसी में नहीं थी। उसने उसकी बाँह पकड़ी और कहा, 'मेरे साथ आओ।' निर्माण को आदेश देते हुए कि वह वहीं रहे, रईसा को वह स्टॉल से घसीटते हुए ले गई, ताकि लड़कियाँ कुछ निजी बातचीत कर सकें।

वे एक बुकस्टाल के पीछे गईं और कॉलेज छात्रों के एक समूह के पास लॉन पर बैठ गईं। इन छात्रों में से एक गिटार पर गा रहा था और इनकी वजह से मेले का वातावरण अनौपचारिक बना हुआ था।

'अब बताओ, क्या तुम मिहिर को पसंद करती हो?' अफ़साना सीधे मुद्दे पर आ गई।

'मुझे नहीं पता,' रईसा ने दूर देखते हुए कहा।

'राइस, जब कपिल ने तुममें दिलचस्पी दिखाई तो तुम्हें पता नहीं था कि तुम उसे पसंद करती हो या नहीं। और अभी भी वही स्थिति है। क्या तुम्हारे दिमाग़ में कोई और है जिसकी वजह से तुम किसी को मौक़ा नहीं दे रही हो?'

रईसा ने एक पल के लिए अफ़साना को देखा, और फिर दूर भीड़ को घूरने के लिए उससे नज़रें हटा लीं। रईसा को डर था कि अफ़साना उसकी आँखों में सच्चाई पढ़ लेगी।

'मुझे लगता है कि मैं उसे पसंद करती हूँ,' उसने झिझकते हुए कहा।

'तो समस्या क्या है? हाँ कहो और देखो कि आगे क्या होता है?'

'मुझे डर लगता है। अगर यह नहीं चला तो क्या होगा? अगर वह मुझे ग़लत समझता है तो. . . पीटता है? अगर वह बलात्कार करता है तो—'

अफ़साना ने उसका हाथ पकड़ा और दबाया।

'हर आदमी पिता की तरह नहीं होता राइस,' अफ़साना बोली।

'मुझे पता है पर—'

'किसी जगह तो तुम्हें जीवन में विश्वास करना होगा। मुझे देखो। क्या तुम्हें लगता है कि तरुण के बारे में जो सच मैंने अभी तक निर्माण को नहीं बताया, वह मुझे परेशान नहीं करता? लेकिन मुझे जीवन पर भरोसा है। मुझे यक़ीन है कि सभी कुछ ठीक होगा, क्योंकि मेरे इरादे नेक हैं। इसलिए, मिहिर को हाँ कह दो अगर तुम्हें वह पसंद है क्योंकि राइस हम केवल आशा ही कर सकते हैं, और हालाँकि हमें लगता है पर हम अपनी क़िस्मत तय नहीं कर सकते। कुछ निर्णय पहले ही हो जाते हैं; हमें लगता है कि यह सब हमने ख़ुद किया है।'

निर्माण आ गया था।

'क्या तुम्हारी सिस्टर-टॉक ख़त्म हो गई? मैं बेवकूफ़ों की तरह अकेले स्टॉल में नहीं घूम सकता।'

अफ़साना और रईसा उठ खड़ी हुईं।

'हाँ,' रईसा ने निर्माण को बताया और अफ़साना की ओर मुड़ते हुए दोहराया, 'हाँ।'

अफ़साना ने फीकी मुस्कान के साथ इसे लिया और उसकी पीठ थपथपाई। कुछ मिनट बाद, अफ़साना और निर्माण कुछ दूर खड़े रईसा की ओर सहानुभूति से देख रहे थे, जबकि रईसा क्लाउन बने एक व्यक्ति से बातों में उलझी थी।

'कुछ है जो राइस मुझसे छिपा रही है,' अफ़साना ने हल्की आवाज़ में निर्माण से कहा।

'मैं समझा नहीं।'

अफ़साना ने गहरी साँस ली और कहा, 'कुछ नहीं।'

'उसने मिहिर के बारे में क्या कहा? क्या वह अच्छा लड़का है?' निर्माण ने पूछा।

अफ़साना ने उसे यूँ देखा मानो कुछ कहना चाहती हो।

'मुझे ग़लत मत समझना, पर मुझे नहीं लगता कि वह लड़कों को सही ढंग से पहचान सकती है।'

'वह मिहिर को हाँ कह देगी।'

'यह तो अच्छी बात है। मुझे उम्मीद है कि उसके लिए सब कुछ अच्छा

ही हो।'

रईसा तब तक उनके पास आ गई। मेले में लाउडस्पीकर्स पर घोषणा होने लगी कि लोग गेट पर पहुँचें, क्योंकि उस दिन के लिए मेले का टाइम ख़त्म हो गया था। तीनों अपने हाथों में झाल मूड़ी के कागज वाले पैकेट लिए बाहर के लिए गेट की तरफ बढ़ रहे थे, रईसा ने अफ़साना की बाँह पकड़कर एक बड़े से पेड़ के पीछे किसी चीज़ की ओर इशारा किया।

अफ़साना ने उसकी उंगली के इशारे पर देखा कि एक जोड़ा एक-दूसरे को चूम रहा था।

'*एटो चूमू खाश ना*! [इतना मत चूमो],' रईसा अचानक उस जोड़े पर ज़ोर से चिल्लाई और झटपट गेट से बाहर निकल गई। अफ़साना भी हँसते हुए उसके पीछे-पीछे निकल गई। निर्माण को समझ नहीं आया कि क्या चल रहा था। उसने शर्म से लाल एक जोड़े को पेड़ के पीछे से बाहर आते और भीड़ में डरावनी नज़रों के साथ किसी चीज़ या आदमी को तलाशते देखा।

यह पाकर कि रईसा और अफ़साना आसपास नहीं हैं, निर्माण मुड़ा और मेले से बाहर निकल गया। दोनों लड़कियाँ उसे बाहर खड़ी मिलीं।

'यह सब क्या बचपना है?' निर्माण गुर्राया।

लड़कियाँ तेज़ी से हँस पड़ीं।

'ओह गॉड, तुमने उनके चेहरे नहीं देखे!' रईसा का हँस-हँसकर बुरा हाल था।

'कम ऑन, यह बहुत ग़लत बात है। क्या होता अगर उनकी जगह हम चूम रहे होते? क्या तुम्हें अच्छा लगता कि कोई ऐसा तुम्हारे साथ करे?'

रईसा हँसते हुए थम गई। अफ़साना भी रुक गई।

'क्या तुम दोनों ने एक-दूसरे को चूमा है?' रईसा ने आँखें फैलाते हुए कहा। 'और वह भी मेरी गैरमौजूदगी में?'

'शट अप, राइस!' अफ़साना ने उसे झिड़का और आगे चलना शुरू कर दिया।

'क्या तुमने?' उसने निर्माण से पूछा।

'शट अप, रईसा!' घबराते हुए निर्माण अफ़साना के पीछे-पीछे हो लिया।

एक पल के लिए, रईसा को आश्चर्य हुआ कि कहीं उसने अनचाहे ही कोई दुखती रग तो नहीं छू ली थी और चिल्लाई, 'रुको!' वह तेज़ी से चलकर उन तक पहुँची।

वॉयस नोट 29

एक हफ़्ते बाद सरस्वती पूजा थी। स्कूल में हर लड़के ने पायजामे या जींस के साथ पारंपरिक कुर्ता पहना था, जबकि लड़कियाँ शानदार साड़ियों में सजी-धजी आई थीं।

इससे पिछली रात, अफ़साना ने निर्माण को फ़ोन करके बताया था कि वह लाल बॉर्डर वाली काली साड़ी पहनेगी। इसकी वजह से आधी रात तक उसे नींद नहीं आई और वह कल्पनाएँ करता रहा। और जब वह स्कूल गेट के सामने कार से उतरी, तब भी उसे अपनी आँखों पर यक़ीन नहीं था। उसने उसकी तरफ हाथ हिलाया पर वह मानो हाथ हिलाना ही भूल गया था।

जब उसने उसके पास आकर पूछा, 'क्या मैं ठीक लग रही हूँ?'

कोई जवाब नहीं मिला।

'निर्माण?' उसने उसकी बाँह हिलाई।

'हूँ? हाँ, हाँ, तुम ग़ज़ब लग रही हो!' उसने जवाब दिया। केवल उसे पता था कि अचानक किस चीज़ ने कुछ देर के लिए उसके भीतर कुछ जमा किया था, जिससे वह परेशान था। अशांत होकर उसने इधर-उधर नज़र डाली।

'क्या तुम किसी के इंतज़ार में हो?' अफ़साना ने पूछा।

'मैं? नहीं।'

'अंदर चलें?'

'बिल्कुल।'

निर्माण के क़दम लड़खड़ाए, तो अफ़साना आगे बढ़ी। वह मुड़कर बोली, 'तुम ठीक तो हो?'

निर्माण ने अचकचाते हुए सिर हिलाया।

सुबह की सभा से सरस्वती पूजा उत्सव और बाद में जब क्लास ख़त्म हो गईं, अफ़साना को यह लगता रहा कि निर्माण उससे बच रहा था। जब उसने उसे उसकी क्लास में ढूँढा, तो वह अपने क्लासमेट्स के साथ व्यस्त दिखा। ऐसा जान-बूझकर तो वह कभी नहीं करता था। निराश होकर वह चली गई। तभी निर्माण ने वह खाली जगह देखी, जहाँ एक क्षण पहले वह खड़ी थी, और हैरान हो गया कि वह उसे कैसे बताता कि सुबह उसके कार से उतरने के बाद उसकी नज़र सबसे पहले जिस पर पड़ी, वह थी उसकी नाभि। उसकी आँखें उसके शरीर के उघड़े हिस्से पर घूमती रही थीं। कुछ महीने जब उसने उसे दुर्गा पूजा पर पहली बार साड़ी में देखा था, तब ऐसा नहीं किया था। फिर अब क्यों? उनके रिश्ते में वह कौन-सी परत थी, जो हट गई थी और जिसने उसे ऐसा करने को विवश किया था? इस अनुभूति ने जो उत्तेजना पैदा की, उससे उसे लगा कि हो सकता है कि यह उनकी प्रेम कहानी में एक अहम मोड़ हो। उसे इतना तो तय था कि यह प्यार नहीं था, जिसने उस सुबह उसकी आँखें भटका दी थीं। प्रेम इतना ख़ास या बाहरी कभी नहीं हो सकता। या हो सकता था? निर्माण कभी इतना नहीं चकराया था।

वह क्लासमेट्स के पास से उठकर वॉशरूम जाते हुए अफ़साना के पास से गुज़रा, जो अपने क्लासमेट्स के साथ गलियारे में बातें कर रही थी। उन्होंने एक-दूसरे को देखा पर इस बार निर्माण की उदासीनता उसे खल गई। अफ़साना ने सोचा कि अगर वह उसकी किसी बात से परेशान है, तो उसे ये अजीबोग़रीब हरकतें किए बिना उसके मुँह पर साफ-साफ बोलना चाहिए। अगर वो एक-दूसरे के साथ ईमानदार और साफ नहीं रह सकते तो फिर रोमेंटिक रिश्ते में होने का मतलब ही क्या था।

एक घंटे बाद स्कूल ख़त्म हुआ और अफ़साना अपनी क्लास के बाहर निर्माण का इंतज़ार करने लगी। वह दूसरे लड़कों के साथ सबसे आख़िर में निकलता था।

'मैं बात करना चाहती हूँ,' उसने रुखाई से कहा। उसकी आँखों से निर्माण को लग गया था कि कुछ बात है। उसने दोस्तों को अलविदा कहा और उसकी तरफ मुड़ते हुए घबराने लगा।

'चलो अंदर चलते हैं,' वह उसकी क्लास में घुसी, निर्माण पीछे-पीछे था। उसने द्वार बंद कर दिया।

'यह क्या है?' उसने पूछा।

'यही मैं जानना चाहती हूँ। आज तुम्हें क्या हुआ है? तुम फ़ोन पर कल रात

ठीक थे,' अफ़साना ने आक्रामक ढंग से कहा।

'मुझे नहीं पता कि तुम क्या कह रही हो,' निर्माण ने बिना उसकी तरफ देखे कहा।

'तुम आज मुझसे बच क्यों रहे हो?' उसकी चुप्पी से आहत होकर वह उसकी तरफ बढ़ी। 'क्या मुझे अपना सवाल फिर से पूछना होगा?'

निर्माण ने कुछ पलों के लिए उसकी तरफ बेचैनी से देखा और फिर बोला, 'मैं तुमसे माफ़ी चाहता हूँ।'

'किस बात की?'

'मैंने तुम्हारे बारे में बुरा-बुरा सोचा।'

अफ़साना ने उसकी बात का अर्थ समझने के लिए त्योरी चढ़ाई।

'मैं हमेशा तुम्हारे लिए अपने मन में पवित्र विचार रखता था, लेकिन इस सुबह, जब मेरी नज़रें तुम पर पड़ीं तो मुझे बुरे ख़याल आए। यहाँ तक कि अपनी कल्पना में मैंने तुम्हें नग्न देखा। मुझे माफ़ कर दो। मैं तुम्हें इस तरह नहीं देखना चाहता। मेरा मतलब है कि मैं चाहता हूँ पर तुम्हें चीज़ की तरह नहीं. . .' वह रुक गया और शर्म से सिर झुका लिया। अफ़साना उसके क़रीब आई और उसकी बाँहों को अपनी कमर पर रखा और फिर अपनी बाँहें उसकी कमर में डाल दीं।

पहली बार उसकी त्वचा उसे इतना क़रीब से छू रही थी। निर्माण का हाथ अनचाहे उसकी नाभि पर चला गया और उसका अंगूठा उसकी नाभि पर गोल-गोल घूमना शुरू हो गया। अफ़साना को अपने पूरे शरीर पर रोंगटे खड़े महसूस हो रहे थे।

'तुम मुझे नग्न देखकर शर्माए क्यों?' उसने धीरे से पूछा।

'पता नहीं,' उसकी नाभि को निरतंर प्यार से छूते हुए वह फुसफुसाया।

वह पंजे के बल खड़ी हुई और अपनी नाक के सिरे को उसकी नाक से रगड़ा। उसी के साथ निर्माण ने अपना चेहरा झुकाया और दोनों के होंठ एक दूसरे से छूते हुए निकल गए।

'मुझे कोई फ़र्क नहीं पड़ता अगर तुम मुझे नग्न देखते हो,' उसने साँस ली, 'क्योंकि मुझे पता है कि तुम्हारी कल्पना मेरी सुंदरता को और बढ़ाएगी ही।'

उसकी कमर पर निर्माण की पकड़ और कस गई और वह और क़रीब आ गया, उसके विकसित हो चुके ब्रेस्ट उसके सीने पर दबाव डाल रहे थे। निर्माण ने धीरे-से अपने होंठों से उसके माथे को चूम लिया और बोला, 'मुझे लगता है कि इससे हमारा रिश्ता ख़राब नहीं होगा।'

अपनी आँखें बंद रखते हुए अफ़साना पहले तो न कहते हुए बुदबुदाई, और

फिर उसके होंठों को अपने गालों पर महसूस करते हुए फुसफुसाई, 'इसके बाद, कोई दूरी हमारी क़रीबी को कभी ख़त्म नहीं कर सकती।'

उसका हाथ धीरे-धीरे उसकी गर्दन पर सुंदर बालों में पहुँचा। उसकी उंगलियों के पोरों ने उसकी त्वचा को हौले से छुआ, और उसे अंदर तक गुदगुदा दिया। उसका शरीर जो अब तक उसकी बाँहों में क़ैद था, उसके आलिंगन में थोड़ा कसमसा उठा।

'मुझे कभी नहीं छोड़ना,' वह धीरे-से बोला।

'सोचो भी नहीं कि मैं ऐसा करूँगी,' वह पलटकर बोली।

जैसे ही अफ़साना ने उसके ऊपरी होंठ को घेरा, उसने उसके निचले रसीले होंठ चूस लिए। उन्हें लगा कि उनकी अंतरंगता का आनंद किसी कवि को उसकी बहुप्रतीक्षित कविता की आख़िरी लाइनों का उपहार देने को काफ़ी था; या एक शिशु को उसका पहला शब्द बोलने को प्रेरित करता था; किसी नास्तिक को आस्तिक बनाता था; या बूढ़ों को अपनी जवानी जाने का मातम मनाने के लिए काफ़ी था। चुंबन टूटा और उन्होंने राहत के भाव से इसमें और डूबने के लिए एक-दूसरे को ताका। 'अब हम प्रेम को पूरी तरह जानते हैं,' अफ़साना ने अपनी आँखों में चमक के साथ कहा।

वॉयस नोट 30

इंजीनियरिंग कॉलेज के एंट्रेंस के लिए कोचिंग क्लासेज़ और स्कूलवर्क के बीच घिसटने की वजह से 11वीं के फ़ाइनल में निर्माण का रैंक घट गया और दूसरे रैंक में दो अंकों से पिछड़कर वह क्लास में तीसरे स्थान पर हो गया। उनके पिता हालात की गंभीरता समझते थे, उन्होंने बहुत कुछ नहीं कहा और सीनियर सेकेंडरी परीक्षाएँ निकालकर सारा ध्यान प्रतिष्ठित इंडियन इंस्टीट्यूट ऑफ़ टेक्नोलॉजी में प्रवेश पर लगाने को कहा। ऐसा लगता था मानो निर्माण के बजाय उसके पिता आईआईटी में उसके दाखिले के लिए ज़्यादा लालायित थे।

फ़ाइनल परीक्षा में अफ़साना ने पिछले सालों से बेहतर प्रदर्शन किया। मगर वह खुश नहीं थी। जब भी वह तरुण और अपने पिता की बातें सुनती, उसे लगता कि वो उसके ग्रेजुएट होने का इंतज़ार करने के बजाय अठारह साल की होते ही उसकी शादी करने वाले हैं। जैसे-जैसे उसकी धारणा दृढ़ होती गई कि तरुण से उसकी शादी अपरिहार्य है, वैसे-वैसे वह उसके डेट के प्रस्ताव नज़रअंदाज़ करने लगी। सबसे बुरी बात यह थी कि वह निर्माण की प्रतिक्रिया के डर से अपनी आशंकाएँ साझा नहीं कर सकती थी। हालाँकि रईसा थी, पर उसे बताने से उसे केवल पल भर की राहत मिलती। वह ऐसा हल चाहती थी, जो केवल निर्माण दे सकता था। फिर भी वह जानती थी कि वे अब उस जगह से आगे आ चुके थे। वह उसके इतना क़रीब आ गई थी कि ख़ुद के बारे में कोई तकलीफ़देह बात ज़ाहिर नहीं कर सकती थी। यह उसके लिए एक अजीब सबक़ था—अंतरंगता के गर्भ के भीतर दूरी के बीज का अस्तित्व। वही पाली-पोसी निकटता अपने प्रिय को मुश्किल सच्चाइयाँ बताने से परहेज़ करने की वजह बन जाती है।

इस बीच, अफ़साना के लिए तरुण की चाहत समय के साथ और मज़बूत

होती गई, हालाँकि उसकी पहल के तिरस्कार ने उसके अपमान को और बढ़ाया ही था। दोस्तों के साथ दारू के एक सेशन के दौरान उसने अफ़साना का ध्यान खींचने के लिए एक योजना बनाई। उसके दोस्तों ने उसका लगातार मज़ाक उड़ाया था कि ग्रुप में सिर्फ़ वही एकमात्र कुँवारा है।

अगले हफ़्ते तरुण अफ़साना के स्कूल के बाहर पहुँचकर इंतज़ार करने लगा। उसकी योजना साफ थी। वह अफ़साना से कहेगा कि उसके पिता उससे मिलना चाहते हैं और यह कहकर उसे कार में बैठा लेगा। इसके बाद वह किसी अकेली जगह जाकर उससे किस की माँग करेगा। अगर वह नहीं मानती तो. . . तरुण को अपनी योजना पर पूरा भरोसा था।

स्कूल में आख़िरी घंटी बजने के साथ उसने माथे का पसीना पोंछा। जल्दी ही छात्र तेज़ी से भीड़ में बाहर निकलने लगे। वह बेचैनी से अफ़साना को ढूँढ रहा था। कुछ मिनट बाद उसने दो अन्य लड़कियों के साथ उसे बाहर आते देखा। वो दोनों वहाँ से दूसरे रास्ते पर चली गईं और अफ़साना बरगद के पेड़ तले खड़ी अपनी कार की ओर बढ़ी, जहाँ उसने भी अपनी कार पार्क कर रखी थी। वह पेड़ के पास छोटी-सी ईंटों की दीवार पर बैठी थी। तभी तरुण उसके पास पहुँचा, उसने आश्चर्य और बेचैनी में त्योंरियाँ चढ़ाईं।

'तुम यहाँ क्या कर रहे हो?' अफ़साना उठ खड़ी हुई।

'डैड तुमसे मिलना चाहते हैं तो मैं तुम्हें लेने आ गया था।'

'मैं उनसे अभी नहीं मिलना चाहती।'

'यह ज़रूरी है,' तरुण ने ज़िद की।

'ओके, तुम जाओ। मैं कुछ देर में आऊँगी।'

'मेरी कार यहीं है,' तरुण ने कहा।

'मैं तुम्हारे साथ नहीं जाना चाहती।'

'तुम मुझे हमेशा एक स्टॉकर होने का अहसास क्यों कराती हो?' अफ़साना जैसे ही उससे दूर होने लगी, तरुण ने गुर्राते हुए कहा।

'तुम्हें क्या हुआ है?' उसने उसकी बाँह पकड़ ली। उसने उससे ख़ुद का पीछा छुड़ाने की कोशिश की लेकिन नहीं छुड़ा पाई।

'दूर हो जाओ,' वह गुस्से में बोली। 'चले जाओ अभी!' वह चिल्लाई।

'मैं नहीं जाऊँगा। तुम्हें अब मेरे साथ चलना होगा!' तरुण ने अफ़साना को पेड़ से दूर अपनी कार के पास घसीटकर लाने की कोशिश की, तभी किसी ने पुकारा।

'हे, तुम क्या कर रहे हो?' यह निर्माण था। उसने अपनी साइकिल पार्क

की और तरुण के पास आया। हालाँकि तरुण उससे लंबा था मगर निर्माण पूरे विश्वास से वहीं खड़ा रहा।

'भाग जाओ! इसका तुमसे कोई मतलब नहीं है,' तरुण गरजा और अफ़साना को घसीटता रहा।

निर्माण को नहीं पता कि वह उसकी बेइज़्ज़ती थी या तरुण का अफ़साना से दुर्व्यवहार जिसके बाद उसने तरुण के पेट में कसकर लात जमा दी। तरुण अफ़साना को छोड़, दर्द के मारे पेट पकड़कर झुक गया। अफ़साना दौड़कर निर्माण के पास पहुँच गई।

'यह मेरी मंगेतर है,' तरुण ने बुदबुदाते हुए खड़े होने की कोशिश की। निर्माण ने उसे फिर एक लात लगाई, इस बार उसके घुटने के जोड़ पर, जिसने उसे सड़क पर बैठने को मजबूर कर दिया।

'अगर तुम यहाँ से नहीं जाते, तो मैं स्कूल अथॉरिटीज़ को बुलाऊँगा,' निर्माण ने कहा।

आख़िरकार, तरुण हाँफते हुए उठा। वह निर्माण को पीटना चाहता था, लेकिन अफ़साना ने शोर मचाकर सबको बुलाने की धमकी दी। तरुण ने गाड़ी निकाली और ग़ुस्से में चला गया।

'शुक्रिया, निर्माण,' अफ़साना ने दोनों हाथों से उसकी बाँह पकड़ रखी थी। वह काँप रही थी।

'क्या यह वही शख़्स नहीं जो उस दिन गुलाब लिए हुए था?'

अफ़साना चुप थी।

'क्या वह सच बोल रहा था?' निर्माण इतना सख़्त कभी नहीं दिखा था।

'आओ बैठते हैं,' अफ़साना उसे बरगद के पेड़ की तरफ खींचकर ले गई। निर्माण उसकी पकड़ से छूटकर उसके पीछे-पीछे ईंटों पर जाकर बैठ गया।

'अब बताओ,' उसने कहा।

अफ़साना क़रीब 15 मिनट तक दुविधा में रही फिर उसने पूरी कहानी निर्माण को सुना डाली कि अनौपचारिक तौर पर तरुण उसका मंगेतर है। उसने बताया कि वह विरोध करके घर से भाग भी गई थी और उसने क़सम खाकर कहा कि चाहे जो हो दुनिया इधर की उधर हो जाए, वह कभी उससे शादी नहीं करेगी। निर्माण ने धैर्य के साथ उसकी बात सुनी और आराम से कहा, 'अगर तुम मुझे सचमुच प्रेम करती हो अफ़साना, तुम अपने पिता को तुरंत बताओगी कि तुम्हारा इस लड़के से कोई लेना-देना नहीं है। तुम आज यह काम करोगी।'

कई विकल्प होना, चाहे वो जितने अप्रिय क्यों न हों कशमकश पैदा करते

हैं। विकल्पों के न होने पर कोई दुविधा नहीं हो सकती। एक साधारण-सी शर्त के साथ, 'अगर तुम मुझे प्रेम करती हो, अफ़साना. . .' निर्माण ने उसके सभी विकल्पों को बेकार साबित कर दिया था। भ्रम की धुंध छंट गई थी और इसने उसमें निर्माण और ख़ुद दोनों के लिए यह साबित करने का संकल्प पैदा दिया कि उनका साझा कोई फ़रेब नहीं था।

उस रात, अफ़साना ने अपने पिता को स्कूल के बाहर घटी पूरी घटना बताई और समझाया कि वह तरुण से दोबारा कभी नहीं मिलना चाहती। हालाँकि उसके पिता ने उसकी ज़िद को तरुण के दुर्व्यवहार के लिए ज़िम्मेदार ठहराया, पर उसकी माँ आश्चर्यजनक रूप से उसकी रक्षा में खड़ी हुईं और अपने पति को साफ कर दिया कि बिज़नेस डील्स अपनी जगह पर वो अपनी एकमात्र औलाद को एक बदतमीज़ पागल के पल्ले नहीं बांधेंगी। उसके पिता यह बात समझने को तैयार नहीं थे, जब तक तरुण के पिता का रात को फ़ोन नहीं आ गया, जिनकी माँग थी कि उनके बेटे को चोट पहुँचाने के लिए अफ़साना माफ़ी माँगे। टेलीफ़ोन पर एक लंबी और कड़ी बहस के बाद तय हुआ कि तरुण और अफ़साना पर शादी के लिए कोई ज़ोर नहीं डाला जाएगा। उस रात अफ़साना ने न जाने कितने समय बाद अपने माता-पिता को गले लगाया। वह उन्हें निर्माण के बारे में बताना चाहती थी, मगर उसने तय किया कि उसे मिलवाने का सही समय तब होगा, जब वह आईआईटी प्रवेश परीक्षा पास कर लेगा।

वॉयस नोट 31

सीनियर सेकेंडरी बोर्ड इम्तिहानों में मुश्किल से दो महीने बचे थे। निर्माण सारे दिन भौतिकी के नियमों, रसायन विज्ञान के सूत्रों और गणित के सिद्धांतों में डूबा रहता था। सोने से पहले टेलीफ़ोन पर अफ़साना से बात करके मानो वह अगले दिन के लिए फिर तरोताज़ा हो जाता। वह अपने बैचमेट्स की मादकता से भरी प्रेम कहानियाँ सुनता और देखता कि कैसे वो अपनी प्रेमिका की निष्ठा की क़समें खाते और अगले ही दिन सब कुछ बदल जाता था। निर्माण ने भगवान को धन्यवाद दिया कि उसका और अफ़साना का सम्बन्ध सिर्फ़ हार्मोंस पर नहीं था, बल्कि उससे कहीं गहरा था।

शनिवार को, निर्माण के माता-पिता को एक रिश्तेदार की शादी में उत्तरी बंगाल जाना था। अगर निर्माण को कुछ हफ़्ते बाद होने वाले प्री-बोर्ड इम्तिहानों की तैयारी न करनी होती तो वह भी उनके साथ जाता। हालाँकि उसकी माँ चिंतित थीं, पर उसने उन्हें मना लिया था कि वह आराम से मैनेज कर लेगा। वो शुक्रवार रात को निकल गए।

आठ घंटे बाद, रात के शुरुआती पहर में, निर्माण साइकिल से अफ़साना के घर पहुँचा और चुपके से उसे अपने फ़्लैट में ले आया। उसके माता-पिता को विश्वास था कि वह स्कूल आउटिंग पर गई है।

उन्होंने सुबह देर तक टेलीविज़न देखा और इसके बाद साथ-साथ कुछ अच्छा-सा नाश्ता बनाया। फिर खाते हुए वो एक साथ पढ़ने बैठ गए। दोनों को ही पता नहीं चला कि कब उन्हें नींद आ गई। दरवाज़े की घंटी बजी तो अफ़साना की नींद पहले खुली। उसे समझ नहीं आया कि वह कहाँ है जब तक कि उसने निर्माण को साथ में सोते नहीं देखा। उसने उसे ज़ोर से हिलाया।

'दरवाज़े पर कोई है,' वह फुसफुसाकर बोली।

'क्या?' वह तुरंत उठा। 'मुझे देखने दो। चुपचाप यहीं रहो और आवाज़ न करना।'

निर्माण ने सामने का द्वार खोल दिया।

'पागल, क्या तुम सो रहे थे?' रईसा के हाथ में ढकी हुई एक स्टील की कटोरी थी। 'मेरे हाथ दुख रहे हैं,' वह किचन में जाते हुए बोली। 'मैंने तुम्हारे लिए चिकन बनाया,' उसने कहा।

'तुमने बनाया?'

'हाँ, मुझे खाना बनाना पसंद है।'

'पर तुम्हें कैसे पता था कि मैं अकेला हूँ?' किचन के दरवाज़े पर खड़े निर्माण ने पूछा।

कमर पर हाथ रखे रईसा मुड़ी, 'मेरी माँ आधी शरलक होम्स हैं।'

'पर मैंने माँ को कहा था कि वह किसी को न बताएँ,' निर्माण ने विरोध जताया।

'ठीक है,' वह टहलते हुए ड्रॉइंग रूम में जा पहुँची। निर्माण पीछे-पीछे था। 'अब इसे समय पर खा लेना और बताना कि कैसा बना है। पर्दे अभी तक क्यों पड़े हैं?' रईसा ने शिकायत की और उन्हें हटा दिया, ताकि सुबह के सूरज की रौशनी कमरे में आ सके।

'असल में मैं देर से सोया...' रईसा से सीधे झूठ बोलने में नाकाम निर्माण ने कमज़ोर सुरों में कहा।

इसी क्षण उसके बेडरूम में रखे टेलीफ़ोन की घंटी घनघनाई।

निर्माण वहीं खड़ा रहा। रईसा बेसब्री और तेज़ी से ख़ुद को खींचते हुए उसके बेडरूम में गई और रिसीवर उठा लिया।

'हैलो आंटी, रईसा बोल रही हूँ। मैं निर्माण के लिए लंच लाई थी। नहीं, शुक्रिया की ज़रूरत नहीं। वह सो रहा था। हाँ, वह यहीं है,' उसने रिसीवर निर्माण को दे दिया।

'हैलो, माँ। हाँ, हाँ, मैं ठीक हूँ। मैं सुबह पढ़ रहा था। ओके। बाय।'

जैसे ही उसने फ़ोन रखा, उसने रईसा को कहते सुना, 'यहाँ कौन आया था?' वह टेबल पर देख रही थी जिस पर रखी दो प्लेट्स में बचा हुआ खाना पड़ा था। निर्माण शर्मिंदगी में कुछ बोल भी नहीं पाया था कि तभी साथ के बाथरूम का द्वार खुला।

'हे, राइस!' अफ़साना निकलते हुए बोली।

'अफ़्फ़ू?' रईसा ने खुले मुँह के साथ निर्माण की तरफ देखा।

'तुमने मुझसे झूठ क्यों बोला, निर्माण?'

अफ़साना और निर्माण ने एक-दूसरे की ओर देखा। एक क्षण के लिए उन्हें लगा कि रईसा ग़ुस्सा दिखाएगी, पर उसने मुस्कुराकर उन्हें आश्चर्य में डाल दिया।

'ठीक है यार। मेरा भी अब एक बॉयफ्रेंड है और मुझे भी समझ आता है कि तुम दोनों को एक-दूसरे के साथ वक़्त बिताना चाहिए। तो एन्ज्वॉय करो, ठीक है? मैं चली। फिर मिलते हैं, अफ़्फ़ू। बाय, निर्माण।' वह चली गई। जब निर्माण को धक्के से दरवाज़े का लॉक लगने की आवाज़ आ गई, तब वह बिस्तर पर जाकर पसर गया। अफ़साना स्टडी टेबल के पास बैठी थी और उसने बिस्तर पर अपने पैर रख लिए।

'तुम्हें लगता है कि उसे बुरा लगा होगा?' निर्माण ने बैठते हुए पूछा।

'तुमने उसे क्या बताया?'

'मैंने उसे नहीं बताया कि तुम यहाँ थीं।'

'क्यों? तुम बता सकते थे।'

'मुझे पता है। पता नहीं क्यों नहीं बताया। मैंने उससे कभी कुछ नहीं छिपाया है। क्या मुझे माफ़ी माँगनी चाहिए?'

'ठीक है, उसने कहा कि उसका भी बॉयफ्रेंड है। वह समझ जाएगी। इसके अलावा अभी हम बच्चे नहीं हैं, तुम्हें मेरी बात समझ आई।'

निर्माण फिर से बिस्तर पर लेट गया। वह सेकेंड के भीतर फिर बैठ गया।

'तुम्हें नहीं लगता कि वह कुछ बदल गई है?' उसने पूछा।

'शायद,' अफ़साना ने सोचते हुए कहा, 'सच कहूँ तो अब हम उतने क़रीब भी नहीं हैं।' उसने छत की ओर देखा और बोलती गई, 'कभी हम अपनी ज़िंदगी की हर छोटी बात एक-दूसरे से शेयर किया करते थे।'

'ऐसा ही मेरे साथ भी था। मगर आख़िरी बार मैंने उसे कुछ महीने पहले देखा था और सबसे बुरी बात यह है कि मुझे आज ही इसका अहसास हो रहा है,' वह अपराधबोध से भरा हुआ लग रहा था।

'मुझे भी,' अफ़साना ने कहा।

'क्या ऐसा हर रिश्ते में होता है?' निर्माण ने आश्चर्य जताया।

'राइस से मेरी दोस्ती कभी नहीं टूट सकती।'

'बिल्कुल! लेकिन. . . तुम मेरा मतलब जानती हो। मैंने देखा है कि तुम दोनों कितना क़रीब हुआ करती थीं और अब तुम उससे कितने समय बाद मिल

रही हो।'

'जैसे-जैसे हम बड़े होते हैं तो शायद हमारी प्राथमिकताएँ बदल जाती हैं और हम वही नहीं होते जो हम थे,' अफ़साना ने दोनों प्लेटें उठाकर किचन में जाते हुए दार्शनिक अंदाज़ में कहा।

'मुझे लगता है,' निर्माण ठीक उसके पीछे था, 'जैसे-जैसे हम बड़े होते हैं, हम जान-बूझकर अपने आप से दूर होते जाते हैं और ज़्यादा से ज़्यादा अपने माहौल के साथ ढलते जाते हैं।'

वो किचन में घुसे। 'मैंने कभी नहीं सोचा था कि मेरी ज़िंदगी में रईसा से ज़्यादा क़रीब कोई दूसरी लड़की हो सकती थी, पर अब तुम हो।'

'और मैंने कभी नहीं सोचा था कि मैं कभी किसी को इतना प्यार कर पाऊँगी,' अफ़साना ने किचन सिंक में प्लेट रखीं। उसे गैस स्टोव के साथ एक ढकी हुई कटोरी दिखाई दी। उसने ढक्कन हटाया और चिकन ग्रेवी की ख़ुशबू को महसूस किया।

'वाह!' उसने ग्रेवी में अपनी उंगली डाली और उसे चाट लिया।

'मम्म! राइस की माँ बेहतरीन कुक हैं,' अफ़साना ने बेहद तारीफ़ के भाव से कहा।

'रईसा ने बनाया है।'

'क्या? इसका मतलब वह भी स्वाभाविक तौर पर अच्छी कुक है। बेहद स्वादिष्ट,' अफ़साना ने दोबारा अपनी उंगली डुबोई और निर्माण को टेस्ट करने के लिए इशारा किया। वह आगे झुका और उसकी उंगली पर लगी ग्रेवी को चाट लिया।

एक पल बाद वह बोला, 'अब मुझे समझ नहीं आ रहा। मेरे ख़याल में तुम्हारी उंगली ज़्यादा टेस्टी है।'

'हाँ-हाँ, मिस्टर रोमैंटिक? चलो अब पढ़ लेते हैं। इम्तिहान आने वाले हैं।'

वॉयस नोट 32

उनके सीनियर सेकेंडरी बोर्ड इम्तिहानों के बाद डेढ़ महीने बीत चुके थे। एक दिन अपनी ट्यूशन क्लास से लौटते हुए, निर्माण ने अपनी साइकिल उल्टाडांगा फ़ुटब्रिज पर रोकी। निर्माण को अफ़साना से मिले या उसकी आवाज़ सुने लगभग बीस दिन हो चुके थे। अंतिम बोर्ड परीक्षा के बाद वह अपने परिवार के साथ यूरोप दौरे पर गई हुई थी।

उसके जाने से पहले वो शाम को इसी फ़ुटब्रिज पर मिले थे। जब वो गले मिले थे, तब निर्माण को इसका अहसास हुआ कि दोनों के बीच पिछले दो सालों में क्या हुआ था। वो एक-दूसरे से बहुत गहराई के साथ जुड़े थे। हालाँकि उसे पता था कि वह केवल छुट्टियों पर जा रही थी, पर उसे बेहद खालीपन-सा लगा था।

'अगर हम किसी दिन साथ न रह पाए तो?' निर्माण ने उसे गले लगाते हुए पूछा था।

'चुप रहो,' अफ़साना उसके कान में फुसफुसाई थी और उसे कसकर गले लगा लिया था।

'जितना मैं तुम्हारी तरफ खिंचता हूँ,' निर्माण बोलता गया, 'उतना ही कमज़ोर महसूस करता हूँ जबकि मेरे एक हिस्से को यक़ीन है कि हमारा सम्बन्ध किसी भी चीज़ से ज़्यादा स्थायी है, मेरा स्वार्थी मन कहता है कि यह भी दूसरी सभी चीज़ों की तरह अस्थायी हो सकता है।'

'सच में, मैं भी अपने मन में ऐसे ही डरती रहती हूँ। हमारे बोर्ड परिणाम कुछ महीनों में आ जाएँगे। मुझे तुम्हें अपने माता-पिता से मिलवाना है वरना वो फिर मेरा रिश्ता किसी और लड़के के साथ पक्का कर देंगे। और—'

वह उसके आलिंगन से हटा और वाक्य पूरा करते हुए बोला, '—और मैं बंगाली हूँ और तुम मारवाड़ी हो।'

'मैं सच में नहीं जानती कि मेरे माता-पिता इसे कैसे लेंगे।'

हाथों में हाथ डाले वो चहलक़दमी करते रहे और फुटब्रिज की सीढ़ियों पर बैठ गए। उसने सिगरेट निकाली। वह समझ गई कि निर्माण ने बॉक्स को कुछ ज़्यादा ध्यान से देखा।

'तुम्हें अच्छा नहीं लगता कि मैं स्मोक करूँ, है न?' उसने पूछा।

निर्माण ख़ामोश था।

'तुम बता सकते हो। मैं स्मोक नहीं करूँगी,' अपनी उंगलियों में सिगरेट फंसाकर उससे खेलते हुए उसने कहा।

निर्माण ने कुछ देर सोचा और फिर कहा, 'अफ़्फ़ू, मैं नहीं चाहता कि हम दोनों में से कोई भी कभी भी दूसरे को यह बताए कि उसे क्या करना चाहिए और क्या नहीं। अगर तुम्हें स्मोक करना है, तो तुम करो; अगर नहीं चाहतीं तो नहीं करो।'

अफ़साना उस पर मुस्कुराई और सिगरेट को दोबारा बॉक्स में रखकर अपने बैग में डाल लिया।

'क्या हुआ?' उसने पूछा।

'सिगरेट की इच्छा नहीं है अभी। और तुम सही हो। लोग प्रेम में हों तो इसका मतलब यह नहीं कि वो एक-दूसरे को कंट्रोल भी करें,' उसने कहा और फिर उसके हाथ थामे उसके कंधे पर अपना सिर रख दिया। निर्माण ने अपनी बाँह उसकी कमर में डाल दी। दो घंटे तक वो अपने मन के सन्नाटे और उथल-पुथल के भावों को लिए चुपचाप बैठे रहे, जब तक उनके घर जाने का वक़्त नहीं हो गया। निर्माण ने उसे घर छोड़ा। अपने कमरे में पहुँचते ही अफ़साना ने पहला काम किया, पैन उठाया और पिछले घंटे उसके मन में जो विचार आया था, उसे लिख डाला।

दुनिया उस रिश्ते को कामयाब समझती है,
जो एक किचन, एक बिस्तर और,
रोज़ की दौड़ में क़ैद हो।
हमारे रिश्ते में कोई घर नहीं है
न इलेक्ट्रिक बिल, न डॉक्टर की फ़ीस और न ही कोई ईएमआई।

एक खुला आसमान है बस
और कभी न ख़त्म होने वाली उड़ान।

निर्माण साइकिल चलाते हुए उम्मीद कर रहा था कि बचे हुए दिन जल्द बीत जाएँगे और अफ़साना जल्दी ही अपनी छुट्टियों से लौट आएगी। जैसे ही वह साइकिल से अपनी गली में पहुँचा, उसने रईसा को फ़ार्मेसी पर देखा। वह बाइक से उतरा और उसके पास पहुँच गया।

'माँ को बुखार है,' उसने कहा। पढ़ाई पर चर्चा और यहाँ-वहाँ की बातें करते वो आरबीआई क्वार्टर्स में साथ-साथ घुसे।

'मैं भी आंटी से एक बार मिल लूँ,' उसने कहा। वो उसके फ़्लैट पर गए। उसके पिता ने द्वार खोला और उसके मुँह पर कुछ पेपर्स फेंककर मारे।

'आजकल तुम कर क्या रही हो, शैतान?' वह रईसा पर चिल्लाए।

वॉयस नोट 33

'निर्माण, घर जाओ,' रईसा ने चुपचाप कहा। हालाँकि वह रुकना चाहता था, पर उसके पिता को इतने गुस्से में देखकर, निर्माण को लगा कि कुछ बेहद निजी ही होगा। इसलिए वह चकराया हुआ वहाँ से निकल गया।

लगभग पूरी आरबीआई कॉलोनी रईसा के पिता की गालियाँ सुन रही थी, जो वह उसे दे रहे थे। कोई नहीं जानता था क्यों। जब कुछ चिंतित पड़ोसी यह जानने पहुँचे कि क्या बात है, तो उन्हें पता चला कि रईसा की पिटाई हो रही थी। जब उनके ऑफ़िस के साथियों ने कड़े शब्दों में मिस्टर बरुआ से अपना बर्ताव ठीक करने को कहा, तो उन्होंने बेटी को पीटना बंद कर दिया और उसे अपनी नज़रों से दूर जाने के आदेश दिए।

मिसेज़ बोस ने पूछा कि क्या हुआ था, पर निर्माण को कुछ पता नहीं था। वह रईसा को टेलीफ़ोन करना चाहता था, लेकिन लगा कि यह सही समय नहीं है। डिनर के बाद, निर्माण ने अपनी खिड़की से बाहर झाँका, और रईसा को कॉलोनी के चौक में एक पत्थर की बैंच पर अकेले बैठे देखा। बिना एक भी पल गँवाए वह उसके पास पहुँचा।

'क्या हुआ, रईसा?' उसके बराबर बैठते हुए उसने पूछा। वह रो रही थी और काफ़ी समय तक कुछ नहीं बोल पाई।

निर्माण को समझ नहीं आ रहा था कि क्या करे और अपनी एक बाँह उसके कंधे पर रखकर उसे ढाढस बंधाने लगा।

अचानक उसके मुँह से शब्द निकलने लगे, 'दो महीने पहले मैंने और मिहिर ने यौन सम्बन्ध बनाए थे। उसका जन्मदिन था और वह गिफ़्ट में मेरी वर्जिनिटी चाहता था। मैं उसे प्यार करती थी इसलिए. . . हमने बगैर किसी प्रोटेक्शन के

किया। एक महीने बाद मुझे अजीब-सा कुछ होने लगा जिससे मैं डर गई। मैं चुपचाप एक डॉक्टर के पास गई जहाँ पता चला कि मैं गर्भवती थी।'

जैसे-जैसे निर्माण उसकी बातें सुन रहा था, उसे लग रहा था मानो वह तंद्रा में है। वह जो कह रही थी उसके एक भी शब्द पर वह भरोसा नहीं करना चाहता था, पर वह जानता था कि वह सच था क्योंकि रईसा की आँखें आँसुओं से सराबोर थीं और उसके दुखभरे हाल से ज़ाहिर हो गया था कि यह नंगा सच था।

'मैंने मिहिर को बताया और उसने मुझसे रिश्ते तोड़ लिए, क्योंकि अगर उसके माता-पिता को इसका पता चलता तो वो उसे मार डालते। जब मैंने इस बारे में सबको बताने की धमकी दी, उसने मुझे चिढ़ाकर कहा कि मैं यह किसी को नहीं बता पाऊँगी कि मैं गर्भवती हूँ। वह सही था। मैं तुम्हें भी नहीं बता सकी,' उसने सिर लटका लिया और गालों पर आँसू बहते रहे।

'क्या तुम वास्तव में गर्भवती हो?' निर्माण ने पूछा।

'थी। मेरी स्कूल की दोस्त मोहिनी का एक दोस्त है, जो मुझे एक क्लीनिक में ले गया जहाँ मैंने चुपचाप अबॉर्शन कराया।'

'तुमने अबॉर्शन करा लिया?' निर्माण को लगा मानो वह किसी अजनबी के साथ बैठा है न कि उस लड़की के साथ, जिसे वह तब से जानता है जब वह आठ साल का था।

'तुमने अवैध ढंग से गर्भपात कराया?' सदमे में डूबे निर्माण ने अपनी बात को फिर से रखा।

रईसा ने हाँ में सिर हिलाया और कहा, 'मैं उससे चुपचाप बाहर आ जाती पर—'

'पर?'

'डॉक्टर ने मुझे इसकी फ़ीस अदा करने के लिए 10 दिन दिए थे, जिसके बाद उसने कहा था कि वह मेरे माता-पिता को बता देगा।'

'कितना पैसा?'

'50 हज़ार रुपए। मेरे पापा ने हाल ही में न्यू अलीपुर में एक अपार्टमेंट बुक कराया था और वह उसका कुछ हिस्सा कैश में देने जा रहे थे। मैंने मौक़ा मिलते ही तुरंत पैसे चुराने की योजना बनाई।'

'और तुम्हें मौक़ा नहीं मिला?' निर्माण को यह सब अवास्तविक और एक बुरे सपने जैसा लग रहा था।

'मैंने इंतज़ार किया, पर वह कोई पैसा घर नहीं लाए। डॉक्टर अधीर हो गया और इस शाम वह सारे पेपर्स लेकर मेरे पापा से मिलने आया और उन्हें सब

कुछ बता दिया। उसने उन्हें जाते हुए दो दिन की मोहलत दी है, ताकि वह पैसा दे दें,' रईसा रोने लगी।

जब रईसा अपने घर पहुँची, तो अफ़साना ने उसे इंटरनेशनल कॉल किया। रईसा ने पूरी वफ़ादारी के साथ उसका संदेश निर्माण तक पहुँचाने का वायदा किया, लेकिन अपनी दोस्त को ख़ुद की ज़िंदगी में आए तूफ़ान के बारे में एक शब्द भी कुछ नहीं कहा।

वॉयस नोट 34

इससे पहले कि निर्माण का ध्यान जाता, दो और हफ़्ते बीत गए। यह आईआईटी प्रवेश परीक्षा का पिछला दिन था। यह उसके लिए केवल एक इम्तिहान नहीं था, यह अफ़साना और उसके भविष्य का द्वार था। वह उससे बात करने के लिए मरा जा रहा था, पर कोई रास्ता नहीं था। जोश में उसने उसके घर पर कॉल किया, पर किसी ने जवाब नहीं दिया। *वे अभी भी यूरोप में हैं*, उसने भारी मन से सोचा। अगले दिन, वह समय से कुछ पहले घर से निकला ताकि उस एग्ज़ाम सेंटर पर पहुँच सके जहाँ उसे इम्तिहान देना था। मगर वह एग्ज़ामिनेशन हॉल तक नहीं पहुँच सका।

एग्ज़ाम सेंटर से आधे रास्ते में ही, उसकी साइकिल के बराबर एक कार आकर रुकी। दो हट्टे-कट्टे आदमी उससे निकले, निर्माण को पकड़ा और उसे कार में डालकर तुरंत उसकी आँखों पर पट्टी बांध दी। हालाँकि निर्माण ज़ोर से चिल्लाया पर उन्होंने तुरंत उसके मुँह में कुछ ठूँस दिया। कार सर्किल्स पर घूमती रही और निर्माण को एग्ज़ाम के समय तक बंधक बनाए रखा गया। जब कार रुकी तो उसे उसी जगह फेंक दिया गया जहाँ से उठाया गया था। निर्माण चिल्लाया और कार का पीछा भी किया पर इसका कोई फ़ायदा नहीं था।

पूरी तरह से थका-हारा वह घर पहुँचा। निर्माण की बदहवास हालत देखकर, हालाँकि मिसेज़ बोस को समझ आ गया था कि कुछ भयानक हुआ है, पर उन्होंने उसे तंग नहीं किया। जब मिस्टर बोस ने दोपहर बाद एग्ज़ाम के बारे में पता लगाने को कॉल किया, मिसेज़ बोस ने कहा कि निर्माण सो रहा है। जब वह शाम को बेटे के एंट्रेंस टेस्ट के लिए उत्साहित होकर घर पहुँचे तो पता चला कि क्या हुआ था। निर्माण उस प्रतिष्ठित परीक्षा में शामिल नहीं हो सका था,

जिसके लिए वह बरसों से तैयारी कर रहा था। मिस्टर बोस भौचक्के थे।

'वो कौन थे? तुम्हें कहाँ ले गए? और क्यों?' उन्होंने पूछा। निर्माण के पास कोई जवाब नहीं था।

'क्या तुमने यह सब इसलिए किया, क्योंकि तुम इंजीनियर नहीं बनना चाहते थे?' मिस्टर बोस के आख़िरी सवाल ने निर्माण को सुन्न कर दिया।

यह तो पिता-पुत्र की ज़बानी जंग की महज़ शुरुआत थी, जिसके अंत में मिस्टर बोस चिढ़ गए। उन्होंने निर्माण और उसकी पीढ़ी पर बिना कड़ी मेहनत के जीवन की सुख-सुविधाएँ भोगने का आरोप लगाया। मिस्टर बोस को पक्का विश्वास था कि निर्माण ने जान-बूझकर एग्ज़ाम छोड़ा है, क्योंकि अपने पिता की इंजीनियरिंग की आकांक्षा के उलट, निर्माण एक बिज़नेसमैन बनने का फ़ैसला कर चुका था। निर्माण और मिसेज़ बोस दोनों ने उन्हें तर्क के साथ समझाने की पूरी कोशिश की, पर वह अडिग रहे।

'वह अगले साल भी दे सकता है, नहीं?' मिसेज़ बोस की आँखों में अब आँसू आ गए थे।

'बिल्कुल, देगा ही,' मिस्टर बोस ने कड़ाई के साथ कहा, 'पर अपने बूते।' वह अपार्टमेंट से बाहर निकल गए।

'अगर वह यही चाहते हैं, तो यही होगा,' निर्माण ने अपनी परेशान माँ से कहा, अपने बेडरूम में चला गया, उसे अंदर से बंद किया और डिनर छोड़ दिया।

अगली शाम, रईसा ने उसे कॉल किया। उन्होंने फ़ुटब्रिज पर मिलने का फ़ैसला किया।

पिछले दिन हुई दुर्घटना सुनकर रईसा का तो मुँह खुला रह गया।

'मगर वो लोग कौन थे, जिन्होंने तुम्हें किडनेप किया?' उसने पूछा।

'मुझे नहीं पता।'

'क्या तुम्हारी हाल में किसी से लड़ाई हुई थी?' रईसा ने पूछा।

'तरुण,' उसने लगभग खोए हुए से कहा।

'तरुण कौन?'

'जिससे अफ़साना की शादी होने वाली थी। कुछ समय पहले वह उससे मिलने स्कूल के बाहर आया था और उससे बदतमीज़ी कर रहा था। मैंने उसे कसकर लात मारी थी। बाद में यह रिश्ता टूट गया था। वही होगा।'

'कहाँ मिलेगा यह आदमी? मैं उसे मार डालूँगी,' रईसा गुस्से में फुफकारी।

निर्माण शांत सोचता रहा। कुछ देर बाद, वह बोली, 'तो, अब आगे की योजना?'

'कोई योजना नहीं है। मैं अफ़साना का इंतज़ार कर रहा हूँ। इसके बाद मैं अपना घर छोड़ दूँगा।'

'छोड़ दूँगा? और कहाँ जाओगे?'

'पता नहीं। तभी तय करूँगा जब अफ़साना लौटेगी,' निर्माण ने कहा और अचानक जाने के लिए उठ खड़ा हुआ। जब वह ब्रिज की सीढ़ियाँ चढ़ने लगा तो रईसा ने उसे रोका।

'निर्माण, सुनो। कुछ बताना था तुम्हें जो मैं बता नहीं पाई थी,' रईसा ने कहा, और उसका गला सूख गया।

'क्या?'

उसने कसकर उसके हाथ पकड़े और बोली, 'अफ़्फ़ू अब कभी भारत नहीं आएगी।'

रईसा की इस बात में निर्माण को कोई मज़ाक नहीं दिखा पर उसके दिमाग़ ने कहा कि यह एक बुरा मज़ाक है। वाकई बेहद बुरा मज़ाक।

'क्या मतलब?' उसकी पकड़ से अपने हाथ छुड़ाते हुए उसने झिड़का।

'उसने कॉल किया था। मैं तुम्हें बताना चाहती थी, पर मैं तुम्हारे इम्तिहान के ख़त्म होने का इंतज़ार कर रही थी। और अब—'

'अफ़्फ़ू को क्या हुआ? वह वापस क्यों नहीं आएगी?' उसने बीच में ही पूछा। वह जानती थी कि वह बस फटने ही वाला था।

'बताऊँगी, पर वायदा करो कि तुम रोओगे नहीं और न कुछ उल्टा-सीधा करोगे,' उसने कहा।

'सीधे-सीधे बोलो रईसा,' उसने दृढ़ता के साथ दाँत भींचते हुए कहा।

'उसने मुझे पिछले हफ़्ते कॉल किया था, जिस रात मेरे पिता ने मुझे सबके सामने बेइज़्ज़त किया था। उसने कहा कि उसने कई बार तुम्हारा नंबर ट्राई किया था, पर तुमसे बात नहीं हो सकी। उसके माता-पिता यूरोप टुअर का बहाना करके उसे ले गए थे, लेकिन जल्दी ही उसे पता चला कि उसे वहाँ एक ग्रेड स्कूल में भर्ती कराया जा रहा था, जहाँ उसका एक कज़न भी पढ़ता है।'

'वह यह कैसे कर सकती है—' निर्माण ने पीछे जोड़ा।

'वह नहीं। उसके माता-पिता। उन्होंने उसके साथ दाँव खेला। उसने ख़ासतौर पर मुझे तुम्हें यह बताने को कहा है कि तुम उसका इंतज़ार मत करना, क्योंकि मुमकिन है कि वह भारत अब शायद ही लौटे। कम से कम कई साल तक,' रईसा ने लड़खड़ाते हुए एक-एक शब्द पर ज़ोर दिया।

'क्या उसने कोई कॉन्टेक्ट नंबर या कुछ छोड़ा है, जहाँ मैं उससे बात कर

सकता हूँ?'

रईसा ने दुख में अपना सिर हिलाया, 'नहीं।'

निर्माण ने पुल के नीचे व्यस्त सड़कों पर निगाह डाली। उसे छोड़ हर किसी को अच्छी तरह पता था कि उसे कहाँ जाना है।

कुछ मिनट की ख़ामोशी के बाद, रईसा ने कसकर उसके हाथ पकड़े, 'मैं पहले ही बर्बाद हो चुकी हूँ। अब तुम भी। हम क्या करें, निर्माण?'

उसने उसकी आँखों में झाँका। यहाँ से दोनों की ज़िंदगी बदलने वाली थी।

वॉयस नोट 35

हाय शनय!

पिछले साल, एक त्योहार पर मैंने एक मूर्ति देखी और सोचा: आदमी मूर्ति बनाता है, लोग उसे घर ले जाते हैं, उसकी पूजा करते हैं, फिर उसे समुद्र या नदी में विसर्जित कर देते हैं और प्रार्थना करते हैं कि वह सचमुच ख़ुद उनके पास आ जाए, जबकि समय आने पर वही इसे फिर बनाएँगे।

यह प्यार की आज़माइश की तरह है। हम इस भावपूर्ण देवता को अपने भीतर जन्म देते हैं और जानते हैं कि हम इसे हमेशा नहीं थाम सकेंगे, फिर भी हम मानते हैं कि हम थाम सकते हैं। आख़िर अपनी भावनाओं की नदी में ख़ुद को डुबोने के लिए हम हर रीति-रिवाज़ का पालन करते हैं।

प्रेम के जाने पर होने वाली वेदना की प्यास बुझाने के लिए एक गहरे झरने की तरह आत्मा के भीतर बोध पैदा होता है। कभी-कभी ये अहसास हमें इस हद तक हैरान करते हैं कि हम ख़ुद से ही नफ़रत करने लगते हैं क्योंकि हम जानते हैं कि जब हमने प्रेम किया था, तो हमने ऐसा नहीं चाहा था।

लेकिन फिर से, वो अहसास हमें ताक़तवर होने और खुशी का अनुभव कराते हैं कि हमने रीतियों का पालन किया।

वॉयस नोट्स की मेरी अगली सीरीज़ में कहानी का दूसरा सबसे अहम हिस्सा होगा, इसलिए प्लीज़ ध्यान से, समझदारी और खुले मन से सुनना।

बुक चार

वॉयस नोट 36

रईसा और निर्माण,
भुवनेश्वर, 2012-17।

'बबलू भैना, क्या मैं तुम्हारी बाइक ले लूँ?' 24 साल के निर्माण ने श्री जगन्नाथ सारीज़ से निकलते हुए पूछा। यह शास्त्री नगर की एक नामचीन दुक़ान थी जो भुवनेश्वर में मशहूर संबलपुरी और बालूचरी साड़ियों के सबसे बड़े फुटकर विक्रेता थे।

'आज जल्दी जा रहे हो?' निर्माण की तरफ मोटरबाइक की चाभियाँ उछालते हुए बबलू ने पूछा।

बाइक अनलॉक करते हुए निर्माण ने सिर हिलाया। उस दिन वह असामान्य रूप से आशान्वित लग रहा था, क्योंकि जिसके लिए उसने वर्षों तक लगन से काम किया था वह आख़िर पूरा होने वाला था।

जैसे ही बाइक ने खाली सड़क पर रफ़्तार पकड़ी, हवा हैल्मेट के उठे हुए हिस्से से तेज़ी से घुसी और उसके चेहरे पर लगने लगी। वह स्मृतियों में पीछे चला गया जब रईसा के प्रोत्साहन पर पहली बार उसने साइकिल चलाई थी। हालाँकि चेहरे पर हवा लगने का यह रोमांच उतना तेज़ नहीं था, जैसा तब हुआ था। एक स्मृति ने दूसरी को जगाया और धीरे-धीरे अतीत उनके दिमाग़ में पूरी सफाई के साथ आने लगा।

सात साल पहले, उल्टाडांडा ब्रिज पर रईसा के साथ दो रातें बैठने के बाद जब निर्माण ने हावड़ा से सुबह छह बजे धौली एक्सप्रेस पकड़ी थी, तो उसे पता

था कि घर छोड़ने का मतलब अपने पिता की अनकही चुनौती को स्वीकार करना ही था। मिस्टर बोस ने एग्ज़ामिनेशन हॉल के रास्ते में निर्माण के अपहरण की सफाई को दरकिनार कर अपने बेटे को त्यागने का फ़ैसला लिया था। निर्माण ने ऐसे पिता के सामने ख़ुद को साबित करने का फ़ैसला लिया था, जो मानते थे कि निर्माण अपनी पीढ़ी का बिगड़ैल, बेवकूफ़ और कृतघ्न लड़का था। मिस्टर बोस के मुताबिक़ निर्माण ने बेवजह विद्रोह किया था और जान-बूझकर शानदार इंजीनियरिंग करियर का उनका सपना चकनाचूर कर दिया था।

अफ़साना के जल्द भारत लौटने की संभावना नाममात्र ही थी, सो निर्माण के लिए अब कोलकाता में रहने की वजह नहीं रह गई थी। उसकी एकमात्र साथी रईसा को भी उसके परिवार ने निकाल दिया था। रईसा के कहने पर उसने अपने माता-पिता के लिए एक नोट छोड़ा कि अगर उन्होंने उसे खोजने की कोशिश भी की तो वह ख़ुदकुशी कर लेगा।

उस सुबह रईसा और निर्माण हाथों में हाथ डाले बगैर किसी मंज़िल की उम्मीद के हावड़ा स्टेशन पहुँचे। उन्हें केवल इसका भरोसा था कि उन्हें कहीं दूर जाना था। और जब वो चहल-पहल से भरे स्टेशन में घुसे, तो '*दूर जाना*' उतनी साहसिक सोच नहीं लगी, जितना मज़ेदार वह पिछली रात लगी थी। रईसा ने इंक्वायरी काउंटर से पता लगाया कि अगली ट्रेन धौली एक्सप्रेस थी। समय और टिकट ख़रीदने के लिए पैसे थे नहीं। इसलिए जैसे ही ट्रेन चली वो ट्रैक पर तेज़ आवाज़ के साथ बढ़ती ट्रेन में चढ़ गए। जब टिकट चैकर आया, उनके पास दिखाने को कुछ नहीं था। वह दोनों को अगले स्टेशन पर उतारने ही वाला था कि यात्रियों से *बख़्शीश* माँग रहे जया नाम के एक हिजड़े की उन पर नज़र पड़ी। उसने टिकट चैकर से दरख़्वास्त की कि वह बच्चों को छोड़ दे। जब कुछ न हुआ तो उसने आवाज़ बुलंद की और एक झटके में पाँच और हिजड़ों को गलियारे में बुला लिया, जहाँ टिकट चैकर इन भगोड़े किशोरों से बात कर रहा था। हिजड़ों ने रेलवे कर्मचारी को घेर लिया और ताली बजा-बजाकर उस पर उल्टे-सीधे कॉमेंट की बौछार करने लगे, जब तक उसने निर्माण और रईसा को छोड़ नहीं दिया।

जल्दी ही हिजड़ों को उनके पहनावे और बातचीत के ढंग से पता चल गया कि दोनों नौजवान अच्छी पृष्ठभूमि के हैं। रईसा ने उन्हें अंग्रेज़ी में धन्यवाद दिया और एक कहानी गढ़कर सुनाई कि वे भाई-बहन हैं, जिन्हें उनके माता-पिता के निधन पर ख़ुदगर्ज़ चाचा ने बेदखल कर दिया है। रईसा की उपजाऊ कल्पना पर हैरान निर्माण ख़ामोश रहा।

जैसे ही वो भुवनेश्वर पहुँचे, दयालु हिजड़े उन्हें एक जर्जर इमारत में अपने

घर ले गए, जो स्टेशन से कुछ मील दूर थी। उस रात, पोखाल के साधारण से डिनर के बाद, रईसा और निर्माण को घर में एक कोना दे दिया गया, जहाँ ज़मीन पर एक फटी-पुरानी चटाई बिछी थी। जैसे ही वो लेटे, रईसा ने अपनी स्कर्ट की जेब से दो छोटी-छोटी चमकती हुई चीज़ें निकालीं और उन्हें निर्माण को थमा दिया।

'झुमके!' वह फुसफुसाया।

'ये असली सोने के हैं और माँ के हैं। मैंने चुरा लिए क्योंकि मुझे पता था कि हम कैश नहीं ला सकते थे।'

निर्माण ने उसे बगैर कुछ बोले झुमके लौटा दिए। कुछ देर शांति रही फिर वह धीरे से बोली, 'क्या तुम अफ़्फ़ू को मिस कर रहे हो?' उसने इंतज़ार किया पर कोई जवाब नहीं आया। निर्माण जल्द ही सो गया। उसने भी अपनी मुट्ठी में झुमके दबाए हुए अपनी आँखें बंद कर लीं।

अगली सुबह जल्दी ही, प्रमुख हिजड़े ने तय किया कि वो दोनों को मनोज रंजन पाणिग्रही के पास ले जाएँगे, जो उस इलाक़े के एकमात्र पब्लिक स्कूल के प्रिंसिपल थे। पाणिग्रही एक उदार समाजसेवी थे जिन्हें राज्य सरकार ने सुविधाओं से वंचित बच्चों की शिक्षा के लिए उनके निस्वार्थ काम की वजह से अवॉर्ड दिया था।

एक बड़े स्पीड ब्रेकर के झटके से निर्माण वापस वर्तमान में आया। उसने जयदेव विहार में एक ताज़ा पेंट किए बंगले के बाहर पेड़ की छाँव के नीचे बबलू की बाइक खड़ी की। उसने सावधानी से मेन गेट खोला, क्योंकि उस पर भी ताज़ा-ताज़ा पेंट हुआ था। मुख्य घर से होते हुए वह छोटे-से आँगन में पहुँचा जिसके बीचोंबीच एक सुंदर-सा कुआँ था और इसके बाद वह छोटा-सा घर था, जिसे निर्माण ने किराए पर लिया था। द्वार आधा खुला था।

'रईसा! एक ख़ुशख़बरी है। असल में दो हैं।'

शावर में खड़ी रईसा को उसकी आवाज़ सुनाई पड़ी। उसे अच्छी तरह पता था कि ये ख़ुशख़बरी क्या थी।

वॉयस नोट 37

ख़ुशख़बरी का पहला हिस्सा था निर्माण का ग्रेजुएशन सर्टिफ़िकेट जो उसी दिन आया था। रईसा सर्टिफ़िकेट देखकर बेहद ख़ुश थी, जिस पर लिखा था:

निर्माण बोस
बैचलर ऑफ़ कॉमर्स फ़्रॉम उत्कल यूनिवर्सिटी

'क्या हुआ?' निर्माण को सहज अपेक्षा थी कि वह गले लगाएगी। उसने सर्टिफ़िकेट लिया और श्रद्धापूर्वक उसे भगवान शिव की छोटी-सी मूर्ति के चरणों में रख दिया जो रसोई के काउंटर पर लकड़ी के मंच पर लगाई गई थी। उसने अपनी आँखें बंद कीं और आभार जताते हुए प्रार्थना करने लगी।

निर्माण ने रईसा की धर्मपरायणता पर आह भरी। अब तक वह सोचता था कि वह नास्तिक है, क्योंकि उसे हर रीति-रिवाज़ बेवकूफ़ाना और हर धर्म झूठा लगता था। हालाँकि पिछले कुछ सालों में उनके साहसिक क़दमों और अनुभवों ने उसमें कई बदलाव ला दिए थे। धर्म के प्रति उसका नया झुकाव इनमें से एक था। हालाँकि उनके रिश्ते में कोई बदलाव नहीं हुआ और वह इसके लिए आभारी था।

उसका मन एक बार फिर स्मृतियों में चला गया, जब वो दयालु और मददगार हिजड़े जया की बदौलत भुवनेश्वर पहुँचे थे।

* * *

जब दोनों भगोड़ों को मनोज रंजन पाणिग्रही के पास छोड़कर हिजड़ों का मुखिया चला गया तो रईसा और निर्माण दोनों को सर्वोदय शिक्षा निकेतन में रहने के लिए एक कमरा दे दिया गया। हालाँकि रईसा ने परिवार छोड़ने को लेकर एक और व्यावहारिक कारण गढ़ लिया था, पर इस बदले हुए संस्करण के इस्तेमाल की ज़रूरत ही नहीं पड़ी, क्योंकि उनके आश्रयदाता ने उनसे कोई पूछताछ नहीं की। अगले कुछ दिन के लिए रईसा और निर्माण ने बस खाने और सोने का काम किया। स्टेनलेस स्टील के लंचबॉक्स में पैक भोजन प्रधानाचार्य के घर से समय पर आ जाता था। एक हफ़्ते बाद, मनोज रंजन ने किशोरों को अपने घर भोजन के लिए बुलाया।

'तुम लोग पढ़ना चाहते हो?' मनोज रंजन ने पूछा।

'हम पढ़ते हैं,' निर्माण ने बगैर किसी हिचक के जवाब दिया।

'वह पढ़ता है,' रईसा ने उसे सही किया। हालाँकि निर्माण ने उसे आश्चर्य में देखा, पर उसने ध्यान नहीं दिया।

'तुम दोनों वापस नहीं जाना चाहते—'

'नहीं अब नहीं,' रईसा बीच में बोली।

'हम्म। तुमने कहा कि तुमने अपना सीनियर सेकेंडरी पास कर लिया था। अगर तुम मुझे मार्कशीट दो तो मैं तुम्हें उत्कल विश्वविद्यालय में दाखिला दिला सकता हूँ, पर तभी जब तुम्हारे मार्क्स अच्छे होंगे। मैरिट सब कुछ है।'

'यह हमारे स्कूल का टॉपर है,' रईसा ने गर्व से कहा।

'अच्छा। मुझे जल्दी से जल्दी अपनी मार्कशीट देना। इसके अलावा, मुझे लगता है कि तुम दोनों को काम करना शुरू करना होगा।'

निर्माण और रईसा ने एक-दूसरे की ओर चिंता से देखा।

'देखो बच्चों, जब तुम काम करना शुरू करोगे केवल तभी तुम हर चीज़ की अहमियत और उसका मूल्य समझोगे। जो पसीने का मूल्य जानता है, वही बहुत कुछ जानता है। और ध्यान रहे, बिना किसी का नुक़सान किए जो पसीना हम बहाते हैं, वही मेहनत लाभकारी है।'

जब तक मनोज रंजन ने डिनर पूरा नहीं किया शांति छाई रही। 'तुम क्या पढ़ना चाहते हो?'

'कॉमर्स,' निर्माण ने तुरंत जवाब दिया और रईसा की तरफ देखा। केवल वही इस निगाह का मतलब समझती थी। वह उसके लिए ख़ुश थी।

अगले दिन, निर्माण ने कोलकाता में अपने स्कूल में फ़ोन किया और उनसे

अपनी सीनियर सेकेंडरी की मार्कशीट भुवनेश्वर के स्कूल में भेजने का आग्रह किया। उसका आग्रह मान लिया गया। उसे सर्वोदय शिक्षा निकेतन में स्टाफ़ के रोज़मर्रा के कामों के लिए चपरासी की तरह रख लिया गया। एक महीने बाद उसने कामकाजी लोगों के लिए लगने वाली क्लास अटैंड करने के लिए उत्कल यूनिवर्सिटी ज्वाइन कर ली—ये क्लासें शाम को होती थीं।

रईसा को भी उसी स्कूल में अपनी सीनियर सेकेंडरी की पढ़ाई का मौक़ा मिला, पर उसने टाल दिया।

'मगर क्यों?' निर्माण ने पूछा।

'मुझे दूसरे ज़रूरी काम हैं।'

'क्या "ज़रूरी काम"?' रईसा ने जवाब नहीं दिया।

आने वाले दिनों में उसका काम ही इस सवाल का जवाब था। वह सुबह होते ही उठती, निर्माण और अपने लिए ब्रेकफ़ास्ट और लंच बनाती, सारे दिन स्कूल प्रिंसिपल के लिए असिस्टेंट का काम करती और फिर लौटकर निर्माण के लिए डिनर बनाती और उसके लौटने का इंतज़ार करती। निर्माण उसके कायाकल्प पर हैरान था। उसने कभी नहीं सोचा था कि वह जीवन में किसी भी चीज़ के लिए इतना सुसंगत और प्रतिबद्ध हो सकती थी। जैसे-जैसे समय गुज़रता गया, वह पारिवारिक ज़िम्मेदारियों के लिए उसका तहेदिल से प्रशंसक बनता गया। हालाँकि वह यह दिखाता मानो वह उसकी तरफ बरती जा रही सावधानी के लिए बेपरवाह है। वह खर्चों की एक सूची बनाती, किराने की सूची की जाँच करती और यह ध्यान रखती कि वह हमेशा साफ-धुले कपड़े पहने। चूँकि वो अपने साथ कोई कपड़ा नहीं लाए थे, स्कूल के अतिरिक्त कमरे में शिफ़्ट होने के साथ ही पहला काम रईसा ने जो किया, वह था एक झुमका बेचकर दोनों के लिए नए कपड़ों के दो सेट ख़रीदना और बाक़ी पैसे समझदारी से वक़्त-ज़रूरत के लिए अलग रखना। खाना बनाते हुए वह देखती कि हफ़्ते में एक डिश दोबारा न बने। निर्माण उसकी जादुई पाक विशेषज्ञता पर आश्चर्य में था, जो किसी भी बड़े शेफ़ को शर्मिंदा करने के लिए काफ़ी था।

'तुमने खाना बनाना कब और कहाँ सीखा?' अपने कमरे में ज़मीन पर पालथी मारकर डिनर करते हुए उसने एक दिन पूछा।

'कुकिंग ज़्यादातर सहज ढंग से और कुछ अनुभव के मेल से आती है, और अच्छा खाना बनाना असल में बस हो जाता है। इसे बहुत ज़्यादा समझा नहीं सकते,' उसने मुस्कुराहट के साथ टिप्पणी की।

जब ध्यान से देखा तो निर्माण ने सोचा, रईसा वास्तव में एक फूल की तरह

है जो बंद हो रहा है। जबसे वो भुवनेश्वर पहुँचे थे, हर दिन वह उसकी एक-एक पत्ती को हर छल्ले के साथ वापस एक खोल में जाते महसूस करता था, जो उसके साथ कभी नहीं हुआ था। विडंबना यह कि उसकी सबसे अच्छी दोस्त होने के साथ ही, रईसा ने अचानक एक माँ की भूमिका ले ली थी। ऐसी भूमिका जिसमें कोई ज़िम्मेदारी बहुत ज़्यादा नहीं लगती—केवल एक महिला ही ख़ुद को इतने शानदार अवतार में बदल सकती थी, उसे लगा। उसने पाया कि पुरुषों की तुलना में महिलाएँ कहीं जल्दी नए माहौल के मुताबिक़ ढल जाती हैं। हालाँकि निर्माण अभी भी उसका दोस्त था, पर वह बहुत कुछ थी। बाक़ी दुनिया की नज़र में वो भाई-बहन थे, पर केवल वह जानता था कि एक भी ऐसी जगह नहीं थी जिसमें वह रईसा के साथ अपना रिश्ता समझ सके।

निर्माण ने रईसा के साथ स्कूल में दो साल काम किया और फिर श्री जगन्नाथ सारीज़ में कैशियर का जॉब ले लिया। जब उसने मनोज रंजन को इस बारे में बताया तो वह तुरंत निर्माण की परेशानी और बड़ी ज़िम्मेदारी और बड़े लक्ष्य की उसकी इच्छा समझ गए और अपने आशीर्वाद के साथ लड़के को विदा किया।

रईसा की भी कुछ अधिक चुनौतीपूर्ण काम करने की इच्छा थी। उसने बच्चों के लिए स्कूल में एक कम लागत वाली कैंटीन शुरू करने का फ़ैसला लिया, जिन्हें बेहद कम इनकम वाले माता-पिता कड़ी मेहनत और आर्थिक तंगी के चलते पौष्टिक खाना नहीं दे पा रहे थे। उसने स्कूल प्रबंधन से मामूली-सी राशि ली। निर्माण इससे बहुत ख़ुश नहीं था क्योंकि उसे लगा कि उस पर दोहरी मार पड़ रही थी: मामूली-सी कमाई के बदले यह बहुत सारा काम था। हालाँकि, रईसा अड़ी थी और निर्माण बहुत बहस नहीं कर सका क्योंकि मनोज रंजन ने इसमें छिपी परोपकार की भावना की सराहना करते हुए उसकी योजना को तुरंत हरी झंडी दे दी। महीनों बाद उसने बबलू को साड़ी की दुकान में स्कूल कैंटीन के खास दही वड़े और आलू दम की प्रशंसा करते सुना।

'तुम्हें इस बारे में कैसे पता? क्या वह केवल स्कूली बच्चों के लिए नहीं है?' निर्माण हैरान था।

'स्कूल वॉचमैन मेरा दोस्त है। जब उसने दही वड़ा के बारे में बताया, मैंने उससे मँगवाया। ओह यार, मैंने कभी इतने टेस्टी वड़े नहीं खाए थे।'

निर्माण गर्व से भर गया। हालाँकि उस मौक़े पर, उसे नहीं पता था कि इस मामूली-सी घटना का उनके जीवन पर कई साल बाद आगे असर होने वाला था।

* * *

मूर्ति के आगे रखी मार्कशीट को झाड़-पोंछकर, रईसा बोली, 'मैं इसे कल लेमिनेट करा दूँगी।'

'एक और भी ख़ुशख़बरी है,' उसने अपने ख़यालों से बाहर आते हुए कहा।

रईसा बेडरूम के दरवाज़े पर रुक गई। वह देर के लिए भूल ही गई थी कि दो अच्छी ख़बरें थीं।

'लोन मंज़ूर हो गया है। अब तुम्हारा दही वड़ा-आलू दम जल्दी ही जनता के सामने होगा,' निर्माण की मुस्कुराहट में उसकी ख़ुशी का सार छिपा था।

वॉयस नोट 38

दूर एक सुनसान सड़क पर कुत्ता भौंका और रात के सन्नाटे में दखल दे रही टेबल क्लॉक ज़ोर से टिक-टिक करने लगी। साझा बेडरूम में रईसा और निर्माण अपने अलग-अलग बेड पर सो रहे थे।

रईसा नींद में उठी और बेड के बराबर रखी अधभरी बोतल से लेकर पानी गटक गई। जैसे ही उसने बोतल वापस रखी, उसकी नज़र निर्माण पर पड़ी जो धीरे-धीरे खर्राटे ले रहा था। रईसा ने कुछ ऐसा महसूस किया जिसके बारे में वह अब तक पूरी तरह अनजान थी। उनके बिस्तरों के बीच मुश्किल से कुछ इंच की दूरी थी। मगर दोनों में से किसी ने कभी इन इंचों को न तो रात के अंधेरे में तय किया और न वासना के जाल में। रईसा को लगा कि वह दूरी उन दोनों के प्लैटोनिक रिश्ते और एक-दूसरे में भरपूर विश्वास की मूक गवाह थी।

आवेग में वह उसके माथे को सहलाने वाली ही थी कि तभी उसने उसका चेहरा बदलते और होंठ हिलते देखे।

'अफ़्फ़ू. . .' वह सोते हुए बुदबुदाया।

रईसा ने अपना हाथ हटा लिया और एक झटके में अपने बेड पर पहुँच गई।

उस रात वह रोती रही। उसे अचानक अहसास हुआ था कि दिल की गहराई में शायद यह रिश्ता उतना प्लैटोनिक नहीं था और उसका दिल एकाएक उस पल ज़ख़्मी हो गया; उसे उम्मीद थी कि उसके आँसू उसके ज़ख़्मी दिल को रफ़ू कर देंगे, हालाँकि वह यह भी जानती थी कि जब तक साँस है, ज़ख़्मी दिल यूँ ही रुलाते रहेंगे।

श्री जगन्नाथ सारीज़ के मालिक से मिलने वाले लोन के साथ निर्माण ने जो शुरुआती कारोबारी योजना बनाई थी, उसके मुताबिक़ यह स्टॉल साड़ी शॉप के

बाहर लगाया जाना था।

'तुम्हें यक़ीन है कि इस जगह पर लोग आएँगे?' रईसा ने पूछा। वह किचन में लंच बनाने में जुटी थी जबकि निर्माण ने जल्दी से पूरी सफाई के साथ बर्तन धोकर नल के बराबर खाली जगह में सजा दिए।

'चाहे कोई भी जगह हो, तुम्हारा दही वडा, आलू दम भीड़ इकट्ठी करेगा, इसलिए इसकी चिंता मत करो,' उसने पूरे विश्वास के साथ कहा।

'और हम लोन कैसे चुकाएँगे?' रईसा चिंतित थी क्योंकि जितना वो स्कूल और शॉप से मिलाकर कमाते थे, किराया देने में ही चला जाता था। बची हुई सोने की बाली बेचकर रईसा ने जो पैसा जुटाया था, उसकी मदद से वह स्कूल डॉर्म से निकलकर शहीद नगर के एक कमरे के मकान में आ पाए थे। उसे बेचने के बाद उन्होंने बची हुई नक़दी तभी एक ज्वाइंट अकाउंट खोलकर जमा कर दी थी।

'हमारी कमाई का कुछ प्रतिशत श्री जगन्नाथ सारीज़ को हर महीने तब तक जाएगा, जब तक लोन नहीं चुक जाता,' निर्माण ने टोंटी बंद करते हुए समझाया। वह काम पर जाने के लिए कपड़े बदलने बेडरूम में चला गया।

'इस पर कोई ब्याज भी देनी होगी?' रईसा ने तनिक आवाज़ ऊँची करते हुए पूछा।

'अगर हम छह महीने के समय में लोन नहीं चुकाते, तब हमें बची हुई लोन राशि पर ब्याज देनी होगी।'

'ब्याज की दर क्या है?'

'पंद्रह प्रतिशत।'

'यह तो बहुत ज़्यादा है।'

'पता है। लेकिन अगर मैंने इसका विरोध किया होता तो उन्हें लगता कि मैं अपनी योजना को लेकर आश्वस्त नहीं हूँ। यह लोन बगैर किसी ज़मानत के दिया गया है। हमें कहीं और इससे अच्छी डील नहीं मिलती।'

'हम्म। क्या तुमने स्टॉल का नाम सोचा है?'

'*ढाई किरी किरी वडा कॉर्नर* कैसा रहेगा?'

'इसका क्या मतलब है?'

निर्माण किचेन के दरवाज़े पर आ गया था।

'ढाई किरी किरी,' उसने मुस्कुराते हुए समझाया, 'का स्थानीय उड़िया में मतलब है जल्दी करो, या कुछ ऐसा ही। तो हमारे वडा कॉर्नर में सर्विस तेज़ होगी, सफ़ाई के साथ होगी और ताज़ा होगी।'

'बुरा नहीं है। यह चल सकता है।'

निर्माण ने *ढाई किरी किरी वडा कॉर्नर* को साड़ी शॉप के साथ में लगवाया। उसने रईसा के लिए एक सहायक भी रख लिया, जिसकी सिफ़ारिश उसकी दुक़ान के ही एक सहयोगी ने की थी। यह लड़का उसके सहयोगी के इलाक़े में एक छोटे-से गाँव का रहने वाला था। वह खाना बनाने में रईसा की मदद करता और वेटर का भी काम करता था। कुछ हफ़्ते केवल शाम को ही काम करते हुए यह पता चल गया कि अगर ब्याज शुरू होने से पहले लोन चुकाना है, तो रईसा को अपना स्कूल जॉब छोड़कर पूरा ध्यान इस नए बिज़नेस पर लगाना होगा। एक स्थायी आय के लिए निर्माण साड़ी शॉप पर लगातार काम करता रहा।

निर्माण ने रईसा और उसके वेटर दोनों के लिए ख़ास यूनिफ़ॉर्म मंगवाई थीं। स्वास्थ्य का ध्यान रखते हुए, वो प्लास्टिक ग्लव्ज़ और सिर पर कैप का इस्तेमाल करते और उन नियमों का पालन करते थे जो आसपास का कोई स्टॉल नहीं करता था। उनकी क़ीमतें, दूसरों के मुक़ाबले थोड़ी ज़्यादा थीं। निर्माण का मानना था कि हर बिज़नेस के लिए एक ख़ास सेलिंग प्वाइंट की ज़रूरत होती है: उसे विश्वास था कि लोग उनके बेहद स्वास्थ्यकर भोजन और सेवा को समझेंगे, और इससे परिवार भी आकर्षित होंगे। रईसा उसे अपने तरीक़े से चलाते देखकर ख़ुश थी।

मगर जैसा सोचा था वैसा हुआ नहीं। बिज़नेस में छह महीने होने के बावजूद, वो लोन चुकाने के लिए ज़रूरी एक चौथाई पैसा भी नहीं जुटा पाए थे।

वॉयस नोट 39

जब रईसा के स्टॉल की बिक्री में तेज़ी से गिरावट आई तो निर्माण ने तनाव दूर करने के लिए सिगरेट पीनी शुरू कर दी। जैसा कभी-कभी छोटे व्यवसायों में होता है, नयापन ख़त्म हो गया और रईसा के सावधानी से तैयार किए गए माल के लिए भीड़ लगनी कम हो गई। लोन अदायगी के लिए बने दबाव के अनुपात में आय बेहद कम हो गई थी।

हालाँकि रईसा को पता था कि उसने धूम्रपान शुरू कर दिया है, पर वह तब तक नहीं बोली जब तक उसने एक रविवार यह नहीं देख लिया कि उसने कुछ घंटों में पूरा पैकेट पी लिया था। और उसने उस ब्रैंड को भी देखा जिसकी सिगरेट वह पी रहा था। वह जानती थी कि निर्माण इसे कभी कुबूल न करता।

'बस। कल से कोई सिगरेट नहीं,' उसने निर्णायक रूप से कहा। उसकी आवाज़ ने उसे चौंका दिया।

'तुम्हारी दिक़्क़त क्या है?' रईसा उग्र हो गई थी। वह जानती थी कि पिछले तीन-चार महीनों में चीज़ें उनकी उम्मीद के मुताबिक़ नहीं चल रही थीं, लेकिन वह चाहती थी कि वह उससे इस बारे में बात करे न कि ख़ामोशी इख़्तियार कर ले। निर्माण की तरफ से कोई प्रतिक्रिया नहीं थी।

'क्या यह वही ब्रैंड नहीं है, जो अफ़्फ़ू पिया करती थी?' उसने पूछा।

निर्माण ने उसकी तरफ चुपके से देखा। एक अर्थगर्भित विराम के बाद उसने कहा, 'प्लीज़, मुझे सिगरेट पीने से मत रोको। कभी-कभी मैं अफ़्फ़ू को छूने के लिए तड़पता हूँ और ख़ुद को समझाता हूँ कि वह एक सपना थी। ख़ुद को समझाने का केवल यही तरीक़ा है मेरे पास।'

पैर से सुलगती हुई सिगरेट का टोटा कुचलते हुए, निर्माण ख़ामोशी के साथ

रईसा के पास से गुज़रा और घर में चला गया। उसने ध्यान नहीं दिया था कि रईसा की आँखों में नमी थी।

डिनर शांति से बीता। हालाँकि फ़ूड स्टॉल बिज़नेस को लेकर अब उसकी उम्मीदें समय के साथ क्षीण हो गईं थीं, पर उसे लगता था कि इस बारे में साफ-साफ बोलने से रईसा के मन में उसके प्रति विश्वास कम होगा। रईसा ने इसी भरपूर भरोसे के चलते बिना आगा-पीछा सोचे स्कूल जॉब छोड़ दिया था, जबकि उसे उस काम से बेहद प्यार था। उसने अब जाना था कि एक महिला का भरोसा कुछ सबसे शक्तिशाली चीज़ों में से एक चीज़ होती है।

'क्या तुम सच से भाग रहे हो?' जैसे ही रात को वो अपने बिस्तरों पर लेटे रईसा ने उससे पूछा। वह छत ताक रही थी, तभी वह पंखा बंद करने को खड़ा हुआ।

'चलने दो उसे,' रईसा ने चिड़चिड़ाते हुए कहा और जोड़ा, 'ऐसे नहीं चल सकता।'

'जानता हूँ। लेकिन यह पता नहीं कि क्या करूँ,' यह जानते हुए कि वह बिज़नेस के बारे में बात कर रही थी, निर्माण ने पलटकर जवाब दिया।

'क्या तुम्हें पता है कि अगर हम अपना मेन्यू बढ़ाएँ तो इससे मदद मिलेगी? शायद उससे हमें ज़्यादा ग्राहक मिलेंगे।'

'मैंने भी इस बारे में सोचा था, लेकिन बढ़ाने से और पैसा लगेगा और हम इसके लिए तैयार नहीं हैं। इसके अलावा हमें विस्तार के लिए और भी लोग रखने पड़ेंगे। हम उन्हें कैसे पैसे देंगे जबकि हम एक कर्मचारी को पिछले दो महीने से उसकी तनख्वाह नहीं दे पाए हैं?'

'हम ज़्यादा क्यों नहीं बेच पा रहे हैं? क्या मेरे दही वडे अच्छे नहीं हैं?'

'नहीं! तुम्हारे दही वडे एकदम ठीक हैं।'

'तो फिर क्या है? कुछ न कुछ तो है। क्या तुमने औरों से पूछा?'

निर्माण ने सिर हिलाया। 'ज़्यादातर ने कहा कि वो हमारी यूनिफ़ॉर्म से, हमारी सफाई से और हमारे स्टॉल पर हाइजीन देखकर डरे हुए हैं।'

'डरे हुए हैं?'

'मैं भी हैरान था। बाद में पता चला कि लोगों को लगता है कि हमारा स्टॉल अमीरों और नौजवानों के लिए लगाई गई दुक़ान है। इससे हमारा टार्गेट ग्रुप, आर्थिक रूप से कमज़ोर लोग स्टॉल से दूर रहते हैं। वही चीज़ें, सस्ती होने पर उतनी स्वादिष्ट न होने पर भी दूसरी जगहों पर भी मिल जाती हैं। इसके अलावा, इस शहर में घर से बाहर खाने का अभी चलन नहीं है। अभी तक नहीं है।'

'लेकिन क्या उन्हें अपनी सेहत की चिंता नहीं है? हम कितना ध्यान रखते हैं कि हमारा खाना कीटाणुरहित रहे।'

'लोगों को हाइजीन की कोई परवाह नहीं है! वो एक तरह की ज़िंदगी जीने के आदी होते हैं और केवल यही चीज़ काम करती है।'

'तो क्या हमें भी दूसरों की तरह हो जाना चाहिए?'

'अपना निवेश देखते हुए अगर हम अपने रेट घटा देते हैं, तो हम अपना पैसा भी नहीं निकाल पाएँगे।'

रईसा ने सोचा। निर्माण सही कह रहा था। कैश की आमद कम थी, लेकिन उन्हें कुछ न कुछ नया करना ही था चाहे कुछ भी हो, वरना उनका बिज़नेस ठप होने वाला था।

'क्या हम इसे छोड़कर वही करें जो पहले किया करते थे?' निर्माण ने पूछा। 'हम अपना लोन अपनी तनख्वाह से चुका सकते हैं।' उसकी आवाज़ में कोई दम नहीं था और रईसा को उसके हारे हुए स्वर और रवैये से नफ़रत महसूस हुई।

वह हार नहीं सकता, उसने सोचा, *कम से कम तब जब वह उसके साथ थी*। 'नहीं, हम नहीं छोड़ेंगे। कोई न कोई रास्ता होगा। हमें बस ठीक से सोचना होगा,' रईसा कमरे में चहलक़दमी करने लगी।

'अगर कुछ भी अच्छा न हुआ और हम सारी ज़िंदगी यहीं फँस गए तो?' निर्माण अपनी बाँहों में घुटने समेटकर बिस्तर पर बैठ गया। इससे उसे सीढ़ियों पर रोते छोटे-से निर्माण की याद आई क्योंकि वह बगैर मदद के साइकिल नहीं चला पा रहा था। उसे याद आया कि उसने उसे संकट से बाहर निकाला था।

'मैं अपना विश्वास खो रहा हूँ रईसा,' उसकी आवाज़ भरभरा गई थी।

'सिर्फ़ छह महीने में?'

निर्माण ने धीरे-से सिर उठाया और रईसा की ओर देखा। उसने यह अपेक्षा नहीं की थी कि वह इतनी कड़ाई से देखेगी।

'यह केवल छह महीने की बात नहीं है। यह—' उसने अपना मुँह फिर अपने घुटनों में छिपा लिया।

रईसा को ठीक-ठीक पता था कि उसका क्या मतलब था, उसने नए ढंग से कोशिश की, 'जानती हूँ कि ये मुश्किल रहा, मगर यह बिज़नेस है। यह तुम्हीं थे जो हमेशा एक उद्यमी बनना चाहते थे। जब सब कुछ प्लेट में रखकर दे दिया गया हो तो पीछे हटने का क्या मतलब है? उसमें क्या चुनौती है? क्रायसिस मैनेजमेंट तो शुरुआत है, कोई अंत नहीं है। और वह जुनून ही कैसा जो हर बार लगातार नाकामी पर जीत न हासिल करे? इसके अलावा, कोई जिसने ऐसा

करने के लिए अपने पिता से विद्रोह किया हो, वह केवल छह महीने में नहीं हार सकता।'

निर्माण ने गहरी साँस ली और कहा, 'मैं सोना चाहता हूँ।'

'ओके,' उसने कहा। वह उसे स्मोक न करने के लिए भी कहना चाहती थी, पर उसने नहीं कहा।

रईसा ने लाइट बंद की और सो गई। सुबह होने से एक घंटे पहले वह आँखों में चमक के साथ उठ बैठी। उसने निर्माण को नींद से जगाया।

'क्यों न हॉस्पिटल के पास खाली जगह में काम शुरू करें? जो लोग मरीज़ों से मिलने आते हैं, अक्सर उनका खाना छूट जाता है। हॉस्पिटल के बाहर एक हाइजीनिक वडा कॉर्नर सबसे अच्छी चीज़ होगी। हमें वहाँ केवल अपना स्टॉल शिफ़्ट करना होगा और इसमें कुछ लगेगा भी नहीं।'

रईसा के उत्साह ने निर्माण को पूरी तरह जगा दिया था।

वॉयस नोट 40

अगले कुछ सप्ताह तक, निर्माण अपने लंच ब्रेक के दौरान शहर के अस्पतालों और नर्सिंग होमों का सर्वेक्षण करता रहा। हालाँकि उन्हें वह अच्छी जगह नहीं मिली, जो उनके स्टाल के लिए ठीक होती। उसने पाया कि ज़्यादातर जगहों पर पहले से कई फ़ूड स्टॉल मौजूद थे। एक सरकारी अस्पताल के बाहर एक साइट, उसे कुछ ठीक लगी, पर निर्माण को तुरंत समझ आ गया कि उनके स्टॉल को यहाँ शिफ़्ट करने का मतलब होगा ग्राउंड ज़ीरो पर लौटना क्योंकि सरकारी अस्पताल के बतौर वहाँ अधिकांश मरीज़ निम्न-आय वर्ग के थे, जो बेहद कम क़ीमत पर खाना पसंद करते हैं और वह ख़ुद अब उस स्तर तक जाने के लिए तैयार नहीं था। इसके अलावा, एक और बात उसे इस सर्वे में पता चली, वह यह कि अस्पताल आने वाले लोग अक्सर नाश्ते के बजाय लंच या डिनर करते थे।

उसने अपनी इन जानकारियों का सप्ताहांत में रईसा के साथ ज़िक्र किया।

'और उनका क्या जिनके आसपास कोई फ़ूड स्टॉल नहीं है?'

'अगर पूरे इलाक़े में केवल हमारा स्टॉल होगा तो हमें पुलिस को और दूसरी अथॉरिटीज़ को हर हफ़्ते घूस देनी पड़ेगी। अगर किसी एरिया में दूसरे स्टॉल होते हैं तो यह घूस वाला पैसा बँट जाता है, बस यही अच्छी बात होती है।'

'लानत है!'

दोनों शांत बैठे रहे। उन्हें पता चल गया था कि उन्हें ऐसी जगह चाहिए थी जहाँ वो रोज़ अपने नियमित ग्राहकों को खाना दे सकें वरना बिज़नेस चलाना बेहद मुश्किल होगा।

'अगर किसी बैंक के सामने लगाएँ तो कैसा रहेगा?' निर्माण ने पूछा।

'मैंने भी इस बारे में सोचा था। अगर हमें नियमित ग्राहक भी मिलें तो भी

वो सीमित ही होंगे क्योंकि कुछ को छोड़कर कर्मचारी और उनके क्लाइंट्स दोनों ही बैंकों में घरेलू खाना ही पसंद करते हैं,' रईसा ने तर्क रखा।

'मुझे लगता है कि हमें बस अलग होना बंद करना होगा और ज़्यादा पारंपरिक दही वडा स्टॉल तक सीमित रहना होगा। हो सकता है कि इस तरह हम भी अपने हिस्से की कमाई कर सकते हैं। शायद यहाँ लोग अभी किसी ऐसी चीज़ के लिए तैयार नहीं हैं. . . जो पश्चिमी तरह की हो,' निर्माण ने हार मानते हुए कहा।

रईसा ने जवाब नहीं दिया। वह अपने ख़ास बिक्री आइडिया को छोड़ने को तैयार नहीं थी। निर्माण बैठक में टीवी देखने चला गया और रईसा किचन में डिनर बनाने लगी। जब उसने अपने फ़ेवरिट सोनू निगम को टीवी पर गाते सुना, तो वह घूमते हुए बैठक में आ गई। तभी उसकी नज़रें किसी चीज़ पर पड़ीं।

निर्माण दोनों हाथों से एक अख़बार को पकड़े उसमें डूबा था। अख़बार के आख़िरी पेज पर एक इंजीनियरिंग कॉलेज का विज्ञापन था।

'निर्माण!' रईसा ज़ोर से चिल्लाई।

निर्माण ने उसकी तरफ देखा और फिर वापस उसकी नज़रों के पीछे-पीछे अपने हाथ में मौजूद अख़बार को देखा। उसने रईसा को देखा और जाना कि आख़िर किस चीज़ पर उसका ध्यान गया था।

वो एक कॉलेज में एक्सक्लूसिव दही वडा स्टॉल खोल सकते थे। वो इससे चूक कैसे गए? कुछ दक्षिण भारतीय शहरों की तरह भुवनेश्वर भी धीरे-धीरे भारत में कॉलेज एजुकेशन का मक्का बनता जा रहा था। भारत भर के छात्रों को बेहतरीन शिक्षा देने का दावा करने वाली निजी यूनिवर्सिटीज़, इंजीनियरिंग और मैनेजमेंट कॉलेज हर जगह उग आए थे। चूँकि निर्माण के पास औपचारिक तौर पर बिज़नेस एडमिनिस्ट्रेशन की शिक्षा नहीं थी, तो उसने रईसा के साथ पास के सायबर कैफ़े जाना शुरू किया, जहाँ वो एक परफ़ेक्ट बिज़नेस प्लान बनाने के लिए घंटों नेट सर्फ़ करते रहते। वो नोट्स बनाते, घर जाते, प्वाइंटर्स पर रात में काम करते और एक महीने में उनके पास प्रपोज़ल का पहला रफ़ ड्राफ़्ट मौजूद था। निर्माण ने अपना समय बिज़नेस में यूनीक सेलिंग प्वाइंट्स बढ़ाने में लगाया, तो रईसा ने रेंज में विविधता लाने के लिए रेसिपीज़ के साथ प्रयोग किए। इंटरनेट के मुताबिक़, विदेशी जंक फ़ूड ब्रैंड्स भारत में युवाओं के बीच बेहद लोकप्रिय थे। उनके साथ दो ख़ास बातें थीं: एक प्रमुख प्रोडक्ट और ब्रैंड का प्रचार। ऐसे में अगर वो अपना मेन्यू बढ़ाने के बजाय कॉलेज के बच्चों में दही वडा लोकप्रिय करना चाहते थे तो उन्हें अपने मुख्य प्रोडक्ट में ही विविधता की ज़रूरत थी।

इसका मतलब था कि उन्हें मेन्यू में कई तरह के दही वडे रखने होंगे, जो अपनी तरह का पहला बिज़नेस वेंचर होगा। रईसा ने पहले ही सामग्री में जोड़-घटा करके वडे की सात अलग-अलग किस्में खोज ली थीं। उसने अपने प्रोडक्ट्स का नाम रखा था—*फ़र्स्ट लव दही वडा, हार्टब्रेक दही वडा, वर्जिन दही वडा विद कश्मीरी आलू दम, हाय-फ़ाइव दही वडा, फ्रेंड्स स्पेशल दही वडा, क्यूपिड दही वडा और रईसा का स्पेशल दही वडा*।

इन नामों से निर्माण प्रभावित था। उसने महसूस किया कि ये नाम कॉलेज छात्रों के लिए सही थे, और जैसा कि युवा हमेशा अनोखी चीज़ों को लेकर उत्सुक रहते हैं, तो उनके स्टॉल पर उन्हें यह मिलेगा। हालाँकि दोनों में से किसी के पास मैनेजमेंट का कोई औपचारिक प्रशिक्षण नहीं था, पर निर्माण की सूझ-बूझ और इंटरनेट से मिले सुझाव उनके लिए मार्गदर्शक की तरह थे। श्री जगन्नाथ सारीज़ के बगल में उनका आउटलेट मुश्किल से ही चल पा रहा था लेकिन निर्माण सलाह दे रहा था और किसी को अपनी योजनाओं के बारे में नहीं बताता था। न ही उसने इसका अपने बिज़नेस प्रपोज़ल में ज़िक्र किया। बजाय चलताऊ बिज़नेस को फिर से चलाने के वह अधिकारियों के सामने नए उद्यमी का विज़न रखना चाहता था।

अगले कुछ महीनों तक रईसा और निर्माण दोनों ने अपनी लिस्ट में मौजूद कई कॉलेजों का पता लगाया, अपने पैम्फ़लेट्स के साथ छात्रों से संपर्क किया, जिनमें कैंपसों में मिलने वाली अस्वास्थ्यकर चीज़ों के बजाय साफ-सुथरे खाने का ज़िक्र होता था। लग रहा था कि छात्रों को पसंद आ रहा था। रईसा अपनी सजीली चाल-ढाल की वजह से ख़ूब ध्यान आकर्षित करती थी, ख़ासकर नौजवान युवा लड़कों का। दोनों शाम तक आते-आते मानो सुन्न हो जाते थे लेकिन अगली सुबह फिर पूरे जोश और जुनून के साथ तैयार हो जाते थे।

आख़िर वो अपने बिज़नेस मॉडल के साथ तैयार थे। सर्वे के बाद छाँटे गए इंजीनियरिंग और मैनेजमेंट कॉलेजों की सूची उनका टार्गेट मार्केट था। निर्माण अपने प्रोजेक्ट में पूंजी लगाने के लिए साड़ी की दुक़ान के मालिकों से दूसरा लोन लेने के लिए बिल्कुल तैयार नहीं था, पर यही एकमात्र विकल्प था। इस बार हालाँकि, उसके नियोक्ताओं ने एक हस्ताक्षरित क़ानूनी दस्तावेज़ तैयार करने के लिए यह कहते हुए जोर दिया कि अगर कॉन्ट्रेक्ट के मुताबिक़ लाभ नहीं आया, तो क़ानूनी कार्रवाई होगी। वह जानता था कि यह एक बड़ा जोखिम था, लेकिन बिना जोखिम के किसी सपने के पीछे भागने का अर्थ ही क्या था।

तीन महीने बाद, एक मशहूर इंजीनियरिंग कॉलेज, सम्राट ग्रुप ऑफ़

कॉलेजेज़ का प्रशासन उनसे मिलकर उनके ऑफ़र पर बात करने को राज़ी हो गया। साफ था कि निर्माण और रईसा नर्वस थे क्योंकि यह उनका पहला बिज़नेस प्रेज़ेंटेशन था। इंटरनेट पर अपनी रिसर्च से उन्हें पता चला था कि छवि ही सब कुछ थी। निर्माण और रईसा दोनों तैयार हुए, कागज से अपना प्लान पावर प्वाइंट प्रेज़ेंटेशन पर उतारा और ऑर्गनाइज़ेशन को यह समझाने में कोई कसर नहीं छोड़ी कि वो अपने काम में कामयाब होकर रहेंगे।

प्रेज़ेंटेशन अच्छा रहा। हालाँकि प्रेज़ेंटेशन के बाद कॉलेज पैनल के सवाल-जवाब के सत्र के दौरान, निर्माण ने कॉलेज के डीन को रईसा की तरफ कामुक ढंग से देखते हुए पाया। जब-जब रईसा सीधे उससे बात करती तो साठ साल का विकृत मानसिकता वाला यह शख़्स अपना हाथ पैरों के बीच ले जाता। धीरे-धीरे निर्माण का ध्यान समझौते पर से हट गया।

डीन ने कहा था कि वह दोनों से व्यक्तिगत तौर पर अलग-अलग बात करना चाहता है। बाहर कॉरीडोर में रईसा का इंतज़ार करते हुए निर्माण इस पर सोचने लगा। आधा घंटे बाद रईसा ख़ुश होकर बाहर आती दिखी।

'वो मान गए हैं,' उत्साह में रईसा ने निर्माण को गले लगा लिया। उसके ठंडेपन का अहसास होते ही वह अलग हो गई और उसकी ओर सवालिया नज़रों से देखा।

'हम इनके साथ काम नहीं करेंगे, रईसा,' निर्माण ने रूखेपन से कहा और आगे बढ़ गया।

वॉयस नोट 41

अगले क्लाइंट से अप्वाइंटमेंट मिलने में उन्हें 15 दिन इंतज़ार करना पड़ा। इस बीच रईसा और निर्माण के बीच उस ऑफ़र को लेकर गर्मागर्म बहस हुई, जिसे निर्माण ने ठुकरा दिया था। जब उनकी दूसरी लड़ाई थमी, तो निर्माण ने उसे कह दिया कि पुराना डीन किस तरह उसकी तरफ देखकर कामुक हो रहा था।

'वह मुझे कैसे देख रहा था?' रईसा ने पूछा।

'ओह, तुम मुझसे कहलाना चाहती हो?'

'मुझे बताओ निर्माण, डीन मुझे कैसे देख रहा था?'

'ऐसे जैसे तुम कोई खिलौना हो और वह तुमसे खेलना चाहता था। मुझे उसकी नज़रों से नफ़रत होने लगी थी।'

'तो?'

'क्या "तो"?'

'यह उसकी नज़रों को लेकर तुम्हारा सोचना है। तुम इतने जजमेंटल क्यों हो?'

'मैं जजमेंटल हूँ? तुम्हें क्यों लगता है कि जब कोई आदमी किसी औरत को सेक्स के सामान की तरह देखता है, तो मुझे औरत पर पड़ने वाली उसकी नज़रें समझ नहीं आएँगी? अरे छोड़ो।'

'अगर तुम सही भी हो, तो भी उसने असल में तो ऐसा कुछ नहीं किया! उसने न तो कुछ ऐसा कहा और न ही मुझसे "*खेलने*" के लिए अपनी सीट से उठा।'

'वह करेगा! अगर हम उसका ऑफ़र मान जाते हैं, वह किसी न किसी दिन ज़रूर करेगा। मैं ऐसा नहीं होने दूँगा।'

'*तुम* ऐसा नहीं होने दोगे?'

'हाँ, मैं ऐसा नहीं होने दूँगा क्योंकि. . .'

'धीरे बोलिए!' मकान मालिक ने चिल्लाकर कहा। निर्माण ने अपनी आवाज़ धीमी कर ली।

'क्योंकि. . . ?' रईसा ने उसे अपना वाक्य पूरा करने पर ज़ोर दिया। निर्माण ने आह भरी और कहा, 'हम दोबारा सम्राट इंजीनियरिंग कॉलेज नहीं जाएँगे। बस।' वह घर से बाहर निकल गया।

बाद में, रईसा घर के बाहर उस शाम छोटी-सी दीवार पर बैठकर निर्माण के अधूरे वाक्य पर सोचने लगी। वह जानती थी कि वाक्य के बाकी हिस्से से वह उजागर हो जाता जो समय के साथ वो हो गए थे। अतीत बहुत ही सरल, बेहद आकर्षक और लगभग काल्पनिक लगता था। भुवनेश्वर आने के बाद से वह अफ़्फ़ू को मिस कर रही थी। उसने उसे ऑरकुट और फ़ेसबुक पर खोजने की कोशिश की थी, पर वह ऐसे ग़ायब हुई थी कि कोई निशान नहीं था। पुराने दोस्त, पुराने सम्बन्ध, पुराना समय, पुराने ख़ुद. . . वे सब बूढ़े कब हो गए? उसे आश्चर्य हुआ, उसकी आँखों से आँसू बहने लगे थे।

निर्माण के '*क्योंकि*' के बाद पता नहीं क्या होता, रईसा मकान मालिक की आभारी थी कि उसने बीच में ही टोक दिया था। एक वक़्त था वह निर्माण पर नज़र तब डालती जब वह किसी चीज़ में बिज़ी होता। उन क्षणों में वह उसे चूमना चाहती थी, एक दोस्त की तरह, प्रेमी की तरह नहीं। उसे पाने के लिए नहीं, बल्कि ख़ुद को मुक्त करने के लिए; समय में यात्रा करने के लिए और वह इंसान बनने के लिए जो वह गुवाहाटी में थी ताकि वह अपनी इच्छानुसार बड़ी हो सके, न कि वैसे जैसे उसे होना पड़ा था।

अगला प्रेज़ेंटेशन एक मैनेजमेंट इंस्टीट्यूट के चारों ओर फैले कैंपस में था। रईसा ने निर्माण से क़सम ली कि वह कमरे में मौजूद लोगों का मन पढ़ने की कोशिश करने के बजाय प्रेज़ेंटेशन पर ध्यान देगा।

इंस्टीट्यूट के एक बेहतरीन से बोर्डरूम पैनल में दो पुरुष और पाँच महिलाएँ मौजूद थे। इस बार जब महिलाएँ निर्माण को देखकर मुस्कुरातीं तो रईसा अशांत हो जाती।

वॉयस नोट 42

प्रेज़ेंटेशन के बाद मैनेजमेंट इंस्टीट्यूट में अपने पैर जमाने में उन्हें चार महीने लगे। अगले तीन और महीनों में, उन्होंने न केवल प्रबंधन को प्रभावित किया बल्कि छात्रों में भी अपने प्रशंसक बनाए। स्टूडेंट काउंसिल की सिफ़ारिश के साथ ही डीन के पत्र की वजह से, वह एक और इंजीनियरिंग कॉलेज को अपनी अहमियत बता पाए। अगले साल, निर्माण और रईसा के पास दो आउटलेट थे और उन्होंने पाँच लोगों को रोज़गार दे रखा था। रईसा ने अपने किराए के घर के ड्राइंग रूम को रसोईघर में बदल दिया और ख़ुद ही कई तरह के वडे बनाने लगी। उसके सहायक और लड़के इन ताज़ा ओवन से निकले वडों को हर सुबह आउटलेट तक पहुँचा देते थे।

सच कहूँ तो छह कर्मचारी थे। मैं छठी थी। मैं किचन में रईसा की मदद करती थी। हर सुबह एक साथ काम करने के दौरान हम इतने अच्छे दोस्त बन गए जो सिर्फ़ महिलाएँ ही हो सकती हैं। उसने धीरे-धीरे मेरे सामने अपना दिल खोलकर रख दिया और मैंने उनके इस महाकाव्य को एक साथ जोड़ा, जिसे अब मैं तुम्हें सुना रही हूँ शनय। एक बार में एक वॉयस नोट।

दोनों दही वडा ज्वाइंट्स का पहले साल का टर्नओवर 25,00,000 रुपए था। अगले साल के लिए निर्माण ने पहले ही लक्ष्य तय कर लिए थे। वह अगले दो साल में अपने दही वडा ब्रैंड को 50,00,000 रुपए का कारोबार बनाना चाहता था, लेकिन विस्तार के इस लक्ष्य को लागू करने से पहले, उसने वायदे के मुताबिक़ साड़ी दुक़ान के प्रोपराइटर्स को अपना लोन ब्याज समेत चुका दिया।

समय के साथ रईसा, निर्माण का उत्साह बढ़ता हुआ देख रही थी, वैसा जैसे कोलकाता छोड़ने से पहले उसमें हुआ करता था। वह समझती थी कि आख़िर

धीरे-धीरे उसकी ज़िंदगी पर पकड़ मज़बूत हो रही थी। पिछले कुछ सालों में रईसा ने बगैर निर्माण के जाने अपनी हर ख़ुशी का केंद्र उसे बना लिया था। हर रात, जैसे-जैसे वह ग्राहकों का फ़ीडबैक देता, तो उसको उसकी नज़रों में जुनून दिखता; उसकी महत्वाकांक्षी विस्तार योजनाएँ रईसा को ख़ुशी से भर देतीं। निर्माण ने आख़िर ख़ुद को पा लिया था।

हालाँकि रसोई के अथक काम ने रईसा की सेहत पर अपना असर डाल दिया था। उसके चेहरे पर काले घेरे आ गए थे और उसका वज़न घट गया था। जितने अधिक वो आउटलेट खोलते, उतना ही रईसा पर दबाव बढ़ता जाता। मगर जब तक निर्माण ख़ुश दिखता था, उसने कभी शिकायत नहीं की।

समय बीत रहा था कि एक दिन निर्माण ने अचानक उसे बिज़नेस या ऐसी ही किसी चीज़ पर बात करने के लिए रोका। रईसा ने उससे पूछा कि क्या कुछ गड़बड़ है, लेकिन उसका कहना था कि चीज़ें पहले से इतनी अच्छी हैं कि उसने उम्मीद भी नहीं की थी। फिर भी वह उससे आँखें मिलाने से जान-बूझकर कतराता रहा।

आख़िरकार एक रात, उसने वह विषय छेड़ दिया जिससे रईसा का दिल बैठ गया।

'क्या तुम्हें अफ़्फ़ू की याद आती है?' उसने पूछा। इतने सालों में यह पहला मौक़ा था जब उसने सोचकर यह नाम लिया था।

क्या वह याद करती थी? क्या वह अफ़्फ़ू को भूल सकती थी? रईसा ने ख़ुद से पूछा। क्या एक बार की निकटता शून्यता में बदल सकती थी? निर्माण ने उसकी चुप्पी को हाँ समझते हुए कहा, 'मुझे भी आती है।'

'अचानक तुमने यह क्यों पूछा?' रईसा ने पूछा।

'क्या तुम्हें लगता है कि अगर वो सब बकवास चीज़ें न हुई होतीं तो अफ़्फ़ू और मैं एक साथ ज़िंदगी बिता सकते थे? अगर अफ़्फ़ू को उसके माता-पिता ज़बर्दस्ती यूरोप न ले जाते तो क्या होता? अगर मैं समय पर परीक्षा केंद्र पर पहुँचता तो क्या होता?'

'शायद,' रईसा बुदबुदाई, न जाने क्यों उसका गला सूख गया था। अपने बिस्तर पर लेटे, आँखें बंद करके वह साफ़-साफ़ दुनिया और उसमें अफ़साना का चेहरा देख सकती थी, जिसे उसने वर्षों पहले जिया था। उसने झटके से अपनी आँखें खोलीं।

'क्या तुम्हें कोलकाता छोड़ने का पछतावा है?' रईसा ने पूछा। छोड़ने के बाद निर्माण ने एक बार भी अपने माता-पिता का ज़िक्र नहीं किया था।

'मुझे किसी चीज़ का पछतावा नहीं है। शायद यह ऐसे ही होना था। मगर हाँ, कभी-कभी मुझे आश्चर्य होता है,' निर्माण आगे बोलने से पहले रुका, 'क्या यह मुमकिन है कि हमारी कई वास्तविकताएँ हों? मैं केवल एक हूँ, मुझे पता है, लेकिन क्या मेरे कई सच नहीं हो सकते? और शायद किसी एक वास्तविकता में अफ़्फ़ू और मैं शादीशुदा होते। क्या यह मुमकिन नहीं है रईसा?'

'जैसे इस वास्तविकता में मैं और तुम साथ हैं?' उसने पूछा।

'हाँ।'

'क्या तुम उसे मुमकिन करना चाहते हो?' उसने पूछा।

'हमारा कुछ न कुछ हमेशा अधूरा ही रहता है, है न? जो हम चाहते हैं पर हो नहीं सकता, हमेशा ही भावनात्मक उतार-चढ़ाव लाता है।'

ख़ासकर तब जब हम जानते हैं कि क्या होना चाहिए था, पर नहीं हुआ, रईसा को ख़याल आया।

'मुझे लगता है कि बहुत सारी हक़ीक़तों वाली बात संभव है, हालाँकि यह दूर की बात है। हर समय जब हम चुनाव करते हैं, हम दो वास्तविकताएँ खड़ी करते हैं। एक जिसमें हम होते हैं और दूसरी जो हमारे मन की कल्पना होती है,' रईसा ने कहा और सोचा कि वह कल्पना हमारी सबसे बड़ी इच्छा होती है।

सन्नाटा पसरा था।

'तुमने मेरे सवाल का जवाब नहीं दिया निर्माण। क्या तुम उसे संभव करना चाहते हो?' रईसा ने पूछा।

'मैं कुछ बताना चाहता हूँ,' उसने कहा।

'क्या?'

'मैंने कुछ साल पहले अफ़्फ़ू को ओरकुट पर तलाश किया था। वहाँ वह नहीं मिली थी। न ही फ़ेसबुक पर।'

रईसा ने कोई जवाब नहीं दिया। वह भी यह कर चुकी थी।

'और तब, कुछ हफ़्ते पहले मैंने उसे एक दोस्त की प्रोफ़ाइल के ज़रिए खोजा। वह मिल गई।'

रईसा ख़ामोश थी।

'मैं उसे अपनी कॉन्टेक्ट लिस्ट में जोड़ने ही वाला था कि मैंने उसे एक तस्वीर में किसी लड़के के साथ देखा। कोई शनय बंसल। मैंने तस्वीर के नीचे कुछ कॉमेंट्स पढ़े और पता चला कि उनकी जल्दी ही शादी होने वाली है।'

एक लंबी चुप्पी के बाद निर्माण ने कहा, 'यह वह नहीं, जिसके बारे में मुझे बताना था।'

'तो क्या?' रईसा ने धीरे-से पूछा।

'जिस दिन तुमने और मैंने कोलकाता छोड़ा था, मैंने ख़ुद से वायदा किया था कि मैं बेहद मेहनत करूँगा और ख़ुद का कुछ खड़ा करूँगा। और इसके बाद मैं फिर अफ़्फ़ू से संपर्क करूँगा ताकि हम. . .'

इस बिंदु पर आकर निर्माण की आवाज़ बंद हो गई। उसने ख़ुद को माफ़ किया और बाहर चला गया। रईसा ने अपनी सिसकियाँ छिपाने के लिए तकिए में मुँह डाल लिया। इन सिसकियों की एक डरावनी कहानी थी, पर कोई सुनने वाला नहीं था।

वॉयस नोट 43

हाय शनय,

ऐसे बहुत से लोग हैं जो हर समय 'आई लव यू' रटते रहते हैं, कुछ तो तुम पर ढेरों तोहफ़ों की बौछार कर देंगे और बेहद लाड़ जताएँगे और शायद तुम्हें छुट्टियाँ बिताने विदेश ले जाएँगे लेकिन केवल एक व्यक्ति होगा जो सच में आगे तक जाएगा और तुम्हारे 'सपने' का हिस्सा बनने और उसे साकार के लिए अपना सब कुछ न्योछावर करेगा या करेगी। रईसा का निर्माण के लिए प्रेम यह दूसरे वाला है। ऐसा प्रेम जब कोई समर्थ होकर भी आपके साथ रहने का फ़ैसला करता है।

इसी भावनात्मक उथल-पुथल वाले समय में रईसा ने मुझे सब कुछ बताया। उसके तब कोई दोस्त नहीं थे। मैं एक अजनबी थी और शायद इसीलिए उसे लगता था कि वह मुझे सब कुछ बता सकती थी। मैंने उसे हमेशा अपनी बड़ी बहन की तरह देखा। मैं उसके दुख में रोई और शायद इसीलिए मैं इस कहानी का हिस्सा बन पाई—उसका दर्द मुझे उसकी दुनिया में ले गया।

निर्माण की अफ़साना से मिलने की तड़प के ख़ुलासे के क़रीब एक महीने बाद, एक रात रईसा ने अपना बैग बांधा और निकल गई। निर्माण सोया हुआ था जब उसने उसके सीने पर गहरी लाल लिपस्टिक से चूम लिया। इतने सालों में यह उसके लिए उसका एकमात्र चुंबन था।

मुझे नहीं पता कि निर्माण ने रईसा को खोजा या नहीं, हालाँकि मुझे लगता है कि वह अपने सीने पर उस चुंबन का मतलब समझता था। मैं वहाँ काम करती रही। रईसा ने कई लड़कियों (मैं भी शामिल हूँ) को वडा बनाना सिखा दिया था।

कई महीने तक रईसा की कोई ख़बर नहीं मिली, जिसके बाद मेरे पास एक एनजीओ से कॉल आई। उन्होंने बताया कि रईसा को त्वचा की एक ख़ास बीमारी हो गई है और वह कटक के एक अस्पताल में भर्ती है। मैं उससे मिलने गई और उससे प्रार्थना की कि वह निर्माण से बात कर ले, मगर वह नहीं मानी। उसने मुझसे वायदा लिया कि मैं उसे यह बताऊँगी भी नहीं। अस्पताल में भर्ती कराए जाने के अड़तालीस घंटे बाद उसकी मौत हो गई।

उसकी मौत के एक महीने बाद, मैंने पहली बार तुम्हें वॉयस नोट भेजने का साहस किया। उसके अंतिम संस्कार के समय, मैंने फ़ैसला किया कि मैं उसकी आत्मा की शांति के लिए कुछ करूँगी। मैंने अफ़साना तक पहुँचने के लिए कोलकाता में उसे तलाश किया और इस दौरान मुझे तुम्हारा पता चला।

तुम उस विकल्प के बारे में सोच रहे होंगे, जिसकी बात मैंने अपने पहले वॉयस नोट में की थी—वह विकल्प जिसे तुम्हें अभी चुनना है। मैं तुम्हें सब कुछ बताऊँगी, पर इसके लिए मुझे तुमसे व्यक्तिगत रूप से मिलना होगा शनय। अब जब तुम रईसा, निर्माण और अफ़साना की कहानी जानते हो, तो हमें इस कहानी के सबसे अहम हिस्से, अंत को पूरा करने के लिए मिलना चाहिए। अगर तुमने अब तक वॉयस नोट्स सुने हैं, तो मुझे उम्मीद है कि तुम मुझसे मिलने के लिए न नहीं कहोगे शनय।

बुक पाँच

अध्याय 1

अफ़साना और निर्माण
बेंगलुरु/कोलकाता/नई दिल्ली, 2018।

शनय ने जब अपनी आँखें खोलीं तो पहली चीज़ जिस पर उसकी नज़र पड़ी वह थी बटरफ़्लाय हेयरक्लिप और बेडसाइड टेबल पर पड़ा क्लासिक आइस बर्स्ट सिगरेट का पैकेट। इस पैकेट के ऊपर एक नीला लाइटर रखा था। इनमें से कुछ भी उसका नहीं था।

अगले ही पल, छाती के चारों ओर अपनी तौलिया के किनारे खोंसे, गीले बालों से टपकते पानी के साथ अफ़साना ने वॉशरूम से बाहर क़दम रखा। कमरे में रखी एकमात्र कुर्सी को खिड़की की ओर खींचते हुए उसने उसकी तरफ एक सरसरी निगाह डाली। शनय का ध्यान कुर्सी पर गया जिस पर एक नोटबुक रखी थी। उसे अच्छी तरह देखने के लिए वह बिस्तर पर पलटा। उसने उसे सिगरेट जलाते और खुली खिड़की से धुएँ का बादल उड़ाते और कुर्सी पर बैठकर नोटबुक उठाते देखा। एक क्षण बाद, अफ़साना ने उसमें कुछ लिखना शुरू कर दिया।

एक वक़्त होता है,
घोंसला बनाने का।
एक वक़्त होता है,
घोंसले के बाहर घूम के आने का।

उनके बीच का वक़्त होता है,
इश्क़ की गहराई को समझने का।

एक वक़्त होता है,
नासमझियों का।
एक वक़्त होता है,
मनमर्ज़ियों का।
उनके बीच का वक़्त होता है,
खिंचाव की चिंगारी को आग में बदलने का।

एक वक़्त होता है,
अहंकार को अधिकार समझ के जताने का।
एक वक़्त होता है,
ख़ामोशी को ख़ामोशी से समझने का।
उनके बीच का वक़्त होता है,
रिश्तों की उम्र बढ़ाने का।

एक वक़्त होता है,
अपनी साँसों से उसके जिस्म के पन्नों को पलटने का।
एक वक़्त होता है,
अकेले में उसे महसूस करके तड़पने का।
उनके बीच का वक़्त होता है,
अपने आसमान से, उसकी ज़मीन को मिलाने का।

एक वक़्त होता है,
अहसासों को उबालने का।
एक वक़्त होता है,
जज़्बातों को हल्की आँच में पकाने का।
उनके बीच का वक़्त होता है,
जुदा न होने के इरादों में, नीयत का नमक स्वाद अनुसार मिलाने का।

नोटबुक बंद करने से पहले नीचे उसने हस्ताक्षर किए *तुषारा*।

शनय इस दिन का कुछ समय से इंतज़ार कर रहा था। हर चीज़ बिल्कुल योजना के मुताबिक़ चल रही थी। शुक्रवार रात अफ़साना लोगों को यह बताकर कोलकाता से निकली थी कि उसे अपने बुटीक़ के लिए शनय के साथ कुछ चीज़ों की दिल्ली से ख़रीदारी करनी है। और यह कि वह वहाँ एक दोस्त के साथ रहेगी। शनय ने उसे कैंपेगोडा इंटरनेशनल एयरपोर्ट से लिया।

आख़िरी बार जब वह उससे मिला था, तब से वह बिल्कुल नहीं बदली थी। फिर भी वह इस ख़याल को नहीं झटक सका कि यह नई अफ़साना है, जिससे वह मिल रहा था। अब उसके पास उसके बारे में बहुत-सी जानकारी थी, वॉयस नोट्स ने उसके अतीत को उसके सामने खोलकर रख दिया था, फिर भी अफ़साना को नहीं पता था कि वह यह जानता था। शनय ने उससे एक बार पूछा था कि क्या उसका कोई बॉयफ्रेंड था। अफ़साना ने तुरंत इससे इनकार कर दिया था। मगर अब उसके पास वॉयस नोट्स थे। शनय एक अनाम लड़की के वॉयस नोट्स पर यक़ीन नहीं करना चाहता था, मगर कहानी इतनी सच्ची लगती थी कि उसके मन में 'अगर ऐसा है' छिपा रहता था। *अगर कहानी सच हुई तो*?

उन्होंने हयात के लिक्विड में अच्छा-सा डिनर किया, जहाँ वो एयरपोर्ट से सीधे पहुँचे थे। दोनों में शनय ही ऐसा था जो ख़ूब गप्पें मार रहा था। हालाँकि पिछली रात से ही उसके पास बात करने को विषय नहीं बचे थे। उसे याद है कि अफ़साना ने इसे पकड़ लिया था और उसका दिमाग़ पिछली रात की घटनाओं पर वापस चला गया।

* * *

'तुम आज रात कुछ उखड़े से लग रहे हो? सब ठीक है न?' अफ़साना ने खाना खत्म करके पूछा।

'थोड़ी-सी थकान. . . बहुत सारा काम,' उसने टालमटोल की।

'मैं समझ सकती हूँ। मैं तो इस छोटे से बुटीक़ को लगाने में ही पागल हुई जा रही हूँ, जबकि तुम्हें तो पूरा बिज़नेस संभालना होता है,' उसने कहा।

डिनर के बाद वो ड्राइव करके डीएलएफ़ वेस्टएंड हाइट्स के अक्षय नगर में मौजूद उसके बड़े से, पूरी तरह से सुसज्जित किराए के अपार्टमेंट में पहुँचे। उसे याद आया कि शनय ने उसे कई बार कहा था कि उसे जेलनुमा छोटे कमरों

में रहने से नफ़रत थी। कपड़े बदलने के बाद उन्होंने कुछ देर बात की और अब सोने का समय था। उसे मुश्किल से ही उम्मीद थी कि अफ़साना उसके साथ बिस्तर पर सोएगी, लेकिन वह पहले ही बिस्तर में घुस गई और उसके लिए जगह छोड़ दी, जिसका सीधा-सा अर्थ था कि वह उसके साथ सोना चाहती थी। उसने लाइट्स बंद कीं और उसके बराबर लेट गया।

शनय ने पहले उसे थोड़ा-बहुत चूमा। और कुछ देर बाद उन्होंने पाया कि वो नग्न थे और एक-दूसरे को बेतहाशा चूम रहे थे। शनय को लगा जैसे उसे कुछ साबित करना था, भले ही अफ़साना ने उससे कभी कुछ पूछा नहीं था। उसकी ज़िंदगी में कोई था जिसके बारे में उसने कुछ नहीं बताया था, इसके दो मतलब हो सकते थे: एक, या तो वह व्यक्ति कोई मायने नहीं रखता था या दो, उसका मन किसी दूसरे के साथ उसे साझा करने की स्थिति में नहीं था।

चादरों के बीच अफ़साना के नंगे जिस्म को महसूस करते ही शनय कामुक हो गया। वह न केवल आनंद तलाश रहा था बल्कि इसमें अफ़साना के अतीत की भावनाएँ और यादें भी मिटाना चाहता था। उसके नर्म चुंबन जल्द ही जुनून में बदल गए। उसका हल्का स्पर्श अब कसकर मसलने लगा। जितनी पोज़िशंस उन्होंने अपनाईं, उन सबमें वह उस पर हावी था। अफ़साना ने एक बार भी शिकायत नहीं की। जब उसने उसमें प्रवेश किया, तब भी अफ़साना पर दर्द की शिकन तक न थी या कम से कम शनय को ऐसा लगा। इसके बाद वो बिना आलिंगन के सो गए। सुबह पौने चार बजे जब शनय की आँख खुली तो उसने अफ़साना को साथ के बाथरूम से बाहर आते देखा।

'क्या तुमसे कुछ पूछ सकता हूँ?' अफ़साना को हवा में धुएँ का छल्ला बनाकर फेंकते देख शनय ने कोहनी से सिर बाहर निकाला। उसने खिड़की के नीचे रखी अलमारी पर पैर फैला रखे थे।

'ज़रूर,' वह बोली।

'क्या तुम आज रात से पहले वर्जिन थीं?' उसने सोचा नहीं था कि इतनी आसानी से वह कह देगा।

अफ़साना नकली ढंग से हँसी, 'हाँ। क्यों पूछा?'

'ऐसे ही,' उसने कहा।

'इसलिए कि मैं चीखी नहीं?'

शनय ने यूँ सिर हिलाया मानो उसकी चोरी पकड़ी गई हो।

'यह ज़रूरी नहीं है,' उसने कहा।

शनय को पता था कि यह वह नहीं था। हालाँकि, वह उसके मुँह से इसे

सुनना चाहता था। उनकी आँखें मिलीं।

'और भी कुछ पूछना चाहते हो?' अफ़साना ने पूछा।

'क्या तुम अपने बारे में कुछ भी बताना चाहती हो जो मुझे तुम्हारे बारे में पता नहीं?'

अफ़साना ने बोलने से पहले कुछ वक़्त लिया और फिर पूछा, 'मैं क्या तुमसे कुछ पूछ सकती हूँ शनय?'

'हाँ, कुछ भी।'

'क्या यह ज़रूरी है कि मैं तुम्हें अपने बारे में सब कुछ बताऊँ? अगर हाँ, तो क्यों?'

'हम जल्द ही जीवनसाथी बनेंगे। मुझे लगता है कि जितना हम एक-दूसरे के बारे में जानेंगे, उससे हमारे रिश्ते को और मज़बूती मिलेगी।'

'यह "जितना अधिक" असल में "जितना हम बताएँगे", है न?'

'हाँ वही। और इसीलिए मैं पूछ रहा हूँ,' वह बिस्तर पर बैठ गया।

'क्या तुम्हें लगता है कि कोई अपने बारे में दूसरे व्यक्ति को एक रात में सब कुछ बता सकता है? या कुछ रातों में भी?'

'तो हमारे पास विकल्प क्या हैं?'

'समय के साथ जानते जाएँ। ख़ुद अपने बारे में तुम्हें मैं बताऊँ, इसके बजाय तुम देखो कि तुम मेरे बारे में क्या सोचते हो।' उसने सिगरेट बुझाई और उठ गई।

शनय ने देखा कि वह उसकी मौज़ूदगी में नग्न होने से बेख़बर थी और उसका तौलिया ज़मीन पर गिर गया था। उसने अपनी पैंटी पहनी, बैग से एक टीशर्ट निकाली और पहनकर उसके साथ बिस्तर पर आ गई।

'अब हमें सोना चाहिए,' उसने कहा और दूसरी ओर मुँह करके लेट गई।

'गुड नाइट अफ़्फ़ू,' शनय फुसफुसाया। एक सेकेंड बाद वह पलटी।

'तुमने अभी क्या कहा?'

अपने ख़यालों में डूबे शनय ने इस ग़लती पर ध्यान नहीं दिया था—उसने उसे कभी इस नाम से नहीं पुकारा था। रईसा और निर्माण पुकारते थे।

'अफ़्फ़ू। क्यों?' शनय ने अहतियातन पूछा।

'कुछ नहीं। मुझे इस नाम से मत बुलाना। प्लीज़।' वह पलटी और सो गई। इस बीच ख़ामोशी में, वह यह तय नहीं कर पाया कि जो उसे ऐसा बुलाते थे क्या उनसे वह नफ़रत करती थी. . . *या उन्हें बेहद प्यार करती थी*। वह उसे हिलाकर और जगाकर पूछना चाहता था कि क्या उसकी ज़िंदगी में वास्तव में कोई निर्माण या रईसा थे। पर वह डरा हुआ था। अगर सच में रहे हों तो? अगर

सच में अभी भी थे तो. . .?

कुछ घंटे बाद, उनींदा शनय बिस्तर पर बैठ गया। वह उसके फ़ोन के पास गया, पासवर्ड पैटर्न लगाया, जो उसने एयरपोर्ट से लाते समय उसे अनजाने में बनाते देखा था। उसने जल्दी से उसकी कॉन्टेक्ट लिस्ट देखी। उसमें कोई निर्माण नहीं था। उसने उसके फ़ोन को और चेक किया: फ़ोटो गैलरी, उसके सोशल मीडिया मैसेजेज़, ईमेल्स। कुछ नहीं। शनय ने राहत की साँस ली। उसने सोती हुई अफ़साना की ओर देखा। उसे आश्चर्य हुआ कि केवल 'अफ़फ़ू' कहने से वह बदल गई थी।

अध्याय 2

रईसा के अचानक लापता होने के बाद निर्माण ने हरसंभव उस व्यक्ति से संपर्क किया, जो उसके ठिकाने के बारे में बता सकता था, पर उसके सभी प्रयास बेकार गए। वह पुलिस में नहीं गया था क्योंकि वह जानता था कि वह लापता नहीं थी या उसका अपहरण नहीं किया गया था, वह बस अचानक छोड़कर चली गई थी। उसने जान-बूझकर उसके सीने पर लिपस्टिक का निशान छोड़ा था, जो बताता था कि उसका न होना उसका चुनाव था न कि मुसीबत। वह अचानक क्यों गई? और अभी क्यों—जब इतने साल एक साथ बिताने के बाद उनकी क़िस्मत पलटने ही वाली थी।

उसके होंठों के लिपस्टिक मार्क. . . क्या यह कोई सुराग़ था, स्वीकृति थी या सिर्फ़ एक गुडबाय था? तीसरे हफ़्ते उसे एक नया विचार आया: कहीं रईसा कोलकाता में अफ़साना के संपर्क में तो नहीं थी? एक हफ़्ते बाद, निर्माण को रईसा से एक ईमेल मिला। इसमें केवल तीन लाइनें थीं:

अफ़्फ़ू को ढूँढो। उसे मेरा सॉरी कहना। मुझे ढूँढने की कोशिश न करना।

निर्माण ने तुरंत जवाब दिया:

तुम कहाँ हो? तुरंत वापस आओ। मैं इंतज़ार कर रहा हूँ।

कोई जवाब नहीं। निर्माण ने आईपी एड्रेस के ज़रिए पता लगाने की कोशिश की कि ईमेल कहाँ से आया था। पता चला कि कोलकाता से। उसने तुरंत अपना बैग उठाया और कोलकाता के लिए अगली फ़्लाइट पकड़ी। वह उस जगह जाना चाहता था, जहाँ से 13 साल पहले दोनों भागे थे।

वह पार्क स्ट्रीट पर द पार्क में गया और फिर आरबीआई उल्टाडांडा क्वार्टर्स के लिए कैब की। हालाँकि वह जगह वैसी ही थी, जैसी वह छोड़कर गया था, पर

लगता था कि उसका आकार छोटा हो गया था।

सब कुछ उसे घेरता-सा लग रहा था। या ये यादें थीं जो उसके मन में लौट रही थीं? वह कहाँ हो सकती थी, इसका हर मुमकिन सुराग़ ढूँढते हुए वह रईसा के फ़्लैट में पहुँचा। उसे मुश्किल से ही उम्मीद थी कि वहाँ उसके माता-पिता मिलेंगे। न तो उसके माता-पिता थे और न उनका कोई अता-पता। नीचे जाने के लिए लिफ़्ट लेते-लेते वह लिफ़्ट में सबसे ऊपरी मंज़िल पर पहुँच गया। वह सीढ़ियों से छत के नीचे मेज़ेनीन फ़्लोर पर गया। यहाँ अफ़साना को रईसा ने शरण दी थी। उन दिनों जीवन इतना ही सरल था। उसे वह रात याद आई, जब वह उसके लिए चुपचाप डिनर लेकर गया था। अफ़साना ने न जाने क्यों उससे माफ़ी माँगी थी, उसे याद नहीं आया कि किसलिए। वह पहला मौक़ा था जब उसने उसे ऐसे देखा था जैसे एक युवा दिल दूसरे को देखता है। धड़ाधड़ दिमाग़ में कौंध रहे अतीत के दृश्यों से पीछा छुड़ाकर निर्माण तेज़ी से हाउसिंग कॉलोनी से निकल गया।

अंदाज़े से उसने चंद्रनगर में नानी के घर लैंडलाइन से फ़ोन मिलाया, जो कोलकाता से क़रीब 35 किलोमीटर दूर था। जब उसने माँ के बारे में पूछा तो वह वहीं थीं। अगले चार घंटों में वह घर पहुँच गया।

मिसेज़ बोस को अपनी आँखों पर यक़ीन नहीं था। उन्होंने निर्माण को गले लगा लिया और ख़ुशी के मारे पागल हो गईं। उनका बेटा उनके पास लौट आया था! निर्माण को पता चला कि उसके पिता नहीं रहे थे।

'तुम्हारे जाने के बाद, वह बीमार हो गए और फिर कभी ठीक नहीं हुए। उन्हें स्ट्रोक पड़ा था। मैंने उनसे तुम्हें ढूँढने की विनती की थी, पर वह नहीं माने। तुम्हें पता ही है कि वह कितने अभिमानी और सख़्त इंसान थे। तीन साल बाद, उन्हें दूसरा स्ट्रोक पड़ा और वह बच नहीं पाए,' मिसेज़ बोस की आँखों में आँसू थे।

उन्होंने उसकी सभी मनपसंद चीज़ें डिनर में बनाई थीं। इस दौरान उसने कोलकाता छोड़ने के बाद से लेकर अब तक की यात्रा के बारे में उन्हें बताया।

'रईसा कैसी है?' उन्होंने पूछा।

'वह ठीक है। हम साथ काम करते हैं,' उसने कहा और जान-बूझकर उसके जाने की बात का ज़िक्र नहीं किया।

'मुझे पता था कि तुम दोनों शादी करोगे। मुझे वह हमेशा से पसंद थी,' उन्होंने कहा।

'माँ, रईसा और मेरी शादी नहीं हुई है,' उसने कहा। उसके देखने के अंदाज़

ने उसकी माँ को आगे और कुछ पूछने से रोक दिया।

'क्या तुम्हें पता है कि उसके माता-पिता कहाँ हैं?' निर्माण ने पूछा।

'आख़िरी बार मैंने जो सुना था, और वह भी क़रीब दस साल पहले कि वो अपने पैतृक राज्य आसाम चले गए थे। यह मुझे सही-सही पता नहीं कि कहाँ।'

'हम्म। मैं कुछ समय कोलकाता में रहूँगा। मैं फिर आऊँगा। अब तुम मेरे साथ रहोगी,' उसने कहा। उसने उन्हें गले लगाया, उनके पैर छुए और उनका आशीर्वाद लेकर चला गया।

घंटों की देरी के बावजूद, उसकी कार को होटल की ओर जाते हुए ट्रैफ़िक का सामना करना पड़ा। कोलकाता के बाहरी इलाके में एक ट्रैफ़िक लाइट पर उसने देखा कि नए बुटीक़ के लिए एक बड़ा-सा बिलबोर्ड लगा था जो अगली शाम खुलने वाला था। पते में एक नाम लिखा था: डिज़ायनर अफ़साना अग्रवाल का बुटीक, *तुषारा*, उद्घाटन कल शाम 5 बजे।

तुषारा. . . इस नाम से उसे घुटन होने लगी।

पूरी रात और अगले दिन वह ख़ुद से पूछता रहा कि उसे जाना चाहिए कि नहीं। तब उसके मन में रईसा का मेल घूमने लगा। *अफ़्फ़ू को ढूँढो*। उसने बुटीक़ के उद्घाटन में शामिल होने का फ़ैसला किया।

प्रवेश द्वार को छोड़कर बुटीक़ के बाहर ज़्यादा शोर-शराबा नहीं था, जो फूलों से लदा था और पूरी गली में एक लाल कालीन बिछा था। उसने अंदर क़दम रखा। अंदर भीड़ थी—फ़ोटोग्राफ़र्स, परिवार के सदस्य और कई मेहमान। वह शख़्स भी था—उसका मंगेतर—जिसकी तस्वीर उसने एक बार फ़ेसबुक पर देखी थी। उन सबके बीच में उसने उसे देखा। *अफ़साना अग्रवाल*। उसने चाहा कि वह उसके लिए केवल एक नाम रह जाए। मगर नहीं। यह ऐसा नाम था, जिसने उसे उस कहानी में वापस ला पटका जो याद दिला रही थी कि क्या हो सकता था पर कभी नहीं हुआ। एक बार उसने जो चाहा, लेकिन कभी नहीं मिला। जो वह कभी था, पर अब नहीं था। उसे लगा कि वह एक ख़ूबसूरत सपने में था, जहाँ एक वक़्त में एक साथ सब कुछ असली था और कल्पना भी।

प्यार भरी एक मुस्कान उसके चेहरे पर आई। वह हमेशा इस पल के लिए तरसा था, पर उसने जीवन में कभी नहीं सोचा था कि वह वास्तव में उसे फिर से देखेगा। यहाँ तक कि दूर से भी नहीं। वह उसके नाम को ज़ोर से पुकारना चाहता था। वह उसके पास भागकर जाना चाहता था और उसे कसकर गले लगाना चाहता था। वह उसे यक़ीन दिलाना चाहता था कि पिछले तेरह साल कभी गुज़रे ही नहीं थे। मगर उसने बस इतना किया कि अपने गर्म आँसुओं

को पोंछा जिन्होंने उसकी नज़र को धुंधला कर दिया था। कुछ सेकेंड बाद, वह उसकी तरफ बढ़ा

अध्याय 3

यूरोप में ग्रेजुएशन के दौरान ड्रेस-डिज़ाइनिंग के प्रति अफ़साना के अंदर एक जुनून पैदा हो गया था। जब उसे पता चला कि उसके साथ धोखा हुआ है, तो पहले छह महीने तो उसने अड़ियल ढंग से पढ़ने से ही इनकार कर दिया। उसे लगा था कि ख़राब अकेडमिक परिणामों के चलते वह ग्रैड स्कूल से और फिर यूरोप से ही बाहर हो जाएगी और फिर वापस भारत में, कोलकाता में निर्माण के पास पहुँच जाएगी।

जब उसे फ़ोन करने का मौक़ा मिला, तो उसने उसका नंबर मिलाया, लेकिन बात नहीं हो सकी। फिर उसने रईसा को कॉल किया और अपने हालात की जानकारी दी। छह महीने बाद जब उसे फिर से निर्माण को कॉल करने का मौक़ा मिला, तो उसकी माँ ने उसे बताया कि वह *रईसा के साथ घर से चला गया* । रईसा के साथ घर छोड़कर चला गया. . . इसका क्या मतलब हो सकता था? हर समय उसे दुखी करने वाले विचार आने लगे। क्या निर्माण का प्यार उसके लिए पूरी तरह से नक़ली था? इस बारे में किसी से ज़िक्र किए बिना अफ़साना लंबे समय के लिए क्लिनिकल डिप्रेशन में चली गई। इसी दौरान ख़ुद को ख़ुश रखने और अपनी निराशा को निकालने के लिए उसने कपड़ों की स्केचिंग शुरू की। जल्द ही कपड़े डिज़ाइन करना उसका जुनून बन गया। उसने ग्रेजुएट होने के तुरंत बाद मिलान में एक फैशन डिज़ाइन अकादमी में दाखिला लिया। उसे पूरा कर वह पेरिस में एक शीर्ष डिज़ाइनर के पास पहले इंटर्न और फिर असिस्टेंट के रूप में काम करने लगी। किसी न किसी तरह वह शादी को लेकर अपने माता-पिता की इच्छाओं को लंबे समय से टाल रही थी। जब उसके माता-पिता मिलान आए और उस पर भावनात्मक दबाव डाला कि अब उसे सैटल हो जाना

चाहिए, तब अफ़साना अपनी बुटीक़ चेन खोलने का सपना लेकर कोलकाता लौटी। इससे कोई फ़र्क नहीं पड़ता था कि वह कितनी सफल थी या बनती, पर एक सवाल का जवाब कभी नहीं पा सकी: निर्माण ने उसे क्यों छोड़ा? उसका इंतज़ार क्यों नहीं किया?

ये सवाल जब-जब उसके मन में आते, बार-बार उसके विचारों को भेदते, हर बार उसकी आत्मा को थोड़ा और झुलसा देते थे। वह चोट और विश्वासघात को एक साथ गहराई से महसूस करती, इस बात के लिए तरसती कि क्या हो सकता था—एक ऐसी दुनिया जिसमें वह और निर्माण साथ होते। जब उसने अपने बुटीक़ का नाम 'तुषारा' रखने का फ़ैसला किया तो उससे दूसरों के बजाय वह ख़ुद ज़्यादा हैरान थी। उसे धक्का लगा कि निर्माण उसके मन में ख़ुशबू की तरह बसा था और कोई भी इस ख़ुशबू को मिटाना या बदलना चाहता, तो कभी ऐसा नहीं कर सकता था। वह काफी निश्चिंत थी कि अब वह उससे कभी नहीं मिलेगी, उसके लिए उसके पास अब क्या था पर लगता था कि वह जो भी करती, चाहे होश में या अवचेतन तौर पर, उसके भीतर की हक़ीक़त को ही उजागर करता था, जैसे उसके बुटीक़ का नाम।

अफ़साना शनय से शादी के लिए सिर्फ़ एक वजह से तैयार हुई थी: कि वह बहुत कम सवाल पूछता था। उसकी उसके वर्तमान में ज़्यादा दिलचस्पी थी, जबकि लगता था कि दूसरे सभी उसके अतीत के चश्मे से उसे देखना चाहते थे। वह अक्सर सोचती कि *वो उसकी कहानी में शुरू से नहीं थे, तो अगर वह उन्हें कहानी सुना भी देती तो वो कैसे समझ पाते*? अगर वह उन्हें अपने अतीत का जल्दी से सारांश भी दे दे, तो क्या वो उसे बेहतर ढंग से समझ पाएँगे? सफ़ाई और मतलब: क्या ये दोनों चीज़ें एक रिश्ते में साथ-साथ चलती हैं? अगर ऐसा था, तो दुनिया में बहुत से ख़ुशहाल जोड़े होते। वह तो जानती थी कि जब लोगों ने बताया कि वो क्या चाहते हैं तो लोगों ने हमेशा इन बातों का अपने ढंग से मतलब निकाला। अगर कुछ बलि चढ़ती है, तो वह रिश्ते की सच्चाई होती है।

अफ़साना और शनय के परिवारों ने उद्घाटन में हिस्सा लिया, जो कामयाब रहा था। इससे पहले उस सुबह, *टेलीग्राफ़* के टी2 ने उसका एक पेज का इंटरव्यू लगाया था और इससे स्थानीय प्रेस के साथ-साथ शुरू की छूट और उपहारों का लाभ उठाने के लिए ख़ासी तादाद में महिलाएँ आ गईं थीं। शायद अगले दिन के अख़बारों में छापने के लिए फ़ोटोग्राफ़र्स ने कुछ तस्वीरों के लिए शनय के साथ उसका पोज़ बनाया। आयोजन ख़त्म होने के बाद दोनों परिवार अलविदा कहकर चले गए। प्रेस और दूसरे मेहमान भी ग़ायब हो गए।

बुटीक़ के बाहर शनय अपनी कार में उसका इंतज़ार कर रहा था। वह उसे डिनर के लिए एक नए रेस्तरां में ले जाना चाहता था। अफ़साना के फ़ोन की कॉन्टेक्ट लिस्ट में निर्माण का नाम नहीं था, यह बात अनाम वॉयस नोट्स वाली लड़की को नज़रंदाज़ करने के लिए काफ़ी थी, जिसकी वजह से वह उन बातों को जानना चाहता था, जिनको न जानना ही बेहतर था। शनय ने अधीर होकर कई बार हॉर्न बजाया।

'मैम, आप जाएँ। मैं सारे काम कर लूँगी। जाने से पहले इसे ठीक-ठाक करके बंद करके जाऊँगी,' अफ़साना की एक स्टोर असिस्टेंट ने उसे भरोसा दिलाया।

'ठीक है। कल मिलते हैं,' अफ़साना ने कहा और निकलने ही वाली थी कि उसने देखा कि एक असिस्टेंट गेस्ट बुक में आए मैसेजेज़ पर मुस्कुरा रही थी।

'क्या है?' उसने पूछा।

'कुल मिलाकर गेस्ट बुक में 102 कॉमेंट्स आए। केवल एक आदमी का है। मुझे नहीं पता कि उसे महिलाओं के बुटीक़ में क्या चाहिए,' लड़की हँसने लगी।

'शायद उसे कुछ अपनी पत्नी, गर्लफ्रेंड, माँ या बहन के लिए कुछ ज़रूरत होगी,' अफ़साना ने आश्चर्य में मुस्कुराते हुए कहा और जाने के लिए मुड़ी।

'उसके कॉमेंट में लिखा है "प्लीज़ कॉल"। कॉल क्यों करना?' लड़की ने पूछा।

'ठीक है। मैं कल कॉल कर लूँगी। उसका नाम क्या है?' उसने दूसरी असिस्टेंट को पूछते हुए सुना।

'उम्म, निर्माण. . . बोस।'

बुटीक़ की दहलीज़ पर क़दम रख रही अफ़साना को काटो तो ख़ून नहीं। वह बाहर कार में बैठे शनय को देख रही थी। मगर वह वापस मुड़ी और पूछा, 'तुमने क्या नाम बताया?'

अध्याय 4

बेंगलुरू लौटने के दौरान एयरपोर्ट पर अफ़साना को शनय का आलिंगन सामान्य से लंबा लगा, जैसे वह उसे जाने देने को तैयार नहीं था। अफ़साना को भी कुछ ऐसा ही लगा था, जब उसने उसे बेंगलुरू से लौटते हुए गले लगाया था। बेंगलुरू आने-जाने से ही शनय का हर आलिंगन पिछले की तुलना में ज़्यादा कसा हुआ और कुछ सेकेंड लंबा होता गया था। उसे लगता था यह सच्चे प्यार की वजह से नहीं था; जहाँ तक वह समझती थी, वह उस पर उसी दिन से मरता था, जब वो पहली बार मिले थे लेकिन वह इसे मोह, एक शारीरिक आकर्षण से ज़्यादा नहीं मानती थी। प्रेम इतना अनायास नहीं होता!

'मैं घर पहुँचते ही कॉल करूँगा,' शनय ने वायदा किया।

'बिल्कुल,' उसने जवाब दिया और अफ़साना के गालों को जल्दी से चूमा और लंबे डग भरते हुए एयरपोर्ट में चला गया। जैसे ही शनय नज़रों के सामने से हटा, अफ़साना अपनी कार में बैठी और एयरपोर्ट से बाहर निकली और एयरपोर्ट के बाहर कुछ दूर सड़क के किनारे कार लगा दी। वह आवाज़ को भूल नहीं पा रही थी। हालाँकि वह 13 साल बाद निर्माण की आवाज़ नहीं पहचान पाई थी, उसे पता था कि यह वही था। उसने डायरी निकाली और आख़िरी पेज को खोला जहाँ उसने पिछली रात एक नंबर मिलाने के बाद कुछ लिखा था।

दर्द के बिछोने में,
हम कल रात सोए थे।
अजीब पागलपन था हमारी साँसों में,
एक-दूसरे से लिपट कर सोए थे।

अपनी रूह की चादर से हमने,
जन्मों के दाग़ बारी-बारी धोए थे,
तेज़ बुख़ार था हमारी आँखों में,
कल रात हम बेहोश-से खोए थे।

वक़्त की गंगा में जो न बहा सके, उस राख को,
हमने कल चाँद फूँकों से उड़ाए थे,
एक अनकही कहानी थी हमारी हँसी में,
हर शिकवे को हमने गहरी साँसों के कफ़न चढ़ाए थे।

बरसों से बिलखते घावों को,
हमने सिसकियों की लोरी से सुलाया था,
एक डरावनी आवाज़ थी हमारे संपर्क में,
अंदर की ख़्वाहिशों को पहरेदार बना के जगाया था।

शिकायतें बहुत-सी थीं लेकिन,
कल रात जिस्म के हर कोने में,
हमने होंठों से सुलह की मशालें जलाई थीं,
हमें यादों के मंडप में साथ देख,
दोनों के माज़ी बारात में आए थे।

दर्द के बिछोने में,
हम सुबह तक जागे थे।
पहली बार ख़ुद से नहीं,
हम दुनिया से दूर भागे थे।

जैसे ही उसकी असिस्टेंट ने बुटीक़ में एकमात्र पुरुष गेस्ट का नाम बताया, अफ़साना को अपने भीतर इंतज़ार के एक रोमांच का अनुभव हुआ। क्या निर्माण लॉन्च में आया था? वह उसे क्यों नहीं दिखा? क्या वह इतना बदल गया है कि वह उसे पहचान नहीं सकी थी? उसने असिस्टेंट का टेलीफ़ोन लिया और नंबर मिलाया।

उसने एक पुरुष को कुछ देर 'हैलो' कहते सुना। इसके बाद एक ख़ामोशी और फिर उसने कोमलता के साथ कहा, 'अफ़्फ़ू?'

उसने जल्दी से फ़ोन रख दिया। केवल उसे पता था कि उसने किस मुश्किल से अपने आँसू रोके थे। अफ़साना ने स्टोर छोड़ने से पहले ब्लॉक करके असिस्टेंट के फ़ोन से नंबर डिलीट कर दिया था, लेकिन उसे नंबर याद था।

अब, एयरपोर्ट के बाहर कार में बैठे हुए, अफ़साना ने एक गहरी साँस ली और फिर से नंबर मिलाया। घंटी बजी। हर रिंग के साथ वह अपने दिल की धड़कन को बढ़ते महसूस कर सकती थी। अचानक एक आवाज़ ने कहा, 'हैलो?' अफ़साना की कोई प्रतिक्रिया नहीं। तभी उसका दिमाग़ उस समय में चला गया जब उसने कई साल पहले उसकी लैंडलाइन पर झूठ-मूठ में कॉल किए थे। वह बात अलग थी। यह बात—

'हैलो?' उसने दोहराया।

'हाय,' उसने अपनी आवाज़ को सामान्य रखने की कोशिश में धीमे से कहा।

'अफ़्फ़ू?'

'अफ़साना स्पीकिंग।'

कुछ देर का रुकाव।

'हाय, अफ़साना।'

उसे अचानक लगा कि निर्माण के पास कहने को कुछ नहीं था।

'क्या है?' उसने पूछा।

'मुझे तुमसे मिलना है। एक बार,' उसने जवाब दिया। आख़िरी शब्द काफ़ी हिचकिचाहट के साथ आए।

'पर मुझे नहीं मिलना,' उसने कहा और फ़ोन रख दिया। वह जानती थी कि वह फिर कॉल नहीं करेगा। उसने किया भी नहीं।

शाम को ही उसे समझ में आ गया था कि यह वह नहीं, उसका अहम् बोल रहा था। उसने उसे इंतज़ार करने के लिए कहा था। *लानत है इंतज़ार पर!* वह वैसे भी अपनी पहली गर्मियों की छुट्टी में यूरोप से लौटी थी। और वह जीवन भर के लिए वापस न जाने की क़सम खा सकती थी, भले ही इसका मतलब उसके साथ भागना ही क्यों न होता। जैसे निर्माण ने रईसा के साथ किया। उस सारे दिन उसने अपना ध्यान काम पर लगाने की पूरी कोशिश की, लेकिन हर दूसरे मिनट अतीत की कोई घटना उसके दिमाग़ में कौंध जाती थी। बीच के इन तेरह सालों में उसने ख़ुद को मना लिया था कि वह आगे बढ़ चुकी है, पर एक

कॉल में ही यह भ्रम टूट गया। वह अब भी अपने अतीत में डूबी थी। और ज़्यादा न सह पाने पर, अफ़साना ने उसे रात को फ़ोन किया। इस बार उसने कॉल का जवाब दिया, पर उसके बोलने का इंतज़ार करता रहा।

'कहाँ मिलना चाहते हो?' उसने पूछा।

'मैं द पार्क में हूँ।'

'मैं होटल में नहीं मिल सकती,' वह रूखी होकर बोली।

'तो तुम जहाँ कहो,' उसने कहा।

'मैं साउथ सिटी में हूँ। एक घंटे में नीचे आ रही हूँ,' उसने कहा और रख दिया। अगले सेकेंड उसने उसे फिर कॉल किया।

'एक भी सेकेंड ज़्यादा हुआ तो मैं इंतज़ार नहीं करूँगी,' अफ़साना बुरे अंदाज़ में उससे बोली और इससे पहले वह कुछ बोलता, फ़ोन काट दिया।

साउथ सिटी का एंट्रेंस उसे अपने फ़्लैट की खिड़की से दिखाई देता था। कुछ मिनट बाद, उसने कैब को एक व्यक्ति को गेट के पास छोड़ते हुए देखा। वह वहाँ खड़ा इधर-उधर देख रहा था। एक पल बाद उसे मैसेज मिला: *मैं आ चुका हूँ।* उसने मैसेज देखा लेकिन कोई जवाब नहीं दिया। वह नीचे जाने ही वाली थी कि रुकी और ख़ुद को आईने में देखा। वह जल्दी से क़दम बढ़ाकर निकल गई।

अफ़साना ने उसे एंट्रेंस के पास स्मोकिंग करते पाया। उसकी पीठ उसकी तरफ थी। वह गई और उसके बगल में खड़ी हो गई। चुपचाप। निर्माण ने धुआँ छोड़ा और यूँ ही पीछे मुड़ा। जैसे ही धुआँ हटा, उसने उसे देखा। उसने तुरंत सिगरेट गिरा दी, उसके टोटे को जूतों से मसल दिया। वह उसकी ओर जिस तरह देख रही थी उससे वह ख़ुद को असहज महसूस कर रहा था।

'हाय,' वह बोला। वह बहुत नहीं बदली थी। उसकी आँखों में वही विद्रोही भाव थे। चेहरे पर वही 'मुझसे-पंगा-मत-लेना' के तेवर। वही. . . उसकी नाक में एक बाली थी। वह उसके लिए उसे कुछ कहना चाहता था, पर उसने नहीं कहा।

उसकी 'हाय' के जवाब में अफ़साना की नज़रें और तीखी हो गईं। निर्माण समझ गया कि वह बात करने नहीं आई थी। उसे समझ नहीं आया कि कहाँ से शुरू करे। क्या वह उसे बताए कि वह और रईसा क्यों एक साथ भागे थे? उसने कितना इंतज़ार करना चाहा था लेकिन उसकी ज़िंदगी में कैसे चीज़ें एकदम उलट-पलट गईं थीं।

'क्या रईसा ने कभी भी तुम्हें हाल ही में संपर्क किया था?' निर्माण ने पूछा।

'नहीं। उसने कॉन्टेक्ट करने की कोशिश नहीं की। पिछले 13 साल में तो

नहीं। न ही किसी और ने,' अगर बातों का पहला हिस्सा चिढ़ से भरा था, तो आख़िरी हिस्से में पूरी तरह ज़हर बुझा था।

'मैं—' उसने शुरू किया पर रुक गया।

'और कुछ?' उसने पूछा। कुछ पल निर्माण की आँखें उस पर रहीं। फिर उसने सिर हिलाया, 'नहीं।'

'मेरी जल्द ही शादी होने वाली है। अच्छा रहेगा कि हम फिर कभी न मिलें या संपर्क करें,' उसने कहा और चल दी। जैसे ही लिफ़्ट ने उसके फ़्लोर की तरफ ख़ामोशी से उठना शुरू किया, अफ़साना ने फ़्लोर्स के बीच स्टॉप का बटन दबा दिया। वह एलीवेटर के बीचोंबीच आई और रोने लगी। वह सारी दुनिया के लिए बदतमीज़ हो सकती थी पर निर्माण के लिए कभी नहीं। मगर ज़िंदगी ने उसे ऐसा ही बना दिया था।

उस रात, जब बेंगलुरू में शनय घर लौट रहा था, तो उसे उसके व्हाट्सऐप पर एक तस्वीर मिली। यह लवीशा थी, वह लड़की जिसने उसे सभी वॉयस नोट्स भेजे थे। वह बेंगलुरू से लौटने के बाद उसे लगातार कॉन्टेक्ट करने की कोशिश में थी, पर उसने उसे कोई जवाब नहीं दिया था। यह तस्वीर अपार्टमेंट के बाहर अफ़साना और निर्माण की थी। इसके नीचे लिखा था: *मुझे लगता है कि तुम अब मुझे अनदेखा नहीं करोगे।*

अध्याय 5

शनय ने तस्वीर देखी। अफ़साना और निर्माण आमने-सामने खड़े थे। यह तस्वीर कितनी पुरानी थी उसे पता नहीं चल सका था, न ही यह कि वो कहाँ थे। यह किसी अंधेरी जगह की तरह दिखता था, किसी फ़ुटपाथ पर या सड़क के किनारे। उसने उनके चेहरे और शारीरिक हाव-भाव के पीछे छिपी तमाम सच्चाइयाँ पढ़ने की कोशिश में उसे बड़ा करके देखा। उस रात उसने अफ़साना की कॉल नहीं उठाई। उसने सामान्य से ज़्यादा शराब पी और फिर लवीशा को उस नंबर पर कॉल किया, जिससे उसने फ़ोटो भेजा था। जिस नंबर से वॉयस नोट्स आते थे, उससे तुरंत कॉल लग गई।

'कॉल करने का शुक्रिया शनय,' लवीशा ने कहा।

'ये तस्वीर किसने खींची? यह कब और कहाँ की है?' उसने तुरंत पूछा।

'मैंने खींची थी। मैं अभी कोलकाता में हूँ। यह अफ़साना की हाउसिंग सोसायटी के बाहर की है। वो आज रात मिले थे।'

'तुमने इसे मुझे क्यों भेजा?' लड़खड़ाहट छिपाने की कोशिश में उसने पूछा।

'माफ़ करो। मैं जानती हूँ कि यह सही तरीक़ा नहीं है, मगर मैं लाचार हूँ।'

'*तुम* क्यों लाचार हो? अगर किसी को लाचार होना चाहिए तो वह मैं हूँ। मुझे अफ़साना से प्यार है।'

वह उसकी आवाज़ में भावनात्मक तपिश महसूस कर रही थी।

'मैं लाचार हूँ क्योंकि मेरे पास कोई विकल्प नहीं है। तुम्हारे पास हैं शनय,' उसने कहा।

'सच में? क्या हैं मेरे विकल्प?'

'अफ़साना को छोड़ दो। वह तुम्हारे लिए नहीं है। मैं जानती हूँ कि उससे तुम्हारी शादी होने वाली है पर यक़ीन करो चाहे वह या निर्माण अभी जो भी कहें, वो कभी किसी और से प्रेम नहीं कर पाएँगे। अगर वो किसी और के साथ भी रहें तो भी वो उनके नहीं हो पाएँगे। साथ रहने का मतलब हमेशा किसी के प्रेम में होना नहीं होता, है न? अभी वो ख़ुद इस बात को बेशक न समझें, पर जल्द ही वो जान जाएँगे कि वो चकमक पत्थर की तरह हैं कि जैसे ही पास आएँगे चिंगारी पैदा होगी। और यह किसी वासना या शारीरिक मिलन की चिंगारी नहीं है। यह चिंगारी एक बड़े अग्निकांड में बदलेगी जिसमें उनकी दुनिया भी जल सकती है, पर उनका प्यार किसी मज़बूत चीज़ में बदल जाएगा, क्योंकि वह असली है। वह क़ुदरती है। और जब कुछ प्राकृतिक होता है तो उसके लिए कोई अपराधबोध नहीं होता। तब उसके बारे में सही और ग़लत में नहीं सोचा जाता। जब किसी चीज़ को लेकर कोई सही या ग़लत ही नहीं है तो कैसा फ़ैसला। यह सिर्फ़ एक तरह का प्यार है, जिसे तुम और मैं आसानी से महसूस नहीं कर पाएँगे क्योंकि हमें इसका कभी अनुभव नहीं होगा। इसीलिए दूसरों की तरह, बिना अफ़साना और निर्माण के बीच का एक अंश भी जाने, उसके बारे में फ़ैसला सुनाएँगे। उसकी सोच में तुम्हारे और निर्माण को लेकर हमेशा एक अंतर रहेगा। निर्माण हमेशा बिन माँगे या बिना किसी अपेक्षा के उससे प्यार करेगा। मगर तुम अफ़साना से तब तक प्यार करोगे जब तक वह तुम्हारी माँग पूरी करती है। अगर यह अभी समझ नहीं आता तो एक दिन आएगा। तुम्हारे पास यह विकल्प भी है कि तब तक बहुत देर न हो जाए।'

लवीशा को लगा कि वह कुछ समय से लगातार बोल रही थी, उसने जोड़ा, 'क्या तुम्हें मेरी बात समझ आई? शनय?'

लगभग एक मिनट के लिए चुप्पी छाई रही, फिर शनय कर्कश स्वरों में बोला, 'भाड़ में जाओ!' और फ़ोन रख दिया। इसके बाद उसने अपनी माँ को कॉल किया।

'हैलो बेटा, क्या हुआ? तुम इतनी देर से फ़ोन क्यों कर रहे हो?' उसकी माँ की आवाज़ में चिंता थी। रात के ग्यारह बजे के बाद शनय का फ़ोन आना दुर्लभ बात थी।

'मम्मा, इस शादी को इसी हफ़्ते के अंत में निपटा देते हैं,' उसने कहा। पहले उसने कभी किसी चीज़ को लेकर इतना उतावलापन नहीं दिखाया था।

अध्याय 6

पिछली बार अग्रवाल और बंसल परिवार जब फ़ैमिली डिनर पर मिले थे, तो अफ़साना और शनय की शादी तय हो गई थी। वह आयोजन जेडब्ल्यू मैरियट के रेस्तरां में हुआ था। जब मिसेज़ बंसल ने मिसेज़ अग्रवाल को परिवार सहित डिनर पर बुलाया तो अग्रवाल परिवार को उनके इस बुलावे पर कुछ संशय हुआ। शनय को घर पर देखकर अफ़साना ही नहीं, अग्रवाल परिवार को भी हैरानी हुई।

'तुमने पहले नहीं बताया,' उसने उसे गले लगाते हुए कान में धीमे से कहा। शनय ने हल्की-सी मुस्कुराहट के साथ सोचा, *जैसे तुम तो सब कुछ बताती हो।*

'कभी-कभी लोगों को सरप्राइज़ भी देना चाहिए,' उसने ख़ुद को समेटते हुए कहा। अफ़साना के मन में ख़तरे की घंटियाँ बजीं।

कुछ देर मिलने-जुलने के बाद, अग्रवाल परिवार डायनिंग रूम में पहुँचा। ये कोई बड़े से फ़ैमिली डिनर की तरह था। बीच में आकर बैठते हुए मिस्टर बंसल ने कहा, 'हम आप लोगों के साथ कुछ शेयर करना चाहते हैं।'

हर किसी को ख़ुशी के बीच हल्की-सी हिचकिचाहट हुई।

'चिंता की कोई बात नहीं है,' मिस्टर बंसल ने हर किसी को आश्वस्त किया और मुस्कुराते हुए बोले, 'शनय शादी की तारीख़ को कुछ जल्दी कराना चाहता है।'

सभी ने राहत की साँस ली।

'इसमें कोई दिक़्क़त नहीं है,' मिस्टर अग्रवाल ने कहा।

'आप कब शादी करना चाहते हैं बेटा?' मिसेज़ अग्रवाल ने पूछा।

'वह इसी हफ़्ते करना चाहता है,' मिसेज़ बंसल ने बेटे की तरफ से जवाब दिया। शनय ने अफ़साना पर नज़र डाली जो अपने फ़ोन पर कुछ लिख रही थी।

क्या वह यह जानकारी निर्माण को भेज रही थी, शनय ने सोचा।

'मैं अपने पंडितजी से बात कर लूँ और कल सुबह ही आपको इस बारे में सूचित करता हूँ,' मिस्टर अग्रवाल ने जवाब दिया।

'ज़रूर। मुझे लगता है कि अफ़साना बेटा आपको भी इसमें कोई दिक़्क़त नहीं है?' मिस्टर बंसल ने उसकी ओर देखते हुए कहा।

'बिल्कुल नहीं,' वह मुस्कुराई।

शनय को छोड़कर हर कोई ख़ुश था। उसे लग रहा था कि इस अचानक क़दम से उसे परेशानी होगी। उसने यह सोचकर शादी की तारीख पहले की थी कि उसे लगता था कि यह बदला लेने का सही तरीक़ा है। अफ़साना ने धूर्त निर्माण से मुलाक़ात कर उसके अहंकार को चोट पहुँचाई थी। उसके फ़ोन में मैसेज आया। यह अफ़साना का था। लिखा था: *इसके बाद कॉफ़ी के लिए चलते हैं।*

बिल्कुल, उसने मैसेज पर ही जवाब दिया। मन ही मन शनय मुस्कुरा रहा था। आख़िरकार, इस ख़बर ने उस पर असर डाला था।

दोनों अफ़साना के घर के पास एक कैफ़े में पहुँचे। वह इस अपार्टमेंट में पिछले दो साल से अकेली रह रही थी। इसकी शुरुआत उसके वर्क स्टूडियो की तरह हुई थी, पर वह उसका घर ही बन गया था। काम था तो अकेलापन भी आरामदायक लगता था। सोमवार से शुक्रवार वह साउथ सिटी में अपने थ्री-बैडरूम अपार्टमेंट में रहती, लेकिन वीकेंड पर सॉल्ट लेक में अपने घर चली जाती थी।

'मुझे यहाँ की कॉफ़ी पसंद है,' शनय ने कहा।

'तुमने मुझे बताया क्यों नहीं?' अफ़साना ने हमेशा की तरह एकदम सीधे पूछा।

'क्या नहीं बताया?'

अफ़साना ने कुछ सेकेंड्स उसके चेहरे को पढ़ा और फिर पूछा, 'क्या तुम ख़ुद शादी कर रहे हो?' वह जानती थी कि वह बेहद रूखी थी, पर वह किसी और तरीक़े से बात नहीं करना चाहती थी।

'क्या?'

'अगर तुम ख़ुद-ब-ख़ुद शादी कर रहे हो तो तुम्हें अकेले कोई भी फ़ैसला लेने का हक़ है। चूँकि तुम और मैं दोनों शादी कर रहे हैं तो तुम्हें नहीं लगता कि अपने माता-पिता से पहले तुम्हें एक बार मुझे बताना चाहिए था?'

वेटर उनके पास आया और शनय ने ऑर्डर दिया।

'मैं आयरिश कॉफ़ी लूँगा और तुम?'

'ब्लैक कॉफ़ी विदआउट शुगर।'

शनय ने वेटर की ओर देखा। उसने उनका ऑर्डर लिया और चला गया। कैफ़े में उनके अलावा एक और जोड़ा बैठा था। पीछे कहीं मद्धम सुरों में एक अंग्रेज़ी गीत चल रहा था।

'क्या तुम्हें लगता है कि तुमने मुझे सब कुछ बता दिया है?' शनय ने उसे भेदती हुई नज़रों से देखा। वह चाहता था कि उसकी नज़रों को वह आरोपों की तरह ले।

'मैंने तुम्हें अपने बारे में सब कुछ बता दिया है, जो भी तुम्हें जानना चाहिए,' अफ़साना ने उसे ऊपरी शांत चेहरे के नीचे उठ रही भँवरों का आभास दिए बिना कहा।

'और यह "जो भी" कौन तय करता है? तुम?' शनय थोड़ा और आगे झुका।

'क्या तुम मुझे प्लीज़ सीधे-सीधे बता सकते हो कि तुम्हारे मन में क्या है? पहली बार मैं तुम्हें सीधे न बोलकर इधर-उधर की बात करते देख रही हूँ,' अफ़साना ने थोड़ा तेज़ी से आगे आते हुए कहा।

शनय भी आगे झुका और पूछा, 'ठीक है, सीधे मुद्दे पर आते हैं। निर्माण बोस कौन है?'

अफ़साना इसके लिए तैयार न थी। उसने अपनी मुद्रा बदली, आश्चर्य में उसने सोचा कि *काश मैं तुमको बता सकती कि वह कौन है और मेरे लिए वह क्या है।* उसकी स्थिर निगाह अफ़साना के चेहरे से नहीं हटी थी। वह जानती थी कि जवाब देने में वो जितना समय लेगी, उतना ही वह उसे किसी भी परिणाम तक पहुँचने का मौक़ा दे रही थी।

'तुम शायद खो गई हो,' शनय ने बनावटी हँसी के साथ आरोप लगाया। उसने फ़ोन निकाला और अपनी फ़ोटो गैलरी में एक तस्वीर पर उंगली रखी। उसने अपना फ़ोन उसे दिया और कहा, 'लगता है कि नाम से शायद तुम्हें कोई फ़र्क न पड़ा हो, इससे ज़रूर पड़ेगा।' निर्माण के साथ उसकी तस्वीर उसके सामने थी। उसने उसका फ़ोन हाथ में लिया और हैरानी से देखा।

'यह तुम्हें कहाँ से मिली?' अभी भी आश्चर्य से तस्वीर देखते हुए उसने पूछा।

'यह सवाल नहीं है।'

'तुम्हें यह कैसे मिली शनय?' इस बार वह पहले के मुक़ाबले ज़्यादा

अड़ गई।

'क्या तुम्हारा अफ़ेयर चल रहा है?' शनय ने अपने आख़िरी शब्दों पर दाँत भींचते हुए पूछा।

'क्या तुम मेरा पीछा कर रहे हो?' उसने आरोप लगाया।

'अब कौन इधर-उधर की बातें कर रहा है?'

कॉफ़ी आ गई थी। शनय ने एक घूँट लिया। अफ़साना ने ब्लैक कॉफ़ी की तरफ भी ध्यान नहीं दिया।

'मैं तुम्हें सच बता सकती हूँ पर मुझे नहीं लगता कि तुम इसे सच की तरह लोगे,' उसने जवाब दिया।

शनय अपमानजनक ढंग से हँसा।

'निर्माण ने मुझे एक दशक बाद संपर्क किया था,' उसने शुरू किया 'वह हमारी एक कॉमन दोस्त के बारे में जानना चाहता था कि क्या उसने मुझे संपर्क किया था। उसे लगा कि शायद मुझे उसके बारे में कुछ पता होगा। इसीलिए वह मिला था। वह भी मुश्किल से दो मिनट के लिए।'

शनय ने कुछ देर उसकी ओर देखा और बोला, 'तुम सही कह रही हो। मुझे भी नहीं लगता कि यह सच है।'

'पहले मुझे जवाब दो कि तुम्हें यह तस्वीर कहाँ से मिली?'

'तुम्हारी दोस्त रईसा बरुआ की मौत हो चुकी है,' शनय ने अपनी आयरिश कॉफ़ी पीते हुए रुखाई से कहा।

अफ़साना ने उसकी ओर व्यग्रता से देखा। उसके हाव-भाव से लगा कि वह झूठ नहीं बोल रहा था।

'क्या तुम मुझे बताओगे कि तुम्हें यह सब कैसे पता चला?'

'रईसा की एक दोस्त—लवीशा—ने मुझे बताया,' शनय ने उसे बताया कि वॉयस नोट्स में रईसा की मौत के बारे में उसे क्या पता चला था।

'मुझे जाना है,' अफ़साना ने कहा।

'क्या तुम अब निर्माण से मिलोगी?' उसने उसके हाथ को पकड़ना चाहा।

वह उसकी पकड़ देखते हुए मुड़ी और बोली, 'मेरा हाथ छोड़ो शनय।' उसने हाथ छोड़ दिया। अफ़साना कैफ़े से निकल गई। वह सीधे अपने घर गई पर पूरी रात नहीं सो पाई। रईसा का चेहरा उसके आगे मंडराता रहा। सुबह तक आते-आते वह अपने आँसुओं को और नहीं रोक पाई। वह लगातार ख़ुद से कह रही थी कि रईसा नहीं मर सकती। कुछ भ्रम रहा होगा। अगली सुबह आठ बजे, उसने निर्माण को कॉल किया। उसने लगभग तुरंत ही जवाब दिया।

'मुझे तुमसे मिलना है,' अफ़साना बोली।

ख़ामोशी थी। तब निर्माण ने पूछा, 'कहाँ आना है?'

'उल्टाडांगा फ़ुटब्रिज।' *पुराने दिनों की तरह,* वह जोड़ना चाहती थी।

ख़ामोशी।

'ओके।' *पुराने दिनों की तरह?* वह नहीं पूछ सका।

अध्याय 7

अफ़साना उसी उल्टाडांगा फ़ुटब्रिज की ओर जा रही थी, जहाँ उसके अतीत का एक अहम हिस्सा गुज़रा था। यही वह जगह भी थी, जहाँ मिलान से कोलकाता लौटने के बाद उसने कई बार कार पार्क की थी, बस पुल को घूरने के लिए। हर बार वह दो किशोरों को सीढ़ियों पर साथ बैठे देखती, जो एक-दूसरे के प्रेम में तल्लीन होते थे। और तब. . .

यही वह जगह थी, जहाँ वह यूरोप जाने से पहले निर्माण से आख़िरी बार मिली थी। वह नहीं जानती थी कि उसने फ़ुटब्रिज पर मिलने का फ़ैसला क्यों किया था। शायद दिल के एक कोने में कहीं वह अपना अतीत फिर से जीने के लिए मर रही थी और उसका यही एकमात्र तरीक़ा था। जैसे ही उसने सीढ़ियों के साथ अपनी कार लगाई, निर्माण को पुल के ऊपर खड़ा देखा। वह ऊपर-नीचे हो रहा था। अफ़साना पार्किंग लाइटें ऑन छोड़कर अपनी कार से निकली और सीढ़ियों पर चढ़ने लगी। कुछ ही मिनटों में वह उसके पास थी। उसने उसे ख़बर देने के लिए मन में ख़ूब अभ्यास किया था, लेकिन उसके सामने पहुँचते ही मानो उसके गले में कुछ फँस गया था।

'क्या तुम किसी लवीशा को जानते हो?' उसने अचानक पूछा।

निर्माण ने नाम दोहराया, जैसे ख़यालों में खोया हो, और फिर बोला, 'मैं एक लवीशा को जानता हूँ जो हमारे साथ काम किया करती थी। असल में एक कर्मचारी थी।'

'हमारे?'

'रईसा और मेरे। हमारा एक स्टार्टअप चल रहा है,' उसने बताया।

रईसा और निर्माण ने कुछ इकट्ठे मिलकर किया था, उसका गला रुंध

गया था।

'तुम लवीशा को कैसे जानती हो?' उसने पूछा।

'इससे कोई फ़र्क नहीं पड़ता,' अफ़साना ने सोचा कि *अगर यह सब सच था*, तो निर्माण को रईसा की मौत का पता नहीं था। और *अगर लवीशा निर्माण को जानती थी, तो उसने उसके बजाय शनय को संपर्क क्यों किया?*

अफ़साना कुछ कहती कि तभी उसने ट्रैफ़िक पुलिसवाले को चिल्लाते सुना, '*कार गाड़ी एईटा?*' वह उसकी कार के बराबर खड़ा था।

'क्या यह—' निर्माण ने शुरू किया लेकिन उसे सिर हिलाते देख चुप हो गया।

'क्यों न हम चलते हुए बात करें? मैं तुम्हें द पार्क पर ड्रॉप कर दूँगी,' उसने प्रस्ताव रखा।

'बिल्कुल।'

वह सीढ़ियों तक पहुँची और फिर बराबर के रास्ते पर उतरने लगी। तब तक उसने फ़ैसला कर लिया था कि जब तक ख़ुद सच्चाई का पता नहीं लगाती निर्माण को कुछ नहीं बताएगी।

उसने शनय को मैसेज किया: *मुझे लवीशा का नंबर दो*।

जैसे ही निर्माण कार में उसके बगल में बैठा, शनय का जवाब आया: *भूल गया*।

अफ़साना को गुस्सा आया। उसने निर्माण से पूछा, 'क्या तुम्हारे पास लवीशा का नंबर है?'

'होना चाहिए, पर किसलिए? तुम उसे कैसे जानती हो?' उसने पूछा।

'मुझे लगता है कि तुम्हें उससे जल्द से जल्द बात करनी चाहिए,' अफ़साना ने जवाब दिया। निर्माण ने उसे इसका आशय जानने की नज़रों से देखा, लवीशा के नंबर को फ़ोन की कॉन्टेक्ट लिस्ट में खोजा और कॉल किया। उसने कॉल को स्पीकर पर रख दिया। जैसे ही घंटी गई दोनों सुनते रहे, पर किसी ने नहीं उठाया।

'उसने क़रीब एक साल पहले जॉब छोड़ दिया था। या शायद ज़्यादा समय पहले। मुझे पता नहीं,' उसने कंधे उचकाए।

'प्लीज़ उससे रईसा के बारे में बात करो एक बार,' अफ़साना ने कहा। वो ख़ामोशी से चलते रहे। एक ट्रैफ़िक सिग्नल पर निर्माण ने तुषारा बुटीक़ का एक और होर्डिंग देखा।

'मुझे ख़ुशी है कि तुमने इसका नाम तुषारा रखा,' उसने हल्की-सी मुस्कान के साथ कहा। इसके जवाब में उसने अपने बैग से आइस बर्स्ट का पैकेट निकाला

और एक सिगरेट जला ली। उसने एक लंबा-सा कश खींचा और खिड़की के बाहर छोड़ दिया। निर्माण ने कुछ नहीं कहा। यह पहली बार नहीं था कि उसने उसे स्मोक करते देखा था, आख़िरी बार वह और रईसा दोनों एक साथ धुआँ उड़ा रहे थे।

अफ़साना ने एक के बाद एक तीन सिगरेट पीं और वो एक-दूसरे की मौजूदगी से बेख़बर बने रहे। और तभी अचानक अफ़साना ने पूछा, 'क्या तुम्हारी और रईसा की शादी हो गई?'

वह असल में कुछ और ही पूछना चाहती थी और वह विश्वास नहीं कर पाई कि उसने बेसमझे-बूझे यह क्या सवाल पूछ लिया था।

'नहीं। हमारी शादी नहीं हुई,' उसने सोच-विचार कर जवाब दिया।

'क्यों? तुम दोनों भाग गए थे, है न?'

'हम भागे थे पर शादी के लिए नहीं। मुझे रईसा से वैसा प्यार कभी नहीं था।'

'कैसा?'

'जैसे मैं. . .' निर्माण ने आह भरी और धीरे-से वाक्य पूरा किया, 'किसी और को करता था।'

'तो तुम्हारे और किसी और के बीच क्या हुआ?' उसने बेरुखे ढंग से पूछा। निर्माण ख़ामोश था। वह गाड़ी चलाती रही।

उसने बताया था कि वह द पार्क में रह रहा था, पर उसकी बिज़नेस मीटिंग नोवोटैल में थी।

जैसे ही वह होटल के गेट पर पहुँचे, निर्माण बोला, 'ज़िंदगी। ज़िंदगी घटी मेरे और उस किसी और के बीच।' उसने अफ़साना को चेहरा घुमाते देखा। एक कर्मचारी आया और उसने पैसेंजर साइड वाला गेट खोल दिया।

'तुम ठीक हो?' निर्माण ने उसके कांपते हुए शरीर को देखकर पूछा। वह उसे देखने के लिए मुड़ी।

'क्या मैं ठीक नहीं लग रही हूँ?' चेहरे पर बहते गर्म आँसुओं के साथ उसने पूछा। निर्माण उतर गया। जब तक वह कुछ कहता, वह गाड़ी आगे ले गई थी।

निर्माण अपनी बिज़नेस मीटिंग के बाद उबेर बुलाने वाला था, तभी उसने अफ़साना को पोर्टिको तक अपनी कार लाते हुए देखा।

'बैठो,' उसने आदेश दिया, उसने पालन किया। वह ड्राइव करने लगी।

वह सिगरेट जलाने ही वाली थी कि जब उसने निर्माण को दूसरी सिगरेट जलाते देखा। यह उसका पुराना ब्रैंड था। उसने अपनी सिगरेट वापस रखी और

पूछा, 'मुझे भी?'

'बिल्कुल?' उसने अपने सिगरेट बॉक्स से निकालकर एक सिगरेट उसके हाथ में रखी। उसने ली और जलाई।

'तुमने स्मोकिंग कब शुरू की?' अफ़साना ने पूछा।

'कुछ समय पहले,' निर्माण ने कहा और सोचा, *अब यह न पूछना कि क्यों की*।

'तुम लोग भागे क्यों थे?' उसने सवाल किया।

'तुम्हें क्या-क्या पता है?' उसने पूछा।

'मुझे कुछ पता नहीं,' उसने जवाब दिया। निर्माण उसकी भावनाओं का अंदाज़ा नहीं लगा सका।

'मैं आईआईटी प्रवेश परीक्षा नहीं दे पाया। मेरा अपहरण हो गया था और मुझे इम्तिहान पूरा होने तक बंधक बनाए रखा गया। मुझे अभी तक पता नहीं कि यह किसने किया था लेकिन मुझे लगता है कि शायद यह तरुण का काम था।'

अफ़साना ने गाड़ी धीमी की और पार्क कर दी।

'तरुण? तुम्हारा मतलब वह तरुण?'

निर्माण ने हाँ में सिर हिलाया, 'हाँ वही।' अफ़साना को लगा निर्माण के साथ जो भयानक गुज़रा था उसकी वजह वह थी। तरुण आख़िरकार उसी से जुड़ा था न कि निर्माण से।

'और फिर?' उसने पूछा।

निर्माण ने कुछ देर में उसे पिछले 13 साल के जीवन की जानकारी दे दी। रईसा के अवैध अबॉर्शन से लेकर उनके साथ रहने तक, उसकी कुकिंग की बेहतरीन क्षमता और उनका बिज़नेस मॉडल. . . हर चीज़। आख़िर में उसने राहत की साँस लेते हुए जोड़ा, 'मैंने तुम्हें ओरकुट और फ़ेसबुक पर कई बार ढूँढा।'

अफ़साना ने सोचा, *यह शायद तब की बात है जब मैं गहरे डिप्रेशन में थी और हर चीज़ से ख़ुद को काट लिया था*। मगर उसे एक बात समझ नहीं आई थी: *रईसा और निर्माण इतने साल तक एक साथ रहे थे पर किसी ने एक-दूसरे को प्रपोज़ नहीं किया था? मैं समझ सकती हूँ कि निर्माण मेरे प्यार में था, लेकिन रईसा?* उसने सोचा।

'क्या रईसा का कोई बॉयफ्रेंड नहीं था या—'

'मुझे इसका पता नहीं।'

यह अजीब बात है। अफ़साना ने निर्माण को द पार्क पर उतार दिया।

निर्माण ने नहीं पूछा कि क्या वो फिर मिलेंगे और न ही अफ़साना ने।

'लवीशा से बात करना और मुझे बताना,' उसने होटल के गेट पर उसे छोड़ते हुए कहा।

अफ़साना उस दिन काम पर नहीं गई। वह उस दिन अपने फ्लैट में रही ताकि पूरी तरह उलझे हुए अपने मन की गाँठ खोल सके। इतने सालों में रईसा का निर्माण से प्रेम क्यों नहीं हुआ था? कुछ जुड़ नहीं रहा था।

इसी दिन उसके ग्रेजुएशन के दिनों की सबसे अच्छी दोस्त दीपानिता को एक हफ़्ते के लिए अपने पति के साथ सिंगापुर से कोलकाता आना था। उन्होंने उस रात ड्रिंक पर 10, डाउनिंग स्ट्रीट पर मिलने का तय किया था।

अफ़साना को उसके बिज़नेस वेंचर पर बधाई देने के बाद दीपानिता को लगा कि उसकी दोस्त कुछ उखड़ी-सी है।

'क्या हुआ दोस्त? क्या यह शादी का तनाव है? मुझे भी ऐसा ही लगा था, क्या तुम्हें याद है?' दीपानिता मुँह दबाकर हँसी। अफ़साना चुपचाप बैठी रही जैसे उसने सुना ही नहीं। उसने हिंदी में कुछ लाइनें गुनगुनाईं—

मेरा दिल एक छोटा-सा गाँव है।
लोग कम हैं यहाँ।
रौशनी भी नहीं, बिजली भी नहीं।
लेकिन जब तुम मिलने आए,
बरसों की रात में भी,
सब कुछ सुबह-सा साफ दिखने लगा।

दीपानिता ने एक पल के लिए आँखें चौड़ी कर अपनी सबसे अच्छी दोस्त की ओर देखा। 'हे, क्या हुआ दोस्त?' उसने अपनी दोस्त के ठंडे हाथों को हाथ में लेते हुए पूछा।

'मैं निर्माण से मिली,' अफ़साना ने जवाब दिया।

दीपानिता की आँखें और चौड़ी हो गईं, 'तुम्हारा मतलब निर्माण बोस?'

अफ़साना ने जैक डैनियल का घूँट गले से उतारते हुए हाँ में सिर हिलाया। दीपानिता जानती थी कि निर्माण बोस उसके लिए कौन और क्या था। कई बार ऐसा हुआ था जब वह उसके बारे में इतना जानने के बाद उससे मिलने के लिए बेक़रार रही थी। वह जानती थी कि अफ़साना को आसानी से कोई पसंद नहीं

आता था, और अगर वह किसी के बारे में ऊँचे ख़याल रखती थी—ख़ासकर एक पुरुष के बारे में—तो वह निश्चित ही कुछ ख़ास होगा। अनोखा और दुर्लभ।

'तुम उससे कहाँ मिलीं? फ़ेसबुक पर या असल में?' दीपानिता की उत्तेजना साफ दिख रही थी।

अफ़साना बोलने से पहले कुछ देर रुकी। 'अभी भी मुझे लग रहा है कि मानो दोनों मुलाक़ातें कोई सपना थीं।'

'तुम उससे दो बार मिलीं? और तुम यह अब बता रही हो? मुझे पूरी जानकारी चाहिए। अब बताओ,' दीपानिता ने अपने गिलास को एक ओर कर दिया और अपनी दोस्त को उम्मीद से देखा।

खोई-खोई अफ़साना ने अपना व्हिस्की गिलास गोल-गोल घुमाया, उस पर टकटकी लगाए बोली, 'उसने कहा वह रईसा को प्यार नहीं करता जैसा वह किसी और को करता था।'

'किसी और. . . यानी तुम?'

अफ़साना ने सिर उठाया। बोलते हुए उसकी आँखों में आँसू थे, 'इन तमाम सालों के दौरान,' उसने कहा, 'मुझे लगा था कि हमारे बीच सब कुछ ख़त्म हो चुका था। मुझे सच में यक़ीन था कि समय हम दोनों को और जो कुछ हमारे बीच था, उसे दफ़न कर देगा। मगर उससे फिर से मिलने के बाद, मुझे अहसास हुआ कि जब एक-दूसरे के बीच दिल का रिश्ता जुड़ जाता है, तो वह कभी नहीं टूटता, खामोशी सब कुछ बयां कर देती है। हम अहंकारी या ज़िद्दी हो सकते हैं या उदासीन भी और दूसरे ढंग से देख सकते हैं, पर वह निर्माण स्थायी रचना होती है। समय के साथ वह हमारे अस्तित्व का ऐसा आंतरिक हिस्सा बन जाता है कि उसे ध्वस्त करने का मतलब होगा ख़ुद को नष्ट करना। सच कहूँ तो कई बार मैंने रईसा से ईर्ष्या की। मैंने हमेशा ख़ुद से पूछा कि वह मेरे साथ क्यों नहीं भागा था। मुझे सिर्फ़ अभी पता चला कि वह और रईसा का एक साथ स्टार्ट-अप है। और मैं सोचती थी कि उसने मेरे साथ कुछ ऐसा मज़बूत क्यों नहीं बनाया जिसे कोई चुनौती न दे सकता? मेरे साथ वह क्यों घरेलू और जंगली दोनों न हो पाया?'

पब में तेज़ संगीत बज रहा था, लेकिन दोनों महिलाओं के बीच ख़ामोशी पसरी थी।

'क्या उसे पता है कि जल्द ही तुम्हारी शादी हो रही है?' दीपानिता ने पूछा।

'उसे पता है। मैंने पहली बार मुलाकात में ही उसे साफ-साफ यह ख़बर दे दी थी। लेकिन फिर मैंने सोचा कि यह मैं किससे मज़ाक कर रही थी। क्या वास्तव में निर्माण के अलावा मैं किसी की हो सकती थी? वैसे "किसी के पा

लेने" या "किसी के होने" का क्या अर्थ है? क्या कोई रीति-रिवाज़, क़सम या सामाजिक समारोह यादों से भरे दिल को बदल सकता है? क़रीब पंद्रह साल से मैंने निर्माण से प्यार और नफरत दोनों की हैं। वह जो है और उसने जो मुझे दिया, उससे मुझे प्यार है और नफ़रत भी क्योंकि उसने मेरा इंतज़ार नहीं किया। इसे स्वीकारना मुश्किल था पर समय के साथ मैंने इसे स्वीकार कर लिया। और इसे स्वीकारने का एक तरीक़ा जीवन के अहम मामलों में माता-पिता की पसंद के सामने आत्म-समर्पण करना था। ज़रा सोचो दिप्पी: तेरह साल से एक महिला के साथ रहने वाला एक आदमी, एक कमरे में रहते हुए, जीवन की सभी छोटी घटनाएँ और अपने अनुभव साझा करते हुए भी, उसे वह जगह नहीं देता जो उसने मेरे लिए रख रखी है। मेरे लिए!'

दीपानिता का गला भर आया था। हालाँकि इस सच पर यूँ तो यक़ीन करना मुश्किल था पर वह जानती थी कि अगर अफ़साना को इस पर भरोसा न होता तो वह उसे इस बारे में न बताती।

'आज, जब मुझे लगा कि निर्माण अभी भी मुझसे प्यार करता है, तो मैं उसके लिए पहले से ज़्यादा तड़प रही हूँ। जब हम दस साल तक किसी रिश्ते में नहीं थे, तब भी वह "हमारे लिए" प्रतिबद्ध था। तब जब उस "हम" की दूर-दूर तक कोई संभावना नहीं थी।'

दीपानिता ने अपना ड्रिंक पूरा किया और ग़ौर किया कि अफ़साना के चेहरे पर ख़ुशी से भरी मुस्कान थी। 'असल में यह बात अजीब है पर निर्माण ने किसी को भी प्यार करने की मेरी ताक़त पूरी तरह से छीन ली है। जिस आदमी से मेरी शादी होने वाली है, मैं उससे प्यार नहीं करती। विवाह सिर्फ़ एक सामाजिक और क़ानूनी कॉन्ट्रेक्ट है। और ऐसी व्यवस्था से उपजा प्रेम अक्सर इस कॉन्ट्रेक्ट की और उसके लिए एक सुविधा की तरह होता है।'

'तुम क्या कह रही हो?' दीपानिता ने घबराते हुए कहा।

'दुर्लभ लोग सबसे दुर्लभ क़िस्म का दर्द देते हैं और सबसे दुर्लभ क़िस्म का सुख भी। जब आप एक अनोखे इंसान से प्रेम करते हैं, तो आपको वैसी महिला होने पर गर्व होता है, जो दुर्लभ है।' अफ़साना ने कहा, 'मेरी इच्छा अभी निर्माण के साथ होने की है, पर समाज का ख़याल मुझे फिर उससे कभी न मिलने को कहता है।'

'मुझे लगता है कि तुम्हें नहीं होना चाहिए। इसमें बहुत ख़तरे हैं। तुम्हारे माता-पिता, शनय, उसके माता-पिता। और शनय भी एक अच्छा इंसान है। वह तुम्हें ख़ुश रखेगा।'

'मैं ख़ुश नहीं रहना चाहती। मैं जीवन में हर दिन शांति के साथ रहना चाहती हूँ। और मैंने कभी नहीं कहा कि शनय कोई बुरा इंसान है।'

दोनों कुछ नहीं बोलीं। उन्होंने अपनी ड्रिंक ख़त्म की और सिगरेट पीने के लिए बाहर निकल गईं। तभी शनय ने उसे टेलीफ़ोन किया और उसने धुएँ के दो छल्ले बनाने के बाद उसे जवाब दिया।

'तुम्हारे पापा ने अभी कॉल किया था,' उसने बगैर किसी भूमिका के कहा। 'तुम्हारे परिवार के पंडितजी ने बताया है कि हमारी शादी के लिए जो भी सबसे अच्छी तारीख़ वो निकाल पाए वह अब से एक महीने बाद की है। मुझे कोई दिक़्क़त नहीं है।'

'ओके।' हालाँकि अल्कोहल की वजह से उसका सिर घूम रहा था, पर उसने ध्यान देने की हरसंभव कोशिश की।

'हालाँकि, जब तक हमारी शादी नहीं होती, तुम्हें बेंगलुरू में मेरे साथ रहना होगा,' शनय ने कहा।

अफ़साना ख़ामोश थी। उसने जोड़ा, 'मैंने तुम्हारे माता-पिता से इस बारे में बात की है। उन्हें कोई परेशानी नहीं है। तो तैयार हो जाओ। हम दोनों कल शाम एक साथ चलेंगे।'

उसने फ़ोन काट दिया। अफ़साना ने फ़ोन स्क्रीन की ओर खाली नज़रों से घूरा और फिर धीरे-धीरे हँसने लगी।

'क्या हुआ?' दीपानिता ने पूछा।

'तुम्हें पता है कि शनय ने हमेशा मुझसे कहा है कि वह मुझे कभी नहीं समझ सकता।'

'तो?'

'मुझे लगता है कि जल्दी ही समझ जाएगा।'

अफ़साना ने अपनी सिगरेट से एक लंबा कश खींचा।

अध्याय 8

'मैं तुम्हारे घर के सामने खड़ी हूँ। बाहर आ जाओ,' अफ़साना ने टेलीफ़ोन पर कहा और जब तक वह कुछ बोलता, फ़ोन काट दिया। शनय ने अपने कमरे में पर्दा खींचा और सावधानी से बाहर झाँका पर उसे उसकी कार नहीं दिखाई दी। वह पायजामे में ही गली में आया और देखा कि कार गली के नुक्कड़ पर खड़ी थी।

'क्या हुआ?' उसने अंदर बैठते हुए पूछा, और फिर तुरंत जोड़ा, 'क्या तुमने पी रखी है?'

'इतनी नहीं कि बात न कर सकूँ,' उसने जवाब दिया।

'हम कल बात कर सकते हैं। मैं तुम्हें घर छोड़ दूँगा,' उसने कहा। शनय बाहर निकलने ही वाला था कि उसने उसका हाथ पकड़ लिया।

'मुझे सब समझ आ गया है,' उसने व्यंग्य से मुस्कुराते हुए कहा।

'क्या मतलब?'

'वो देर तक गले मिलना, बेंगलुरू में इतना जल्दी मेरे साथ सम्बन्ध बनाना, जल्दी से शादी करने की इच्छा और अब जब तक शादी न हो अपने साथ रखने की बात ताकि मैं कोलकाता में न रहूँ। यह सब कुछ बताता है कि तुम फट्टू हो और तुम्हारे अहंकार को चोट पहुँची है। तुम दूसरे आदमियों की तरह ही हो; प्रतिस्पर्धा से डरने वाले, बच्चों की तरह असुरक्षित और पागल हो जाने की हद तक दूसरों पर संदेह करने वाले।'

शनय को बहुत शर्मिंदगी महसूस हुई, क्योंकि अफ़साना ने उसे एक किताब की तरह पढ़ लिया था। उसने उसे कठोरता के साथ देखा और चिढ़कर बोला, 'हाँ ज़रूर। इसीलिए शादी से कुछ महीने पहले तुम अपने एक्स से चुपचाप मिलकर इसका कॉकटेल पार्टी के साथ जश्न मनाना चाहती हो, है न?'

अफ़साना ने बदले में उतनी ही कठोरता के साथ उसे देखा और जवाब दिया, 'अगर तुम्हें अब तक यह पता नहीं, उसका नाम निर्माण बोस है। किसने कहा कि वह मेरा एक्स है? यह सच है कि वह मेरी ज़िंदगी में था। मगर मैं उससे दस साल से ज़्यादा समय बाद मिली हूँ। मैं उससे आज सुबह फिर मिली और पाया कि वह मेरा वर्तमान भी है। इसके अलावा यह बात कि तुमने शादी तक निर्माण से मुझे अलग करने का सोचा, तुम्हें लगता है कि इससे हम दोनों अलग हो जाएँगे। यह बताता है कि शादी की तुम्हारी परिभाषा नैतिक बंधन की है। यह बिल्कुल ऐसा है कि एक बार वह मेरी पत्नी बन जाए और मैं उससे जितना चाहूँ सम्बन्ध बनाऊँगा, चाहे फिर उसका किसी से भी सम्बन्ध हो, मुझे परवाह नहीं। या यह कुछ ऐसा कि शादी के बाद वह "सीमारेखा" पार करने से पहले अपराधबोध महसूस करेगी। अगर यह दूसरी बात है, तो तुम अफ़साना अग्रवाल को एक प्रतिशत भी नहीं जानते।'

अटपटा महसूस करने के बजाय अब शनय गुस्से में आ गया था। वह बोलने से पहले रुका।

'देखो अफ़साना, बालिग़ों की तरह व्यवहार करो और वैसे रहो। हमारी शादी तय हो चुकी है। मुझे यह जानने का हक़ है कि तुम्हारे और इस आदमी के बीच क्या चल रहा है।'

अफ़साना धीरे-से मुस्कुराई, 'ओह ओके। तो तुम्हें हक़ है! मगर क्या तुममें यह समझने की संवेदनशीलता है कि जो भी है वह हमेशा से रहा है और वह हमेशा मेरे और "इस आदमी" के बीच रहेगा?

'चुप रहो। जो भी मुझे जानना है मुझे बता दो। यह तुम्हारा आख़िरी मौक़ा है। मैं तुम्हें माफ़ कर दूँगा।'

'माफ़ कर दोगे?' वह अब उसे देखने के लिए मुड़ी, 'किस बात के लिए?' अब तक उसने उसे इतनी तेज़ आवाज़ में बोलते नहीं सुना था।

'मुझे अंधेरे में रखने के लिए, लानत है!' वह फुफकारा।

'मैंने तुम्हें किसी अंधेरे में नहीं रखा।'

'सच में? तुम्हारा पति बनने वाला हूँ। तुमने मुझसे अपना अतीत छिपाया। वह अतीत जिसे तुम खुल्लम-खुल्ला अब अपना वर्तमान बता रही हो, मुझसे छिपाकर।'

एक बनावटी हँसी अफ़साना के चेहरे पर आई और वह बोली, 'मेरे होने वाले प्यारे पति, मेरे अतीत का तुमसे कोई लेना-देना नहीं।'

अफ़साना के इस नए दुस्साहसी रूप ने उसको अंदर तक छलनी कर दिया।

'तो, तुम कह रही हो कि अगर तुमको पता चलता है कि मैं तुम्हारी पीठ पीछे किसी से सम्बन्ध रख रहा हूँ तो इससे तुम्हें परेशानी नहीं होगी?'

'मैं कह रही हूँ कि मेरा कोई अफ़ेयर नहीं है। अभी तक नहीं।'

'यह साबित करने के लिए तुम्हारे पास कुछ नहीं। मगर मेरे पास एक तस्वीर है जिसमें तुम उससे रात को अपनी बिल्डिंग के बाहर मिल रही हो। कौन जानता है कि इस तस्वीर से पहले तुम दोनों कहाँ थे? शायद तुम दोनों अपने आरामदेह अपार्टमेंट से कुछ देर पहले ही वहाँ आए हो।'

अफ़साना बेहद शांत थी। उसका एक हिस्सा ख़ुश था कि अब वो ये बातचीत कर रहे थे। यह केवल एक बातचीत नहीं थी, बल्कि आँख खोलने वाली चीज़ थी। वह जानती थी कि इसके अंत तक दोनों एक-दूसरे के पोर-पोर को जान जाएँगे।

'मैं बस इतना जानता हूँ कि तुम मेरी मंगेतर हो और वह दूसरा आदमी तुम्हें मुझसे भावनात्मक रूप से छलकर मेरी ज़िंदगी बर्बाद कर रहा है,' शनय ने उस पर ग़ुस्से से निगाह डाली और जोड़ा, 'और कौन जानता है कि शारीरिक रूप से भी छला हो।'

'ख़ामोश शनय!' कार का द्वार खोलकर बाहर आते हुए अफ़साना ग़ुस्से में भरकर बोली। अंदर बैठे-बैठे उसका दम घुट रहा था।

'सच में?' वह भी बाहर आ गया। कार की हुड पर उसे बैठे देखते हुए वह बोला, 'जानती हो, मैं चुप नहीं रहूँगा क्योंकि मैं उनमें से नहीं जो अपनी मंगेतर को थाली में रखकर उसके प्रेमी को सौंप दें।'

'मैं निर्माण और अपने बारे में और बात नहीं करना चाहती।'

'अब तुम बातचीत को यहाँ तक ले आई हो तो एक बात मुझे और बता दो।'

'क्या?'

'मुझे बताओ कि क्या निर्माण के साथ तुम्हारे शारीरिक सम्बन्ध हैं?'

अफ़साना अब उस शख़्स पर भभक उठी, जिससे उसकी शादी होने वाली थी। इस पल वह सड़क पर चलते किसी अनजान व्यक्ति से बिल्कुल अलग नहीं लग रहा था।

'तुम्हारी ख़ामोशी बताती है कि—' शनय ने शुरू किया, पर अफ़साना बीच में ही बोल पड़ी।

'हाँ। निर्माण के साथ मेरे शारीरिक सम्बन्ध हैं,' उसने मुँहतोड़ जवाब दिया और शनय के चेहरे के उड़ते रंगों को देखती रही।

'तुम सही कह रहे हो। उस रात हम केवल बिल्डिंग के बाहर नहीं मिले थे।

वह मेरे फ़्लैट पर आया था।' वह जानती थी कि एक झूठ के बाद तो झूठों का ढेर लग जाएगा, क्योंकि उसे पता था कि सच को भी झूठ मान लिया गया था।

'एक बार नहीं,' अब वह अपने आप में आ चुकी थी, 'दो बार नहीं, उसने मेरे साथ कई बार सम्बन्ध बनाए कि अब मेरी त्वचा के एक-एक इंच पर उसकी छाप और उसकी महक है। और इससे कोई फ़र्क नहीं पड़ता कि तुम मेरे होने वाले पति मुझ पर कितना अधिकार रखते हो। मुझसे तुम्हारी महक कभी नहीं आएगी। और तुम्हारा किसी भी तरह का पाखंड निर्माण को मुझसे अलग नहीं कर पाएगा।'

'तुम यह सब मेरा अपमान करने के लिए कह रही हो न? जवाब दो!' शनय उसके पास आया और उसके कंधे पकड़कर झकझोर दिए। उसने कोई विरोध नहीं किया।

'बोलो,' उसने दोहराया, 'कि तुम मज़ाक कर रही हो।'

अफ़साना अनमने ढंग से हँसी, 'मैंने तुम्हें वही बताया जो तुमने सुनना चाहा और अब तुम चाहते हो कि मैं अपने शब्द वापस ले लूँ। अ. . .अ. . .अ. . .'

उसने ख़ुद को उसकी पकड़ से आज़ाद किया और बोली, 'कोई निर्माण से बेहतर मुझसे सम्बन्ध नहीं बना सकता। और तुम्हें पता है क्यों? क्योंकि मुझे उससे *प्यार* है। मुझे हमेशा उससे प्यार रहा है और हमेशा रहेगा। यह उस तरह का प्रेम है जो मुझे यक़ीन है कि तुमने न तो कभी महसूस किया है और न उसके आसपास भी हो। और मुझे सच में संदेह है कि तुम ऐसे गंदे ख़यालों के चलते कभी आओगे भी।'

शनय ने उसे ऐसे छोड़ा मानो वह जल गया हो।

'तुम सच में—'

'कुतिया? बदचलन? वेश्या? बोलो-बोलो। बोलो शनय बंसल कि तुम्हारी मंगेतर, वह औरत जिससे तुम शादी करने वाले हो, बदचलन है। कह दो! तुम जैसे पुरुष अपनी औरतों को अपने गंदे दिमाग़ से बस यही सब कह सकते हैं। लेकिन क्या तुम्हें पता है कि मुझ जैसी महिलाएँ बदचलन क्यों होती हैं? क्योंकि निर्माण जैसे वफ़ादारों की बेहद कमी है जो एक महिला के साथ खड़े हो सकते हैं और बदले में उसका शरीर पाने के लिए किसी तरह की बहानेबाज़ी नहीं करते। क्या तुम उन सभी चीज़ों को छोड़ने का सोचोगे, जिनके लिए तुम हमेशा तरसते रहे हो और मेरे लिए या किसी और के लिए कुछ और बन पाओगे? तुम सिर्फ़ शारीरिक सम्बन्ध बना सकते हो। तुम अपनी असुरक्षा को छोड़कर मुझ पर भरोसा तक नहीं कर सकते। तुम एक औरत को उसके शरीर से परे नहीं

देख सकते।'

रात के सन्नाटे में, शनय अपने दिल की धड़कन को साफ सुन सकता था। अफ़साना वापस बैठी और कार स्टार्ट कर दी। अपना सिर खिड़की से बाहर निकालकर उसने हाँफते हुए कहा, 'तुमने कहा था कि निर्माण दूसरा आदमी है। तुम ग़लत हो। दूसरा आदमी तुम हो। मेरा तुम्हारे साथ रिश्ता शुरू होने से बहुत पहले ही निर्माण से मेरी शादी हो गई थी। हमारी शादी आग के सामने नहीं हुई थी और उसे मंत्रों या गवाहों की ज़रूरत नहीं थी; इसमें दो मामूली बातें शामिल थीं: एक हाँ मेरी और एक हाँ उसकी। और हम हमेशा के लिए एक-दूसरे के हो गए। यही शादी है, शनय। जो तुम और मैं करने वाले हैं वह साथ रहने का सामाजिक लाइसेंस होगा। ख़ानाबदोशों के जंगलीपन को घरेलू बनाने की हास्यास्पद कोशिश। तो हाँ, तुम मेरे तथाकथित होने वाले पति हो, तुम मेरे जीवन में दूसरे पुरुष हो। और हमेशा रहोगे, भले ही मैं अपने बाक़ी जीवन के लिए तुम्हारे नाम पर सिंदूर लगाऊँ।' यह कहकर अफ़साना ने गाड़ी आगे बढ़ा दी।

शनय कुछ देर वहीं चुपचाप खड़ा रहा और इसके बाद मुड़ा और सावधानी से क़दम बढ़ाते हुए स्ट्रीट लैंप तक पहुँचा। वहाँ बैठकर वह रोने लगा।

अगले दिन अफ़साना अपने बुटीक़ गई। उसे इच्छा हुई कि निर्माण को मैसेज करे पर नहीं किया। उसकी माँ ने उसे बताया था कि शनय ने शादी तक कोलकाता में रुकने का फ़ैसला किया था। उस रात उसकी माँ ने अफ़साना को भावनात्मक रूप से ब्लैकमेल किया, ताकि वह बंसल परिवार के घर महिलाओं के साथ डिनर पर चले जहाँ वो शादी की चीज़ों पर बात करने वाले थे। जैसे ही परिवार पार्क स्ट्रीट में मार्को पोलो में मिले, अफ़साना को उसके फ़ोन पर निर्माण का मैसेज मिला:

क्या हम बात कर सकते हैं?

उसने लिखा: *सब बैठे हैं।*

निर्माण ने पढ़कर जवाब दिया: *सॉरी। मैं इंतज़ार करूँगा।*

पक्का?

हाँ।

जैसे ही निर्माण ने 'हाँ' लिखकर भेजा, आँसू की एक बूंद उसके फ़ोन पर गिरी। वह उठा और अपने होटल के कमरे के वॉशरूम में गया। उसने आईने में ख़ुद को घूरते हुए कहा, 'क्या तुम्हें समझ नहीं आता निर्माण? तुम उसकी ज़िंदगी का एक नाजायज़ हिस्सा हो। और अवैध लोग कभी भी किसी की प्राथमिकता नहीं हो सकते। यह समझ लो निर्माण, इससे कोई मतलब नहीं कि

तुम अफ़साना को कितना चाहते हो, तुम एक नाजायज़ हिस्सा हो।' वह लाल आँखों के साथ इस आख़िरी हिस्से को बार-बार बोलता रहा और फिर अचानक उसने आईने पर घूँसा मारा। उसी समय उसके फ़ोन पर एक तस्वीर सामने आई। उसने पूछा था तो नर्सिंग होम के एक कर्मचारी ने उसे रईसा बरुआ के नाम का डेथ सर्टिफ़िकेट की तस्वीर भेज दी थी।

अध्याय 9

डिनर के बाद अपने फ़्लैट पर जाने के बजाय, अफ़साना जल्दी से गाड़ी लेकर द पार्क पहुँची। निर्माण उसकी कॉल नहीं उठा रहा था और उसे कुछ गड़बड़ होने का अंदेशा होने लगा था। उसने रिसेप्शन पर आकर लड़की को उसे कॉल लगाने को कहा। तीन बार कोशिश करने के बाद अफ़साना ने निर्माण के मोबाइल पर भी फ़ोन किए। उसने कमरे में लगे टेलीफ़ोन पर जवाब दिया। अफ़साना एलीवेटर से तुरंत उसके कमरे पर पहुँची।

जैसे ही वह लिफ़्ट से बाहर निकली, उसे उसका कमरा दिख गया। वह अधखुला था। अफ़साना ने उसे धक्का दिया और वह एक अंधेरे कमरे में थी। जैसे ही उसने लाइट जलाई, उसकी नज़र कमरे के फ़र्श पर बिखरे सिगरेट के टोटों पर पड़ी। बेड पर एक लैपटॉप रखा था। खिड़की पर पर्दे पड़े थे जिनसे बाहर कोलकाता शहर का धुंधला-सा ही अहसास होता था। अस्त-व्यस्त निर्माण बेड के सहारे ज़मीन पर बैठा था। हाथ में मौजूद लाइटर को वह खोया हुआ-सा जला-बुझा रहा था। उसके दाएँ हाथ पर ख़ून था। उसने अफ़साना की ओर देखा।

'प्लीज़ द्वार बंद कर दो,' उसने धीरे से कहा। अफ़साना ने द्वार बंद करते हुए पूछा, 'तुम्हारे हाथ को क्या हुआ?'

वह पास आई, उसके आगे झुकी और दोनों की नज़रें मिलीं। उसने त्योरी चढ़ाकर उसके ज़ख़्मी हाथ को छुआ। एक दशक बाद यह उनका पहला संपर्क था। निर्माण लगभग उसकी ओर झुक गया और उसके सीने में मुँह छिपाकर वह रोने लगा।

'रईसा मर गई अफ़्फ़ू। हमारी राइस अब इस दुनिया में नहीं है!' उसके

सीने में उसकी आवाज़ घुट गई थी।

अफ़साना अपना संतुलन नहीं रख पाई और वह उसके ऊपर फ़र्श पर लुढ़क गया। उसने उसे एकदम क़रीब आकर, कसकर पकड़ रखा था। उसकी बाँहों ने अफ़साना को चारों ओर से जकड़ रखा था। उसकी तेज़ और गर्म साँसें उसकी छाती के खुले हुए हिस्से पर लग रही थीं। यह बेहद ऊँचे दर्जे की भावनात्मक उत्तेजना थी। अफ़साना की आँखें इतनी भीग गई थीं कि वह निर्माण का दर्द या अकेलापन नहीं देख पाई, पर उसके थरथराते शरीर को अपने आलिंगन में महसूस कर रही थी। वह चाहती थी कि यह पल तुरंत ख़त्म हो जाए, क्योंकि वह रो रहा था, और उस पल को वह हमेशा के लिए लंबा भी करना चाहती थी, क्योंकि निर्माण ने उसे अपने मन के भाव जताने के लिए चुना था। रोते हुए दोनों भीतर के दर्द में एकाकार हो गए।

उन्हें पता नहीं चला कि कितनी देर तक दोनों यूँ ही रहे। और जैसे अचानक निर्माण ने उसे गले लगाया था, वैसे ही अचानक उसे छोड़ दिया।

अपनी आँखें मलते हुए उसने कहा, 'मुझे माफ़ करना अफ़साना।'

वह बैठ गई, 'मेरी एक गुज़ारिश है। मुझे अफ़्फ़ू कहो।'

दोनों आँसुओं में धीमे से मुस्कुराए। उसने तुरंत फ़र्स्ट एड को बुलवाया। उसकी नर्सिंग के बाद, निर्माण बेड पर लेट गया। अफ़साना ख़ुद खिड़की के पास रखी आर्मचेयर में धँस गई। उसके हाथ अभी भी कांप रहे थे। रईसा, उसकी सोल-सिस्टर अब नहीं थी। दोनों काफ़ी देर तक ख़ामोशी से बैठे रहे। रात कब सुबह में बदल गई, दोनों को पता ही न चला।

'यह सब कैसे हुआ?' उसने पूछा।

'मुझे पता नहीं,' उसने कहा। 'मैंने लवीशा से बात की जिसने मुझे इस बारे में बताया और फिर मैंने नर्सिंग होम में पता किया। उन्होंने बताया कि उसे त्वचा की लाइलाज दुर्लभ बीमारी थी।' उसने छत की तरफ़ देखा जैसे समझने की कोशिश कर रहा हो।

'मुझे समझ नहीं आता कि उसने मुझे अपनी बीमारी के बारे में क्यों नहीं बताया,' उसने जोड़ा।

'शायद वह जानती थी कि उसकी अंतिम स्थिति के बारे में जानकर तुम्हें बहुत बुरा लगेगा,' अफ़साना ने कहा।

'तुम्हें पता है, जिस दिन वह गई, उसने मेरे सोते हुए मुझे चूमकर सीने पर एक लिपस्टिक का निशान छोड़ दिया था।'

'वह तुम्हें प्यार करती थी निर्माण,' अफ़साना ने धीरे से कहा।

'उसने कभी इसका मुझे अहसास ही नहीं होने दिया।'

'वह नहीं चाहती थी कि तुम्हें पता चले। अगर एक महिला अपनी भावनाओं को नहीं जताना चाहती तो वह नहीं जताएगी।'

'इतने साल उसके साथ रहते हुए, उसे अपनी भावनाएँ न जताने की क्या वजह थी?'

'केवल वही इसका जवाब दे सकती थी। अगर उसने इस बारे में बताया होता तो क्या तुम उसे अपना लेते?'

'पता नहीं।'

'शायद इसीलिए।'

वो कुछ देर और ख़ामोशी से बैठे रहे। अफ़साना का फ़ोन बजा। उसकी माँ थीं। उसने जवाब दिया।

'जी मम्मा।'

'शनय को एक बड़े बिज़नेस अवॉर्ड के लिए नॉमिनेट किया गया है। यह सेरेमनी तुम्हारी शादी के दो दिन पहले होगी। मुझे बेहद ख़ुशी है। तुम घर कब आ रही हो? तुम्हारे डैड कुछ वेडिंग कार्ड देख रहे हैं। हमें बहुत-सी चीज़ों की ख़रीदारी भी करनी है।'

'मम्मा परेशान न हों। मैं अभी घर आ रही हूँ। तब बात करेंगे।' उसने फ़ोन रखा और देखा कि निर्माण उसकी ओर देख रहा था। उसने कंधे उचका दिए।

'मुझे माफ़ कर देना अफ़्फ़ू तुम्हें परेशान करने के लिए। यह सही नहीं है। तुम्हें जाना चाहिए। तुम्हारी शादी होने वाली है और—' वह रुका।

'और?'

'तुम्हें होटल रूम में इस तरह नाजायज़ लोगों से नहीं मिलना चाहिए,' कहते हुए उसे लगा कि उसके अंदर कुछ जल रहा है।

अफ़साना ने उसे गहराई से देखा और फिर बोली, 'अगर तुम मेरी ज़िंदगी का नाजायज़ हिस्सा हो, तो मैं तुम्हें बता दूँ कि मेरी ज़िंदगी में जो कुछ जायज़ है, वह एक धोखा है।'

'जाओ अफ़्फ़ू।'

'मैं जाऊँगी। मगर अकेले नहीं। तुम मेरे साथ चल रहे हो।'

'मैं? कहाँ?'

'मेरे अपार्टमेंट पर। मैं वहाँ अकेले रहती हूँ। मैं तुम्हें यहाँ अकेले इस तरह नहीं छोड़ सकती। कम से कम यह सब जानकर और जो तुमने किया है वह देखकर तो नहीं,' उसने उसकी चोट को देखते हुए कहा।

निर्माण के अधूरे मन से किए विरोध के बावजूद अफ़साना ने उसका बैग लगाया और कुछ मिनटों में वो चेक आउट के लिए तैयार थे।

अफ़साना ने उसे अपने घर में आराम से बैठाया और नींद की हल्की गोलियों के साथ एक कप कॉफ़ी बनाई। वह जानती थी कि उसे नींद की ज़रूरत है, पर वह बेहद तनाव में था।

'आराम से सो जाओ। मैं जल्द ही लौटूँगी,' उसने दरवाज़े से कहा। मैं इसे बाहर से बंद कर दूँगी।'

'शुक्रिया अफ़्फ़ू,' उसने धीरे से कहा।

वह मुस्कुराई, 'तुमसे धन्यवाद अच्छा नहीं लगता इसलिए प्लीज़।' इसके बाद वह चली गई।

शनय की शादी की तारीख़ जल्दी होने की ख़बर उसके सबसे क़रीब दोस्तों के बीच तेज़ी से फैल गई। उनके बैचलर पार्टी पर ज़ोर देने की वजह से उसने पार्टी के लिए क्लब बूदुआ को चुना था। यह भी पहला मौक़ा था जब उसने अफ़साना की तस्वीर अपने दोस्तों को दिखाई थी। इस पर उन्होंने उससे ख़ूब मज़ाक किया।

'तुम कितने भाग्यशाली हो कि तुम्हें इतनी हॉट लड़की मिली है।'

'तो हमें *भाभी* से कब मिलवा रहे हो?'

'जल्दी ही,' शनय ने उन्हें आश्वस्त किया।

कुछ पैग के बाद, किसी ने एक लड़की को उनकी तरफ देखते हुए पाया। उन्होंने एक-दूसरे को कोहनी मारी।

'बंद करो यार!' शनय ने कहा।

'हमने अभी तक कुछ नहीं किया है,' वो सभी ज़ोरदार ठहाके के साथ हँस पड़े। जैसे ही लड़की उनकी तरफ आई, वो चुप हो गए।

'हाय शनय,' उसने कहा।

'जा-जा। शादी की घंटी बजने से पहले जो मज़ा लेना है, ले-ले,' उसका दोस्त उसके कान में फुसफुसाया।

'क्या हम एक-दूसरे को जानते हैं?' शनय ने खड़े होते हुए पूछा।

'मैं लवीशा। क्या मैं आपसे अकेले में कुछ बात कर सकती हूँ?'

अध्याय 10

अगर कोई और मौक़ा होता, तो शनय ने ख़ुशी-ख़ुशी लड़की को अनदेखा कर दिया होता पर अपने दोस्तों के सामने वह यह जोखिम नहीं उठा सकता था, वरना उसे इसके बाद उनके सैकड़ों सवालों का जवाब देना होता।

'ज़रूर,' वह उसे स्मोकिंग एरिया की तरफ ले गया।

'मैं यह नहीं सुनना चाहता कि अफ़साना या निर्माण ने तुम्हें यहाँ भेजा है,' कोने में एक-दूसरे के सामने खड़े होते हुए शनय गरजा। केवल वही दोनों स्मोकिंग नहीं कर रहे थे।

'नहीं। मुझे नहीं लगता कि उन्हें पता है कि मैं क्या चाहती हूँ और क्यों,' लवीशा ने जवाब दिया।

'अच्छा तो क्यों और क्या चाहती हो?' उसने पूछा।

'रईसा के लिए।'

'वह तो मर गई।'

'यही तो जवाब जानने की और भी वजह है। पर मैं यहाँ इसलिए नहीं आई। मैंने अफ़साना या निर्माण से नहीं बल्कि तुमसे संपर्क किया तो इसलिए कि केवल तुम ही तय कर सकते हो कि उनकी कहानी कैसे ख़त्म होनी चाहिए।'

शनय बनावटी हँसी हँसा, 'भाड़ में जाओ तुम और तुम्हारी तलाश। तुम्हें पता भी है कि अफ़साना ने मुझे क्या बताया? उसने कहा कि मैं दूसरा आदमी हूँ। मैं, उसका होने वाला पति, उसकी ज़िंदगी में दूसरा आदमी हूँ। क्या तुम्हें यक़ीन आएगा इस पर?'

'मुझे कोई आश्चर्य नहीं। जो रईसा ने मुझे उसके बारे में बताया था उसके मुताबिक़ वह कोई ऐरी-ग़ैरी नहीं थी। तुमने नाराज़ किया होगा और नतीज़े में

तुम्हें तुम्हारे लायक़ जवाब दिया होगा।'

'लायक़? अच्छा? यह कौन फ़ैसला करेगा कि मैं किसके लायक़ हूँ? तुम? या तुम्हारी मरी हुई दोस्त रईसा?' शनय अब चिड़चिड़ा गया था। साफ था कि अफ़साना के साथ उसकी आख़िरी मुलाक़ात ने जो उसे ज़ख़्म दिए थे, वो अभी तक भरे नहीं थे।

'मैं तुमसे पहले ही बता चुकी हूँ और फिर बता रही हूँ, प्लीज़ अफ़साना को भूल जाओ। वह आपकी कभी नहीं हो पाएगी। और यह केवल आपकी बात नहीं। इस मामले में वह किसी और की भी नहीं हो पाएगी, सिवाय—'

शनय बीच में ही बोल पड़ा, 'वह मेरी रहेगी। उसने यह बात छिपाई कि निर्माण के साथ उसके इतने गहरे रिश्ते थे। वह मुझे यह पहले ही दिन बता सकती थी और मैं यहाँ तक नहीं आता। मगर उसने ऐसा नहीं किया। वास्तव में, अगर तुमने मुझे वो वॉयस नोट्स नहीं भेजे होते, तो मुझे कभी इसका पता नहीं चलता।'

'बिल्कुल। उसने यह जान-बूझकर नहीं छिपाया। उसे पता भी नहीं था कि वह उससे दोबारा मिलेगी। उसके मन में यह सब ख़त्म हो चुका था। वह केवल इसे दिल में छिपाए थी, बस। सभी पुरुषों को किसी औरत के दिल में जगह नहीं मिलती। इससे कोई फ़र्क नहीं पड़ता कि वह आदमी उसका होने वाला पति है या कोई और,' लवीशा ने बिना विश्वास खोए संतुलित ढंग से कहा।

शनय ने अपनी आँखें सिकोड़ीं, 'मुझे शक है कि तुमने ही उसके मन में यह सब डाला है, लेकिन मैं तुम्हें अभी यहीं बता देता हूँ कि मैं उससे शादी करूँगा और उसे दिखाऊँगा कि यह "दूसरा आदमी" कौन है। एक दिन वह माफ़ी माँगेगी और केवल मेरी होकर रहेगी।'

उसने ख़ामोशी से उसके चेहरे को पढ़ा और बोली, 'तो तुम उससे बेइज़्ज़ती का बदला लेने के लिए शादी कर रहे हो, जो तुमने ख़ुद करवाई। बहुत ख़ूब! जब मैंने तुम्हें रईसा, निर्माण और अफ़साना की कहानी सुनानी शुरू की थी, तो मुझे नहीं पता था कि तुम इतने मामूली आदमी होंगे। अगर मुझे पता होता तो यक़ीन जानो, मैंने कोशिश भी न की होती। तुम कहते हो कि अफ़साना ने तुमको निर्माण के बारे में नहीं बताया। वो सही थी। यह उसकी पसंद है, तुम्हारा विशेषाधिकार नहीं। माफ़ करना, मैंने तुम्हारा समय बर्बाद किया मिस्टर बंसल। मुझे लगता है कि कुछ चीजें क़िस्मत पर छोड़ देनी चाहिए। अब मैं तुमसे कभी नहीं मिलूँगी। अपनी बैचलर पार्टी का मज़ा लीजिए।'

शनय ने लवीशा को स्मोकिंग ज़ोन से बाहर जाते देखा। उसने गहरी साँस ली, और दोस्तों को समझाने के लिए जल्दी से एक अच्छी-सी सफाई ढूंढी और इसके बाद उनके पास पहुँच गया। एक स्तर पर वह ख़ुश था कि जो

बेवकूफ़ाना और दुखद मज़ाक यह रहस्यमय लड़की करने की कोशिश में थी, वह आख़िरकार ख़त्म हो गया था।

रात के ग्यारह बजे के क़रीब अफ़साना ने अपने फ़्लैट का द्वार खोला। उसके माता-पिता उसे खरीदारी को ले गए थे, जिसके बाद उन्होंने उसे साथ खाना खाने को मजबूर किया। वो चाहते थे कि वह रात को उन्हीं के पास रहे, पर उसने ज़ोर देकर कहा कि उसे प्रोजेक्ट पूरा करना है और वह अपने अपार्टमेंट लौट आई। पहली बार वह घर में किसी के लिए लौट रही थी; जिसकी उसने कभी दूर-दूर तक कल्पना नहीं की थी कि वह आएगा और फिर रहस्यमयी और परोक्ष ढंग से और करुणा के साथ, उसके भीतर अपनी जगह बना लेगा।

अफ़साना बेडरूम में गई। कमरा ठंडा था। एयर कंडीशनर का तापमान वही था, जो जाते हुए उसने छोड़ा था। निर्माण दूसरी तरफ मुँह करके अपनी जगह लेटा था। वह बिस्तर की ओर गई और उसके चेहरे पर चाँद की एक किरण पड़ती देखी। वह बच्चों की तरह सो रहा था। उसने एक बीन बैग को बिस्तर की तरफ खींचा और उस पर बैठ गई। अफ़साना ने देखा कि उसके होंठ खुले थे। वह आगे झुकी तो उसकी साँस उसके चेहरे पर महसूस होने लगी। एक पल के लिए उसने उसकी छोड़ी हुई साँस को अंदर खींचा। उसने अपना चेहरा उसकी तरफ किया ताकि उसकी साँस उसके चेहरे के हर इंच को छू सके। उसको छूने की उसके मन में तीव्र इच्छा हुई, पर उसे न जाने क्यों लगा कि अगर उसने ऐसा किया तो वह ग़ायब हो जाएगा। क्या यह सब एक सपना था? एक कल्पना जो कभी हक़ीक़त नहीं बनेगी। उसने उसकी नाक के कोने पर एक चुंबन लिया और चुपचाप उठ खड़ी हुई।

रईसा ने मेरे सीने पर लिपस्टिक का निशान छोड़ा था। अफ़साना सीधी हुई, उसे लगा जैसे दिल बैठ गया हो। निश्चित ही रईसा गहराई से निर्माण को चाहती थी, ऐसा प्रेम जो भक्ति की दहलीज़ पर कहीं होता है। जो स्पर्श और वासना से परे है। वह उठी और अपनी स्टडी टेबल की दराज़ से अपनी डायरी निकाली। वह इसके साथ बैठी, निर्माण को देखती रही और एक कविता लिख डाली।

ज़माने से छुपके,
एक बंद कमरे में,
परदे खींच के,
बिस्तर पर बिछे चादर को कुचल के,
इश्क़ नहीं होता।

इसके बाद, कब उसकी आँख लग गई, उसे पता भी न चला।

अफ़साना झटके से उठी। निर्माण बिस्तर पर नहीं था। फ़्लोर पर एक छाया-सी घूमती दिखी और उसने उसे ख़ुशी के भाव में खिड़की के साथ खड़े देखा।

'मुझे नहीं पता था कि तुम खर्राटे भी लेती हो,' उसने शरारती मुस्कराहट के साथ कहा।

'शट अप!' अफ़साना खड़ी हुई और अँगड़ाई ली।

'वाह, सेक्सी।'

'शट अप! क्या तुम्हें ठीक से नींद आई?'

'काफ़ी समय से इतना अच्छा नहीं सो पाया था,' उसने जवाब दिया।

'अच्छा। मुझे एक मिनट का वक़्त दो,' वह साथ लगे बाथरूम में गई।

अफ़साना ने एक दिन के लिए काम से छुट्टी ली और अपनी बिज़नेस मीटिंग स्थगित करने के लिए निर्माण को मनाया। उन्होंने पूरा दिन, शाम और रात गुज़रे हुए दिनों के बारे में बातें करते बिताया। रईसा के बारे में। गुवाहाटी में उसे लेकर निर्माण की यादों के बारे में। कोलकाता में अफ़साना की यादों के बारे में। भुवनेश्वर में रईसा ने हर दिन संघर्षों के बीच कैसे उसका साथ दिया। तब अफ़साना को अहसास हुआ कि किसी शख़्स की कल्पना की रानी बनना कितना आसान था, मगर एक दशक से अधिक समय तक किसी के साथ रहते हुए भी. . . उसके लिए यह सब अद्भुत था।

देर रात डिनर के बाद, जब निर्माण बिस्तर पर सोने चला गया, तो अफ़साना ने अपने कमरे से दीपानिता को फ़ोन किया।

'तुम अब फ्री हो जाओ। मुझे तुमसे बात करनी है,' उसने कहा।

'मैं वैसे भी अपनी आंटियों के साथ ऊब रही थी, जो मुझे फ़ैमिली शुरू करने के लिए तंग कर रही हैं, तो आदेश दो डार्लिंग। बताओ?'

'निर्माण दूसरे कमरे में है,' अफ़साना ने बच्चों की तरह उत्साह में कहा।

'ओ माय गॉड! तुम्हारा मतलब निर्माण तुम्हारे फ़्लैट में है?'

'हाँ।'

'तुम लोग—'

'आज साथ-साथ रहे,' अफ़साना अपने अस्तित्व में एक तरह की शांति का अनुभव कर रही थी।

'अब यह न कहना कि तुम लोगों ने कुछ किया?'

'नहीं, हमने कुछ नहीं किया।'

'अच्छा? तुम दोनों सारे दिन एक ही फ़्लैट में रहे और तुमने कुछ नहीं

किया? प्लीज़!'

'हमने कुछ नहीं किया।'

'किस भी नहीं?'

'नहीं।'

'ओके और मैं मदर टेरेसा हूँ,' दीपानिता ने ताना मारा।

'चुप रहो और सुनो। मुझे तुम्हें दूसरी ज़रूरी बातें बतानी हैं।'

'बोलो, मैं सुन रही हूँ।'

'मैंने उसके लिए खाना बनाया, उसके कपड़े धोए और शेव बनाने में उसकी मदद की।'

'शेव क्या?'

'उसकी दाढ़ी, बेवकूफ़। अब सुनो, बीच में मत बोलो। मुझे लगता है कि मैंने आख़िर लंबे समय बाद निर्माण को हासिल कर लिया है। यूँ तो मैं ऐसी नहीं कि किसी के आगे झुकूँ, पर आज मैंने यह ख़ुद चुना। हालाँकि हम हमउम्र हैं लेकिन मैंने उसकी माँ की तरह काम किया। जब वह नहा रहा था, तो मैं अंदर जाकर उसे साबुन और शैंपू लगाना चाहती थी। मैंने ऐसा नहीं किया, पर मैं चाहती थी। मैंने उन सभी सिगरेटों के टुकड़े इकट्ठे किए, जिन्हें हमने पुराने दिनों को याद करते हुए पिया। मैं उन्हें एक साथ गूंथकर अपनी निजी डायरी के लिए बुकमार्क बनाऊँगी। जब मैं किचेन में थी, तो वह दरवाजे के पास खड़ा बस मुझे देख रहा था। उसकी नज़रें मुझ पर. . . मैं बता नहीं सकती कि कितना सेक्सी लग रहा था। बातें आत्मा को संतुष्ट कर रही थीं, तो बीच का मौन ऑर्गेज्म की तरह था। हालाँकि उसकी मौजूदगी भर ही चाहे जितनी शांत हो, मुझे उत्तेजित कर रही थी। मुझे ही पता है कि मैंने ख़ुद पर कैसे क़ाबू रखा।

'मैंने उसके कंधे पर एक तिल देखा। मैं उस तिल को क़ुदरती फ़ुल स्टॉप बनाने के लिए उसके आगे कुछ शब्द लिखना चाहती थी। एक समय शाम को हम बाल्कनी में खड़े थे। हम बस एक-दूसरे को देखते हुए वहाँ खड़े रहे। मैं उसके बारे में नहीं जानती, पर मुझे बुरा नहीं लगता अगर वह मेरे सारे कपड़े फाड़ देता और जानवर की तरह मुझ पर टूट पड़ता। अगर उसने ऐसा किया होता तो उसने मुझसे मेरे कपड़े ही न उतारे होते, मेरी आत्मा को मुक्त करने के लिए मेरे शरीर को भी नग्न कर दिया होता। डिनर से ठीक पहले उसने मेरी सारी कविताएँ ज़ोर से पढ़ीं। वह पढ़ता गया और मैं उसे घूरती रही। शब्द वही थे पर अर्थ अलग लग रहे थे। ज़िंदगी वही थी, जीना कुछ अलग लग रहा था। मुझे लगता है कि पढ़ने के बाद वह मुझे चूमना चाहता था। पता नहीं ऐसा उसने क्यों नहीं किया।

'जब हम बीते दिनों की बकवास बातों हँस रहे थे, मैं उसे पकड़कर रोना चाहती थी। सिर्फ़ रोना। न जाने क्यों। मैं अपने आँसुओं को उसकी त्वचा पर सुखाना और उसके अस्तित्व का हिस्सा बनाना चाहती थी। जैसे वह मेरा एक हिस्सा है।' अफ़साना ने एक गहरी साँस ली।

'मैं अब कुछ कहूँ?' अपने स्वरों में चिंता के साथ दीपानिता बोली।

'हाँ, अब तुम बोलो।'

'तुम क्या कर रही हो? एक तरफ तुम अपने लिए दुल्हन का सामान ख़रीद रही हो और दूसरी ओर तुम बच्चों की तरह ख़ुश हो रही हो, क्योंकि निर्माण तुम्हारे फ़्लैट में है? क्या जो सामने है वह तुम्हें नहीं दिख रहा है या तुम जान-बूझकर उसे अनदेखा कर रही हो?'

ख़ामोशी छा गई थी।

'हैलो?' दीपानिता ने पूछा।

'हाँ,' धीमा-सा स्वीकार था।

'जो मैं अभी कह रही हूँ इस पर ज़रा सोचो मेरी जान। प्रेम और सब कुछ ठीक है लेकिन तुम जल्दी ही शादी कर रही हो। क्या तुमने सोचा है कि आगे क्या करना है? क्या तुम निर्माण को अपनी शादी में बुलाने वाली हो? या तुम उसके साथ विवाहेतर सम्बन्ध रखना चाहती हो? अगर तुम उस दिशा में सोच रही हो तो तुम्हारी सबसे अच्छी दोस्त के नाते, मैं कहूँगी कि पीछे हट जाओ। और अभी पीछे हटो। हम बालिग़ हो चुके हैं। हम अपनी इच्छाओं के बजाय अपने समाज की इच्छाओं से ज़्यादा चलते हैं। मुझे बताओ, क्या तुमने शनय से बात की? वह तुम्हारे और निर्माण के बारे में क्या सोचता है? और असल में तुम्हारी योजना क्या है?'

अफ़साना शांत थी। एक पल बाद वह बोली, 'बाद में बात करते हैं।' उसने फ़ोन रखा और फ़ोन को स्विच ऑफ़ कर दिया। उसने माना कि दीपानिता पूरी तरह सही थी। ख़राब बात यह थी कि अफ़साना के पास उसके सवालों के कोई जवाब नहीं थे। उसके लोगों को पता नहीं था कि निर्माण उसके अपार्टमेंट में था। दरअसल वह चाहे जितना चाहे, चीज़ें हमेशा ऐसे ही नहीं चल सकती थीं। शायद वह भी इस बारे में अच्छी तरह जानती थी और इसीलिए इस एक दिन में पूरी ज़िंदगी जीने की कोशिश में थी।

अफ़साना बेडरूम में गई जहाँ निर्माण सो रहा था। उसने अपनी उंगलियाँ उसके बालों में फेरीं और उसके हाथ को अपने चेहरे पर मला। वह निर्माण को अपने जीवन में लाने को लेकर इतनी खो गई थी कि वह भूल गई कि

उसे अपनी ज़िंदगी में बनाए रखने का तरीक़ा खोजना था। और वह भी एक विवाहेतर सम्बन्ध के रूप में नहीं बल्कि किसी पुरुष के साथ अकेले, वास्तविक और एकमात्र सम्बन्ध के रूप में। उसके लिए उसे शनय से बात करनी होगी। और बहुत जल्दी।

अध्याय 11

शनय और अफ़साना अपनी-अपनी माँओं के साथ एल्गिन रोड पर पीसी चंद्रा ज्वेलर्स में थे। उन्हें दूल्हे और दुल्हन के लिए अंगूठियाँ ख़रीदनी थीं, जो शादी की रस्म में दोनों एक-दूसरे को पहनाते हैं। दोनों परिवारों का एक लंबा-चौड़ा कार्यक्रम बन गया था। अफ़साना ने शनय से निजी तौर पर मिलने के लिए मैसेज किया पर उसने सीधे इनकार कर दिया। वह समझ गई कि वह केवल तभी बात करने को तैयार होगा जब दोनों एक-दूसरे के साथ बंधन में बंध जाएँगे। अंगूठियाँ चुनने के बाद, महिलाओं ने लंच का फ़ैसला किया। शनय सभी को ड्राइव करके स्प्रिंग क्लब के ज़िंग रेस्तरां ले गया। दोनों माँओं ने अपने बच्चों को खाने का ऑर्डर करने को कहा और इसके बाद लेडीज़ रूम में चली गईं। शनय ने मेन्यू अफ़साना को पकड़ा दिया। उसने उसे एक तरफ करते हुए कहा, 'उस दिन के लिए मुझे माफ़ करना।'

शनय ने अपने फ़ोन में व्यस्त होने का बहाना किया और उसकी माफ़ी को अनदेखा कर दिया।

'हमें इस शादी को रद्द करना होगा शनय,' उसने कहा। उसकी आँखें अफ़साना से मिलीं। 'विश्वास करो, यह शादी हम दोनों में से किसी को भी कभी ख़ुश नहीं रखेगी। मैं तुम्हें बता रही हूँ क्योंकि अगर मैं पीछे हटने की बात करूँगी तो कोई मेरी नहीं सुनेगा। अगर तुम उन्हें कहोगे तो शायद वो तुमसे कुछ देर सवाल करेंगे पर बाद में मान जाएँगे। शनय, मैं. . .' उसका गला सूख गया था और उसने पानी पिया, '. . . प्रार्थना करती हूँ।'

शनय ने उसे खाली नज़रों से देखा और फिर धीरे से हँसा।

'अच्छा। मुझे पसंद आया। और भीख माँगो।'

अफ़साना उसके सिर पर पानी मार सकती थी, पर उसने संतुलन बनाए रखा।

'तुम इसे क्यों नहीं समझ रहे हो शनय? मुझे तुमसे प्यार नहीं है। मैं निर्माण से प्यार करती हूँ। मैं बस इतना चाहती हूँ कि तुम सबको बता दो कि तुम शादी के इच्छुक नहीं हो। बाक़ी मैं देख लूँगी। ऐसा नहीं है कि तुम्हारा और मेरा कोई भावनात्मक सम्बन्ध है। हम एक-दूसरे को केवल छह महीने से जानते हैं। और फिर तुम्हें शादी के लिए कोई भी लड़की मिल जाएगी।'

'कोई भी लड़की? वह क्यों नहीं जिससे मेरी शादी तय हुई है?'

'तुम एक मामूली-सी बात क्यों नहीं समझते?'

'शायद तुम अभी पूरी तरह माफ़ी नहीं माँग रही हो,' शनय ने नीचा दिखाने वाली मुस्कान के साथ कहा।

अफ़साना मुँहतोड़ जवाब देना चाहती थी, पर तब तक दोनों महिलाएँ बाहर आ चुकी थीं।

'क्या तुम लोगों ने ऑर्डर किया?' मिसेज़ बंसल ने पूछा।

'अफ़साना दुविधा में है, लेकिन मुझे पता है कि मैं क्या लूँगा,' उसने जवाब दिया। अफ़साना का रंग फीका पड़ गया था।

लंच के बाद उसे देशबंधु पार्क के पास उतार दिया गया, जहाँ उसे कैफ़े में दीपानिता से मिलना था जबकि शनय दोनों माँओं को उनके घर ले गया।

जल्द ही दीपानिता उसके पास पहुँच गई।

ऑर्डर जल्द ही आ गया—*वाना होल लॉटा लव*—और मेज़ के बीच सजा दिया गया। दीपानिता ने अपना हिस्सा झट से उठा लिया। 'क्या तुम्हें लगता है कि शनय तुम्हारी बात को चुपचाप मान लेगा?' उसने ताना मारा। 'कोई आदमी नहीं मानेगा।'

'मुझे समझ नहीं आता वह मुझसे शादी करने पर क्यों अड़ा हुआ है। वह निर्माण के साथ मेरे अतीत को कभी बर्दाश्त नहीं कर पाएगा इसके बावजूद वह मुझसे शादी करना चाहता है, क्यों?'

'अब उसके लिए यह एक विजय की तरह है। अगर यह बात न होती तो वह उसी दम पीछे हट गया होता, जिस पल उसने निर्माण के साथ तुम्हारी तस्वीर देखी थी,' दीपानिता ने जवाब दिया।

अफ़साना चम्मच के साथ खेलती रही पर डैज़र्ट नहीं खाया।

'शादी टालने के लिए कुछ नहीं किया जा सकता। बस इसे मान लो और शनय के बजाय निर्माण से बात करो। वह ज़्यादा समझदार लगता है। वह मान

जाएगा और तुम दोनों से दूर रहेगा। इससे सभी कुछ अच्छी तरह से ठीक हो जाएगा,' दीपानिता ने कहा। मगर उसकी दोस्त पूरी तरह खोई हुई डैज़र्ट को ताक रही थी।

'बस आज निर्माण से बात करो, ठीक है?' दीपानिता ने दोहराया।

'तुम सही कह रही हो। वह मुझसे शादी करना चाहता है क्योंकि वह निर्माण के साथ एक झूठी लड़ाई जीतना चाहता है। उसके लिए अभी यह ज़्यादा ज़रूरी है। उस दिन मेरे भड़कने से उसके पुरुष अहंकार को चोट लगी है। इसलिए वह अड़ियल गधा ही बना रहेगा चाहे इसका मतलब तीन ज़िंदगियों का बर्बाद होना ही क्यों न हो।'

'तुम शनय पर भड़कीं? उफ़्फ़, यह कब हुआ? तुमने उसे क्या बोला?'

'जाने दो। जो वह नहीं जानता वह यह कि उसने अपने अहंकार की लड़ाई एक ग़लत इंसान से मोल ली है। अगर यह सच में शनय के लिए जीत का मामला है, फिर मैं उसे हमेशा के लिए हराकर ही छोड़ूँगी,' अफ़साना ने दांत भींचकर कहा।

'तुम्हारे मन में क्या है?' होठों तक चम्मच ले जाते हुए दीपानिता ने पूछा।

'चेक प्लीज़,' अफ़साना ने उंगलियों से गल्ले पर खड़े व्यक्ति को इशारा करते हुए कहा; दीपानिता से वह बोली, 'चलो चलें।'

अध्याय 12

अफ़साना ने दीपानिता को छोड़ा और फिर सॉल्ट लेक तक ड्राइव करके गई। उसने एक इंजीनियरिंग कॉलेज से निर्माण को लिया और वापस अपने अपार्टमेंट पहुँची। निर्माण ने अपनी बिज़नेस मीटिंग की संभावनाओं के बारे में उत्साहित होकर कहा—उसे लगता है कि उसे कोलकाता की अकादमिक दुनिया में अपना स्टार्ट-अप फैलाने का तरीक़ा मिल गया है।

उसने कहा, 'तुम्हें नहीं पता कि आज मैंने रईसा को कितना याद किया।'

'क्या तुम दोनों बिज़नेस मीटिंग्स के लिए साथ जाते थे?' जैसे ही वो बाल्कनी में गर्मागर्म कॉफ़ी मग लेकर बैठे, उसने पूछा।

'शुरू में, हाँ। इसके बाद उसने किचेन सेक्शन की ज़िम्मेदारी ले ली, जबकि मैंने बिज़नेस पर ध्यान देना शुरू कर दिया,' निर्माण ने जवाब दिया। उसका फ़ोन बजा और उसने एक मिनट तक किसी से बात की।

'मेरे टिकट हो गए हैं।'

'टिकट?' अफ़साना सच में हैरान थी।

'कुछ दिन के लिए वापस भुवनेश्वर और इसके बाद मैं कोलकाता लौटूँगा। मैं कंपनी को यहाँ शिफ़्ट करूँगा।'

'क्या तुम रईसा और उसकी यादों से भाग रहे हो?' उसने पूछा।

निर्माण ने हाँ में सिर हिलाया। 'मैं उसकी यादों से दूर रहना चाहता हूँ। चाहे जो हो मैं कंपनी का नुक़सान नहीं चाहता। यह उसका भी सपना था। मैं अब और ज़िम्मेदारी महसूस करता हूँ।'

वह उसके समर्पण का भाव देखकर मुस्कुराई।

'तुम बेंगलुरु कब जा रही हो?' उसने पूछा।

'बेंगलुरू?' उसने उसकी ओर नज़र डाली और अहसास हुआ कि वह कुछ और पूछना चाहता था: उसकी शादी कब है।

उसने जवाब देने के लिए वक़्त लिया। मगर इसमें एक सवाल था।

'मुझे बताओ निर्माण, अगर मेरी शादी हो गई तो?'

'मतलब? मुझे समझ नहीं आया।'

'अगर मेरी शादी हो गई तो हमारा क्या होगा?' उसने अपनी बात को फिर से रखा।

उनकी आँखें मिलीं और उसने पहले नज़रें हटा लीं। आसमान बादलों से घिरा था।

'मैं हमेशा तुम्हारे साथ रहना चाहता हूँ, मगर मेरा प्यार कहता है कि चूँकि तुम्हारी शादी हो रही है तो तुम्हें तय कहना है "हमारा क्या" के बारे में।'

'अगर मैं कहूँ कि मैं तुमसे दूर रहना चाहती हूँ?' अभी भी उसके चेहरे को देखे बगैर वह आगे बोली।

'तो मैं कहूँगा कि तुम नहीं रह पाओगी,' उसने उस पर नज़र डालते हुए जवाब दिया।

'अगर मैं कहूँ कि मैं तुम्हारे साथ शादी के बाद अवैध सम्बन्ध रखना चाहती हूँ?' उसने पूछा।

निर्माण ने अपनी कॉफ़ी पी और सीधे उसके सामने आकर खड़ा हो गया।

'हमें कई साल लगे पर हमने हमेशा अपने रिश्ते की पवित्रता को बनाए रखा। यह बेजोड़ है। दो लोग जो तेरह साल बाद फिर से मिले और अभी भी दूसरे पर हावी नहीं हुए। मैं मानता हूँ कि इसमें से कुछ तो हमारी नियति है, पर मुझे यक़ीन है और तुम भी इसे मानोगी कि इसमें कुछ हमारे चुनाव भी हैं। हमने एक-दूसरे का होना चुना।'

'तो, तुम्हारा क्या जवाब है?' अब वह सीधे उसकी तरफ देख रही थी।

'क्या तुम्हें पता है कि यह ख़ास क्यों है? क्योंकि यह दुर्लभ है। इसे एक घटिया "रिश्ता" नहीं बनाएँगे। मैं किसी को जज नहीं कर रहा हूँ। यह बस इतना है कि मैं तुम्हारी शादी के बाद तुमसे मिलना सही नहीं समझूँगा। मुझे हमेशा अपराधबोध रहेगा अगर मैं उन लोगों के कारण तुम्हारे तिरस्कार या त्याग की वजह बना जिनके साथ तुम रहोगी। मैं ऐसा नहीं होने देना चाहता। समाज की ओर से मैं हम दोनों में से किसी को भी हमारे रिश्ते या तुम्हारे चरित्र पर कीचड़ उछालने की वजह नहीं देना चाहता। मैं यह स्वीकार नहीं पाऊँगा।'

अफ़साना उसे उसी समय चूम सकती थी, मगर इसके बजाय मुस्कुराई। उसे उसके सवाल का जवाब मिल गया था।

डिनर के बाद, निर्माण एक पीपीटी पर काम करने के लिए अपने कमरे में चला गया, जबकि अफ़साना अपने कमरे में जाकर एक कुर्सी पर बैठ गई। उसने बाहर बारिश की आवाज़ सुनी। अगले ही पल उसने अपनी पीठ पर किसी का हाथ महसूस किया। मुड़ी तो देखा निर्माण था।

'चलो टैरेस पर बैठते हैं,' उसने कहा।

निर्माण टैरेस के दरवाज़े पर रुका, निराशा से देखा कि उस पर ताला पड़ा था। अफ़साना मुस्कुराई, अपने बालों से एक बॉबी पिन निकाली और कुछ मिनटों में ही ताला खोल दिया।

'ताले खोलना मेरे लिए कभी मुश्किल नहीं था।'

जैसे ही उन्होंने द्वार खोला, उन्होंने जाना कि बारिश काफ़ी तेज़ थी। बगैर छाते के वो टैरेस पर पहुँच गए थे। निर्माण टैरेस पर एक छोटी सीमेंट की दीवार पर जम गया। अफ़साना उसके नज़दीक इस बात से बेपरवाह बैठी थी कि दोनों बुरी तरह भीग चुके थे।

निर्माण ने शहर के क्षितिज को देखा और कहा, 'सालों पहले रईसा और मैं एक टैरेस पर एक छतरी के नीचे बैठे थे। तब जीवन कितना आसान था और. . .' उसने महसूस किया कि उसका हाथ अफ़साना ने थाम रखा था। उसने उसकी ओर देखा।

'क्या तुम मुझे ऐसे प्यार कर सकते हो निर्माण कि इसके बाद मैं उससे ज़्यादा बेहतर महसूस करूँ, जितना अभी हूँ।' अगले ही सेकेंड उसके होंठ अफ़साना के होंठों पर थे। उनकी आँखें बंद थीं। जिस पल उनके होंठ जुदा हुए, एक भूख जग चुकी थी। वह भूख जिसका चेहरा तो शायद वासना का था, पर आत्मा गहरी चाहत से भरी थी और जो अरसे से दोनों में पनप रही थी। उसने उसके चेहरे को हाथों में लेकर चूमा। अफ़साना ने उसे पकड़ रखा था। चुंबनों के उत्साह में सराबोर दोनों को पता भी न चला कि कब मूसलाधार बारिश बूंदाबांदी तक सिमट गई। वह कुछ कहता कि अफ़साना ने उसके होंठों पर उंगली रख दी और बोली, 'एक शब्द भी न बोलो। मुझे अहसास न कराओ कि यह सच है। मैं चाहती हूँ कि यह सब सपना हो। मुझे प्यार करो. . . बस।'

निर्माण ने उसका हाथ पकड़ा और उसे अपनी तरफ खींच लिया। न जाने कहाँ से उसमें इतनी ताक़त आ गई थी, जबकि बाहर से वह कोमल-सा दिखता था। जल्द ही वो अपार्टमेंट के अंदर थे। जैसे ही द्वार बंद हुआ, उन्होंने गहराई

से एक-दूसरे की आँखों में झाँका। हर गुज़रते सेकेंड के साथ उनकी साँसें भारी होती चली गईं। निर्माण ने चेहरा झुकाया और धीमे-से अफ़साना के होंठों पर अपने होंठ रख दिए और फिर उसकी जीभ ने उसके होंठों के किनारों तक सफ़र किया। गर्दन पर चूमने के लिए वह उसे अपनी बांहों में ले आया। अफ़साना के पूरे बदन में सिहरन होने लगी। उसके हाथ निर्माण के हाथ को अपने भीगे शॉर्ट्स तक ले गए। निर्माण की उंगलियाँ धीरे-से उसकी पैंटी में पहुँचीं, उसकी क्लिटोरिस को छुआ। जैसे-जैसे उसकी उंगलियाँ घूमती गईं, वह सख़्त होती गई। निर्माण की आँखें अफ़साना के चेहरे पर थीं, पर अफ़साना की आँखें उसके प्रेम में मुंदी थीं।

जब अफ़साना और सहन न कर सकी तो उसने उसे दूर कर दिया। निर्माण लड़खड़ा गया। एक झटके में अफ़साना ने अपने शॉर्ट्स और पैंटी दोनों अलग कर दिए। निर्माण ने उसे पलटकर दीवार के सहारे लगा दिया और उसकी पीठ पर आ गया। अफ़साना निर्माण की पैंट के उभार को महसूस कर सकती थी। निर्माण ने नरमी से उसके कंधे पर अपने दाँत चुभोए और उसकी खाल पर जमी बारिश की बूंदें पी गया। उसके हाथ अफ़साना को उसकी टीशर्ट से मुक्त कराने में जुटे थे। एक झटके में उसने उसके हुक खोल दिए। अगले ही पल, अफ़साना उसके सामने थी, अनावृत। निर्माण ने उसके उरोजों को हथेलियों में थामा, उभरे हिस्से पर अंगूठों से प्यारभरा स्पर्श किया। वह उसकी बाँहों में मुड़ने के लिए थोड़ा कसमसाई और उसकी आँखों में देखा जो चाहत से लबालब थीं। उसे याद नहीं कि वह आख़िरी बार कब इतनी उत्तेजित हुई थी कि उसके घुटने ही जवाब दे जाएँ। उसने ख़ुद को निर्माण के जानदार हाथों में छोड़ दिया। अचानक ऐसा हुआ तो उसका संतुलन बिगड़ा और वह लड़खड़ा गया। दोनों फ़र्श पर ढेर हो गए। उसके लंबे बाल, जो अभी तक गीले थे निर्माण के चेहरे पर लहरा रहे थे। वह उसकी छाती का दबाव अपने सीने पर महसूस कर रहा था। अफ़साना उठ बैठी, निर्माण पर नज़र डाली और उसकी टीशर्ट ऊपर कर दी। उसने प्यार से उसके सीने के बालों को सहलाया और वहाँ चूम लिया। फिर दोबारा। और फिर कई बार, जब तक निर्माण ने उसका चेहरा थामकर फिर से उसके लबों पर अपने लब नहीं रख दिए। वह अफ़साना की मदद कर रहा था, जो उसके नीचे के कपड़े उतार रही थी। फिर उसने शॉर्ट्स भी अलग कर दिए।

'अफ़्फ़ू—' वह बोला, तभी अफ़साना ने उसे चुप करा दिया।

'श्श्श्श।'

निर्माण दोनों पैर फैलाकर अफ़साना के सामने बैठ गया था। पूरी आत्मीयता से उसे पकड़कर वह टकटकी लगाकर देखने लगा। वह भी उसकी आँखों में उतर गई। जैसे ही उनके होंठ मिले, उनकी साँसें एक दूसरे में गुम हो गईं। निर्माण ने धीरे-धीरे मुड़कर उसे अपने नीचे ले लिया। उसने उसकी बाँहें फैला दीं और उसकी हर उंगली और फिर हथेली को चूमा, उन्हें पीने लगा। फिर वह ऊपर बढ़ा और मानो उसकी बाँह के एक-एक इंच को पूजने लगा। हर चुंबन एक प्रेमपत्र की तरह था, जिसे वह अपने भीतर रखे था और पोस्ट नहीं कर पाया था। इससे पहले कि अफ़साना एक को पढ़ती, दूसरा आ जाता। एक और। और फिर एक और। निर्माण के होंठ उसके जिस्म के हर इंच को लाँघते जा रहे थे। वह उसे और चूमना चाहता था, पर अफ़साना की नज़रों के अनकहे संकेतों ने उसे रोक दिया। वह मान गया। निर्माण ने उसमें प्रवेश किया। अफ़साना के होंठ दर्द की वजह से खुल गए और उसकी आँखें आनंद में बंद हो गईं। इसके बाद अफ़साना को बस याद थी, तो अपने कानों में उसकी साँसों की आहट, जो उसे कसकर जकड़े था और लगातार जुंबिश दे रहा था। जब फिर उसकी नज़रें मिलीं तो वह बस मंत्रमुग्ध थी, और नज़रें नहीं हटा पा रही थी। जैसे उनकी आँखें ख़ुद-ब-ख़ुद बातें कर रही हों।

जो हो रहा है उस पर मुझे यक़ीन नहीं, निर्माण की आँखों ने कहा।

मुझे भी नहीं, उसकी आँखों ने जवाब दिया।

तुम्हारे इतना क़रीब आने के बाद मैं तुम्हारे बिना कैसे रहूँगा?

हो सकता है कि हमें ऐसे न रहना पड़े। हो सकता है हम किसी वजह से ही इतना क़रीब आए हों और शायद हम इसके बाद एक साथ होने के लिए मिले हों।

मुझे शायद से नफ़रत है। बोलो हम रहेंगे।

हम साथ रहेंगे।

ज़ोर से बोलो कि हम रहेंगे।

हम रहेंगे।

हम रहेंगे।

अंततः वह उस पर गिर गया। अफ़साना पर उसके वज़न ने उसे बेहद ताक़तवर बना दिया था।

कुछ घंटे बाद अफ़साना की आँखें खुलीं। उनके नग्न जिस्म फ़र्श पर अभी भी गुंथे हुए पड़े थे। उसे अपने माथे पर उसकी साँसें महसूस हो रही थीं। इसका ख़याल रखते हुए कि वह जग न जाए, उसने ख़ुद को आज़ाद किया और उसी हालत में अपने कमरे में गई। वह अपनी डेस्क पर बैठी और फिर से अपनी

डायरी निकाली। आह भरते हुए उसने अपनी आधी लिखी कविता को पूरा किया।

ज़माने से छुप के,
एक बंद कमरे में,
परदे खींच के,
बिस्तर पर बिछे चादर को कुचल के,
इश्क़ नहीं होता।

इश्क़ खुले में होता है।
लोगों को ललकार के होता है।
मन के तालों को तोड़कर होता है।
तख़्तो-ताज हिला के होता है।
किसी पुरानी सोच की तानाशाही को गिरा के होता है।
तेज़ हवा का रुख़ मोड़ के होता है।
ऊँची-ऊँची लहरों से संभल के होता है।
सड़क के बीच चिल्ला के होता है।
इश्क़ सिर्फ़ खुले में होता है।

जैसे ही अफ़साना ने शब्दों को देखा, वह जानती थी कि उसकी योजना लागू करने का समय आ गया है। एक योजना जो उसे और निर्माण को एक साथ लाएगी, पर उसके साथ जुड़ी हर चीज़ को नष्ट कर देगी। यह एक दुनिया को जलाकर दूसरे को ज़िंदा करने जैसा था। अपना फ़ोन उठाकर, अफ़साना फिर निर्माण के पास गई, और फ़र्श पर उसकी बगल में लेट गई। उसने दोनों के नग्न शरीरों की तस्वीरें लीं, इसका ध्यान रखते हुए कि निर्माण का चेहरा उनमें साफ न आए पर वह ख़ुद हर तस्वीर में हो। उसने फ़ोन में नया सिम कार्ड डाला और फ़ोन स्विच ऑन कर दिया। उसने फोन में व्हाट्सएप आइकन पर टैप किया और नया नंबर रजिस्टर किया। एक नया ग्रुप बनाया जिसमें शनय, उसके माता-पिता और उसके परिवार के सभी लोग शामिल थे, जिनके नंबर उसके पास थे। उसने हाल ही में खींची सभी तस्वीरों को अपलोड किया, आँखें बंद कीं और कविता की वो पंक्तियाँ गुनगुनाईं, जो उसने कुछ देर पहले लिखी थीं। अफ़साना ने 'सेंड' बटन

दबा दिया। फिर उसने सिम निकाला और उसे तोड़ दिया। *कभी-कभी भविष्य के निर्माण के लिए वर्तमान को मिटाने की ज़रूरत होती है,* निर्माण के चारों ओर अपनी बाँहें डालते हुए उसने सोचा और अपना चेहरा उसके गले में छिपा लिया। उसने ख़ुद को कभी इतना मज़बूत महसूस नहीं किया था।

अध्याय 13

ग्रुप में भेजी गई हर तस्वीर को हर ग्रुप सदस्य ने देखा। यह पता लगाने के बजाय कि उन्हें किसने भेजा था, तस्वीरें आगे पत्नियों और दूसरे रिश्तेदारों को भेज दी गईं, जिन्होंने उन्हें और आगे अपने परिवारों में भेज दिया। जल्द ही पूरे बंसल परिवार में, चाहे दूर हो या पास, एक बात स्थापित हो गई कि शनय की होने वाली पत्नी के विवाहपूर्व सम्बन्ध हैं।

तस्वीरें अफ़साना के माता-पिता को भी भेजी गईं। दोनों परिवारों के बीच एक ज़रूरी बैठक बुलाई गई। शनय ने कुछ बोलना चाहा, लेकिन मिस्टर बंसल ने उसे चुप रहने को कहा।

'मुझे पता है कि तस्वीरें किसने भेजी हैं,' शनय को सौ फ़ीसदी भरोसा था कि उसकी शादी को तोड़ने के पीछे मास्टरमाइंड निर्माण ही था।

'इससे कोई फ़र्क नहीं पड़ता कि हमें तस्वीरें किसने भेजीं,' मिस्टर बंसल ने कहा, 'जिससे फ़र्क पड़ता है कि जो भेजा गया वह सच है या नहीं।'

जब मिस्टर बंसल ने मिस्टर अग्रवाल को फ़ोन किया तो वह केवल यह चाहते थे कि अफ़साना इसकी सच्चाई के बारे में बताए। अफ़साना को अपने माता-पिता के घर रहने को कहा गया था, जहाँ दोपहर को दोनों परिवार मिलने वाले थे और बदनामी की वजह बनी इन तस्वीरों पर बात करने वाले थे।

निर्माण को इस बारे में बिना कुछ बताए जब अफ़साना घर गई, तो वह जानती थी कि उसे इसके परिणाम भुगतने होंगे। नफ़रत से भरे उसके पिता ने उसे साफ कह दिया कि वह उनके जीवन की सबसे बड़ी भूल थी और जबसे पैदा हुई है तभी से उन्हें एक पल की शांति नसीब नहीं हुई है। अब उसने उनका नाम इतनी बुरी तरह बदनाम कर दिया है कि पूरा अग्रवाल परिवार अपनी कम्यूनिटी

और बिज़नेस सर्किल्स में हँसी का पात्र बन गया है।

अफ़साना ख़ामोश थी।

बंसल परिवार की ओर से केवल शनय के माता-पिता आए थे। मिस्टर बंसल ने उससे एक सामान्य सवाल पूछा, 'बेटा, क्या तुम्हारी ज़िंदगी में कोई और है?'

अफ़साना ने हामी भरी।

'और तुम उससे शादी करना चाहती हो न कि शनय से?'

अफ़साना ने दोबारा हामी भरी।

'तो तुमने यह बात पहले क्यों नहीं बताई?' मिसेज़ बंसल ने पूछा।

अफ़साना चुप रही।

मिस्टर बंसल ने मिस्टर अग्रवाल को सुझाव दिया कि वह अपनी बेटी की शादी उसकी पसंद के शख़्स से कर दें। बंसल और अग्रवाल परिवार के बीच शादी का सम्बन्ध ख़त्म हो चुका था।

'जिसने भी ये तस्वीरें भेजीं, उसने हमारे परिवार में लगभग सभी को भेज दी हैं। हालाँकि मैं और मेरी पत्नी दोनों अफ़साना को पसंद करते हैं मगर अब उसे अपनी बहू स्वीकार करना मुश्किल होगा। मिस्टर अग्रवाल, मैं समझता हूँ कि आप इस बात को समझेंगे और इसे लेकर परेशान नहीं होंगे,' मिस्टर बंसल ने खेद जताते हुए कहा।

इसके बाद बंसल चुपचाप चले गए।

'मैं उस हरामी को नहीं छोड़ूँगा जिसने ये गंदी तस्वीरें भेजी हैं,' मिस्टर अग्रवाल ग़ुस्से में बड़बड़ाए। उन्होंने अफ़साना की ओर देखा, 'अगर मुझे पता होता कि मैं एक बदचलन को जन्म दे रहा हूँ तो मैं कब का ख़ुदकुशी कर चुका होता।' उन्होंने ख़ुद को अपने कमरे में बंद कर लिया।

अफ़साना जानती थी कि तस्वीरें भेजने वाले का पता लगाना लगभग असंभव होगा। आश्चर्य था कि इस कहासुनी के दौरान उसकी माँ पूरी तरह शांत रहीं।

एक घंटे बाद, अपने अपार्टमेंट की ओर ड्राइव करते हुए उसने अपना फ़ोन चेक किया तो पाया कि उसमें शनय का मैसेज था: *क्या तुम उस आदमी से शादी के लिए तैयार हो जिसने तुम्हारी निजी तस्वीरें भेजीं? बहुत ख़ूब! तुम और मैं दोनों जानते हैं कि ये निर्माण का काम है और तुम्हें पता है? तुम असल में मेरे लायक नहीं हो। तुम उसी कुत्ते के लायक हो। गुडबाय।*

उसने जल्दी से मैसेज डिलीट कर दिया।

निर्माण फ़ॉर्मल सूट पहने काउच पर बैठा उसका इंतज़ार कर रहा था। उसे कोलकाता में एक बिज़नेस मीटिंग के बाद उसी शाम भुवनेश्वर लौटना था। जब अफ़साना फ़्लैट में घुसी, निर्माण को तुरंत लग गया था कि कुछ गड़बड़ है। वह उसका हाथ पकड़ने और उसे अपने बराबर बैठाने के लिए उठा।

'क्या हुआ?'

वह उसकी तरफ फीके ढंग से मुस्कुराई, 'आज मैंने तुम्हारे लिए ख़ुद को बर्बाद कर दिया। अब मैं फिर से शुरू करना चाहती हूँ। तुम्हारे साथ. . . तुम्हारे पास। मैं तुम्हारा हाथ पकड़कर फिर से जीना चाहती हूँ,' उसकी आँखें गीली थीं, वह उसके हाथ को अपने चेहरे तक ले गई।

'क्या हुआ अफ़्फ़ू?' निर्माण ने दोबारा पूछा। अफ़साना ने उसके सीने में अपना सिर छिपा लिया, 'मुझे तुम्हारे साथ संसार शुरू करने के लिए अपनी दुनिया जलानी पड़ी।'

निर्माण ने उसे गले से हटाया और उसका चेहरा हाथों में ले लिया।

'तुमने किया क्या?' उसने पूछा। अफ़साना ने उनके मिलन के बाद जो कुछ हुआ था उसे कुछ मिनटों में सुना दिया। इसका परिणाम यह था कि शादी टूट गई थी।

'प्लीज़, तुम ऐसा नहीं कर सकतीं,' निर्माण को यक़ीन ही नहीं आ रहा था।

अफ़साना ने उसकी तरफ मुस्कुराते हुए देखा।

'मैंने ही किया,' उसने तसदीक की।

'तुमने. . . असल में वो तस्वीरें भेजीं. . . ख़ुद तुमने?' निर्माण को अभी भी हक़ीक़त का सामना करने में परेशानी हो रही थी।

'मैंने शनय को समझाने की कोशिश की कि हम एक-दूसरे के लिए नहीं बने थे। मगर उसने सुना ही नहीं। और मैं उसके साथ नहीं रह सकती थी। मैं तुम्हें चाहती हूँ निर्माण। मैंने तुम्हें एक बार खो दिया था पर जब तुम दोबारा मिले तो. . .' निर्माण ने उसे कसकर गले लगा लिया।

'*कहते हैं पीपल के पेड़ को घर पे नहीं लगाते। लेकिन पीपल के पेड़ में ही घर मिल जाए तो?*' अफ़साना उसके कानों में फुसफुसाई। निर्माण ने भी फुसफुसाकर जवाब दिया, '*कहते हैं तालाब के पानी को रसोई के मटके में नहीं रखते। लेकिन ज़िंदगी की प्यास तालाब के पानी से ही मिटे तो?*'

'*कहते हैं इश्क़ में क़ैद नहीं आज़ादी होनी चाहिए। लेकिन किसी की क़ैद में ही आज़ादी मिले तो?*' दोबारा बोलते हुए उसका शरीर थरथराया। निर्माण ने उसे गले से हटाया, उसके आँसू पोंछे और कहा, '*कहते हैं ख़ुदा में कोई ऐब*

नहीं होता। लेकिन किसी ऐब में ही ख़ुदा दिख जाए तो?' उसने उसके होंठों पर अपने होंठ रख दिए।

'मुझे क़सम है अफ़्फ़ू, अगर मैं असल आदमी हूँ तो मैं कभी तुम्हें तुम्हारे फ़ैसले पर पछतावा नहीं होने दूँगा,' उसने पूरे जोश के साथ वायदा किया। 'ज़रा मेरा इंतज़ार करो। मैं जल्दी आता हूँ। अपना सामान बांधो और तैयार हो जाओ,' निर्माण ने उसके माथे को चूमा और निकल गया।

अध्याय 14

निर्माण के चले जाने के बाद अफ़साना वहीं रह गई, मानो अपने कर्मों के वज़न से दब गई हो। उसने यह नहीं पूछा था कि वह कब लौटेगा। वह खिड़की से बाहर ताकते हुए सोफ़े पर बैठ गई और धीरे-धीरे सो गई। जब वह उठी तो निर्माण के साथ पहली बार साइकिल की सवारी की यादों से लेकर पिछली रात निर्माण के साथ प्रेम तक सब कुछ याद आने लगा।

निर्माण शाम को घर लौटा।

'माफ़ करना, तुम्हें इतना इंतज़ार कराया। मैंने इसे ख़ुद साइन कर दिया है और इसे पढ़कर तुम भी कर सकती हो,' उसने उसे अपनी बाँहों में समेटते हुए और कुछ सरकारी से लगने वाले कागज सौंपते हुए कहा।

'ये क्या हैं?' उसने कागज की ओर देखते हुए पूछा।

'जब किसी के सही कनेक्शंस हों तो कुछ भी मुमकिन है। मैंने कुछ लोगों को कॉल किया और एक मैरिज रजिस्ट्रार तक पहुँचा, जिसने हमारे लिए रातों-रात पूरे कागज बना दिए,' उसने विजयी भाव से कहा।

अफ़साना को लगा जैसे वह सपना देख रही है। इससे पहले कि कोई उसे जगाए और कहे कि यह सब हक़ीक़त नहीं है, उसने जल्दी से पेपर्स साइन किए। उसने देखा तीन गवाहों ने पहले ही साइन कर रखे थे।

'चिंता न करो, वो मेरे दोस्त हैं,' निर्माण ने उसे भरोसा दिलाया। उसने उसे कसकर गले लगा लिया।

'क्या तुमने सामान बांध लिया?' उसने पूछा। 'हम तुरंत निकलेंगे। हम कुछ दिन द पार्क में रहेंगे और इसके बाद हम राजरहाट में तीन कमरों के अपार्टमेंट में शिफ़्ट कर जाएँगे। मैंने ब्रोकर से पहले ही बात कर ली है,' वह

उसे अपने क़रीब रखे हुए बुदबुदा रहा था मानो वह उसे जाने न देना चाहती हो।

'तुम चाहते हो न कि मैं सब कुछ पैक कर लूँ। तो मुझे अभी जो चाहिए वह सब कुछ मैंने ले लिया है,' अफ़साना ने कहा। निर्माण ने उसके माथे को चूम लिया।

कुछ मिनट बाद वह बोली, 'मुझे बताओ निर्माण कि यह अस्थायी नहीं है। बोलो कि यह स्थायी है. . . हमेशा के लिए है।'

निर्माण ने उसके चेहरे को हाथों में लिया और उसकी आँखों में झाँका, 'तुम और मैं स्थायी हैं अफ़्फ़ू। क्या तुम्हें लगता है कि हम फिर से यूँ ही मिल गए थे? मैंने जान-बूझकर यह नहीं कहा था कि मैं तुम्हारे बिना नहीं रह सकता। मुझे पता था कि अगर मैंने ऐसा कुछ कहा तो तुम बगैर किसी उज्र के मुझ तक आने के लिए अपनी दुनिया ख़त्म कर दोगी। मगर तुम. . .' उसने उसे कसकर चूमा।

'मुझे ख़ुशी है कि मेरे बोलने से पहले ही तुम्हें यह लगा,' अफ़साना ने उसे और कसकर चूमा।

निर्माण आख़िर में व्यंग्य करते हुए बोला कि उसे नहा-धोकर शेव करके फिर से इंसान बनने की ज़रूरत है। अफ़साना को राहत महसूस हुई, एक अरसे के बाद उसने सामान्य महसूस किया था। वह बैग पैक करने के लिए अपना सामान छाँटने ही वाली थी कि दरवाज़े की घंटी बजी। द्वार खोलते ही उसके पिता उसके चचेरे भाइयों की एक टुकड़ी के साथ अंदर घुस आए।

'वह बदमाश कहाँ है?' मिस्टर अग्रवाल ने गुस्से में पूछा। उसके चचेरे भाई पहले ही बेडरूम में आ चुके थे।

'आप क्या कर रहे हैं?' अफ़साना ने पूछा।

'मैं जानता हूँ कि वह हरामी यहीं है। उसी ने वो तस्वीरें बंसल परिवार को पहुँचाई थीं,' मिस्टर अग्रवाल ज़ोर से चिल्लाए।

अफ़साना कुछ बोलती, तभी निर्माण ने जवाब दिया, 'हाँ, मैंने पहुँचाईं।'

वह कमरे के साथ लगे बाथरूम के दरवाज़े पर खड़ा था।

चचेरे भाई गीदड़ों की तरह उसे मारने के लिए उस पर टूट पड़े।

'पापा—' अफ़साना ने बोलना शुरू किया।

'अफ़्फ़ू, चिंता न करो और बीच में से हट जाओ,' निर्माण ने सेंटर टेबल से शादी के रजिस्ट्रेशन के कागज उठाए और उसके पिता की ओर बढ़ा।

वह मिस्टर अग्रवाल के सामने जा खड़ा हुआ। 'मुझे आपकी बेटी से पिछले 15 साल से प्रेम है। वह भी मुझे प्यार करती है। अब वह केवल आपकी बेटी नहीं है,' उसने अपने हाथ में कागजों को लहराते हुए कहा, 'बल्कि क़ानूनन मेरी

पत्नी भी है। अगर आप मुझसे लड़ना चाहते हैं तो आपका स्वागत है। क्या इस देश में कोई ऐसा क़ानून है जो दो शादीशुदा बालिग़ लोगों को एक-दूसरे से जुदा कर सके?'

'क्या यह सच है?' अफ़साना के पिता ग़ुस्से में बड़बड़ाए। उसने हाँ में सिर हिलाया।

'तू—' मिस्टर अग्रवाल का चेहरा ग़ुस्से में लाल हो गया था।

'मेरी गुज़ारिश है कि मेरी पत्नी को गाली न दें।'

अफ़साना का एक हट्टा-कट्टा चचेरा भाई धमकाते हुए निर्माण की तरफ आगे बढ़ा। मिस्टर अग्रवाल और दूसरे चचेरे भाई ने उसे मारधाड़ शुरू करने से रोका। मिस्टर अग्रवाल ने निर्माण को देखा, काँपते हाथों से रजिस्ट्रेशन पेपर्स लिए और उन्हें देखा।

'मुझे कभी अपना चेहरा न दिखाना। आओ चलें,' उन्होंने कागजों को फ़र्श पर फेंकते हुए कहा। सभी चले गए।

'माफ़ करना अफ़्फ़ू। तुम्हें मेरे लिए अपने परिवार से लड़ना पड़ा।'

'ऐसा न बोलो निर्माण, हम बालिग हैं। हमने एक-दूसरे को चुना है। मैं अपने पिता को जानती हूँ। वह नाराज़ हैं क्योंकि वह तुम्हें नहीं जानते। समय के साथ वह तुम्हें जान जाएँगे। वह उतने बुरे नहीं जितने लग रहे थे।'

अफ़साना मुस्कुराई। 'मगर तुम्हारा शुक्रिया। जब आपको पता चलता है कि जिसे आप प्रेम करते हैं वह वैसा ही है, जैसा आपने सोचा था तो ज़िंदगी एक वरदान की तरह लगने लगती है।'

'तुम्हारे मुँह से "शुक्रिया" अच्छा नहीं लगता तो प्लीज़,' वह भी उसके साथ मुस्कुराने लगा।

वो द पार्क में एक हफ़्ते रहे। अफ़साना की माँ ने उसे फ़ोन करके अपना आशीर्वाद दिया। हालाँकि, अफ़साना ने यह नहीं बताया कि वह कहाँ है। एक हफ़्ते बाद वो राजरहाट में एक शानदार किराए के अपार्टमेंट में शिफ़्ट हो गए।

'नई दिल्ली से लौटकर आने के बाद मैं माँ को यहाँ ले आऊँगा।'

'मैं आंटी से मिलने के लिए बेताब हूँ। उन्हें आख़िरी बार देखे एक लंबा वक़्त गुज़र गया है।'

उन्हें याद करके मुस्कुराते हुए निर्माण बोला, 'एक बार उन्होंने कहा था कि उन्हें तुम जैसी बहू चाहिए।'

अफ़साना मुस्कुराई और बोली, 'मुझे याद है, बंगाली-मेये अवतार,' और फिर जोड़ा, 'पर नई दिल्ली क्यों?'

'हमारे स्टार्ट-अप को *बिज़नेस राइट नाउ* ने अवॉर्ड के लिए नॉमिनेट किया है।'

अफ़साना यह जानकर हैरान थी कि निर्माण उसी अवॉर्ड के लिए जा रहा था, जिसके लिए शनय नामित हुआ था। नई दिल्ली के लिए फ़्लाइट में उसने निर्माण को इस बारे में बताया।

'अगर तुम्हें ठीक नहीं लग रहा तो हम बगैर कार्यक्रम में जाए लौट सकते हैं। मुझे कोई दिक़्क़त नहीं है,' उसने एक पल की भी देरी किए बिना पूछा।

'नहीं, जाने दो,' उसने अपना सिर हिलाया। कुछ देर बाद उसने जोड़ा, 'मैं कुछ बताना चाहती हूँ।'

'ज़रूर।'

उसने मज़बूती से उसका हाथ पकड़ा और कहा, 'मैं शनय के साथ सो चुकी हूँ। मैंने उससे अपनी वर्जिनिटी के बारे में झूठ बोला था, पर मैं तुमसे झूठ नहीं बोलना चाहती। मैंने पहली बार फ्रैंच पेंटर के साथ सेक्स किया था, जिससे मैं मिलान में मिली थी। हमें प्रेम नहीं था पर जब भी हमने सम्बन्ध बनाए, हमने हमेशा कहा कि हमें प्यार था। इसके बाद मैं कुछ समय के लिए मिलान में अपने एक क्लाइंट के साथ थी। मुझे लगता है कि वह सचमुच मुझे प्यार करता था। मैं तुम्हें एक बदचलन की तरह लग रही होऊँगी, पर मैं चाहती थी कि वह मेरे लिए मरे। पता नहीं क्यों। इसलिए मैं उसके साथ बार-बार सम्बन्ध बनाती रही। मैंने उससे यहाँ तक वायदा किया था कि मैं केवल उसी के लिए लौटूँगी। मैं चाहती थी कि कोई मेरा इंतज़ार करे. . . मैं अब किसी के संपर्क में नहीं हूँ।'

निर्माण उसे भावशून्य होकर ताकता रहा।

'बोलो कुछ,' अफ़साना ने कहा।

'अफ़्फ़ू, मुझे इससे कोई फ़र्क नहीं पड़ता कि तुम पहले क्या थीं। इससे कोई फ़र्क नहीं पड़ता। मैं तुम्हारे चुनाव की इज़्ज़त करता हूँ। उन सभी दिनों जब हम एक-दूसरे से दूर थे मैंने जाना कि असली प्रेम वह है जो तुम्हें मुक्त करता है, जिसे तुम बदलने की कोशिश नहीं करते। तुम दूसरे व्यक्ति को प्यार करते हो उसके लिए जो वह है, न कि जो तुम उसे बनाना चाहते हो। मैं तुम्हें कभी नहीं बदलना चाहूँगा अफ़्फ़ू। तुम मेरी प्रेरणा हो। जब तक मेरे लिए तुम्हारा प्रेम है, मुझे असल में तुम्हारे किसी पुराने बॉयफ्रेंड या प्रेम-प्रसंग से कोई फ़र्क नहीं पड़ता।'

अफ़साना पिघल गई थी। जैसे ही उनकी फ़्लाइट बादलों में घुसी, अफ़साना ने अपना सिर उसके कंधे पर टिका दिया।

अवॉर्ड सेरेमनी होटल लीला में एक बड़ा आयोजन था। इसमें दुनियाभर से बड़े कारोबारी, राजनीतिक नेता और अलग-अलग क्षेत्रों की नामी-गिरामी हस्तियाँ आई थीं। शनय उस श्रेणी का अवॉर्ड झटक ले गया जिसमें निर्माण भी प्रतिस्पर्धी था। हालाँकि बाद की कॉकटेल पार्टी में उसने निर्माण और अफ़साना को देखा पर वह उनसे दूर ही रहा।

अगली सुबह, निर्माण और अफ़साना दिल्ली एयरपोर्ट के टर्मिनल 3 पर गुवाहाटी के लिए फ़्लाइट का इंतज़ार कर रहे थे।

'मैं वहाँ आरबीआई क्वार्टर्स देखना चाहता हूँ। मैं देखना चाहता हूँ कि क्या वह आम का पेड़ अभी तक है। उसी के ज़रिए मैं पहली बार रईसा से मिला था,' निर्माण ने अपनी टिकट बुक कराते हुए उसे बताया।

'मैं तुम्हारे साथ चलूँगी,' अफ़साना ने तुरंत जवाब दिया।

बोर्डिंग कॉल का इंतज़ार करने के दौरान अफ़साना बोली, 'दीपानिता पूछ रही थी—'

'दीपानिता. . . ओह हाँ, तुम्हारी दोस्त जिसने सोचा था कि हम दोनों शादी के बाद सम्बन्ध रखने वाले थे,' निर्माण मुस्कुराया।

अफ़साना ने उसे कोहनी मारी और बोलती गई, 'वह जानना चाहती थी कि अब हम शादीशुदा हैं तो क्या हम हनीमून पर जाएँगे।'

निर्माण ने उसकी ओर देखा और पूछा, 'तुमने क्या बताया?'

'कि हम दोनों एक-दूसरे का हनीमून हैं।'

निर्माण ने तुम-नहीं-बदलोगी वाली मुस्कुराहट के साथ देखा और उसका हाथ चूम लिया।

'तुम्हारे हाथ तो काफ़ी सर्द हैं। तुम कॉफ़ी लोगी?'

'हाँ चलेगी।'

'अच्छा रुको,' निर्माण टहलते हुए कॉफ़ी स्टॉल तक चला गया।

शनय उन्हें कुछ दूरी से देख रहा था। कोलकाता के लिए उसकी फ़्लाइट उसी वक़्त थी जिस वक़्त उनकी थी। जैसे ही निर्माण गया, वह अफ़साना के पास पहुँचा।

'हाय।' वह बोला। अफ़साना ने उसे आश्चर्य में देखा।

'चिंता न करो, मैं यहाँ झगड़ा या कुछ ऐसा करने नहीं आया हूँ। मैं तो सिर्फ़ एक छोटा-सा संदेह दूर करना चाहता था।'

'क्या?' उसने पूछा।

'जबसे हमारे सम्बन्ध खराब होने शुरू हुए, मैं तुमसे बहुत नफ़रत करने

लगा था और तुम्हें बहुत कुछ उल्टा-सीधा भी बोला। मगर शायद वह तुम्हें खोने के ख़याल से निपटने का बस मेरा तरीक़ा था। मुझे कुछ दिन पहले एक पब में तुम्हारे एक कज़न से कुछ पता चला। उसने बताया कि तुमने उस शख़्स से शादी की है जिसने तुम्हारी तस्वीरें फैलाईं थीं। मगर यह बात मुझे समझ नहीं आई। मुझे आश्चर्य है कि कैसे तुम जैसी एक ताक़तवर लड़की चुपचाप एक शख़्स के आगे झुक सकती है, जिसने इतने ढंग से तुम्हारी नग्न तस्वीरें सार्वजनिक की हों और जो तुमसे कथित तौर पर प्रेम करने का दावा करता हो। और तब मुझे लगा। यह तुम थीं जिसने यह सब किया, है न? तुमने उस शख़्स के साथ होने के लिए अपना चरित्र भी बलिदान कर दिया जिसे तुम प्यार करती हो।' वह आगे बोलने से पहले एक सेकेंड के लिए रुका, 'यह ख़याल आते ही मेरा तो ख़ून ठंडा हो गया। मुझे नहीं लगता कि मैंने कभी ऐसा किया होता—किसी दूसरे के लिए ख़ुद को बर्बाद करना। इसके बाद मुझे महसूस हुआ कि मैं तुम्हारे लायक़ नहीं था। अजीब बात है पर मुझे यह सोचकर अच्छा लगता है और मैं तुम्हारे लिए ख़ुश हूँ। तुम सही थीं। अगर हमारी शादी हो गई होती तो हम दोनों ने एक-दूसरे को पागल कर दिया होता,' वह उदासी के साथ हँसा।

अफ़साना नहीं जानती थी कि वह क्या कहे।

'मेरी एक आख़िरी इच्छा है। क्या मैं तब तक तुम्हारे संपर्क में रह सकता हूँ जब तक मुझे जीवनसाथी नहीं मिल जाता? मैंने अपने माता-पिता को मेरे लिए किसी को देखने से मना कर दिया है। जब मुझे कोई मिलेगा तो मैं उन्हें बता दूँगा जो मेरे लायक हो और जिसके मैं लायक हूँ।'

कुछ सेकेंड बाद अफ़साना ने कहा, 'ठीक है, हम संपर्क में रह सकते हैं।'

'शुक्रिया। फ़्लाय सेफ़।' शनय चला गया था। आधा मिनट बाद, निर्माण कॉफ़ी के दो पेपर कप लेकर उसके पास पहुँचा।

'शनय मिलने आया था,' उसने कहा।

'मैंने देखा। मगर मैं तुम दोनों के बीच नहीं आना चाहता था।'

'लगता है कि वह माफ़ी माँगना चाहता था। जब तक उसे शादी के लिए कोई न मिल जाए तब तक वह मेरे संपर्क में रहना चाहता है। मैंने हाँ कह दिया है पर—'

'पर?'

'तुम्हें इससे कोई परेशानी तो नहीं है?'

'मैंने पहले भी कहा अफ़्फ़ू, यह तुम्हारा चुनाव है। मुझे तुम पर भरोसा है। और जब आप किसी पर भरोसा करते हैं, तो उससे सवाल नहीं पूछते। आपको

जवाब पता होते हैं।'

उसने उसके गाल पर हल्के से चूमा, उधर बोर्डिंग की घोषणा हो रही थी।

जैसे ही निर्माण और अफ़साना अपनी उड़ान के लिए एयरोब्रिज पर ओझल हुए, एक और फ़्लाइट कुल्लू के लिए जाने को तैयार खड़ी थी। इस फ़्लाइट के लिए बोर्डिंग गेट से निकलने वाली पहली शख़्स थी रईसा बरुआ। उसे अपनी उड़ान का बेसब्री से इंतज़ार था; उड़ान भरते ही उसने ख़ुद को स्थिर किया, बेल्ट हटाई और वॉशरूम में गई। उसने मुँह में एक रुमाल रखा और इतनी तेज़ी से रोई कि उसके गले की सारी नसें उभरकर सामने आ गईं और उसकी आँखें लाल हो गईं।

उपसंहार

दो दिन बाद,
स्पीति वैली, हिमाचल प्रदेश,
सुबह 11.11 बजे

बाहर का तापमान दो डिग्री सेल्सियस है। रईसा अपने किराए के कमरे के शावर में नग्न खड़ी है। वह आँखें बंद करती है और शावर चालू कर देती है। बर्फ़ीला सर्द पानी उसकी हड्डियाँ जमाता हुआ उसकी त्वचा पर से होते हुए नीचे बह रहा है। अपने शरीर को इस तकलीफ़ से निपटता छोड़ वह अपनी आत्मा से एकाकार हो जाती है और इस दौरान अपने विचारों का विश्लेषण करती है।

इन दिनों मैं शांत हूँ। शायद मैं उस हलचल से मुक्त होने पर ख़ुश हूँ, जिसने भुवनेश्वर में निर्माण के साथ होते हुए मुझे घेर रखा था। मेरे मन में उठापटक वास्तव में एक अपराधबोध की अभिव्यक्ति थी, जिसे मैं किसी के साथ साझा नहीं कर सकती थी, यहाँ तक कि कई बार तो मैंने इसे ख़ुद से ही दूर रखने की भी पूरी कोशिश की।

कुछ नुक़सान कभी नहीं भरे जा सकते। कुछ ग़लतियाँ वो होती हैं, जिनसे सबसे समझदार व्यक्ति भी जीवन का सबक़ हासिल नहीं कर पाता। और कुछ ऐसे क्लेश होते हैं, जिनके आप कभी अभ्यस्त नहीं हो पाते। ये उथल-पुथल प्यार के अर्थ को समोए हुए हैं। किसी को कभी भी मेरे झूठे अवैध गर्भपात के सच का या इसका पता नहीं चलेगा कि मिहिर सिर्फ़ मेरी कल्पना की उपज था।

मैंने एक क्लासमेट के बॉयफ्रेंड के बड़े भाई को जाली कागजात के साथ

तेरह साल पहले उस भयावह शाम अपने डैड से मिलने को कहा था और उस गर्भपात के लिए उनसे पैसे माँगने को कहा था जो कभी हुआ ही नहीं था। मुझे पता था कि मेरे डैड मुझे बुरी तरह पीटेंगे और शायद मुझे घर से भी निकाल देंगे। सब कुछ वैसे ही हुआ, जैसी मुझे उम्मीद थी।

हालाँकि वह योजना का सिर्फ़ एक हिस्सा था। दूसरा हिस्सा तब हुआ जब मैंने तरुण को तलाश किया, उसे निर्माण के ख़िलाफ़ उकसाया और उसे आईआईटी प्रवेश परीक्षा के दौरान बंधक बनाए रखने को तैयार किया। मुझे लगता था कि ये दोनों झूठ निर्माण और मुझे, हर किसी से दूर और हमेशा के लिए एक-दूसरे के क़रीब लाने के लिए काफ़ी थे।

तीसरे झूठ की ज़रूरत निर्माण को थी, जब उसने अफ़्फ़ू के इंतज़ार के लिए क़सम खाई। जब अफ़्फ़ू ने मुझे कॉल किया था तो मैंने निर्माण को वह सब नहीं बताया था जो उसने मुझे बताया था। मैंने उसे यह नहीं बताया था कि वह एक साल में वापस आएगी और उसने उससे इंतज़ार करने को कहने के लिए कहा था। मैं उसे कैसे कह सकती थी? मैं उसके प्यार में पागल थी।

हालाँकि मुझे अफ़्फ़ू से नफ़रत नहीं थी पर मैंने महसूस किया था कि वह मेरे और निर्माण के बीच आ गई थी। इससे कोई फ़र्क नहीं पड़ता था कि अगर मैं निर्माण की सबसे पुरानी दोस्त थी? मैं उसकी सबसे पहली सब कुछ थी। जब मैंने उसके बिना एक साल गुज़ारा केवल तब मुझे समझ आया कि मेरे लिए निर्माण क्या मायने रखता था। चाहे सच्चाई कितनी भी गंदी क्यों न हो, हमेशा एक शख़्स वह होता है, जो आपको परियों की कहानियों में विश्वास दिलाता है। निर्माण मेरे लिए वही था और मैं उसके साथ परियों की कहानियों को नहीं जाने दे सकती थी। हालाँकि मुझे पता था कि मैं उससे अलग होने के लिए तैयार नहीं थी, पर मुझे यक़ीन नहीं था कि मैं उससे प्यार करती थी। मुझे यह "प्रेम" की बात आज तक समझ नहीं आई है। मैं तो सिर्फ़ उसके साथ होना चाहती थी। बस इतनी-सी बात थी। जब अफ़्फ़ू ने कहा कि उसे उससे प्यार था और बदले में जब निर्माण ने भी उसी उत्साह से अपनी भावना जताई, तो मैं वास्तव में उनके लिए ख़ुश थी। हालाँकि समय के साथ मैं जान गई थी कि उनकी प्रेम कहानी का सार यह था कि वो अब एक साथ होंगे और जितना वो एक-दूसरे के साथ होंगे, उतना ही मुझे निर्माण से दूर जाना होगा। यही होता है, है न? तीन का मतलब है भीड़. . . ये क़ायदे किसने बनाए?

मैंने दोनों से दूर रहने की पूरी कोशिश की, पर कोई फ़ायदा नहीं हुआ। मुझे पता था कि आख़िर मुझे उनसे दूर जाना ही होगा लेकिन मैं इसके लिए तैयार नहीं

थी। जब मैं अपनी बनाई चिकेन डिश लेकर एक दिन निर्माण के घर गई और वहाँ अफ़्फ़ू को पाया तो मैं वहाँ से तुरंत चली आई थी, पर मैं कई दिन तक सो नहीं सकी थी। उनकी आत्मीयता मुझे परेशान कर रही थी। उसने मेरे भीतर के राक्षसों को भड़काया और मुझे वहाँ ले गए, जहाँ प्रार्थनाएँ काम नहीं करती थीं।

क़सम से जब मैंने झूठ बुने थे, तो मुझे नहीं पता था कि उन्हें जहाँ जाना है वहाँ जाएँगे। तब मेरे सीधे-सादे दिमाग़ को लगा था कि मेरे झूठ मुझे निर्माण के क़रीब रख सकते थे। उन झूठों में से एक ने मुझे इसकी संभावनाओं में इस क़दर डुबाए रखा कि मैंने इसके नतीज़ों का हिसाब भी नहीं लगाया। देखा जाए तो इस तिकड़ी में मैं सबसे बड़ी बेवकूफ़ थी। मुझे वास्तव में लगा था कि वह समय के साथ अफ़्फ़ू को भूल जाएगा; हम शादी करेंगे, बच्चे पैदा करेंगे और एक परिवार शुरू करेंगे। पर मैं ग़लत थी। तेरह साल जब मैं निर्माण के साथ रही, मुझे लगा कि उसका ज़र्रा-ज़र्रा अफ़्फ़ू में डूबा था। वह उसी के लिए बना था। और वह उसके लिए। मैं तो उनकी ख़ुशी के लिए आधार मात्र थी। मुझे ख़ुद से नफ़रत हो गई थी लेकिन जब तक मुझे अपनी ग़लती का अहसास होता, मैं ऐसी स्थिति में पहुँच चुकी थी जिसे बदलना मुश्किल था। मुझे झाँसा देने की हिम्मत नहीं थी। ज़ाहिर है कि गड़बड़ी शुरू हो गई; जिस वक़्त मैंने नींद में निर्माण को अफ़्फ़ू का नाम लेते सुना, तभी से अपराधबोध मेरे मन पर हावी होने लगा था। और फिर उसे उसी ब्रैंड की सिगरेट पीते देखा जो केवल अफ़्फ़ू पीती थी ताकि वह उसकी मौजूदगी महसूस कर सके। तब जाकर मुझे साफ हुआ कि मैं उनकी परी कथा में दैत्य की तरह थी। और सबसे बुरी बात यह थी कि उन्हें इसका आभास तक न था।

उन्हें इसका कभी पता नहीं चलेगा। अगर मैंने उससे सच बता दिया होता, तो निर्माण ने मुझे ठेस पहुँचाई होती। मैं यह मान सकती हूँ कि वह मुझे प्रेम न करे, पर वह मुझसे नफ़रत करे यह मेरे लिए पूरी तरह अकल्पनीय है।

यह बात कि ग़लतियाँ इंसान से होती हैं, ग़लत है। मुझे लगता है कि हम ग़लतियाँ ठीक करना चाहते हैं और ख़ुद को उससे मुक्ति दिलाते हैं, यह हमें इंसान बनाता है। जबसे मुझे अपनी भयंकर ग़लती का अहसास हुआ और भले ही मैं हर रात पछतावे के लाखों आँसू रोई, मैं अपराध को कम नहीं कर पाई। जब भी मैंने लंबे भुवनेश्वर प्रवास के दौरान निर्माण को देखा, मुझे याद आता कि अगर मैंने दखल न दिया होता, मेरे बेवकूफ़ी भरे झूठ न होते और निर्माण की निकटता पाने की ज़िद न होती तो वह और अफ़्फ़ू आसानी से एक साथ रह सकते थे और ख़ुशहाल ज़िंदगी का आनंद ले सकते थे। जब भी वह ख़ुश होता

था, मैं दुविधा में आ जाती थी: उसके साथ ख़ुश होऊँ या दुखी क्योंकि उसे पता नहीं था कि उसकी ख़ुशी की क्या क़ीमत थी। केवल मुझे पता था। हालाँकि मैं लगातार ख़ुद को आश्वस्त करती कि मैं बिल्कुल बुरी नहीं थी पर मेरा एक अवांछनीय क़दम—वो झूठ—हर बार मुझे मेरे झाँसों की याद दिलाते थे।

मुझे पता था कि हालाँकि निर्माण और मैं आदर्श जोड़ी होते, पर हम एक दूसरे के लिए नहीं बने थे। लोग कभी यह अंतर नहीं समझते। मैं उसे बरसों पहले इस उम्मीद में छोड़ सकती थी कि वह अफ़्फ़ू से मिल जाएगा पर तब वह ख़ुद कुछ भी नहीं था। उसका उद्यमी बनने का सपना मेरा भी सपना बन गया था और मैंने उसमें ख़ुद को समर्पित कर दिया क्योंकि उस समर्पण में मुझे मुक्ति मिली। मैंने काम किया, बहुत ज़्यादा काम किया और ख़ुद को उस हद तक ले गई, जो मैंने कभी नहीं किया था, मैं बिल्कुल एक दूसरी इंसान बन गई और जब निर्माण का सपना पूरा हुआ, तो मुझे लगा कि अब वक़्त आ चुका था। मैं उसे बीच में नहीं छोड़ सकती थी तो मैंने उसे तब छोड़ा जब उसके पास पीछे एक बनी बनाई ज़मीन थी। उसका सफल बिज़नेस और. . . अफ़्फ़ू।

हालाँकि मैं यूँ ही रातोंरात चली गई थी, पर मैं वहाँ काम करने वाली लड़की लवीशा के ज़रिए निर्माण के बारे में जानकारी लेती रही। जब मुझे पता चला कि उसने भी नौकरी छोड़ दी है, तो मैंने उससे संपर्क किया और पता चला कि उसे एक दुर्लभ त्वचा रोग था। चूँकि वह अनाथ थी, मैं उसे एक एनजीओ ले गई और उसे अपने नाम से भर्ती करा दिया। जब कुछ दिन बाद उसकी मौत हुई, तो वह 'रईसा बरुआ' थी, जो मरी थी। इस बीच, मैंने फ़ेसबुक पर अफ़्फ़ू को संपर्क किया और यह जानकर मुझे कोफ़्त हुआ कि उसने सगाई कर ली थी। उसके प्रोफ़ाइल से मुझे शनय का पता मिला और मैं उससे बात करने बेंगलुरू गई। मैं तक़रीबन उससे मिलने ही वाली थी पर मुझे लगा कि अगर उसे अफ़्फ़ू, निर्माण और मेरी कहानी पता नहीं होगी, तो वह कभी भी सही फ़ैसला नहीं ले पाएगा। उसी रात मैंने उसे कब की मर चुकी लवीशा मिश्रा के नाम से वॉयस नोट्स भेजने शुरू किए। और बाद में उससे उसी रूप में मिली। मैंने अपनी मौत का सुबूत देने के लिए निर्माण से लवीशा बनकर बात की। अगर उसे पता चलता कि मैं जीवित हूँ, तो वह मेरी तलाश करता। यह मुझे पता था। और अगर वह मुझे तलाशने निकलता, तो अफ़्फ़ू और हमारा सिलसिला फिर शुरू हो जाता।

इसी सिलसिले को रोकने के लिए, भावनात्मक तौर पर मेरी ख़ुदकुशी ज़रूरी थी। मुझे ख़ुद को उसकी ज़िंदगी से काटकर बाहर निकालना पड़ा। हमेशा के लिए।

अठारह साल की लड़की के रूप में मेरा पहला धोखा, सच में झूठ का एक सेट, निर्माण के क़रीब रहने के लिए गढ़ा गया था ताकि मैं जी सकूँ; मेरी मौत को लेकर दूसरा धोखा, असल में उससे दूर रहने के लिए तैयार किया गया ताकि वह जीवित रह सके। शनय के साथ उसकी बैचलर बैश पर मेरी बातचीत के बाद मुझे लगा था कि मेरी कोशिशें बेकार हो चुकी थीं। मैं मन ही मन ईश्वर से प्रार्थना करती रही कि वह किसी तरह दोनों को एक रखे। मुझे ख़ुशी है कि सब कुछ ठीक हो गया: आख़िर अफ़्फ़ू और निर्माण एक साथ हैं।

जैसे-जैसे यादें फीकी पड़ती हैं, जीवन हमारे भीतर की बहुत-सी चीज़ों को शांत करके सुला देता है। जब तक निर्माण और अफ़्फ़ू मुझे अपने भीतर जगाए रखेंगे, मैं ख़ुद को किसी लायक़ समझूँगी। हालाँकि मैं उनके लिए मर चुकी हूँ, मगर मैं फिर भी जीवित महसूस करूँगी। मुझे लगेगा कि मैंने मुक्ति पा ली है, भले ही उन्हें मेरे पापों का कभी पता न चले। जो पका हुआ आम मैंने एक बार निर्माण को दिया था, उसकी ख़ुशबू कभी नहीं खोएगी।

ख़ुद को पोंछने के लिए रईसा ने शावर से बाहर क़दम रखा। उसकी नज़र अलमारी पर टँगी एक पुरानी तस्वीर पर टिक गई—कृष्ण और राधा के रूप में सजे आठ साल के निर्माण और रईसा। उसने तस्वीर को चूमा और हैरानी से सोचा, *कृष्ण ने भले ही रुक्मिणी से शादी की थी पर उन्हें पूजा हमेशा राधा के साथ ही जाता है, है न? मुझे लगता है कि मैं इस तरह जी सकती हूँ।*

आभार

कुछ ऐसी किताबें होती हैं, जो सिर्फ़ किताबें नहीं होतीं। वो एक लेखक के जीवन का हिस्सा होती हैं। प्रस्तुत पुस्तक मेरे लिए ऐसी ही एक किताब है। इसने मुझे उदास किया, मेरे धैर्य की परीक्षा ली और साथ ही मुझे ख़ुद में झाँकने में मदद की, जिससे मैं अब तक भागता रहा था। इस पुस्तक को क़लमबद्ध करने की प्रक्रिया और अनुभव हमेशा ख़ास रहेगा। अंत में, जिस रूप में यह सामने आई, उससे मैं ख़ुश हूँ। और मैं अकेले इसका श्रेय नहीं ले सकता।

हार्दिक धन्यवाद और अपार आभार:

हमेशा की तरह (सभी तरह से), मिली ऐश्वर्या को मेरी कहानियों में अगाध विश्वास रखने के लिए। ताकि हम दोनों निकट और दूरस्थ भविष्य में बड़ी और बेहतर चीज़ें खड़ी कर सकें।

पेंगुइन रैंडम हाउस की पूरी सेल्स और मार्केटिंग टीम को, जहाँ ज़रूरत हुई मेरी किताब को उनके तुरंत सहयोग के लिए।

इंद्राणी को, हमेशा की तरह कुशल संपादन के लिए।

मेरे परिवार को, प्रार्थना की तरह मौजूद रहने के लिए।

मेरे दोस्तों को मुझे जज न करने के लिए, जब मैंने उन्हें बताया कि मेरा पसंदीदा

टाइमपास गोविंदा के गानों पर नाचना है।

मेरे पाठकों को, हर बार मेरा काम पसंद करने के लिए।

पॉलुमी, तितिक्षा, कृतिका, अंकिता, वैशाली को, धैर्य से मेरी बात सुनने के लिए जब मैं धीरज खो देता हूँ। किस बारे में? तुमको पता है लड़कियों!

ए: फ़ॉर डेस्ट्रॉइंग मी पोयटिकली। मेरी केवल एक इच्छा है कि काश तुम्हें उन तीन शब्दों के निष्कर्ष पता होते, जो तुमने मुझसे कहे थे। उन्होंने मेरी ज़िंदगी बदल दी।

आरए: जस्ट बी देयर, ओके? जस्ट। बी। देयर।

आर: मेरे जीवन की रोशनी, तुम्हारे लिए कभी भी। कहीं भी। कैसे भी।